Le Commerce des promesses

Du même auteur

Géopolitique des ressources minières
Economica, 1983

Radioscopie du Japon
(en collaboration)
Economica, 1987

L'Économie mondiale des matières premières
La Découverte, 1989

L'Inégalité du monde
Économie du monde contemporain
Gallimard, « Folio Actuel », 1996

Économie, le grand satan ?
(entretiens avec Philippe Petit et Thérèse Giraud)
Textuel, 1998

La Mondialisation
Émergences et fragmentations
Auxerre, Sciences humaines éditions, 2008

Pierre-Noël Giraud

Le Commerce des promesses

Petit traité sur la finance moderne

NOUVELLE ÉDITION

Éditions du Seuil

COLLECTION DIRIGÉE PAR JACQUES GÉNÉREUX

ISBN 978-2-7578-1578-6
(ISBN 2-02-038110-9, 1re publication)

Avant-propos
à l'édition de 2009

Dans la première édition de ce livre, publiée en janvier 2001, j'avais démontré l'instabilité intrinsèque de la finance de marché globale. Cette instabilité, combinée avec des politiques monétaires accommodantes dictées par un biais politique favorable à la croissance, faisait désormais des krachs le mode de régulation de la finance. Le krach suivant, celui qui s'est effectivement produit en 2007-2008, y était donc annoncé comme inévitable, mais cependant imprévisible. Imprévisible dans sa date et ses modalités précises d'éclatement, aussi bien que dans la profondeur de ses conséquences macroéconomiques.

En octobre 2009, au moment où paraît la seconde édition de ce livre, la durée, la profondeur et les conséquences de la crise économique déclenchée par la crise des *subprimes* d'août 2007 restent indéterminées car indéterminables. Elles dépendront de manière cruciale des politiques économiques qui seront mises en œuvre, en particulier du degré de coopération internationale auquel parviendront les États, et des basculements d'anticipations autoréalisatrices.

Un chapitre sur la crise de 2008 a évidemment été ajouté. Le dernier chapitre, qui commente les réformes en cours, a été significativement étoffé et actualisé. Le reste du livre a ait l'objet des mises à jour indispensables, d'une légère réorganisation, mais n'a pas été modifié sur le fond. Soumises à une décennie d'épreuves, les thèses principales du livre n'ont en effet pas varié. Quand bien même cette validation pourrait être jugée satisfaisante pour la réputation scientifique de l'auteur, c'est hélas avant tout malheureux pour les innombrables victimes des crises inévitables, imprévisibles et inéquitables de la finance de marché globale.

Avant-propos à l'édition de 2001

« Dors maintenant, c'est lui qui ne dort pas »

Au temps des tsars, dans une chambre sur cour du quartier juif de Simferopol (Crimée), en pleine nuit, Moïshe, incapable de trouver le sommeil, se tourne et se retourne dans son lit. Rachel, sa femme, finit par lui demander :
– Qu'as-tu, mon cher mari, qu'est-ce donc qui te tourmente ainsi ?
– Je ne veux pas t'inquiéter, dit Moïshe.
– Si, dis-le-moi, je veux tout partager avec toi.
– Connais-tu Samuel, notre voisin d'en face ?
– Bien sûr, je le connais.
– Eh bien, je dois lui rendre mille roubles demain matin, et je ne les ai pas.
– Ce n'est que cela ? dit Rachel.

Elle se lève, ouvre la fenêtre et appelle Samuel dans la nuit, à travers la cour endormie.
– Samuel, Samuel !
– Que se passe-t-il, crie Samuel, surgissant à sa fenêtre, très inquiet. Les Cosaques ? Un pogrom ?
– Non, Samuel, rassure-toi. Tu connais mon mari, Moïshe ?
– Oui, je le connais, bien sûr !
– Tu sais qu'il te doit mille roubles ?
– Et comment ! Il doit me les rendre demain. J'y compte bien car j'en ai absolument besoin.
– Eh bien, mon cher Samuel, il ne te les rendra pas, car il ne les a pas.

Et Rachel ferme la fenêtre, se recouche et dit à son mari :
– Dors maintenant, c'est lui qui ne dort pas.

C'est une des histoires que je préfère. J'aime sa profonde sagesse et son humanité. Elle énonce une évidence : une créance, telle celle de Samuel sur Moïshe, n'est jamais qu'une simple promesse de recevoir de l'argent dans l'avenir. Rien ne permet d'être absolument sûr que cette promesse sera tenue, car de l'avenir nul ne peut être certain. La finance dans son ensemble n'est donc jamais qu'un « commerce de promesses ». Considérer cette évidence avec attention m'a conduit aux deux questions qui sont à l'origine de ce livre.

La finance fait donc commerce de promesses. Est-il assuré que ces promesses de revenus futurs ne sont pas excessives par rapport à ce que sera réellement la richesse future ? Si c'était le cas, un « mistigri », telle la mauvaise carte du jeu du même nom, circulerait en permanence dans la sphère financière. Ce mistigri, ce sont les promesses de revenus futurs dont il est certain qu'elles ne pourront être honorées. Mais, bien sûr, sauf à l'échéance, personne ne sait qui le détient. Il existe, il circule, mais chacun espère qu'il finira entre les mains d'un autre. Si Moïshe ne peut rembourser, c'est que l'emprunt auprès de Samuel a été investi dans de mauvaises affaires, qui n'ont pas créé assez de richesses pour permettre de le rembourser avec intérêts. Rachel ne fait qu'annoncer en pleine nuit à Samuel, juste avant l'échéance, que c'est lui désormais qui détient la mauvaise carte. En créant des droits en excès sur la richesse future, la finance serait alors une cause permanente de conflits de répartition, éventuellement violents. Elle engendrerait et ferait circuler précarité et angoisse. L'angoisse que Rachel, dans sa sagesse, a simplement transférée d'une chambre à l'autre, la déplaçant là où dorénavant elle devait être.

Faisant commerce de promesses, la finance est donc un lieu où se confrontent des « visions » de l'avenir. Les acteurs de la finance n'agissent qu'en fonction d'« anticipations ». C'est ce qu'il anticipe de l'avenir qui décide un ménage à épargner, un industriel à emprunter ou à émettre des actions pour investir, un individu quelconque à vendre ou à acheter des titres financiers. Si Samuel a prêté mille roubles à Moïshe, c'est qu'il pensait que ce dernier allait continuer à être un négociant solide. Si Moïshe a emprunté, c'est pour financer une affaire qu'il pensait profitable. Les deux se sont trompés. Mais, réciproquement, si Samuel n'avait pas eu confiance en Moïshe, alors que Moïshe avait identifié une affaire réellement rentable, une richesse potentielle n'aurait pas été créée.

La question est donc : quelle est la nature de cette pensée de l'avenir qui détermine les actes sur les marchés financiers ? Comment se forme-t-elle ? S'enracine-t-elle dans l'observation du passé ? N'en est-elle qu'une simple extrapolation ? Ou a-t-elle une plus large autonomie ? Si c'était le cas, alors cette pensée serait agissante. La pensée de l'avenir façonnerait l'avenir.

La distinction très répandue entre une sphère « réelle », celle de la production, et une sphère financière qui n'en serait que le reflet serait alors peu pertinente. Tout aussi peu pertinente serait l'interprétation, en apparence opposée, d'une finance purement « virtuelle », simple casino où ce qui se joue n'a que peu de rapports avec la réalité du labeur humain, seul producteur de richesse réelle. La finance manifesterait au contraire avec éclat qu'en économie, la pensée des acteurs est une dimension essentielle de la réalité.

C'est pourtant ce que la théorie économique a le plus grand mal à admettre, elle dont tout l'effort consiste à ramener des rapports entre les hommes à des rapports entre des choses. Cela expliquerait pourquoi la théorie économique est si souvent embarrassée par la finance.

Embarrassé, je le fus au premier chef par ces questions. J'avais en effet publié, en 1996, un livre d'économie : *L'Inégalité du monde*[1]. Il proposait une interprétation des grandes évolutions historiques des inégalités économiques entre territoires et au sein de chaque territoire. Il analysait les conséquences de la globalisation actuelle sur les inégalités sans faire référence, sauf de façon secondaire, à la finance et en particulier à la globalisation financière. Les tendances profondes des inégalités y étaient expliquées avant tout par l'intensification des flux de marchandises (la globalisation commerciale), alors que les hommes restent pour l'essentiel

1. Pierre-Noël Giraud, *L'Inégalité du monde. Économie du monde contemporain*, Gallimard, coll. « Folio Actuel », 1996. Voir également *La Mondialisation. Émergences et fragmentations*, Sciences humaines éditions, 2008, qui développe et actualise *L'Inégalité du monde*.

fixés à leur territoire. J'avais donc adopté la thèse que la finance n'est qu'une dimension subordonnée de l'économie réelle, qui peut être négligée lorsqu'on ne s'intéresse qu'aux tendances longues et massives des inégalités.

Quant à l'influence de la pensée sur les évolutions économiques, je ne l'avais pas ignorée, contrairement à beaucoup d'économistes qui affirment qu'existent dans notre domaine des lois aussi objectives que celle de la gravitation. Mais j'avais situé cette pensée dans la sphère de la politique. J'avais soutenu la thèse que l'économie était influencée de l'extérieur par une pensée politique incarnée dans une forme d'État, plus précisément dans un ensemble d'institutions et de règles stabilisées encadrant les dynamiques économiques. Cet ensemble d'institutions et de règles définit à mes yeux « un » capitalisme particulier, dont il est possible d'élaborer la théorie, alors qu'il est vain de chercher à établir des lois économiques valides en tout temps et en tout lieu. Et voilà que se présentait l'hypothèse d'une pensée agissant de l'intérieur même de l'économie, s'exprimant de manière privilégiée dans la sphère financière.

Il me fallait par conséquent vérifier les intuitions engendrées par l'histoire de Rachel et évaluer l'importance de la globalisation financière dans le processus général de globalisation économique. À la lumière de ces questions, j'entrepris donc un réexamen de la théorie financière, de l'articulation de la finance à l'économie, des événements récents, en particulier les crises, les plus significatifs des effets de la globalisation financière, enfin des débats actuels touchant à la finance.

Fidèle à la conviction que les questions économiques doivent pouvoir être débattues par des non-spécialistes, j'ai tenté de les leur rendre accessibles, sans pour autant en éluder les difficultés.

CHAPITRE PREMIER

Un débat introductif

Les économistes ne sont pas d'accord sur les conséquences de la globalisation financière. Ils n'ont pas le même avis sur l'opportunité et les modalités d'intervention des États pour les maîtriser. Ces désaccords nourrissaient de vifs débats dans les revues spécialisées. Lors de la crise de 2008, ils ont fait la « une » des journaux. Pour poser ces questions, j'ai imaginé un débat contradictoire entre trois économistes représentant les principales écoles de pensée. Ainsi pourrons-nous examiner à grandes enjambées les analyses et les opinions, et prendre une première mesure de l'objet et de l'ampleur des désaccords [1].

Notre premier économiste est un libéral. Nous l'appellerons L. L est convaincu que seul le libre fonctionnement des marchés permet d'atteindre l'efficacité économique maximale. Il sait que les marchés ne sont pas parfaits, mais il les croit perfectibles. À ses yeux, la seule justification de l'intervention de l'État est de corriger les imperfections du marché. L croit avant tout aux vertus de la concurrence. Il est donc naturellement très favorable au libre-échange, qui, selon lui, accroît nécessairement la richesse des pays qui s'y livrent. L ne nie pas que le fonctionnement libre des marchés puisse conduire à des inégalités sociales, mais il exige qu'on sépare la question de l'efficacité économique et

1. Si certains concepts employés restent à ce stade obscurs au lecteur, qu'il se rassure, ils seront tous explicités dans la suite, la plupart dès le chapitre II.

celle de la justice sociale. Si l'on veut corriger les inégalités sociales, il faut le faire par des transferts neutres, c'est-à-dire qui ne perturbent pas le fonctionnement des marchés. Pour lui, sacrifier l'efficacité économique au nom de la justice sociale conduit toujours *in fine* à moins de bien-être pour tous.

Le deuxième économiste est keynésien et institutionnaliste[2]. Nous l'appellerons K. Avec Keynes, il sait que les marchés sont intrinsèquement imparfaits et que cela peut installer durablement l'économie sur des trajectoires inefficaces, par exemple de sous-emploi. L'État doit intervenir de façon régulière pour pallier les déficiences des marchés. Mais, plus fondamentalement, K affirme que les marchés ne pourraient tout simplement pas fonctionner sans des institutions qui les organisent et les « régulent ». La qualité des institutions est donc à ses yeux essentielle à l'efficacité des marchés. Marchés et institutions régulatrices constituent des systèmes, plus ou moins cohérents, produits de l'histoire. Selon K, ces systèmes diffèrent significativement quant à leur capacité d'engendrer une croissance soutenue et régulière, à leurs effets sur la répartition de la richesse, aux types de crises qu'ils connaissent.

Le dernier fut marxiste et, s'il ne l'est plus, il en retient cependant quelque chose. Nous l'appellerons M. M pense que le capitalisme, livré à lui-même, est incapable de mobiliser pleinement les effets bénéfiques du progrès scientifique et technique et ne peut qu'engendrer des crises de gravité croissante. Puisque la révolution socialiste ne lui semble, provisoirement, plus d'actualité, il est devenu réformiste. Le seul moyen de contrecarrer les tendances naturellement destructrices du capitalisme est, à ses yeux, de l'encadrer étroitement par des politiques publiques au bénéfice du plus grand nombre. M estime qu'il faut réduire autant que possible l'extension des marchés, en soustrayant à leurs lois tout ce qui est le plus essentiel à la vie des gens ordinaires et en l'organisant dans le cadre de l'État ou d'une « économie sociale » fondée sur la solidarité.

---

2. S'il était français, il pourrait avoir fait du chemin avec l'« école de la régulation ».

Les présentations ainsi faites, lançons le débat par une question volontairement très générale : « Quel jugement portez-vous sur l'évolution de la finance depuis trente ans ? »

L : Tout d'abord, permettez-moi de traiter à part la crise de 2008, dont je montrerai aisément qu'elle résulte pour l'essentiel d'erreurs dramatiques des gouvernements. Je souhaiterais commencer par prendre une perspective un peu plus longue et commenter, comme vous m'y invitez, les trente dernières années. C'est une vraie révolution ! Mesurez donc le chemin parcouru ! Dans les années 1970, les pays riches étaient englués dans la stagflation. Le chômage augmentait partout, les politiques de relance d'inspiration keynésienne ne faisaient qu'alimenter l'accélération de l'inflation. À cause de l'inflation, les taux d'intérêt réels étaient souvent nuls, voire négatifs. L'argent étant ainsi presque gratuit, il était gaspillé (vous savez bien que toute ressource gratuite est gaspillée). On pouvait s'endetter sans compter, car on remboursait en monnaie dévaluée. Quantité d'investissements inefficaces pouvaient ainsi être financés. Dans le tiers-monde, l'idéologie de la croissance autocentrée, de la « déconnexion du marché mondial », achevait d'enfoncer la plupart des pays dans un retard désespérant. Des élites locales corrompues captaient et plaçaient en Suisse l'essentiel d'une aide publique très limitée et, de plus, utilisée comme moyen de pression néocolonial au profit d'intérêts privés étriqués. Le fossé entre le monde riche et le tiers-monde se creusait.

Voyez maintenant où nous en sommes ! L'inflation a été terrassée grâce à la libéralisation financière qui permet aux capitaux de traverser librement les frontières. Désormais, les marchés, c'est-à-dire les investisseurs, c'est-à-dire les gestionnaires de l'épargne de tous, de vous et de moi, sanctionnent immédiatement tout gouvernement qui prétendrait piéger l'épargne dans son territoire et la laminer par l'inflation. Désormais, les taux d'intérêt réels reflètent correctement l'équilibre entre le désir d'épargne et les possibilités d'investissement. Ils permettent que l'épargne soit orientée et investie dans les projets les plus rentables, et cela à l'échelle mondiale. Quel puissant levier pour la croissance que cette allocation du capital aux projets les plus efficaces grâce aux marchés financiers ! Quel puissant levier aussi pour le rattrapage des pays du tiers-monde dont les gouvernements ont abandonné de manière crédible les errements du passé ! À une aide publique au développement, parcimonieuse et politiquement comptée, se sont substitués des financements privés beaucoup plus abondants et soucieux d'efficacité. Grâce à ces flux de capitaux et à l'ouverture des frontières des pays riches à leurs exportations, des pays « émergents » peuplés de plus de deux milliards d'hommes ont enfin décollé.

Le moteur de tout cela : la concurrence. Nous avions des systèmes financiers nationaux coupés de l'extérieur et cloisonnés à l'intérieur en compartiments étanches, où des banques cartellisées somnolaient sur des rentes qu'elles dissipaient en effectifs et en agences pléthoriques, tout en offrant de très médiocres services à leurs clients. À cela s'est heureusement substituée une concurrence généralisée car globale. Les épargnants mettent en concurrence les emprunteurs, États et entreprises, au plan mondial. Cette mise en concurrence est organisée par des institutions financières elles-mêmes en compétition très vive entre elles. Leur efficacité s'est accrue, l'épargnant reçoit une rémunération supérieure tandis que l'emprunteur bénéficie de taux plus favorables. La fonction fondamentale de la finance, le transfert de la richesse dans le temps grâce à son investissement productif, est ainsi beaucoup mieux assurée. Et que dire de son autre fonction essentielle, le transfert des risques de ceux qui veulent les éviter à ceux qui sont les mieux à même de les assumer ? C'est proprement prodigieux. L'imagination à l'œuvre sur les marchés d'échange des risques que sont les marchés dérivés est telle que vous pouvez désormais choisir très exactement le degré de risque que vous voulez assumer. Si vous voulez n'en courir aucun en vous assurant, vous pouvez être certain que le prix de cette assurance est très correctement évalué par les marchés.

D'ailleurs, voyez les États-Unis. Leur prospérité n'est certes pas due uniquement à la finance. Mais je soutiendrai que l'esprit d'entreprise, la finance libéralisée et les nouvelles technologies de l'information sont les clefs de cette réussite. Réussite véritablement éclatante, puisque cette regrettable mais incontestable réalité des années 1980 et du début des années 1990, que de bons esprits sceptiques n'avaient manqué de souligner, à savoir l'appauvrissement des plus pauvres, n'est désormais plus qu'un souvenir. Les plus pauvres désormais s'enrichissent aussi. Même si les riches s'enrichissent encore plus vite, n'est-ce pas là le critère fondamental de réussite, comme l'a démontré le grand philosophe John Rawls dans sa célèbre *Théorie de la justice* ?

Une fois de plus, les États-Unis ont montré la voie. Ils se sont engagés dans une « nouvelle économie », fondée sur le déploiement des technologies de l'information. On ne voit pas ce qui pourrait aujourd'hui briser cet élan, qui bien sûr connaîtra d'inévitables fluctuations conjoncturelles, éventuellement très sévères, comme la crise de 2008, mais nous y reviendrons. Plus important encore, grâce à la globalisation financière mais aussi commerciale, les bienfaits de cette nouvelle économie sont en train de s'étendre au monde entier.

Puisque j'ai aujourd'hui le plaisir de débattre avec K, dont nous connaissons tous la nostalgique sympathie pour Keynes, je ne puis m'empêcher de lui rappeler le jugement suivant, porté par le jeune Keynes sur le monde d'avant 1914 : « Quelle extraordinaire période dans le progrès économique de l'humanité fut celle qui se termina en août 1914 ! La plus grande partie de la population, il est vrai, travaillait dur et vivait de manière peu confortable, mais elle était cependant, selon toute apparence, raisonnablement satisfaite de son sort. Pour tout homme capable ou de caractère, se hisser dans les classes moyennes et supérieures était possible, là où la vie offrait des commodités, un confort et des biens hors de portée du plus puissant des monarques de l'ancien temps. Le Londonien pouvait, en buvant son thé le matin, commander par téléphone n'importe quel produit de la terre entière, dans la quantité qui lui convenait et s'attendre raisonnablement à être livré rapidement à sa porte. Il pouvait en même temps et par le même moyen investir son capital dans les ressources naturelles et les nouvelles entreprises de n'importe quelle partie du monde et partager sans effort ni même le moindre souci leurs profits futurs. [...]. Il pouvait s'assurer sur-le-champ d'un moyen de transport bon marché et confortable vers n'importe quel pays ou climat sans passeport ni autre formalité. Il pouvait envoyer son domestique à l'agence bancaire la plus proche pour s'y procurer autant de métal précieux qu'il l'estimait utile et, emportant avec lui de la valeur sous forme de pièces de monnaie, il pouvait ensuite se rendre dans des contrées étrangères sans rien connaître de leurs religions, langues ou coutumes. Et il aurait été très chagriné et surpris si quelqu'un avait tenté de contrecarrer ses projets. Mais, le plus important de tout, c'est qu'il considérait cette situation comme normale, certaine, permanente, tout juste susceptible de s'améliorer encore, et n'importe quelle déviation de ce cours des affaires comme aberrante, scandaleuse et évitable. Les projets et politiques du militarisme et de l'impérialisme, les rivalités sociales et culturelles, les monopoles, les restrictions et les exclusions, qui allaient jouer le rôle du serpent dans ce paradis, n'étaient rien de plus que des amusements de son journal quotidien et semblaient n'exercer pratiquement aucune influence sur le cours de la vie économique et sociale dont l'internationalisation était en pratique complète[3]. »

Si l'on excepte la référence à l'or, cette « relique barbare », dont nous avons su heureusement nous débarrasser, et si l'on remplace « téléphone » par « Internet », il n'y a pratiquement rien à soustraire de cette description pour qu'elle convienne au monde dans lequel nous sommes entrés. Puisque K, et sans doute M aussi, conviendront avec moi qu'aujourd'hui nous ne sommes pas au bord d'une guerre mondiale, si les gouvernements pouvaient s'abstenir de commettre les erreurs qui nous ont conduits à la crise de 2008, nous aurions des décennies radieuses devant nous ! Je les qualifierai, sans craindre l'emphase, de nouvel âge d'or. Je sais que c'est ainsi qu'on a appelé aux États-Unis les années d'après-guerre, celles que Fourastié en France a nommées les « Trente Glorieuses ». Mais remarquons que la prospérité fut alors réservée aux États-Unis, à l'Europe et au Japon, de même que Keynes ne parlait évidemment que du monde riche d'avant 1914, sinon de la seule Grande-Bretagne. Or, c'est désormais pour le monde entier que les perspectives d'amélioration du bien-être sont meilleures

3. John M. Keynes, *The Economic Consequences of the Peace*, in John M. Keynes, *Collected Writing*, vol. II, MacMillan, Cambridge University Press, 1971, p. 6-7 (traduit par nous). La première édition en langue française a été publiée en 1920 par Gallimard, sous le titre *Les Conséquences économiques de la paix*.

qu'elles n'ont jamais été depuis le début de la révolution industrielle à la fin du XVIIIe siècle !

K : D'abord, je voudrais dire que je ne suis pas du tout d'accord avec L sur un point. C'est un point d'histoire, qui en vérité redevient d'une grande actualité avec la nécessité de repenser complètement le système financier et sa régulation après la crise de 2008. Il s'agit du jugement négatif que L porte sur les systèmes financiers d'avant la libéralisation, qui étaient, particulièrement en Europe et au Japon, à dominante bancaire[4]. Le financement bancaire de l'économie possède sur la finance de marché, qui met directement en rapport les emprunteurs et les prêteurs, un avantage incontestable. Une banque connaît en effet beaucoup mieux son client que le « marché » ne le peut faire. Elle apprécie mieux les risques. Elle est capable, par conséquent, d'en prendre avec lui de plus grands, de financer des projets rentables mais dont la rentabilité ne se manifestera qu'à long terme, de financer l'innovation qui est toujours risquée. Les systèmes fermés à dominante bancaire que nous avons connus jusqu'au milieu des années 1970 étaient donc plus favorables à l'investissement et à la croissance que la finance actuelle, finance globale où le rôle traditionnel des banques a été fortement réduit au profit des marchés financiers, en particulier par la titrisation, dont les excès sont à l'origine de la crise de 2008. Certes (et sur ce point L a raison), le danger des anciens systèmes était une concurrence affaiblie. Quand une grande entreprise était intimement liée à sa banque, comme ce fut le cas en Allemagne ou au Japon, elle ne pouvait mettre les banques en concurrence, sauf à perdre l'avantage de ce lien. Mais, comme souvent en économie, il faut choisir entre avantages et inconvénients conjoints. Rien ne dit qu'à l'époque, l'inefficacité engendrée par la faible concurrence n'était pas plus que compensée par une plus grande capacité à prendre des risques justifiés. Quant à l'inflation, je concède à L qu'elle a

4. Cela signifie que les banques jouaient un rôle essentiel d'intermédiaire entre les épargnants et les acteurs ayant des besoins de financement, collectant auprès des premiers des fonds qu'elles prêtaient aux seconds. En « finance de marché », les emprunteurs lèvent directement des fonds auprès des épargnants, en leur vendant des titres (obligations, actions, etc.).

eu des effets néfastes, mais les responsables en furent bien plus des gouvernements laxistes que les systèmes financiers eux-mêmes. En témoigne *a contrario* l'Allemagne, exemple type d'un système financier à dominante bancaire, qui ne s'est jamais laissée aller aux facilités de l'inflation, en raison du souvenir traumatisant de l'hyperinflation des années 1920.

Puisque L a pris l'initiative d'invoquer des exemples historiques, je ferai de même. Peut-on dire que les systèmes financiers à dominante bancaire étaient inefficaces quand on constate l'éclatante (je reprends son adjectif) réussite de la France, de l'Allemagne et du Japon jusqu'au début des années 1980 ? Les États-Unis à l'époque n'avaient-ils pas sombré dans le doute et l'autodépréciation au regard des succès du Japon et de ses petits frères du Sud-Est asiatique, les « dragons » et les « tigres » ?

L : Personne ne s'en souvient plus aujourd'hui ! Le Japon a passé plus de dix ans en plein marasme, en raison de ses structures industrielles et bancaires particulièrement archaïques et du caractère désastreux de la politique de son gouvernement après le krach du début des années 1990. L'Asie du Sud-Est a été sévèrement corrigée en 1997 pour son « capitalisme de copains » opaque et inefficace. Tous ont ainsi payé leurs erreurs passées, quand ils ont cru trouver un modèle original qui s'écartait par trop des règles éprouvées du libéralisme économique !

K : Bien, mais n'en restons pas à l'analyse du passé. De toute façon, la globalisation financière était inévitable, et il faut s'en accommoder[5]. Je lui reconnais volontiers, comme L, certains avantages. Mais rien ne sert d'en masquer les inconvénients. J'en vois principalement trois, qui ont éclaté et se sont conjugués de manière spectaculaire dans la crise de 2008. Le premier, je l'ai déjà cité : la finance libéralisée engendre un « manque à croître » de l'économie par sa préférence pour les profits rapides et sûrs par rapport à des profits éventuellement plus importants, mais plus lointains et risqués. Autrement dit, elle impose aux entreprises

5. On reconnaîtra donc en K un « progressiste », selon la définition de J.-Cl. Milner dans *L'Archéologie d'un échec*, Seuil, 1993.

industrielles une logique purement financière de court terme, au détriment de l'innovation et de la croissance. Deuxièmement, la finance libéralisée rend l'économie beaucoup plus cyclique : elle amplifie les retournements de conjoncture. Troisièmement, la finance libéralisée et tout particulièrement le développement incontrôlé et peut-être incontrôlable de la titrisation et des marchés dérivés ont accru significativement le risque de système. C'est-à-dire le risque qu'une crise financière initialement localisée ne dégénère, comme s'effondre un château de cartes, en crise générale de très grande ampleur dont il est toujours long et difficile de sortir par les moyens disponibles de la politique économique. En bref, la finance libéralisée et globalisée a pris bien trop d'avance par rapport aux moyens étatiques, en l'occurrence interétatiques, de sa régulation. De puissants instruments de régulation de la finance globale sont indispensables. Ils sont aujourd'hui notoirement insuffisants.

M : « Comment juger l'évolution de la finance depuis trente ans ? » Votre question est mal posée. La globalisation financière n'est qu'un aspect – certes l'un des plus négatifs, on va le voir – du processus de globalisation tout court. La globalisation inclut l'ouverture systématique et rapide des pays, non seulement aux capitaux financiers, mais aussi aux marchandises, aux investissements directs et aux informations, y compris les produits « culturels » fabriqués à Hollywood. Mais vous avez raison de commencer par la finance, car c'est certainement dans ce domaine que l'entreprise destructrice qu'est la globalisation est la plus avancée. Son objectif est bien, en effet, de détruire le fragile équilibre qui s'était mis en place dans l'après-guerre entre le capital et le travail, sous menace de contagion communiste. Cet équilibre, malgré ses injustices flagrantes, a tout de même permis en Europe, au Japon et aux États-Unis l'augmentation générale des niveaux de vie. Il est aujourd'hui détruit au seul profit du capital. La globalisation financière a privé les États, garants de ce fragile équilibre, de tout moyen de contrôler les appétits désormais sans limites de l'argent qui ne cherche qu'à se transformer en plus d'argent. Les marchés financiers dictent désormais aux États leur politique monétaire : ce que doivent être les taux de change et les taux d'intérêt. Ils se mêlent même de dicter les politiques budgétaires, exigeant que l'État « maigrisse », que les systèmes d'assurance sociale et les entreprises de service public soient démantelés et privatisés, que les impôts et les prestations sociales soient réduits. Tendanciellement, si l'on n'y met fin, le monde sera gouverné par un groupe d'institutions financières et de firmes multinationales sans aucune légitimité démocratique.

Or tout cela pour quoi ? Pour une économie qui devient de plus en plus virtuelle. Les affirmations de L sur l'efficacité de l'allocation du capital dans le système actuel sont des fables. La réalité massive de la finance globale, c'est la spéculation. Grâce à des instruments dérivés de plus en plus sophistiqués, l'argent tourne en rond dans une sphère virtuelle, à la recherche de profits immédiats, et sans alimenter la croissance de l'économie réelle. Quand il s'investit dans les entreprises, en Bourse par exemple, c'est pour exiger des rendements excessifs du capital, qui ne peuvent être obtenus que par une réduction des revenus du travail et des licenciements massifs vidant les entreprises de leur substance : les compétences accumulées des hommes qui les constituent. La Bourse favorise les fusions et les acquisitions hostiles par OPA et OPE. Voyez le résultat ! Après chaque fusion, on « dégraisse », on licencie pour supprimer les doubles emplois, pour faire jouer à plein les « synergies ». Mais le cours des actions, lui, monte. Au seul profit des actionnaires et des dirigeants qui gagnent des sommes indécentes grâce au système des *stock-options*. Et cela continue même pendant les crises les plus graves, comme en 2008 !

Quant au tiers-monde, où est la manne des capitaux privés ? Les pays qui sont passés par les fourches caudines du FMI et sont devenus « économiquement corrects » voient sans doute affluer des capitaux privés, avides de profits rapides. Mais, à la moindre difficulté, au moindre accroc à l'orthodoxie officielle (tenir son taux de change, privatiser, faire maigrir l'État), ces capitaux fuient plus vite qu'ils n'étaient entrés, jetant à nouveau le pays entre les mains d'un FMI qui lui fait la leçon : « C'est de votre faute, vous n'avez pas encore bien compris les règles de l'économie de marché, vous n'êtes pas assez “transparents”, banques, entreprises et gouvernements entretiennent chez vous des rapports un peu glauques (pour dire les choses brutalement : il y a chez vous beaucoup trop de corruption). Alors, encore un effort (sur le dos du peuple) et vous allez retrouver la confiance des marchés. » Bref, partout les inégalités s'aggravent, au profit d'une minorité non seulement avide mais aussi inconsciente de ce qu'elle conduit l'économie mondiale droit dans le mur.

Il est fascinant de constater que, plus on approche du bord du gouffre, plus il se trouve des idéologues pour concocter une théorie *ad hoc* sur le « nouvel âge » dans lequel nous serions entrés. Vous avez cité le constat de Keynes sur l'état d'esprit, avant 1914, de ceux qui bénéficiaient de la « globalisation » de la Belle Époque. Mais vers la fin des « folles » années 1920 aussi, quand le krach boursier de 1929 et la catastrophe qui suivit étaient imminents, on ne parlait, à de rares esprits lucides près, que d'une « nouvelle » période de prospérité infinie, fondée sur un irrésistible progrès technique, qui allait diffuser ses bienfaits au monde entier et qui justifiait parfaitement l'envolée des cours de la Bourse ! Heureusement, dès avant la crise de 2008, qui je l'espère va convaincre suffisamment de gens de s'engager pour promouvoir un développement durable affranchi de la dictature des marchés, les esprits lucides furent plus nombreux que dans les années 1920. Même des individus situés au cœur du système et en ayant largement bénéficié, tel George Soros[6], l'ont déclaré haut et fort : il n'y a rien de bon dans la globalisation financière et son économie de casino.

L : Je trouve plaisant de voir George Soros récupéré par l'ultragauche ! Il y a quelques années, lorsque monsieur Soros spéculait contre la livre, le président malaisien Mahathir qui, en raison de son nationalisme économique, attirait certainement la sympathie de M, accusait Soros d'être à la pointe de la spéculation internationale. Mais laissons cela, car si Soros est un gestionnaire de fonds d'investissement remarquable, il n'a pas à être convoqué dans ce débat. Ses derniers ouvrages, où il tient malheureusement à passer pour un penseur de la modernité, sont en effet d'une

6. Gérant du fonds d'investissement « Quantum Fund ». Il s'est rendu célèbre pour avoir gagné 1 milliard de dollars en spéculant contre la livre en 1992.

affligeante médiocrité théorique[7]. Le problème est évidemment que M ne comprend rien au rôle de la spéculation, dont il fait un facile bouc émissaire. D'abord, il est évident que la spéculation est indispensable à l'équilibre des marchés des risques. S'il existe des acteurs qui veulent se débarrasser de certains risques, il faut bien qu'il y en ait qui en prennent ! Les spéculateurs jouent ce rôle, dont l'utilité sociale est incontestable. Ensuite, les spéculateurs ne sont jamais que les chevau-légers de la finance internationale. Ils sont souvent les premiers à repérer des déséquilibres à venir, à identifier des politiques étatiques qui ne peuvent être prolongées sans engendrer des déséquilibres cumulatifs. Par leur action rapide, s'ils ont raison, ils évitent que les déséquilibres ne s'accumulent et obligent à les corriger à temps, avant que l'inévitable correction ne s'impose, mais de manière encore plus pénible. S'ils ont tort, ce sont eux qui perdent. Mais quand ils ont raison, ils ne font que déclencher une alerte salutaire. Les gros bataillons, ceux qui imposent vraiment la correction, sont constitués de l'ensemble des investisseurs institutionnels et des banques. Il n'y a pas de spéculation contre une monnaie, par exemple, qui réussisse du seul fait des spéculateurs. Les spéculateurs, de même que les banques centrales, ne peuvent rien contre l'opinion majoritaire de ceux qui gèrent l'épargne de centaines de millions de personnes. Sauf à considérer ces centaines de millions de petits épargnants comme étant eux-mêmes des spéculateurs, ce que, je pense, n'oserait faire M, il n'y a aucun sens à concentrer ainsi ses attaques sur la spéculation.

Avec vous, mon cher K, je suis tout de même plus en mesure de dialoguer de façon constructive, puisque vous reconnaissez le caractère non pas inévitable – je pense que ce mot que vous avez utilisé a dépassé votre pensée – mais clairement positif de la globalisation financière. Je tiens donc à répondre à vos inquiétudes concernant une possible aggravation du risque de système, et par là aborder

7. Je laisse cette appréciation à L. Ce n'est pas la mienne : la description technique que donne George Soros des marchés financiers, très détaillée dans ses premiers livres (par exemple : *The Alchemy of Finance*, 1994), est du plus grand intérêt « théorique ».

les causes de la crise de 2008. Dans une certaine mesure, je partage votre inquiétude. Mais pas pour les mêmes raisons que vous. D'où viendrait en effet cette aggravation ? De ce que certains acteurs prendraient, dans la finance globale actuelle, des risques excessifs ? Mais réfléchissons aux raisons qui peuvent conduire un acteur à prendre des risques excessifs. La meilleure et de loin la plus efficace, c'est que, s'il gagne, il empoche les gains et, s'il perd, ce sont d'autres qui paient. Autrement dit : « Pile : je gagne. Face : tu perds. » Vous savez très bien, mon cher K, comment cela s'appelle : le « risque moral ». Il surgit quand les gains sont privés et les pertes socialisées. Là est le véritable danger pour un système financier, quel qu'il soit. Or la source principale du risque moral, ce sont les États eux-mêmes et les institutions dirigées par les États, telles que le FMI. Voulez-vous des exemples anciens ? Prenez les crises du Crédit lyonnais, mais aussi bien des caisses d'épargne américaines. Les États français et américain les ont sauvés au bord de la faillite par des injections massives d'argent public. Tant que les grandes banques seront convaincues qu'il en sera toujours ainsi, comment voulez-vous qu'elles ne prennent pas de risques excessifs, susceptibles, en cas d'échec, de menacer la stabilité de l'ensemble du système financier ? La multiplication des situations de risque moral est fondamentale dans la genèse de la crise de 2008. En assurant, de droit ou de fait, un certain nombre d'institutions financières, tels les grandes banques réputées être *too big to fail* (trop grosses pour chuter) ou les assureurs de crédit hypothécaire, etc., les gouvernements les ont incitées à prendre des risques excessifs, ce qui engendra une bulle spéculative. Cette bulle a été de surcroît puissamment alimentée par des politiques monétaires particulièrement laxistes. Elle ne pouvait qu'éclater et engendrer une grave crise économique. La responsabilité de la crise de 2008 incombe essentiellement aux gouvernements.

K : Mais vous-même savez très bien que les grandes banques sont réellement *too big to fail* ! En effet, leur faillite pourrait provoquer des faillites en chaîne et une très profonde crise de système, allant jusqu'au *bank run*, la ruée des gens pour retirer leurs dépôts bancaires !

L : Eh bien, non ! Rien n'est plus pervers que cette doctrine. Il faut que même les grandes banques puissent faire faillite. Au risque, allez-vous me rétorquer, de provoquer des paniques, des ruées vers les guichets, d'interrompre le système des paiements ? Certes, non. Pour que le système des paiements soit garanti, il suffit que les banques puissent offrir à leurs clients la possibilité d'assurer leurs dépôts en cas de faillite. Un système d'assurance privé, soumis aux règles normales des compagnies d'assurance, peut parfaitement y pourvoir. Pour accepter d'assurer les dépôts d'une banque, les compagnies d'assurance exerceront sur elles un contrôle et établiront des contrats sophistiqués qui minimiseront le risque moral. Elles savent faire cela, c'est leur métier. Point n'est besoin d'un système étatique d'assurance des dépôts. Si une banque ne souscrit pas à une assurance des dépôts, ses déposants savent ce qu'ils font en conservant des comptes courants chez elle. Les dépôts assurés, la faillite d'une banque n'aurait de conséquences que pour ses créanciers et ses actionnaires. S'ils savent qu'elle peut faire faillite, soyez certain qu'ils se chargeront d'exiger d'elle les garanties, la « transparence » et la gestion prudente que les États s'acharnent, avec un médiocre succès, à obtenir par des réglementations qui s'essoufflent à courir derrière les innovations de la finance moderne. Croyez-moi, la seule chose intelligente qu'un État puisse faire en matière de réglementation de l'industrie financière, c'est d'imposer une information suffisante et de qualité. Cela suffit. Les actionnaires se chargeront de discipliner les dirigeants, et les dirigeants se chargeront de discipliner les *traders*. La meilleure réglementation est l'autoréglementation par des gens compétents ayant intérêt à le faire.

Quant au FMI, c'est la même chose. Aujourd'hui, si des investisseurs prennent des risques excessifs sur les marchés émergents, qui sont naturellement très volatils, c'est en grande partie parce qu'ils savent que, en cas de faillite de ces pays, le FMI sera toujours là pour socialiser les pertes afin d'éviter la faillite des grandes banques qui, elles aussi, y investissent massivement. Du même coup, les gouvernements des pays émergents ne résistent pas à la tentation d'attirer ces capitaux mobiles. Eux aussi savent que le FMI sera présent en cas de problème. Certes, ce dernier leur imposera des politiques impopulaires : mais, justement, elles seront « imposées ». Un peu d'adresse politique permettra alors de désigner le FMI – et la spéculation internationale – à la colère du peuple. Au nom de la prévention du risque de système, les États prennent donc des mesures qui amplifient les phénomènes de risque moral, ce qui, en retour, aggrave réellement le risque de système. Ce n'est pas plus d'État qu'il nous faut, c'est encore moins ! Rien ne surpasse l'efficacité et les capacités autorégulatrices des marchés, pourvu que les acteurs qui y interviennent soient rendus responsables de leurs actes.

K : La réalité, mon cher L, me fait craindre que votre lyrique envolée sur les capacités autorégulatrices des marchés ait de nos jours largement épuisé son pouvoir de conviction. Les années 1980, la première décennie de la libéralisation financière, ont été marquées par de graves désordres monétaires et financiers, aussi bien au centre (les pays les plus riches) qu'à la périphérie (les pays en développement) du système. À la suite d'un double krach immobilier et boursier en 1989, le Japon a subi plus d'une décennie de stagnation. La fin des années 1990 a connu la crise asiatique, affectant gravement une région célèbre pour son dynamisme économique, tandis que les pays d'Amérique latine sont en permanence sous la menace de crises du même type. Enfin, la crise des *subprimes* de 2007 a déclenché à partir de 2008 la plus grave récession depuis la Seconde Guerre mondiale ! Et vous osez encore propager votre credo libéral ?

L : Phénomènes d'apprentissage, inévitables dans une transformation de cette ampleur ! Et, encore une fois, ne vous trompez pas de responsables. Dans tous les cas que vous avez cités, les responsables sont les gouvernements, leurs réglementations inadaptées et leurs politiques erronées !

K : Vous êtes caricatural ! Cependant vous ne pouvez à mon avis nier deux choses. La première, que confirment les développements les plus récents de la théorie économique, c'est l'existence d'équilibres multiples. Le libre fonctionnement des marchés ne conduit pas nécessairement à « un » seul équilibre, qui aurait de plus la vertu d'être « optimal ». Keynes, parmi les premiers, avait clairement montré que le fonctionnement « libre » des marchés pouvait parfaitement conduire à un « équilibre » de sous-emploi, qui, vous en conviendrez, ne peut être qualifié d'« optimal ». La finance libéralisée multiplie les situations d'équilibres multiples. Pour les taux de change, pour la valeur des actions, l'expérience et la théorie économique ont clairement montré que, non pas les « vilains » spéculateurs au sens où l'entend M, mais tout simplement le comportement rationnel et bien informé de l'ensemble des investisseurs pouvait faire « sauter » ces variables économiques d'un équilibre à un autre, nettement moins satisfaisant d'un point de vue d'ensemble.

La seconde chose que vous semblez oublier est certainement encore plus importante. C'est que jamais, dans aucun pays, un système monétaire n'a été autorégulé par le marché. La confiance dans la monnaie, bien public inestimable, facteur indispensable au fonctionnement même des économies de marché, exige l'intervention vigilante des États. Pour préserver la confiance dans la monnaie, la politique monétaire doit naviguer entre deux écueils : l'hyperinflation et la crise systémique. Le premier écueil est aujourd'hui de loin le moins dangereux, du moins dans les pays du centre, en raison – je vous l'accorde – de mécanismes anti-inflationnistes propres à la finance globalisée. Soit dit en passant, le danger aujourd'hui serait plutôt la déflation où la demande est si faible que les prix baissent ! Mais le second écueil, la crise systémique, nous avons fini par nous y écraser. Pourquoi ? Libéralisation et globalisation financières ont eu pour effet d'interconnecter tous les marchés financiers. De plus, la multiplication et la sophistication des instruments dérivés ont été telles que nombre d'entre eux présentent des risques que leurs détenteurs sont en vérité incapables d'évaluer correctement. Il en est résulté que la crise des *subprimes* a dégénéré en crise bancaire, puis en récession. Même en réduisant les phénomènes de risque moral que vous évoquez, vous ne pourrez donc empêcher que des incidents financiers ne dégénèrent uniquement grâce à des règles prudentielles beaucoup plus strictes imposées non seulement aux banques mais aussi aux autres institutions financières. Je n'irai pas, comme certains, jusqu'à dire que « les marchés sont aveugles ». Mais il est clair que la probabilité de contagions mimétiques puissamment déstabilisantes a fortement augmenté avec la globalisation financière, ce qu'a malheureusement démontré la crise de 2008. En bref, mon cher L, c'est votre foi dans une capacité autorégulatrice infinie des marchés qui est aveugle.

M reprend alors la parole : Mon cher K, j'ai une sympathie certaine pour votre approche, mais permettez-moi de vous dire que, face à L, votre position est pathétique. Vous êtes totalement sur la défensive. Vous refusez de pousser vos raisonnements, pourtant justes, à leurs conséquences logiques. Vous parlez d'équilibres multiples. En effet ! Le système actuel nous conduit tout droit à un équilibre de sous-emploi, de sous-consommation et de suraccumulation du capital au niveau mondial. La croissance en Asie a été cassée pendant au moins trois ans par une crise dont la finance globalisée est entièrement responsable. La même finance a enfoncé systématiquement les pays latino-américains dès qu'ils sortaient la tête hors de l'eau. Le Japon a stagné plus de dix ans dans le marasme le plus profond après l'éclatement des gigantesques bulles spéculatives immobilières et boursières de la fin des années 1980. L'Europe n'est jamais vraiment parvenue à réduire un chômage massif auquel elle s'était tellement résignée que les journaux exultaient quand on redescendait en dessous de la barre de 10 % de chômeurs officiels, alors que l'on savait que le sous-emploi réel était pratiquement le double ! Quant aux États-Unis, leur croissance et leur chômage plus réduit n'étaient fondés que sur la frénésie de consommation des ménages. Ils n'épargnaient plus. Au contraire, ils s'endettaient pour consommer, parce que la Bourse était en pleine bulle spéculative et qu'ainsi ils se croyaient riches. Ils empruntaient même pour acheter des actions. Le crédit nourrissait la bulle spéculative. Quand la bulle a crevé, à partir de 2007, ce qui ne pouvait manquer d'arriver, les ménages ont réduit drastiquement leur consommation et nombreux sont ceux qui n'ont pu rembourser leurs dettes, leur pseudo-richesse « papier » s'étant volatilisée. Les États-Unis entrèrent alors en récession, entraînant le reste du monde avec eux. Les tendances profondes du capitalisme, si bien analysées par le vieux Marx, se manifestent à nouveau pleinement aujourd'hui, comme à la fin du XIXe siècle. Elles n'ont pu être maîtrisées, pendant les quelques décennies de l'après-Seconde Guerre mondiale, que par de vigoureuses interventions étatiques dans le cadre d'économies très peu ouvertes les unes aux autres et où les mouvements de capitaux, en particulier, étaient très contrôlés. La globalisation rend désormais cette maîtrise impossible.

Logiquement, vous en appelez, mon cher K, à une sorte de keynésianisme au niveau mondial. Mais c'est une utopie, car il n'existe pas d'État mondial. La réalité, c'est que le seul niveau d'exercice d'un pouvoir politique sur l'économie reste l'État-nation. Une coalition des États les plus puissants pour endiguer les tendances destructrices du capitalisme est en théorie possible. Elle n'aura cependant jamais l'homogénéité, la stabilité et la puissance d'un État unique. Une fois de plus dans l'histoire, l'espace de l'économie dépasse largement et englobe les espaces de la politique, rendant celle-ci impuissante. Vos ambitions réformatrices sont désormais sans moyens. Soyez donc plus radical : il faut attaquer le mal à la racine. Comme L lui-même s'offre le luxe de vous le faire remarquer : la globalisation n'a rien d'inéluctable. Ce que l'homme a fait, il peut le défaire. On peut donc, et je pense qu'il faut, renverser le mouvement. Il faut se servir de la crise de 2008 pour changer radicalement de modèle de croissance et mettre en place un modèle de développement véritablement « durable », c'est-à-dire respectant l'environnement naturel et l'équité sociale. Mais je serais curieux de savoir ce que vous, mon cher K, vous proposez concrètement. Ainsi que L d'ailleurs, bien qu'il l'ait déjà dit : « Tout irait pour le mieux sans les interventions malencontreuses des États ; il suffit de continuer à réduire leur rôle au strict nécessaire, les marchés pourvoiront au reste. »

L : En effet ! Pour moi, les deux mots clefs sont « liberté » et « responsabilité ». Que les États fixent clairement des règles du jeu minimales et qu'elles soient stables. Que l'application de ces règles soit confiée à des instances indépendantes des pouvoirs politiques, telles les banques centrales et les autorités de régulation des marchés. Qu'au-delà de ce rôle, les États s'abstiennent d'intervenir de façon discrétionnaire, sous couvert de la défense de l'intérêt général, en réalité pour défendre des intérêts particuliers. Les acteurs économiques connaîtront et exerceront alors pleinement leur liberté. Ils seront responsables de leurs actes. Les actionnaires disciplineront les dirigeants d'entreprise. Les créanciers disciplineront les débiteurs. La sélection naturelle des acteurs et des institutions les plus efficaces jouera pleinement et le bien-être général s'accroîtra.

K : Ma conviction est qu'il n'existe pas de marchés efficaces sans institutions régulatrices. Les marchés sont mondiaux, il nous faut progresser vers des institutions de régulation mondiales. Concrètement, le plus urgent est de renforcer la réglementation des institutions financières. Au-delà, il est indispensable que les gouvernements des pays riches acceptent de mieux coordonner leurs politiques économiques, et donc de céder un peu de leur liberté, au profit d'une meilleure régulation macroéconomique mondiale.

M : Quant à moi, je le répète, j'affirme qu'il faut renverser le mouvement de globalisation pour restituer aux États leur souveraineté en loques, car c'est possible. En ce qui concerne la globalisation financière, il faut s'attaquer d'abord aux mouvements de capitaux spéculatifs et aux paradis fiscaux. Nous proposons d'appliquer une « taxe Tobin[8] » aux mouvements internationaux de capitaux et de l'affecter au financement de l'aide publique au développement. Il faut résolument réorienter la croissance vers une croissance plus « verte », voire vers la décroissance. Ne croyez pas que nous fassions la moindre confiance aux gouvernements des pays riches qui, de droite ou de gauche, ont constamment voulu et soutenu la globalisation depuis plus de trente ans ! Les États ne sont que des instruments. Pour renverser, et d'abord stopper, le processus de globalisation, il faut donc que s'unissent, par-delà les frontières, les forces populaires, les organisations syndicales et non gouvernementales représentant ceux, l'immense majorité, qui souffrent de la globalisation, pour contraindre les États à reconquérir les pouvoirs qu'ils ont abandonnés et à défendre la société contre le capitalisme.

8. Du nom de James Tobin, prix Nobel d'économie, qui l'a proposée.

* * *

Mon objectif n'est évidemment pas de dire qui, de L, K ou M, a raison. Il est d'abord de démêler, d'identifier et de clarifier les questions qui traversent ce débat, ensuite de donner mon propre avis sur les principales d'entre elles. Commençons donc par une première synthèse des questions soulevées.

À quoi sert réellement la sphère financière ?

Si c'est un vaste marché d'échange de promesses et de risques, comme l'affirme L, en quoi est-elle indispensable et quels sont ses effets bénéfiques d'ensemble ? Ou n'est-ce qu'une économie virtuelle, un gigantesque casino, comme le prétend M ?

Comment fonctionnent les marchés financiers ?

Qu'est-ce que la spéculation ? Qu'est-ce qu'une bulle spéculative ? Y a-t-il des lois propres à la finance qui permettent de comprendre l'évolution des prix des actifs financiers ? Quel rôle y jouent les croyances, les anticipations, le mimétisme ? Les acteurs y sont-ils rationnels et que signifie « être rationnel » ?

Quel est le rapport entre sphère financière et sphère réelle ?

Puissant stimulant de la sphère réelle pour L, susceptible de la déstabiliser pour K, parasitaire pour M, la sphère financière est-elle en fin de compte autonome ou subordonnée ? Existe-t-il dans la sphère réelle des « fondamentaux » qui finissent par s'imposer à la finance, ou la finance a-t-elle une dynamique propre ? Dans quelles conditions stimule-t-elle ou entrave-t-elle le développement de la sphère réelle ? Au cœur de ces questions : le rapport entre finance et monnaie, entre finance et cycles économiques, entre finance et gestion des entreprises, entre finance et progrès technique.

Quelle est la nécessité, la légitimité et la capacité d'intervention des États dans la sphère financière ?

Les États sont-ils désormais, comme l'affirme M, sous la dictature des marchés financiers ? Quels pouvoirs ont-ils perdus, quels sont ceux qui leur restent? Est-il temps, comme l'affirme K, d'inventer des institutions régulatrices internationales? La globalisation financière libère-t-elle au contraire les individus de la dictature des États, comme s'en réjouit L?

Quels rapports y a-t-il entre globalisation financière et globalisation en général?

Les capitaux ne sont pas seuls à circuler de plus en plus librement. Les marchandises, les services et les informations aussi, tandis que les hommes restent, pour l'écrasante majorité d'entre eux, fixés à un territoire. Comment s'articulent ces différents processus?

La globalisation conduit-elle à un type unique de capitalisme?

Qu'en est-il aujourd'hui de la diversité des capitalismes et de leurs « modèles sociaux », diversité observable dans le passé? Des critères de gestion identiques sont-ils désormais imposés aux entreprises du monde entier par les fonds de pension et les autres investisseurs institutionnels? Si c'est le cas, quelles en sont les raisons et les conséquences?

Quel rôle joue la globalisation financière dans l'évolution des inégalités, entre pays et à l'intérieur des pays?

C'est, je l'ai dit, une question qui m'importe particulièrement, car je considère que, la richesse étant un concept essentiellement relatif, c'est l'inégalité qui est l'objet principal de l'analyse économique[9].

Identifier, clarifier, déplacer, articuler ces questions passera d'abord par une analyse critique de la théorie économique et financière. Les thèses qui en résultent seront ensuite mises à l'épreuve de l'interprétation d'événements des deux dernières décennies : la quasi-faillite d'un fonds d'investissement (LCTM) en 1998, les attaques spéculatives contre le Système monétaire européen en 1992 et 1993, le marasme japonais des années 1990, la crise asiatique de 1997, la crise de 2008. Nous terminerons ce tour d'horizon des crises de la finance par une analyse des projets de réformes, avant de conclure.

---

9. Pour un exposé plus détaillé de cette thèse, voir *L'Inégalité du monde*, *op. cit.*, « Introduction ».

PREMIÈRE PARTIE

L'argent dans l'espace et dans le temps

CHAPITRE II

L'histoire de Zaccaria, négociant génois : à quoi sert la finance ?

Le problème de Zaccaria [1]

En 1298, un négociant génois, Benedetto Zaccaria, identifie une affaire potentiellement très rentable. Il sait qu'un stock de 20 tonnes d'alun [2] est à vendre à Aigues-Mortes et que l'alun est actuellement très demandé à Bruges, dans les Flandres, où l'industrie textile florissante en fait grande consommation. Pour simplifier et ne pas, à ce stade, imbriquer les questions monétaires et financières, supposons qu'une seule et même monnaie constituée de pièces d'or, les ducats, soit utilisée en Méditerranée et dans les Flandres.

Zaccaria est propriétaire d'un seul bateau et dispose des informations suivantes. Il sait que 20 tonnes d'alun se vendaient couramment environ 2 000 ducats à Bruges ces derniers mois. Ayant approché le propriétaire du stock d'alun à Aigues-Mortes, il sait pouvoir l'acquérir pour 1 000 ducats. L'opération durera trois mois : deux mois de transport maritime, un mois pour ramener l'or de Bruges à Gênes par la voie terrestre, beaucoup plus sûre. Se tenant informé, auprès des autres marchands génois, des fortunes de mer sur la

1. J'emprunte le début de l'histoire de Zaccaria à Jean Favier : *De l'or et des épices. Naissance de l'homme d'affaires au Moyen Âge*, Fayard, 1987, et *Les Grandes Découvertes*, Le Livre de poche, 1993.

2. L'alun est un produit minéral qui, à l'époque, était utilisé dans l'industrie textile pour fixer les teintures.

route Méditerranée-Flandres, il évalue (évaluation nécessairement grossière) que l'effet conjugué des tempêtes et des pirates provoque une perte moyenne de 10 % des navires. De son côté, la route terrestre qu'empruntera l'or au retour ne présente un risque de perte (vol par des bandits de grand chemin) que de 5 %, toujours très approximativement.

S'il parvient effectivement à vendre l'alun à Bruges pour 2 000 ducats, il est en mesure de calculer ses probabilités de pertes et de gains. Mais rien ne dit qu'au bout de deux mois, durée du voyage maritime, le prix de la cargaison d'alun à Bruges sera de 2 000 ducats. En fonction des activités des autres marchands qui font converger l'alun vers Bruges et de la demande d'alun à Bruges, le prix pourra varier, dans les deux sens. Zaccaria prend donc aussi un risque de variation du prix de l'alun. Dans ce cas, la variation des prix peut lui être favorable ou défavorable.

Aussi Zaccaria doit-il compléter son évaluation des risques de transport par celle du risque de prix. Mais tout cela reste approximatif : Zaccaria ne dispose pas de statistiques très précises sur les risques de transport, ni sur les prix passés de l'alun à Bruges, ni sur les événements susceptibles d'affecter ces prix quand il livrera.

Prenant trois risques (de mer, de transport de fonds, de prix), qui sont tous trois élevés et, de plus, difficiles à évaluer, il ne décidera de se lancer dans cette aventure que si le gain espéré lui procure une rentabilité de son capital très supérieure à un usage alternatif moins risqué : faire du commerce de proximité par exemple, ou l'investir dans l'immobilier à Gênes.

S'il décide finalement de risquer cette opération avec son propre bateau et ses propres capitaux, Zaccaria est en réalité bien plus qu'un négociant. C'est un investisseur : il investit son propre or. C'est aussi un armateur. En tant que tel, il se livre à une activité « productive », le transport. C'est un convoyeur de fonds (autre activité « productive »). Il est également son propre assureur : il assume le risque d'une perte en raison d'une fortune de mer ou d'un vol. Enfin, c'est un spéculateur car il a acheté une marchandise sans connaître le prix auquel il pourra la revendre. Selon la définition très généralement acceptée, la spéculation consiste à acheter (respectivement vendre) quelque chose dans le seul espoir de le revendre (respectivement racheter) plus cher (respectivement moins cher). Un spéculateur est simplement quelqu'un qui accepte de prendre un « risque de prix » dans l'espoir d'un gain.

On rétorquera que tout négociant, défini comme quelqu'un qui achète une marchandise à un individu pour la revendre plus tard à un autre, généralement dans un autre endroit, à un prix initialement inconnu, assure nécessairement les fonctions d'investisseur, d'armateur, de convoyeur, de spéculateur et d'assureur. Mais il n'est d'aucun intérêt, pour l'analyse, d'adopter une définition si étendue du négociant, car ces fonctions peuvent être remplies par d'autres acteurs, comme on va le voir. Reste cependant, une fois ces fonctions déduites, la fonction « pure » du négoce : l'identification d'une offre et d'une demande, généralement distinctes dans l'espace et dans le temps, dont la mise en rapport engendre un profit commercial. La fonction spécifique d'un négociant, c'est d'être le premier à rassembler deux informations. Premièrement, X est prêt à vendre une marchandise à tel endroit à tel prix ; deuxièmement, Y est prêt à l'acheter à tel autre endroit à tel prix. Si X ou Y connaissaient l'information détenue par l'autre, ils pourraient se passer du négociant, mais auraient toujours besoin de transporteurs, de banquiers, d'assureurs, etc.

Zaccaria est un excellent négociant. Cela signifie qu'il a un réseau d'information étendu et qui fonctionne rapidement. A-t-il intérêt à faire lui-même l'ensemble de l'opération telle que nous l'avons décrite ? La société dans son ensemble a-t-elle intérêt à ce qu'il la fasse ? La réponse à ces deux questions passe par l'analyse de l'intérêt, individuel et collectif, de deux processus : la division sociale du travail et la répartition des risques.

Ainsi Zaccaria lui-même n'a pas nécessairement intérêt à être armateur pour son propre compte. Il ne possède qu'un seul bateau. Il le rentabilisera mal s'il ne trouve pas de fret pour le voyage de retour ou s'il reste longtemps au port entre deux voyages. Un armateur disposant d'une flotte importante résoudra plus facilement les problèmes de taux d'occupation de ses navires et sera donc à même, s'il existe une concurrence suffisante entre armateurs, de proposer des services de fret à moindre coût, ce qui est dans l'intérêt de Zaccaria, mais aussi de la collectivité.

Quant au risque de fortune de mer, il dépend de l'importance de l'opération par rapport à l'or dont dispose Zaccaria. En effet, si, au retour de chaque opération réussie, Zaccaria remettait en jeu la totalité de la somme ainsi gagnée, sa probabilité de faillite dans l'année (il organiserait quatre voyages puisqu'ils durent trois mois) serait de près de 50 %. Certes, si tous les voyages étaient des succès, il aurait multiplié son capital par près de cinq. Zaccaria peut ne pas être à ce point amoureux du risque et ce, pour d'excellentes raisons : il a une vaste famille, il pense à ses vieux jours. Il peut par exemple, après un premier voyage, mettre ses gains de côté et ne risquer chaque fois que la même somme de 1 000 ducats, qui représentera donc une part de plus en plus réduite de sa fortune ; il échappera ainsi au risque de faillite totale. Mais alors ses talents de négociant, qui, rappelons-le, sont exceptionnels, se déploieront à plus petite échelle et la société y perdra. Un négociant pur, en permettant que se fasse une transaction mutuellement bénéfique pour le vendeur initial et pour l'acheteur final, qui s'ignoraient et entre lesquels il a joué le rôle d'intermédiaire, a en effet une utilité sociale incontestable. Dans notre exemple, sans Zaccaria, le vendeur d'alun d'Aigues-Mortes aurait dû brader sa marchandise à un négociant moins habile et moins prêt à prendre des risques, qui se serait contenté de chercher à le vendre en Méditerranée. Toutes choses égales par ailleurs, les acheteurs d'alun à Bruges auraient donc aussi payé plus cher celui qu'ils ont acheté.

Tant individuellement que socialement, il serait donc bénéfique que Zaccaria puisse transmettre tout ou partie des risques qu'il prend à d'autres, si ceux-ci étaient mieux à même de les assumer, qu'il évite ainsi la faillite et qu'il puisse donc exercer ses immenses talents à une échelle digne d'eux.

La solution qu'il trouva

À Gênes, en 1298, voici ce qui se passa. Zaccaria rencontra Suppa et Grilli, deux individus à la fortune imposante, bien supérieure à 1 000 ducats. Ils passèrent l'accord suivant. Suppa et Grilli prêtent 1 000 ducats à Zaccaria pour qu'il achète l'alun à Aigues-Mortes. Formellement, puisqu'en 1298 le prêt à intérêt est toujours interdit (ou du moins strictement contrôlé) par l'Église, ils conviennent de présenter les choses de la manière suivante. Ils achètent pour 1 000 ducats l'alun que Zaccaria a acquis de son client et confient à Zaccaria la tâche de le transporter à Bruges. En même temps, Zaccaria signe une promesse de racheter à Suppa et Grilli l'alun à Bruges pour une somme naturellement bien supérieure à 1 000, mais ceci uniquement si Zaccaria parvient à transporter l'alun sans encombre jusqu'à Bruges. Si son navire fait naufrage ou est pris par des pirates, Zaccaria gardera les 1 000 ducats et Suppa et Grilli en seront pour leurs frais. Zaccaria n'aura perdu que son bateau, et limité par conséquent sa perte.

L'opération est à la fois une opération de prêt et une opération d'assurance, déguisée en une simple opération d'assurance. En effet, comment Suppa et Grilli calculent-ils le prix auquel ils demandent à Zaccaria de leur racheter l'alun à Bruges ? Premièrement, ils ont avancé 1 000 ducats et ne recevront le prix du rachat que deux mois après. Si l'intérêt pour un prêt sans risque est de 2 % sur deux mois, ils exigeront, pour rémunérer cette fonction de prêt, un prix de rachat de 1 020. Deuxièmement, ils assument le risque de perte de la cargaison. Si, comme Zaccaria, ils estiment ce risque à 10 %, le prix de rachat qui donne une espérance mathématique de gain de 1 000 est de 1 222[3]. Mais naturellement, Suppa et Grilli n'ont aucune raison de prendre ce risque sans rémunération. S'ils évaluent à 30 % de la somme prêtée la marge supplémentaire qui justifie cette prise de risque, le prix de rachat sera 1 542 (1 222 + 300 de prime de risque + 20 d'intérêt).

Quant à Zaccaria, il espère vendre l'alun pour 2 000 ducats. S'il y parvient et rapatrie l'or sans encombre, sa marge brute sera encore de 458 (2 000 – 1 542), ce qui lui paraît suffisant pour rémunérer l'investissement dans son bateau et couvrir les trois risques qu'il conserve : la perte du bateau, le risque de variation du prix de l'alun à Bruges, et le risque de se faire voler l'or au retour.

---

3. $P \times 0,9 - 1\,000 \times 0,1 = 1\,000$, donc $P = 1\,100 / 0,9 = 1\,222$.

On peut analyser la proposition de Suppa et Grilli de deux manières. Ils consentent à Zaccaria un prêt de 1 000 à deux mois au taux d'intérêt de 54,2 % pour deux mois (ils prêtent 1 000 et reçoivent 1 542 deux mois plus tard). Ce taux très élevé s'explique par une prime de risque de 52,2 % au-delà du taux sans risque de 2 %. En effet, le collatéral, c'est-à-dire la garantie fournie par Zaccaria en échange du prêt, à savoir la propriété temporaire d'une cargaison d'alun naviguant entre Aigues-Mortes et Bruges, ne couvre pas avec une sécurité absolue le montant du prêt, car il existe un risque non négligeable qu'elle disparaisse en mer et que Zaccaria ne puisse pas rembourser son prêt. Mais on peut aussi analyser l'opération ainsi : Suppa et Grilli consentent à Zaccaria un prêt à 2 %, c'est-à-dire au taux sans risque, parce que Zaccaria a assuré sa cargaison pour une valeur de 1 000 auprès d'un assureur tout à fait sûr aux yeux de Suppa et Grilli, car il s'agit d'eux-mêmes. En tant qu'assureurs, ils font payer à Zaccaria une prime d'assurance de 522 ducats. Il vaut mieux considérer les choses ainsi, car les fonctions de prêteur et d'assureur méritent d'être distinguées, puisqu'elles peuvent, comme on va le voir, être remplies par des acteurs différents.

Mais auparavant, remarquons que, dans cette affaire, Suppa et Grilli ont pris un risque supplémentaire engendré par l'assurance même qu'ils ont consentie : le « risque moral ». Supposons que Zaccaria connaisse, grâce à son vaste réseau européen qui fait de lui un négociant si remarquable, un négociant peu scrupuleux de Saint-Malo, dénommé Le Dantec, lui-même très lié à d'intrépides pirates que cette cité maritime peut s'enorgueillir d'avoir produits en grand nombre. Un discret courrier préviendra Le Dantec à Saint-Malo du passage du navire de Zaccaria au large de la Bretagne, et du peu d'ardeur que mettra l'équipage (sur ordre de Zaccaria) à se défendre en cas d'attaque de pirates se signalant par un fanion d'une couleur particulière (tête de mort jaune sur fond rouge par exemple). Le navire est pris sans coup férir, le pirate le livre à Le Dantec contre le prix convenu de 200. Le Dantec entrepose l'alun jusqu'à ce que l'affaire se calme, le revend deux mois plus tard 1 500 à un négociant anglais (il vaut plus cher, s'étant rapproché de Bruges) et renvoie son navire correctement maquillé à

Zaccaria, avec la moitié de cette somme, dont une partie servira à acheter le silence de l'équipage.

Que peuvent faire Suppa et Grilli face à ce « risque moral », défini comme la tendance pour un assuré à négliger de se protéger contre le risque assuré, voire à le provoquer s'il y a intérêt ? Pas grand-chose, sinon demander que leur neveu, un charmant jeune Génois de 20 ans, qui brûle d'impatience d'apprendre les métiers de la mer et du commerce lointain et qui leur est entièrement fidèle, embarque sur le navire de Zaccaria. Mais c'est alors le neveu qui prend un grand risque : un accident en mer, à l'époque, est si vite arrivé. Heureusement, un assureur professionnel, nous le verrons, a d'autres moyens de maîtriser le risque moral que de risquer la vie de son neveu préféré.

Ici s'arrête l'histoire et commence une fiction. Faisons donc le point. Grâce à deux de ses compatriotes, pour qui risquer 1 000 ducats représentait un enjeu bien moindre que pour lui-même et qui ont assumé les fonctions de prêteur et d'assureur, fonctions purement financières, Zaccaria a divisé par trois les pertes potentielles en cas d'occurrence du risque de mer, le risque majeur de ses opérations, au prix d'une réduction de son espérance de profit. Il continue cependant à supporter en partie ce risque ainsi que le risque de prix et le risque associé au transfert à Gênes du produit de sa vente à Bruges. Mais cette maîtrise partielle du risque de faillite, non seulement a mieux correspondu au degré de risque que Zaccaria souhaitait prendre personnellement, mais l'a encouragé à élargir le champ de ses opérations, mettant ainsi son indéniable génie commercial au profit du développement vigoureux des échanges Méditerranée-Flandres qui allaient être un moteur essentiel de la prospérité générale de l'Europe, jusqu'à l'effondrement provoqué par la peste en 1350.

Poursuivons en imaginant maintenant ce qui aurait pu se passer d'autre, en matière de division du travail et de partage des risques, si les activités financières avaient été plus développées il y a sept siècles, dans le sens qu'elles ont connu ensuite (en réalité elles l'étaient beaucoup plus que ce que notre anecdote a jusqu'ici décrit, ce qui fit dire à Fernand Braudel que les Génois ont pratiquement tout inventé de la finance moderne).

L'objectif de cet exercice est de présenter les principales institutions de la finance moderne : banques, assurances, marchés obligataires, marchés d'actions, marchés dérivés. Ce faisant, on définira les différentes fonctions de la finance, tout en poursuivant notre réflexion sur l'avantage qu'elles présentent, tant pour un Zaccaria, qui est avant tout soucieux d'augmenter ses profits (donc de diminuer ses coûts) et de minimiser ses risques, que pour la collectivité.

Voyons d'abord comment Zaccaria, projeté dans la finance moderne, peut résoudre autrement son problème de financement et d'assurance contre le risque de mer, son risque principal. Le problème tourne autour de la prime de risque qu'exigent Suppa et Grilli dans le cas précédent. D'une part, celle-ci est négociée de gré à gré et Zaccaria ignore s'il ne pourrait pas obtenir une prime plus faible en s'adressant ailleurs. D'autre part, mal protégés contre le risque moral, Suppa et Grilli vont évidemment avoir tendance à exiger une prime élevée.

La première solution consiste, pour Zaccaria, à séparer la fonction financement de la fonction assurance et à s'adresser, pour le financement à un banquier, et pour l'assurance à une compagnie spécialisée dont c'est le métier. Présentons donc, successivement, les banques et les assurances.

Les banques et la fonction de prêt

L'interdiction du prêt à intérêt ayant été levée par l'Église, nos compères Suppa et Grilli se sont officiellement transformés en banquiers. Décrivons leur métier. Rappelons d'abord que nous sommes dans une économie qui n'utilise qu'une seule forme de monnaie : des pièces d'or frappées par un hôtel de la Monnaie. Les banquiers proposent à ceux qui disposent de pièces d'or dont ils ne comptent pas faire usage dans l'immédiat de les « déposer » chez eux. Ils proposent en fait deux types de dépôts. Le dépôt à vue : l'or peut être retiré sans préavis à n'importe quel moment. Le dépôt à terme : le client prête son or à la banque pour trois mois, six mois, un an, etc., et ne peut le retirer qu'à l'échéance. Le dépôt à terme, qui est un prêt à la banque, est alors rémunéré à un taux d'intérêt qui est le taux emprunteur de la banque. L'or déposé chez les banquiers est en effet reprêté par eux. Le métier fondamental du banquier, dans sa fonction de prêteur, est d'évaluer le risque des emprunteurs. Nous avons déjà vu cela avec Zaccaria. Plus élevé est le risque que l'emprunteur soit incapable de rembourser son emprunt, plus le banquier lui prêtera à un taux d'intérêt élevé. Si un banquier surestime un risque particulier d'emprunteur et demande un taux excessif, l'emprunteur s'adresse à un concurrent. Si un banquier sous-estime régulièrement les risques des emprunteurs, par exemple pour gagner de nouveaux clients, il court le risque de faire faillite. En effet, au cours d'une période donnée, la marge brute bancaire, c'est-à-dire la différence entre les intérêts reçus par la banque et ceux qu'elle paie sur les dépôts, doit être supérieure à la somme des prêts non performants (ceux qui ne sont pas remboursés) et des frais de fonctionnement. La différence est le profit net de la banque. Comme les défaillances des emprunteurs n'ont aucune raison d'être uniformément réparties dans le temps (elles seront par exemple plus fréquentes en période de récession économique), un banquier prudent doit constituer des « réserves ». Initialement, ce sera l'apport en or du banquier quand la banque est fondée. Ensuite, au fur et à mesure que ses activités de prêt se développent, la banque conservera en réserve une partie de ses profits, pour faire face au caractère aléatoire des prêts non performants.

Les crises bancaires

Une banque devient insolvable lorsque la valeur de son actif, schématiquement ses liquidités (la monnaie, ici l'or, qu'elle détient en caisse) plus la valeur de ses créances, devient inférieure au montant de ses dépôts. Dans ce cas, en effet, la banque ne pourrait pas faire face au retrait des dépôts à vue et au remboursement des dépôts à terme.

Cette incapacité à faire face à un mouvement de retrait de dépôts peut cependant se produire dans un autre cas que celui de l'insolvabilité, qu'il est essentiel de ne pas confondre avec lui : l'illiquidité. Une banque peut se trouver dans une situation d'illiquidité si elle a emprunté « court » pour prêter « long », même si tous ses prêts sont performants (lui laissant ainsi un profit net). Les ressources des banques sont les dépôts à vue, que les clients peuvent retirer à tout instant, et les dépôts à terme. Faiblement rémunérés, ceux-ci sont en général prêtés à la banque à court terme (trois mois par exemple). Or une banque utilise généralement ces ressources pour faire des prêts longs : un an ou beaucoup plus. Elle assure ainsi une fonction de « transformation » d'une épargne qui souhaite être placée à court terme (pour pouvoir en cas de besoin être dépensée, ou investie différemment) en crédits longs, comme ceux qu'exigent par exemple l'acquisition de logements par les individus ou les investissements industriels.

Dans ces conditions, il se peut qu'un mouvement de retrait des dépôts à vue et de non-renouvellement des dépôts à terme épuise les liquidités (la monnaie) que détient une banque. Elle est alors en situation d'illiquidité. Mais contrairement à l'insolvabilité, cette situation n'est que temporaire, car l'or qu'elle a prêté « rentrera » et le total de ce qu'elle a prêté augmenté des intérêts qu'elle recevra excède le total de ses dépôts et des intérêts qu'elle doit. La solution est donc que la banque temporairement illiquide emprunte, par exemple à d'autres banques. Elle le fera en cédant aux banques qui viennent à son secours une partie des créances qu'elle détient, naturellement les plus sûres.

Illiquidité et insolvabilité sont donc deux situations de « crise » bancaire bien différentes. L'illiquidité, définie comme une insuffisance temporaire et réversible de liquidités, vient de ce que les banques empruntent généralement plus court qu'elles ne prêtent. L'illiquidité exige simplement un prêt temporaire de liquidité, c'est-à-dire de monnaie, c'est-à-dire d'or dans notre cas. L'insolvabilité d'une banque est provoquée par un volume de prêts non performants qui excède le capital initial apporté par les actionnaires plus les réserves accumulées. L'insolvabilité ne peut se résoudre, schématiquement, que de trois manières. Premièrement, une liquidation, qui spoliera nécessairement une partie des déposants, les actionnaires perdant tout. Deuxièmement, une reprise (pour 1 ducat symbolique) de la banque par un investisseur qui la « recapitalise », c'est-à-dire lui apporte les réserves manquantes et honore ses engagements. Seuls les actionnaires perdent tout (ils se partagent 1 ducat). Enfin, troisièmement, la reprise de la banque par l'État, qui assure tous ses engagements, provisionne les créances douteuses encore à venir, « restructure et nettoie » son bilan, en puisant dans le budget de l'État. Les perdants sont alors aussi les contribuables.

Un État soucieux d'éviter les crises bancaires doit donc mettre en place deux types de dispositifs. Premièrement, un dispositif prudentiel destiné à prévenir le risque d'insolvabilité, par exemple en imposant aux banques des méthodes d'évaluation rigoureuses de leurs risques de crédit et un montant de réserves en rapport avec les risques qu'elles prennent. Deuxièmement, un dispositif destiné à fournir en cas de besoin des liquidités (de la monnaie) si les autres banques ne le font pas spontanément au niveau nécessaire. Ce dispositif s'appelle le « prêteur en dernier ressort » (PDR).

Les assurances et le risque moral

Revenons à Zaccaria, qui, rappelons-le, a décidé de séparer le financement de son opération de négoce et l'assurance du risque de mer que celle-ci implique. Il se présente donc aux banquiers Suppa et Grilli avec un contrat d'assurance, souscrit auprès d'une compagnie d'assurance maritime, qui lui garantit le paiement de la valeur de sa cargaison, soit 1 000, si son navire est perdu en mer. Cette compagnie d'assurance étant solide et de grande réputation (on verra pourquoi), il obtient ainsi de la banque un prêt au taux minimum, le taux bancaire pour les prêts à faible risque.

Comment et auprès de qui s'est-il assuré ? On peut imaginer qu'il ait demandé à la compagnie d'assurance maritime de l'assurer lui-même en tant qu'armateur. Mais la compagnie lui fera remarquer, s'il ne s'en est pas convaincu lui-même, qu'en tant qu'armateur, avec son unique bateau, Zaccaria n'est qu'un amateur, présentant pour la compagnie d'assurance des risques plus élevés que les armateurs professionnels de Gênes. Sa prime d'assurance sera donc plus élevée que celle que paient ces derniers. Zaccaria décide donc d'abandonner le métier d'armateur, où il n'excelle pas, pour se concentrer sur ce qu'il sait faire mieux que quiconque, le négoce. Il confie le transport de l'alun à un armateur réputé et c'est ce dernier qui assure sa cargaison. Double gain : le transport lui reviendra moins cher en raison des économies d'échelle auxquelles accède l'armateur de grande envergure et la prime de risque sera moins élevée.

Comment fonctionne en effet la compagnie d'assurance ? Pour réussir dans ce métier, dont le principe est la mutualisation des risques, il faut avoir une connaissance statistique très poussée de l'occurrence et de l'ampleur des sinistres, et trouver des moyens de réduire le risque moral de la part des armateurs qui s'assurent. Les compagnies d'assurance, au lieu de se contenter comme Zaccaria de rassembler des informations éparses sur le risque de mer, investissent dans une collecte systématique d'informations et acquièrent donc une connaissance beaucoup plus précise du risque. Quant au risque moral, elles le réduiront, d'une part, par des mesures de surveillance, en passant du neveu à des employés spécialisés dans cette tâche et *a priori* plus efficaces et, d'autre part, en proposant aux armateurs des contrats sophistiqués qui, en leur laissant une partie du risque, vont les inciter à le réduire d'eux-mêmes, par exemple des contrats avec une franchise en cas de sinistre et des bonus / malus. Ce faisant, elles acquièrent une connaissance de plus en plus complète sur les différents armateurs. En outre, en favorisant les plus compétents et les plus prudents par des primes inférieures, elles les avantagent et contribuent à la sélection des meilleurs par la compétition, ce qui, en tendance, réduit le nombre des sinistres et permet de réduire encore les primes.

Notons que le niveau des primes d'assurance, s'il est connu, donne ainsi gratuitement à tous une mesure du risque de mer réel bien plus précise que celle dont disposait Zaccaria en collectant des données imparfaites. Ainsi, même pour un négociant qui préférerait auto-assurer son activité de transport, l'existence de compagnies d'assurance permet de mieux évaluer et donc de tarifer le risque. La réduction des coûts de transport et des primes d'assurance est, dans un premier temps, favorable aux marchands qui, tel Zaccaria, adoptent cette formule. Puis, par la concurrence entre marchands, elle se généralise et conduit à une baisse des prix offerts à Bruges pour les marchandises venant de Méditerranée. D'où un gain collectif dont l'origine est un gain de productivité induit par une meilleure organisation du transport et par la réduction des pertes en mer.

Les marchés obligataires

Deuxième solution : Zaccaria décide de ne pas séparer le financement de l'assurance de son activité de négoce, mais de rechercher, pour le risque qu'elle représente, la prime globale la plus faible possible. Au lieu de négocier un crédit (pour une activité non assurée) avec Suppa et Grilli, il leur demande de placer 100 obligations[4] de 10 ducats, émises par lui, auprès du « public », c'est-à-dire de ceux qui ont de l'or à placer et qui ne sont pas hostiles à l'achat d'obligations « à risque » plutôt que de prêter leur or à un taux faible aux banquiers. Il faut bien sûr pour cela que Zaccaria offre ses obligations à un taux d'intérêt bien supérieur à celui d'un dépôt rémunéré dans une banque solide, dont le risque est très faible. Mais il faut aussi qu'il donne aux acheteurs de ses obligations des informations fiables sur le risque que représente réellement son activité de négociant, sinon le public n'acceptera ses obligations qu'à des taux incluant des primes de risque très élevées.

Zaccaria demande donc à une agence de notation, bien connue sur la place de Gênes pour son indépendance et ses techniques éprouvées d'évaluation des risques, de « noter » le sien. Remarquons que l'agence notera en réalité deux choses : le risque de l'activité de Zaccaria et celui de

4. Schématiquement, une obligation est un titre de dette que l'émetteur s'engage à rembourser à l'acheteur, à une échéance donnée et avec un intérêt soit fixé à l'avance (obligation à taux fixe), soit indexé sur un taux d'intérêt variable connu de tous (obligation à taux variable).

Zaccaria par rapport aux autres négociants de la place exerçant la même activité. Pour évaluer le premier, elle devra, comme la compagnie d'assurance, rassembler des informations sur le risque de mer, et ses notes auront pour effet de les rendre publiques. Quant à l'appréciation du second, elle suppose un audit particulier des activités de Zaccaria, de son organisation, de sa capacité à minimiser les risques de sa profession. S'il est mieux noté que la moyenne de sa profession, Zaccaria pourra placer ses obligations à un taux plus faible.

De manière plus générale, en offrant des obligations au public et en mettant ainsi en concurrence tous les prêteurs, Zaccaria, si sa note est bonne au sein de sa profession, obtiendra très probablement un taux inférieur à celui du prêt bancaire qu'il pourrait négocier bilatéralement avec Suppa et Grilli. Une des raisons en est qu'il s'adresse ainsi directement à ceux-là mêmes à qui Suppa et Grilli empruntent, pour reprêter aux négociants comme lui. La différence entre le taux auquel les banquiers empruntent et celui auquel ils prêtent comprend certes les primes de risque, mais aussi les frais de fonctionnement et les profits bancaires. Ce sont eux dont Zaccaria fait l'économie. Ses banquiers prennent certes une commission pour placer des obligations dans le public, mais celle-ci est très inférieure à la différence entre les taux emprunteur et prêteur des banques, c'est-à-dire au coût de l'intermédiation bancaire. La question de savoir si Zaccaria obtiendra du public une prime de risque plus faible que de son banquier est plus ambiguë. Disons que plus le risque que présente Zaccaria est spécifique et difficile à évaluer par les méthodes standardisées des agences de notation, plus un banquier qui travaille avec lui depuis longtemps et le connaît bien sera susceptible de lui offrir une prime de risque inférieure à celle du « marché ». Dans le cas contraire d'un risque standardisé et statistiquement bien évalué, les primes offertes par les banques et le marché seront très proches et le fait de se passer de l'intermédiation bancaire conduira à un taux plus faible pour Zaccaria.

Puisque nous avons pour la première fois introduit la notion de « marché » financier, sur lequel se rencontrent directement emprunteurs et prêteurs, développons un peu. Remarquons d'abord qu'il est clair que le public acceptera d'autant plus facilement d'acheter des obligations qu'il existe un marché secondaire où elles peuvent à tout moment être revendues. C'est pourquoi les banquiers de Gênes ont eux-mêmes organisé un tel marché. Cela peut sembler paradoxal : organiser la possibilité pour des emprunteurs d'accéder directement aux prêteurs et de se passer ainsi des intermédiaires que sont les banques semble aller contre l'intérêt des banques.

Mais il n'en est rien, pour quatre raisons. La première est que la fonction d'intermédiaire (le banquier tel que nous l'avons jusqu'ici défini en est un, le négociant en est un autre) est par nature menacée de court-circuit, au fur et à mesure que l'information circule entre acteurs économiques. Il vaut donc mieux, plutôt que de résister à une tendance irrésistible, chercher à tirer parti de ce qui se développe. Or, pour les deuxième, troisième et quatrième raisons, les banquiers sont bien placés pour le faire. D'abord, ils sont bien placés pour émettre eux-mêmes des obligations et se procurer ainsi de l'or qu'ils reprêteront. Ensuite, ils sont bien placés pour vendre les obligations des autres puisqu'ils connaissent un nombre important de clients qui ont placé leur or chez eux. Ils le font contre une commission, certes faible, mais qui constitue un gain sûr. Enfin et surtout, ils sont les mieux placés pour assurer le rôle, fondamental, de « teneurs de marché » et en tirer des profits substantiels. De quoi s'agit-il ?

Imaginons que la rumeur se répande à Gênes que Zaccaria vient de subir la perte en mer qui menace gravement sa capacité à rembourser à l'échéance les obligations qu'il a émises. Ceux qui les détiennent, par précaution et sans attendre confirmation de la rumeur, peuvent préférer les vendre très vite sur le marché secondaire et, s'ils sont les premiers à le faire, subir ainsi une perte limitée (le courant de vente fait baisser le prix de ces obligations) plutôt que de risquer une perte totale si Zaccaria fait réellement faillite. Mais ce courant de vente a toutes les chances de se transformer en torrent. La baisse des cours des obligations de Zaccaria semble alors confirmer, même aux yeux des sceptiques qui ne se fient généralement pas aux rumeurs, qu'il y a bien anguille sous roche. Il risque donc de n'y avoir plus personne pour acheter ces obligations. Le marché devient

« illiquide » : même à un prix très bas, personne ne veut acheter.

C'est là qu'interviennent les « teneurs de marché ». Même s'ils ne sont pas mieux informés que le public, ils attendent que le prix des obligations ait suffisamment baissé pour les acheter. À quel prix commencent-ils à acheter ? À un prix tel que le gain, si la rumeur est infondée et que les obligations remontent donc à leur cours initial, est à leurs yeux suffisamment élevé pour compenser le risque que la rumeur soit avérée[5]. Ils le feront d'autant plus, et à des prix d'autant plus élevés, qu'ils sont mieux informés que la moyenne du public. Pour être un teneur de marché, il faut donc : premièrement pouvoir disposer rapidement de quantités importantes de monnaie pour absorber le flux des ventes de panique ; deuxièmement avoir un système d'évaluation des risques meilleur que celui du public ; troisièmement avoir un goût du risque supérieur à celui de la moyenne du public ; quatrièmement avoir un capital propre tel qu'une perte sur un seul pari raté (Zaccaria a effectivement fait faillite) ne mette pas en danger votre existence même. Les banques réunissent ces conditions.

Remarquons qu'un teneur de marché est un spéculateur et, statistiquement au moins, gagne beaucoup d'argent à se livrer à cette activité. Il achète en effet quand les prix sont bas pour revendre à des prix plus élevés. Mais, en même temps, ce rôle est indispensable pour que les marchés restent liquides, donc pour que les prêteurs adverses aux risques qui veulent s'en dégager puissent le faire. Il contribue à limiter les pertes de ceux qui cèdent facilement à des mouvements de panique. Nous rencontrons donc, pour la première mais pas pour la dernière fois, le rôle très ambigu de la spéculation.

Retenons à ce stade deux choses. La première est qu'un marché financier est une véritable institution qui exige

5. Ainsi, par exemple, si Zaccaria a émis des obligations de 100, remboursables dans trois mois à 130 (intérêt de 30 % sur trois mois), et si les teneurs de marché estiment que la rumeur de perte en mer a 50 % de probabilité d'être vraie, ils commenceront à acheter ces obligations quand leur prix sera tombé en dessous de 130 / 2 = 65. Calcul très grossier. Car, en fait, ils commencent à acheter à une valeur inférieure, compte tenu du « risque » de ce pari. Mais il existe un prix à partir duquel ils achètent.

pour fonctionner au moins deux catégories particulières d'acteurs : des agences de notation rendant publiques des informations sur les risques des emprunteurs, des teneurs de marché assurant la liquidité du marché. La seconde : les banques en tant qu'intermédiaires et les marchés financiers doivent être vus comme complémentaires, plutôt qu'en concurrence.

Les marchés d'actions

Troisième solution : Zaccaria décide de s'autofinancer et de s'auto-assurer, non pas avec son seul or, mais aussi avec celui d'individus prêts à s'associer à ses affaires, dont il garde la direction. Autrement dit, il assume tous les risques, mais en les partageant avec d'autres individus ayant le goût du risque. Pratiquement, il transforme son affaire en société par actions et introduit une partie, minoritaire, de ses actions en Bourse en augmentant son capital. Il vend donc sur un autre marché financier, le marché – dénommé Bourse – des actions, des droits de propriété sur son entreprise.

Copropriétaires de l'entreprise Zaccaria, les actionnaires autres que Zaccaria sont minoritaires. Ils n'ont droit qu'à une chose : une part, proportionnelle à celle du capital qu'ils détiennent, des bénéfices que Zaccaria décidera chaque année de distribuer aux actionnaires. Il est donc nécessaire qu'ils puissent « sortir » de cet investissement si les bénéfices distribués ne leur conviennent pas, donc qu'existe un marché secondaire des actions. C'est encore plus nécessaire que dans le cas des obligations, car en vendant des actions, Zaccaria ne s'est engagé à rien en ce qui concerne leur rentabilité.

Se posent ici aussi des problèmes d'information des investisseurs. Tout d'abord, au moment de l'introduction en Bourse, si Zaccaria prétend « lever » 1 000 en vendant 20 % des actions de son entreprise, il lui faudra prouver que son entreprise « vaut » 5 000. Elle possède un bateau, des entrepôts, et surtout un réseau d'information et un savoir-faire. Bateau et entrepôts ont un prix de marché que les investisseurs connaissent. Reste à évaluer l'actif immatériel, mais tout à fait essentiel, qu'est le « fonds de commerce » de Zaccaria. Le seul moyen de permettre cette évaluation est d'ouvrir ses comptes et de donner le maximum d'informations fiables sur le volume d'affaires et la rentabilité passés mais aussi et même surtout sur les perspectives de bénéfices futurs. De nouveau se pose un problème de fiabilité d'information et donc s'impose la nécessité d'organismes indépendants, cette fois pour « auditer » les comptes de Zaccaria et ses perspectives de profit. Ce sont les « analystes financiers ». Mais le problème d'information persiste ensuite. Les actionnaires minoritaires veulent être sûrs que Zaccaria ne dissimule pas des bénéfices et veulent pouvoir suivre en temps réel l'évolution de ceux-ci. Contrairement aux détenteurs d'obligations, qui connaissent le rendement et n'ont donc qu'à évaluer le risque de défaut de l'emprunteur, les actionnaires doivent pouvoir en permanence anticiper les bénéfices futurs de l'entreprise (incluant évidemment ses risques de faillite).

Comme le marché obligataire, la Bourse, pour fonctionner correctement, exige donc des acteurs qui produisent de l'information indépendante sur les sociétés cotées. Elle exige aussi des teneurs de marché, car évidemment les mouvements de panique sur les obligations de Zaccaria évoqués dans le cas précédent peuvent aussi se produire sur les actions.

En augmentant son capital par une introduction en Bourse, Zaccaria augmente la taille de son entreprise et associe à son destin des investisseurs désireux de prendre des risques en échange d'espoirs de rendements élevés. La fonction d'agrégation des capitaux qu'assure le marché des actions présente un avantage collectif. Elle permet à Zaccaria d'étendre son activité au-delà de ce que lui permettaient sa fortune personnelle et le réinvestissement systématique de tous ses gains dans sa propre entreprise. L'entreprise devient ainsi moins sensible au risque d'une faillite provoquée par l'échec d'une opération particulière, et Zaccaria peut exercer ses talents à plus grande échelle. En même temps, le marché des actions permet une diversification des risques. Zaccaria peut, tout en conservant la direction de son entreprise, la développer et en même temps investir une partie de ses gains ailleurs.

Au public, ce marché offre une opportunité de placer son or dans des instruments financiers qui, par rapport aux dépôts bancaires ou aux obligations, présentent des caractéristiques différentes en matière de rendement et de risque. Il permet donc aux investisseurs une diversification de leurs investissements. Or la diversification est, avec l'assurance, le second moyen fondamental non seulement de parvenir au couple rendement / risque que chacun préfère, mais aussi et surtout de réduire le risque pour un rendement espéré donné.

Les banques et la fonction de règlement

Voyons maintenant comment le développement de la finance va également permettre à Zaccaria de se débarrasser du second des risques de son opération initiale : celui lié au transport de son or de Bruges à Gênes. Risque réel, mais d'autant plus absurde qu'il y a de fortes chances que sa cassette pleine d'or croise, quelque part en route, une cassette faisant le trajet inverse et appartenant à Jong, un négociant de Bruges, qui rapatrie ainsi les gains d'une exportation de draps des Flandres en Italie du Nord. Les banques vont se charger de régler ce problème à un coût minimal, car elles vont pratiquement supprimer le risque de transport de l'or. Voici comment.

La vente d'alun effectuée, l'homme de confiance de Zaccaria dépose 2 000 ducats d'or, à vue, chez Van Eck, un banquier de Bruges, contre un certificat de dépôt au nom de Zaccaria. Il rentre à Gênes avec le certificat, sans désormais craindre les bandits, pour lesquels le certificat n'a aucune valeur. À Gênes, Zaccaria dépose son certificat de 2 000 ducats chez ses banquiers Suppa et Grilli, qui l'acceptent et transfèrent 2 000 ducats d'or sur le dépôt à vue de Zaccaria. Zaccaria est payé sans avoir pris le moindre risque de transport de monnaie. Si Suppa et Grilli ont accepté cette opération contre une minime commission, c'est que le banquier Van Eck dispose chez eux d'un dépôt à vue. Ils n'ont fait qu'enregistrer, par un jeu d'écritures, que le dépôt de Zaccaria avait augmenté de 2 000 ducats, et que celui de Van Eck avait diminué d'autant. Aussitôt, ils renvoient à Van Eck le certificat de dépôt que leur a cédé Zaccaria et qui désormais leur appartient. Dès réception, Van Eck transférera 2 000 ducats du dépôt que l'homme de Zaccaria avait constitué au dépôt dont disposent chez lui ses collègues Suppa et Grilli, également par un simple jeu d'écritures. Pendant ce temps, le négociant Jong aura fait l'inverse : déposé contre certificat chez Suppa et Grilli le produit de ses ventes en Italie, rapatrié le certificat à Bruges, présenté le certificat à Van Eck qui en crédite le compte de Jong et débite celui de Suppa et Grilli. Et Van Eck renvoie le certificat passé à son nom chez Suppa et Grilli qui débitent le compte ouvert par Jong et créditent celui de Van Eck.

Il ne surgit de difficulté que si les opérations dans un sens, du type Zaccaria, sont supérieures en valeur à celles dans l'autre sens, du type Jong. Dans ce cas, en effet, le dépôt de Suppa et Grilli chez Van Eck va augmenter, tandis que celui de Van Eck chez Suppa et Grilli va s'épuiser. Si cette situation est perçue par les deux banquiers comme temporaire et devant normalement se renverser, Suppa et Grilli se contenteront de reconstituer le dépôt de Van Eck en lui prêtant de l'or, naturellement contre intérêt au taux « interbancaire ». Si, et seulement si, Suppa et Grilli s'inquiètent de cette situation, car ils y voient l'indice d'une possible insolvabilité à terme de Van Eck, ils retireront leur dépôt chez Van Eck et refuseront de créditer les comptes de ceux qui leur présenteront des certificats de dépôt de chez Van Eck. Mais même cela ne se traduira pas nécessairement par des transports lointains et dangereux d'or, car Suppa et Grilli peuvent très bien déposer chez un autre banquier de Bruges, plus sûr à leurs yeux, leur or retiré de chez Van Eck.

De l'or ne devra finalement être transporté des Flandres en Italie que si l'ensemble des marchands d'Italie vendent plus en Flandres que l'ensemble des marchands flamands en Italie. Les Flandres auront alors un « déficit commercial » avec l'Italie et ce déficit se traduira par un transport d'or des Flandres en Italie. À moins que l'ensemble des banquiers italiens ne décident de prêter à l'ensemble des banquiers flamands, parce qu'ils pensent que ce déficit commercial est temporaire et que son inversion permettra au système bancaire flamand de les rembourser.

Remplaçons « certificat de dépôt » par « chèque » et nous avons la situation contemporaine dans ses grandes lignes. Ainsi est illustrée une seconde fonction des banques : organiser les paiements entre agents économiques.

Les marchés dérivés

Reste le troisième risque qu'a assumé Zaccaria : le risque de prix. Souvenons-nous qu'il a dû prendre une décision sur la base d'informations fragmentaires sur les prix de l'alun pratiqués récemment à Bruges. Lorsqu'il livrera son alun à Bruges, deux mois après que la marchandise aura été embarquée à Aigues-Mortes, il n'est pas sûr de pouvoir le vendre à 2 000 comme il l'espérait. Il peut aussi avoir la bonne surprise de parvenir à vendre plus cher. Zaccaria a le goût du risque, c'est entendu. Mais il le préférerait calculable. De plus, si le risque est trop important, non pas en soi mais pour lui, si par exemple il a risqué toute sa fortune sur une seule opération, il préférerait, quitte à réduire son espérance de gain, réduire aussi ce risque de prix, comme il a pu le faire des risques de mer et de transport d'or. Or de nouvelles innovations financières rendent possible la réduction du risque de prix.

La première est simplement qu'il existe à Bruges une Bourse de commerce cotant l'alun. Sur cette Bourse s'échangent quotidiennement des lots d'alun, standardisés en quantité et en qualité, et les cours sont publics. La série des cours passés fournit en elle-même des indications précieuses pour calculer le risque de prix. Elle permet par exemple de calculer la « volatilité » passée du cours de l'alun. Mais on peut aussi analyser d'éventuelles corrélations entre le cours de l'alun et d'autres données économiques qui permettent d'améliorer l'évaluation probabiliste des cours futurs et donc la mesure du risque de prix. Une fois de plus, nous constatons qu'un marché organisé produit, par comparaison à un ensemble de transactions bilatérales « secrètes », des informations utiles à ceux qui, d'une manière ou d'une autre, sont concernés par les niveaux et les évolutions des prix considérés.

Dès qu'une Bourse cote une marchandise de qualité bien définie, il est possible d'organiser aujourd'hui la confrontation de l'offre et de la demande du lot standardisé de cette marchandise, non pour livraison immédiate, mais pour une livraison dans un mois, deux mois, trois mois, etc. La Bourse cote ainsi chaque jour des contrats pour livraison immédiate (dits « au comptant ») mais aussi pour livraison dans le futur. Ces derniers, appelés « contrats à terme », stipulent donc que celui qui a vendu le contrat s'engage à livrer, dans un mois par exemple, un lot de marchandises à celui qui a acheté le contrat, à un prix qui est fixé aujourd'hui. Naturellement, jusqu'au jour de livraison prévu, tant le vendeur que l'acheteur du contrat peuvent s'en séparer (le vendeur le racheter, l'acheteur le revendre), car un compartiment de la Bourse, le marché à terme, assure la cotation de ces contrats jusqu'au jour de l'échéance. Ce jour-là, les contrats valent évidemment le même prix que les contrats au comptant du jour. Les contrats à terme sont le premier type d'« instrument dérivé ». Le marché à terme, où ils s'échangent, est dit « marché dérivé ».

L'intérêt des contrats à terme est qu'ils permettent de se couvrir contre le risque de variation des prix. Voyons comment. Le jour où Zaccaria décide son opération, il constate sur son ordinateur (n'oublions pas que nous l'avons projeté dans la finance moderne) que la Bourse de l'alun à Bruges donne les cotations suivantes. Le contrat d'alun, qui est de 1 tonne (pour simplifier), vaut 100 au comptant et 95 à deux mois. Zaccaria interprète, à juste titre, cette différence comme le fait que les intervenants sur le marché à terme de l'alun anticipent une baisse de son prix au comptant dans les deux mois qui viennent. Personne ne sait cependant quel sera le prix de l'alun au comptant dans deux mois. La baisse pourrait être encore plus forte, mais tout le monde pourrait aussi s'être trompé et l'alun valoir plus de 100.

Zaccaria décide d'être prudent. Il estime qu'au prix de 95 son opération serait encore rentable, alors qu'elle ne le serait plus si le prix chutait à 80. Il vend donc 20 contrats à deux mois au prix de 95, soit 20 × 95 = 1 900. Ce faisant, il s'assure une recette certaine de 1 900. En effet, si, deux mois après, le jour où son alun est livrable dans les entrepôts de la Bourse de Bruges, le prix au comptant est tombé à 80, il ne trouvera personne pour lui acheter sa cargaison à plus de 1 600, et c'est le prix qu'il en obtiendra. Mais ce jour-là les contrats qu'il a vendus à 1 900 vaudront aussi 20 × 80 = 1 600, il les rachètera donc à ce prix, faisant un gain sur les contrats de 1 900 – 1 600 = 300. Sa recette totale sera donc bien de 1 900 = 1 600 (vente de sa marchandise) + 300 (gain de la vente suivie du rachat des contrats). Par son opération sur le marché des contrats, il s'est couvert contre le risque de baisse des prix de sa marchandise. Il l'avait achetée à Aigues-Mortes sans l'avoir encore vendue. Dans le jargon financier, on dit qu'il était « long » sur l'alun physique. Quand on est long, le risque est la baisse de prix. Pour se couvrir, il suffit de prendre sur le marché à terme une position « courte » (avoir vendu ce qu'on n'a pas encore acheté) équivalente. Tel est le principe de la couverture contre le risque de prix : prendre sur des contrats à terme des positions inverses de celles qu'on a sur le physique. Évidemment, si, deux mois après, contrairement aux anticipations, l'alun au comptant se vend à 110, Zaccaria s'est *ipso facto* privé de ce profit inespéré. Il vendra bien en effet son alun à 20 × 110 = 2 200, mais devra racheter ses contrats à 2 200, perdant ainsi 300 sur la vente suivie du rachat des contrats, ce qui ramène comme précédemment sa recette totale à 1 900.

Tous les négociants longs en alun comme Zaccaria, qui veulent se couvrir contre le risque de baisse du prix, vont donc vendre des contrats à terme. Il faut donc se demander qui a intérêt à les acheter, sinon il n'y aurait pas de marché à terme où un prix non nul puisse se former. La réponse logique est immédiate : il s'agit de ceux qui veulent se couvrir contre un risque de hausse des prix. Qui cela peut-il être ? Logiquement encore, ceux qui sont courts sur l'alun physique, c'est-à-dire qui en ont déjà vendu alors qu'ils n'en ont pas encore acheté. Supposons un industriel qui fabrique des produits contenant de l'alun. Cet industriel reçoit, de l'un de ses clients, une demande de prix pour livraison dans trois mois. Si sa proposition de prix est acceptée, il aura une commande ferme livrable dans trois mois. Il aura donc vendu l'alun contenu dans son produit. Mais le temps de fabrication de celui-ci n'est que d'un mois. Il peut acheter l'alun aujourd'hui à 100, le stocker pendant deux mois, puis le mettre en fabrication. Il fixe alors le prix de vente de son produit sur la base d'un prix de l'alun de 100 augmenté de 5, qui est le coût physique (location d'entrepôt) et financier (intérêt sur deux mois) de stockage de l'alun pendant deux mois. Sa marge est ainsi fixée sans aucun risque. S'il se comporte ainsi, il n'a cependant aucune chance que son prix soit accepté. En effet, un autre industriel va inévitablement procéder différemment. Observant que le prix du contrat à terme de deux mois de l'alun est de 95, ce second industriel achète un contrat à deux mois et peut tranquillement fixer le prix de son produit sur la base d'un prix de l'alun de 95 au lieu de 105. Il emportera donc nécessairement le marché sur son concurrent, sans avoir pris pour autant le moindre risque sur sa marge de transformateur. En effet, même si l'alun est à 110 deux mois après, quand il doit l'acheter et lancer la fabrication pour honorer sa commande, il l'achète à 110, mais revend aussi ses contrats à 110, réalisant un gain sur les contrats (110 – 95) qui ramène son coût réel d'approvisionnement à 95.

Ainsi les individus longs en alun qui veulent se couvrir contre un risque de baisse de prix en vendant des contrats à terme rencontrent-ils sur les marchés à terme des individus courts en alun qui veulent se couvrir contre le risque de hausse des prix en achetant des contrats. Ainsi se forme à chaque instant le prix des contrats à terme, jusqu'à leur échéance où ils valent celui des contrats au comptant. Il serait cependant bien étonnant que ces deux catégories d'individus prudents, négociants sérieux et industriels solides, se trouvent ainsi seuls face à face. Le spéculateur rôde en effet toujours autour des marchés. Imaginons que, contrairement à l'opinion moyenne des intervenants sur le contrat à deux mois, opinion qui forme un prix de 95, vous soyez intuitivement persuadé (ou supérieurement informé) que dans deux mois le prix sera 110. Que faites-vous ? Vous achetez des contrats. Si deux mois après le prix est à 110, vous avez gagné 15 par contrat. S'il est à 85, vous avez perdu 10 par contrat. Il va sans dire que vous n'êtes ni court ni long en alun. Vous ne savez même pas très exactement comment est produit et à quoi sert l'alun et vous n'êtes pas le genre d'individu à vous intéresser à ces activités besogneuses et pénibles que sont le négoce, le transport maritime ou l'industrie. Vous êtes un « spéculateur pur ».

Et vous aimez particulièrement déployer vos talents sur un marché dérivé, tel celui des contrats à terme car il présente pour vous une caractéristique d'un immense intérêt. Quand vous achetez un contrat, vous ne payez rien avant l'échéance : l'achat d'un contrat est la promesse d'acheter dans deux mois à un prix fixé aujourd'hui. Ce n'est que dans deux mois que vous aurez à honorer cette promesse et à payer. Si dans deux mois cette promesse vaut plus cher, vous la revendez et payez votre achat simultanément : vous recevez votre gain sans avoir rien eu à débourser (ou vous payez votre perte...). Ce n'est pas tout à fait vrai cependant. Car les individus qui organisent les marchés à terme sont des gens sérieux et veulent limiter le risque que des individus peu scrupuleux achètent ou vendent des contrats pour disparaître ensuite, si par hasard l'évolution du prix se traduit pour eux par une perte. Les gestionnaires des marchés dérivés « organisés » vous demandent donc, lorsque vous achetez ou vendez des contrats, de bloquer chez eux sur un compte un *deposit* initial de, par exemple, 5 % de la valeur du contrat. Ensuite, votre compte est suivi. Si vous avez acheté un contrat à 100 en versant un *deposit* de 5 et que son prix baisse à 96, votre perte potentielle, s'il vous fallait le vendre immédiatement, serait de 4. Les organisateurs du marché, instantanément, vous « appellent à la marge » de 4, de façon que votre compte couvre en permanence le montant de votre perte potentielle, augmenté du *deposit*. Si vous disparaissez à ce moment-là, votre compte est immédiatement liquidé et le *deposit* sert à régler la perte. Les appels de marge, qui s'appliquent à tous les intervenants du marché, assurent donc normalement que ceux qui sont en perte restent solvables. Ils assurent contre le risque de contrepartie : le risque que dans un contrat l'un des acteurs ne remplisse pas ses obligations. Assurance partielle seulement, car il reste possible qu'un acteur fasse faillite avant de régler ses appels de marge, précisément parce que cela excède largement ses capacités... Reste que sur un marché à terme, un *deposit* de 5 % permet un « effet de levier » considérable. Vous investissez 5 pour l'achat d'un contrat à 100. Si vous le vendez à 110 deux mois plus tard (ce genre de hausse de 10 % en deux mois d'une marchandise cotée – ou d'une action – n'a rien d'exceptionnel), le gain est de 10 pour un investissement de 5 : 200 % de rendement en deux mois, soit 1 200 % par an. On comprend que les spéculateurs soient tentés. Sont-ils pour autant (dans ce cas précis) les parasites odieux que le *vulgum pecus* voit facilement en eux ? La réponse est non.

Revenons au moment où Zaccaria décide de se couvrir contre le risque de baisse du prix de l'alun. Supposons qu'à ce moment, le prix au comptant étant toujours de 100, les anticipations des acheteurs potentiels de contrats, les industriels de l'alun, soient que le prix va baisser encore plus que nous ne l'avons supposé. Dans ces conditions, très peu vont se couvrir contre la hausse en achetant des contrats. (Notons que ces industriels courts en alun, qui n'achètent pas de contrats pour se couvrir contre le risque de hausse, spéculent à la baisse.) Au lieu d'être de 95, le prix à deux mois tombe à 80, un niveau où nous avons supposé que Zaccaria renoncerait à son opération. Dilemme pour Zaccaria. Se couvrir à ce prix ne présente aucun intérêt. Il ne lui reste qu'à renoncer ou à prendre le risque de prix malgré tout, s'il pense que les industriels sont décidément trop pessimistes (du point de vue de Zaccaria, optimistes de leur point de vue). Supposez alors que de purs spéculateurs ne soient pas de l'avis des industriels et pensent que ce prix à terme de 80 sous-estime manifestement ce que sera le prix dans deux mois : ils achètent des contrats. Le prix à terme remonte. S'il remonte assez, il va permettre à Zaccaria de se couvrir. Les spéculateurs purs « achètent le risque » dont Zaccaria veut se débarrasser. Zaccaria ne pense certainement pas que ce sont des parasites, mais bien plutôt des êtres providentiels. En effet, ils corrigent les anticipations déraisonnables de ces spéculateurs véritables mais dissimulés que sont les industriels qui ne se couvrent pas. En prenant ainsi délibérément un risque de prix, ces industriels obligent Zaccaria à en faire autant, alors qu'il ne le souhaite pas. Bref, Zaccaria bénit l'existence des spéculateurs purs, ces bienfaiteurs méconnus du négoce.

La fonction d'échange de risque de prix que jouent les marchés dérivés apparaît encore plus clairement avec les deux autres grandes catégories d'instruments dérivés que sont les options et les *swaps* (« échange » en anglais). Il existe deux types d'options : options d'achat et options de vente (appelées respectivement *calls* et *puts* en anglais). Acheter aujourd'hui une option d'achat (de vente) de 1 tonne d'alun à échéance de deux mois et au prix d'exercice de 100, c'est acheter, en payant aujourd'hui le prix de l'option, par exemple 5, le droit d'acheter (de vendre) dans deux mois 1 tonne d'alun au prix de 100 à celui qui a vendu l'option. Ainsi, si Zaccaria veut se couvrir contre une baisse du prix de l'alun qui au comptant vaut 100 aujourd'hui, il achète une option de vente à deux mois au prix d'exercice de 100. Le prix de l'option est 5, qu'il débourse aujourd'hui. Si, deux mois après, le prix de l'alun a baissé à 80, il exerce l'option de vente et cède donc son alun à 100 au vendeur de l'option qui, le revendant à 80, perd 20 – 5 (le produit de la vente de l'option). Le prix effectif de vente pour Zaccaria sera 100 – 5 (prix de l'option) = 95. L'intérêt de l'option pour Zaccaria, c'est que si le prix de l'alun a monté à 110, il n'exerce pas l'option et vend son alun à 110 sur le marché. Son prix effectif de vente sera 110 – 5 (prix de l'option) = 105. Dans ce cas, le vendeur de l'option évidemment gagne 5. Ainsi Zaccaria qui est long en alun, en achetant une option de vente, achète une protection contre la baisse du prix sans pour autant se priver d'une possibilité de gain si le prix monte. Un industriel court en alun achètera, lui, une option d'achat, se protégeant ainsi contre le risque de hausse tout en conservant la possibilité d'un gain si le prix baisse. Qui sont les vendeurs d'options ? Sur une simple vente d'option, on peut les considérer comme des spéculateurs. Le vendeur de l'option de vente à Zaccaria spécule que les prix vont monter, que Zaccaria donc n'exercera pas l'option. Mais on voit très bien qu'un vendeur d'options peut couvrir ses options par des contrats à terme. Par exemple au moment où il vend l'option de vente à Zaccaria, prenant le risque que le prix baisse, il se couvre lui-même contre la baisse en vendant un contrat à terme. Un tel vendeur d'option doit plutôt être considéré comme un assureur.

Quant aux *swaps*, en voici une illustration. Zaccaria, très content de son premier voyage à Bruges, se décide à effectuer désormais une rotation à Bruges tous les trois mois. Il passe un contrat d'approvisionnement de trois ans avec son fournisseur d'Aigues-Mortes qui s'engage à lui fournir une cargaison d'alun tous les trois mois à un prix convenu par avance : 50 ducats par tonne. Pour rentabiliser son activité, Zaccaria souhaite garantir un prix de 100 ducats pour ses livraisons à Bruges pendant les trois prochaines années. Or il n'existe malheureusement pas de contrats à terme et d'options pour des échéances aussi éloignées. Il demande alors à un banquier de Bruges d'organiser le *swap* suivant. Tous les trois mois, Zaccaria paiera au banquier le prix de marché de l'alun (qu'il aura obtenu de la vente de sa cargaison) et recevra du banquier un prix fixe convenu à l'avance, par exemple : 100. Échanger, à des échéances régulières pendant une certaine période, un paiement fixe prévu à l'avance contre le paiement d'une valeur de marché qui fluctue et qui n'est pas connue par avance, tel est le mécanisme de base d'un *swap*. Avant de s'engager dans cette opération, le banquier a fait un calcul dont le principe est très simple. Il a estimé ce que sera le prix moyen de l'alun pendant les trois ans à venir : c'est ce qu'il recevra de Zaccaria. Avec une incertitude cependant. Il retranche donc une marge rémunérant correctement à ses yeux le risque pris et calcule ainsi le prix maximum du *swap* qu'il peut proposer à Zaccaria, c'est-à-dire le montant fixe qu'il lui versera, en l'occurrence : 100. Ici encore, si la contrepartie de Zaccaria est un banquier qui réussit à vendre à un autre négociant ou industriel le *swap* inverse (le banquier paie le prix variable et reçoit un prix fixe), il y a échange mutuellement bénéfique de risques opposés, que le banquier organise en prenant une marge. Si la contrepartie est un pur spéculateur, il y a achat par le spéculateur, dans l'espoir d'un gain, des risques dont Zaccaria veut se débarrasser.

Les marchés dérivés sont donc des marchés où s'échangent des risques de prix. Aujourd'hui, ils existent non seulement pour des « commodités », c'est-à-dire des marchandises standardisées (comme nous avons supposé que c'était le cas de l'alun), par exemple le pétrole et les produits raffinés, les métaux, les produits agricoles, mais aussi pour des services standardisés comme le fret maritime, enfin et surtout pour la plupart des actifs financiers : obligations (donc taux d'intérêt), actions, indices d'actions, ainsi que pour les grandes monnaies convertibles : dollar, euro, yen, etc. ; enfin, de manière croissante ces dernières années, pour échanger les risques de crédit. Comme les autres marchés financiers, les marchés dérivés produisent des informations, en l'occurrence des prix « futurs », très utiles à l'ensemble des acteurs concernés par l'évolution de ces prix. Comme les autres marchés financiers, ils doivent être organisés par des institutions[6] et ne peuvent fonctionner que s'il existe des « teneurs de marché », qui sont objectivement des spéculateurs. Une différence avec les marchés d'obligations ou d'actions « au comptant » est l'importance des effets de levier qu'ils autorisent. Ces derniers y rendent la spéculation spécialement attrayante, mais aussi dangereuse pour les spéculateurs. S'y pose donc de manière particulièrement aiguë la question des effets de la spéculation. On a vu son caractère nécessaire. Sans spéculateurs prêts à « acheter » les risques de prix dont d'autres veulent se débarrasser, ces marchés ne pourraient pas remplir la fonction d'assurance, de transfert de risques, pour lesquels ils ont été créés. Cependant, reste entièrement ouverte la question de savoir si la spéculation ne peut pas, aussi, les « déstabiliser ». Par exemple, engendrer des mouvements de prix qui sans elle n'auraient pas lieu, et qui se révéleraient, selon des critères de jugement à préciser, « néfastes ».

Les fonctions de la finance

J'aurais pu raconter le même genre d'histoire en restant à Gênes, avec un Zaccaria meunier, achetant du blé, le stockant, le transformant en farine et vendant cette dernière. Certes, les risques « physiques » de cette activité productive auraient été différents : au lieu du risque de mer, celui que le stock de blé soit détruit par des parasites, par exemple. Toute activité productive, parce qu'elle se déroule dans le temps, présente des risques de ce type. Quant au risque de prix, il aurait été également présent : Zaccaria aurait acheté du blé avant d'avoir vendu de la farine et le prix de celle-ci aurait pu varier pendant le temps de production.

---

6. Il existe des marchés dérivés dits non organisés (OTC : *over the counter*, en anglais). En réalité, ils sont organisés, mais différemment : par des banques, en général.

Ce qui a été décrit, ce sont plusieurs processus possibles de division sociale du travail non exclusifs l'un de l'autre, ou, si l'on objecte que le spéculateur pur ne « travaille » pas, de division sociale des activités. Mis à part celle de transport et celle que nous avons qualifiée de négoce pur, toutes les activités initialement exercées par le seul Zaccaria sont des activités financières. Ce qu'illustre l'histoire, c'est d'abord un mouvement de séparation entre activités financières et autres activités. C'est ensuite une diversification des activités financières elles-mêmes, résultant de la séparation de leurs différentes composantes et de la spécialisation d'acteurs particuliers dans l'exercice d'activités financières précises, ce qui leur permet de les exercer à l'échelle qui autorise le coût minimum et d'accumuler plus rapidement des savoir-faire spécialisés, source d'efficacité. Ce qu'elle montre aussi, c'est qu'une telle diversification de l'offre des services financiers est également source d'efficacité accrue pour d'autres acteurs, à qui elle permet de se concentrer sur leurs « métiers ».

Il est désormais possible de récapituler ce que sont les différentes fonctions de la finance :

• *Une fonction de transfert de la richesse dans le temps.* En se privant d'utiliser une partie de son or à l'achat de biens lui procurant une jouissance immédiate, un individu, qui devient ainsi un épargnant, peut, grâce à la finance, placer cet or en instruments financiers : dépôts rémunérés, obligations, actions, voire instruments dérivés, et le récupérer plus tard normalement augmenté du rendement de ce placement.

• *Une fonction de gestion des risques.* Il s'agit des risques pris par un acteur individuel dans une opération de transfert de la richesse dans le temps. La finance permet de réduire les risques individuels en les divisant et de les transférer à d'autres individus, moins adverses au risque. Soit que le risque en question est pour eux de moindre importance, soit qu'ils souhaitent en prendre dans l'espoir de profits élevés. Elle permet ainsi à chacun de choisir le couple rendement / risque qui lui convient.

• *Une fonction de mise en commun de richesse.* Elle permet de financer des projets dont l'ampleur dépasserait la richesse d'un seul individu. D'autant qu'un individu, même très riche, préférera, par souci de réduction des risques, diversifier ses placements.

• *Une fonction d'information.* Certaines institutions financières, en particulier les marchés organisés, produisent une information publique (généralement des prix) utile aux individus pour orienter leurs choix non seulement financiers, mais productifs au sens strict.

• *Une fonction de règlement,* c'est-à-dire d'organisation du système des paiements.

De ces fonctions, les deux plus importantes sont les fonctions de transfert de richesse dans le temps et de règlement. En effet, les fonctions de gestion des risques, de mise en commun des ressources et d'information peuvent être considérées comme au service de la fonction de transfert qui, comme on va le voir au chapitre suivant, est essentielle à la croissance économique.

Les systèmes financiers

Les fonctions de la finance peuvent être assurées par des instruments et organisées par des institutions différentes. Rappelons quelques exemples. Pour un épargnant, le transfert de richesse dans le temps peut passer par un dépôt bancaire rémunéré, l'achat d'obligations ou d'actions, mais aussi par l'achat de droits de propriété sur des objets tels que les œuvres d'art ou l'immobilier. Différents instruments permettent de se couvrir contre un risque de prix sur les marchés dérivés : contrats à terme, options, *swaps*. L'articulation de plusieurs fonctions au sein d'une opération financière peut prendre des formes diverses, ainsi qu'on l'a vu de la combinaison d'une fonction de transfert de richesse dans le temps et d'assurance contre un risque.

Quant aux institutions qui assurent une ou plusieurs fonctions de la finance dans le monde contemporain, on distingue tout d'abord les intermédiaires financiers et les marchés. Les marchés financiers, où sont cotés les instruments financiers, sont en effet aussi des institutions. Ils sont organisés : des acteurs en fixent les règles de fonctionnement, qu'elles soient purement privées ou soumises à des contrôles étatiques stricts, et assurent leur fonctionnement. Ainsi le marché des actions à Paris est organisé par une société privée, Euronext, et le déroulement des opérations est soumis au contrôle de l'AMF (Autorité des marchés financiers), une institution étatique. De plus on a vu que, pour fonctionner, les marchés financiers exigent que des acteurs particuliers assurent le rôle de producteur d'information (par exemple, les agences de notation et les analystes financiers) et que d'autres assurent celui de teneur de marché.

Il existe aujourd'hui quatre grands types de marchés financiers. Les marchés de créances négociables et de titres de dettes à taux fixe ou variable, les marchés des actions, les marchés d'instruments dérivés, appelés par contraction marchés dérivés, et les marchés des changes où s'échangent entre elles les monnaies.

Parmi les intermédiaires financiers, une distinction fondamentale s'impose entre banques et institutions non bancaires. Les banques ont en effet non seulement des fonctions financières, mais aussi, comme on va le voir au chapitre v, une fonction monétaire qui en fait des institutions financières très particulières. De plus, elles assurent la fonction essentielle de règlement des transactions.

Les institutions non bancaires sont principalement les sociétés d'assurance et les « investisseurs institutionnels ». Ces derniers sont des gestionnaires d'épargne pour compte de tiers. Ils collectent de l'épargne et la placent sur divers marchés financiers. On distingue les fonds de pension qui gèrent l'épargne constituée en vue d'une retraite, les fonds communs de placement *(mutual funds)* et les fonds d'arbitrage *(hedge funds)*. La différence entre ces deux derniers types n'est pas tranchée. Ils gèrent des fonds collectés en général auprès de catégories aisées de la population. Les *hedge funds* sont réputés prendre plus de risques, en particulier en utilisant différents effets de levier.

Il s'agit là d'institutions privées. Certaines banques ou compagnies d'assurance sont à capitaux publics, mais ne se comportent pas différemment de leurs concurrentes privées. Les intermédiaires financiers sont cependant plus ou moins contrôlés par les États. On verra que les banques le sont assez étroitement, et pourquoi il en est ainsi. On verra qu'on parle régulièrement de réglementer aussi certaines activités des investisseurs institutionnels, des *hedge funds* en particulier.

Ces institutions privées ne sont pas les seules à assurer des fonctions financières. Deux autres institutions ont joué dans le passé, et continuent à jouer, un rôle important : la famille et l'État. Un motif essentiel de transfert de la richesse dans le temps est de subvenir à ses besoins quand on ne peut plus travailler, soit par accident ou maladie, soit parce qu'on est trop vieux. Il est clair qu'aujourd'hui encore, pour une très large part de l'humanité, c'est la famille qui assure cette fonction. Jeune, on fait des enfants et on les élève (une dépense), et l'on compte sur eux pour nous entretenir quand on est vieux ou malade (une ressource ultérieure). Dans de nombreux pays riches, c'est l'État directement qui a organisé des systèmes de retraite par répartition et des systèmes d'assurance maladie. Ces deux dernières fonctions peuvent, on le sait, parfaitement être assurées par des institutions privées. Quand c'est l'État qui les assume, il combine généralement aux fonctions purement financières (transfert de richesse dans le temps et assurance par mutualisation des risques) des fonctions de redistribution au sein des populations concernées. Ainsi, un système public d'assurance maladie définit les cotisations (la prime d'assurance) en fonction du revenu mais pas de l'état de santé. Un système d'assurance privée, à moins qu'il ne soit contrarié par une réglementation, tendra naturellement à différencier les contrats et les primes selon le risque de l'assuré, c'est-à-dire son état de santé, comme il le fait pour les autres risques.

Les rôles respectifs de la famille, de l'État et des institutions privées, au sein de celles-ci le rôle des marchés et des institutions financières *stricto sensu*, au sein de celles-ci le rôle et la place des banques, définissent des « systèmes financiers ». Leur diversité, au cours des temps modernes, fut extrême. Elle reste importante au sein du monde contemporain.

L'utilité contestée de la finance

Le développement, la diversification, la spécialisation des activités financières participent pleinement au mouvement général de division sociale du travail, en quoi Adam Smith voyait à juste titre la source fondamentale de l'accroissement de la « richesse des nations ». La finance est en elle-même le lieu d'une division sociale du travail et elle la favorise dans les autres sphères. Elle contribue donc incontestablement à l'accroissement de la richesse.

D'où vient alors qu'elle soit si souvent considérée, de même que le négoce pur, comme une activité parasitaire captant indûment des richesses issues de la seule sphère qui les produirait, la sphère « productive » *stricto sensu*, où s'exerce le dur labeur des hommes appliquant un travail transformateur de matière aux ressources que nous offre parcimonieusement notre mère avare, la nature ? Le travail et la nature, affirmait Marx, sont les deux sources de toute richesse. Cette conception est ancienne. Elle reste très vivante de nos jours. L'œuvre d'un historien contemporain aussi important que Fernand Braudel en est par exemple imprégnée. Braudel sépare la vie économique en trois niveaux : civilisation matérielle, économie (c'est-à-dire échanges et négoce) et capitalisme (où se concentrent les activités financières). Puis il établit une hiérarchie entre les trois, chaque niveau drainant des richesses du niveau immédiatement inférieur. Le jugement qu'il en déduit est que « le capitalisme (dans sa définition, c'est-à-dire essentiellement la finance) est parasitaire ». Sans entreprendre ici l'histoire du discrédit jeté sur la finance, on peut tenter d'en distinguer de bonnes et de mauvaises raisons, et tirer de cette analyse quelques questions pertinentes pour la suite.

Mauvaises sont les raisons qui affirmeraient que, dans un capitalisme, les activités financières ne sont simplement pas nécessaires au développement des capacités de production de richesses. J'espère qu'à l'issue de ce chapitre le lecteur en sera convaincu.

Plus recevable *a priori* est l'argument suivant. Certes nécessaires, les activités financières recevraient une part excessive de la richesse qu'elles contribuent à produire. Elles seraient en position structurellement dominante. C'est la thèse de Braudel. C'est aussi une thèse largement répandue parmi ceux qui connaissent intimement le fonctionnement des capitalismes. Qui n'a jamais entendu un patron de PME, ne niant aucunement l'utilité de son banquier, de son assureur et des négociants qui vendent ses produits, se plaindre néanmoins de ce que, tandis qu'il s'acharne à gagner quelques euros sur ses coûts de production, les autres font des profits plus que confortables sans « mouiller leur chemise » ?

Si c'était vrai, cela signifierait que les activités financières sont structurellement en situation de monopole, que la compétition en leur sein y est toujours très modérée. Sinon, cette compétition se chargerait de ramener les profits moyens (insistons sur « moyens ») de ces activités au niveau de ceux des activités industrielles, par exemple. Or rien ne permet de l'affirmer, ni théoriquement, ni empiriquement. En théorie, les « barrières à l'entrée », dont la hauteur détermine la possibilité de surprofits de monopole dans une activité donnée, n'ont pas de raison d'être systématiquement plus élevées dans les activités financières que dans les activités productives. Empiriquement, le taux de profit moyen constaté des entreprises de la finance n'est pas, sur une longue période, systématiquement supérieur à celui d'autres entreprises. Il peut toutefois l'être durant certaines périodes. Ce fut le cas à partir de la fin des années 1980. La part des profits de l'industrie financière dans la totalité des profits des entreprises aux États-Unis était de l'ordre de 15 % au milieu des années 1980. Elle a atteint 40 % en 2006. Dans le même temps, le salaire moyen des employés de la finance passait 1,1 à 2 fois le salaire moyen du secteur privé. Cela signifie clairement que pendant cette période, au moins dans certains métiers de la finance, des monopoles extrêmement puissants ont pillé le reste de l'économie. Cela relève cependant de causes spécifiques aisément explicables, et non de la nature même des activités financières.

Savoir si le capital financier ou commercial est systématiquement mieux rémunéré que le capital industriel, ou comment il y parvient dans certaines circonstances, n'a rien à voir avec une tout autre question, qui est la répartition des richesses produites entre le capital et le travail. Cependant, subjectivement, les deux questions peuvent, au moins dans certaines cultures, être liées. Si le symbole « du » capitaliste est le banquier ou le grand négociant, alors un sentiment d'injustice à l'égard de la répartition d'ensemble entre capital et travail se concentrera sur ce symbole et son activité et non sur le « petit patron » de PME, même si le taux de profit de ce dernier est parfois plus élevé. Parce que le petit patron, on le voit passer dans l'atelier, et on sait qu'aussi « dur » soit-il, il fait quelque chose de concret pour que la « boîte » marche. L'éloignement des activités financières des activités directes de production serait alors la cause de ce qui n'est, dans la plupart des circonstances, qu'une illusion.

Une troisième raison pourrait être la distribution très large, dans les activités financières, des taux de profit individuels autour du taux de profit moyen. En effet, comme on remarque beaucoup plus les réussites (les enrichissements spectaculaires) que les échecs, et que personne, hormis les statisticiens, ne s'intéresse aux valeurs moyennes, une grande dispersion autour de la moyenne pourrait conduire au sentiment de profits indus. Or c'est certainement le cas. Au moins pour les activités financières les plus risquées, on constate une distribution très large, autour de la moyenne, des gains et des pertes. Il est en effet parfaitement normal, en logique capitaliste s'entend, que les réussites exceptionnelles dans les activités risquées procurent des gains exceptionnels. Il ne convient pas d'en tirer des conclusions générales sur le caractère parasitaire de la finance.

Cette explication reste cependant insuffisante, comme l'illustre l'image différente que présentent, aux yeux du plus grand nombre, un financier comme George Soros et un industriel comme Bill Gates. Le fait que George Soros (en fait, son fonds d'investissement « Quantum Fund ») ait gagné 1 milliard de dollars en quelques semaines en spéculant contre la livre sterling a choqué beaucoup de gens. Or George Soros, parti de rien, est entré en affaires bien avant Bill Gates, également parti de rien. Aujourd'hui, Bill Gates est beaucoup plus riche que George Soros. Il s'est donc enrichi en moyenne chaque année beaucoup plus que George Soros. La singularité de Bill Gates, par rapport à la moyenne des capitalistes industriels, est beaucoup plus forte que celle de Soros par rapport à la moyenne des gestionnaires de fonds. Pourtant, Bill Gates est tout au plus considéré, après les sentences de quelques juges de la concurrence aux États-Unis et en Europe, comme ayant « abusé d'une position dominante », mais non comme un « spéculateur » et un « parasite ». Aux yeux de tous, sa société Microsoft a incontestablement rendu des services à l'ensemble des utilisateurs d'ordinateurs individuels, même si elle les a fait payer trop cher et a entravé le développement de produits meilleurs que les siens. De toute façon, si l'on cherche un secteur d'activité où les gains sont encore plus inégalement distribués autour de la moyenne que dans la finance, on n'aura aucun mal à en trouver : dans le monde des comédiens ou des chanteurs par exemple, ou des sportifs professionnels, ce qui choque cependant beaucoup moins.

On en revient donc à l'hypothèse que le discrédit porté sur les activités financières semble bien lié à leur nature même, au fait qu'elles ne font que manipuler de l'argent, ce qui leur confère aux yeux de beaucoup un caractère « immatériel », « non réel ». En fin de compte, ce sentiment me paraît fondé, même si c'est le plus souvent de façon aveugle, sur deux caractéristiques de la finance que le simple exposé de ses fonctions ne m'a pas encore permis d'aborder. D'abord le fait que peuvent se déployer au sein de la sphère financière, en certaines circonstances, des phénomènes endogènes, « tératologiques » en ceci qu'ils ont des effets destructeurs sur la création de richesse. Tout le monde ou presque a entendu parler du krach de 1929 à Wall Street et établi une relation de cause à effet entre lui et la « Grande Dépression » qui a suivi, même si les experts ne sont toujours pas d'accord sur les responsabilités propres du krach dans la crise. Le spectre de la « Grande Dépression » des années 1930 nous hante désormais lors de chaque coup de tabac sérieux dans la finance. Ensuite le fait que ce dont la finance fait commerce n'est jamais que de simples « promesses », des droits non garantis sur la richesse future. En soi, cela ne justifierait pas le discrédit. Mais si la finance, par des mécanismes dont il faudra rendre compte, avait tendance à créer plus de droits sur la richesse future que celle-ci ne peut en satisfaire (sauf si c'est au détriment d'autres droits), alors la finance serait une source permanente de conflits de répartition. Les profits exceptionnels qu'elle engendre parfois seraient alors perçus comme une menace permanente et sournoise sur les revenus du travail. Un pouvoir potentiellement destructeur de richesse et prédateur des revenus du travail serait alors ce qui, confusément, justifierait la condamnation de la finance par beaucoup. Ont-ils raison ? Si oui, la globalisation financière aggrave-t-elle les choses ?

CHAPITRE III

La finance, un commerce de promesses

L'une des fonctions principales de la finance est donc de transférer de la richesse dans le temps. Surgissent immédiatement deux objections conduisant à une question. La première objection est que la thésaurisation, le simple fait de conserver de la monnaie, est aussi un moyen de transférer de la richesse dans le temps. Il est peu risqué et, contrairement à ce qu'un contemporain habitué à l'inflation pensera spontanément, le rendement n'est pas nécessairement nul ou négatif : il est positif si les prix baissent. La seconde objection est qu'on peut, en achetant certains objets, tels des tableaux de maître, en jouir immédiatement et cependant transférer de la richesse dans le temps, puisque la jouissance de cet objet ne le dégrade pas et qu'il traverse lui-même, intact, le temps. La question dès lors est évidente. Qu'est-ce donc qui permet à la finance de transférer de la richesse dans le temps et de le faire mieux que la thésaurisation ou l'achat de tableaux de maître ? Question subsidiaire : qu'est-ce qui gouverne l'évolution dans le temps du pouvoir d'achat de la monnaie ou des tableaux ? Je traiterai la monnaie dans un chapitre ultérieur, mais je m'intéresserai ici aux tableaux. Cette analyse permettra quelques considérations sur le problème des retraites, où, bien sûr, il s'agit de transférer de la richesse dans le temps, ainsi que sur le devenir de l'énorme dette que les ménages américains ont contractée à l'égard des résidents et de l'État chinois.

Finance et croissance

Notre question est donc : à quelles conditions la finance est-elle un meilleur moyen de transfert de la richesse dans le temps que l'achat de tableaux de maître ? Pour le comprendre, construisons un modèle économique très simple, d'inspiration ricardienne.

Sur un territoire donné, existe à l'instant initial un stock de moyens de production (terres, autres ressources naturelles, machines) qui est la propriété d'un groupe de capitalistes. Le reste de la population est constitué d'ouvriers. Les capitalistes sont tous des entrepreneurs. Ils embauchent des ouvriers et dirigent leurs entreprises. Le travail des ouvriers sur le stock de ressources et de machines permet de produire des biens de consommation et de nouvelles machines, dans des proportions variables. Définissons d'abord un état stationnaire de cette économie. Dans l'état stationnaire, chaque capitaliste produit juste ce qu'il faut de machines pour compenser l'usure des machines existantes, de manière à ce que le stock de moyens de production reste constant. Le reste de la capacité productive est utilisé à fabriquer des biens de consommation, qui sont partagés entre les ouvriers et les capitalistes (nous n'avons pas besoin de savoir ici comment s'est établie cette répartition). L'économie se reproduit ainsi à l'identique d'une période à l'autre. Voyons maintenant comment cette économie peut croître.

Supposons que, pendant la période 1, un capitaliste décide, par rapport à ce qu'il faisait en régime stationnaire, de réduire sa production de biens de consommation et de fabriquer, à la place, de nouvelles machines pour augmenter son stock S. Cela suppose un redéploiement partiel des ouvriers et du stock S vers la production de machines. Mesurons la quantité de nouvelles machines produites en équivalent biens de consommation[1] et supposons que notre capitaliste ait décidé de produire 100 de machines avec les

1. À savoir : l'unité de machine est la quantité de machines produite par les ressources en travail et moyens de production qui permettent de produire une unité de biens de consommation.

ressources auparavant utilisées à produire 100 de biens de consommation. Admettons que le revenu des ouvriers soit fixe (chez Ricardo, c'est parce qu'il est maintenu au niveau de subsistance par la concurrence entre les ouvriers). Ils recevront donc autant de biens de consommation que lorsque l'économie était stationnaire. C'est notre capitaliste qui devra réduire sa consommation de 100. On dira donc qu'en période 1 il a « épargné » 100, c'est-à-dire renoncé à 100 de consommation, pour « investir » dans 100 de machines. En période 2, les nouvelles machines sont ajoutées à son stock de production initial S. Ce stock augmenté est utilisé de la manière suivante : il se contente de produire en machines ce qu'il faut pour qu'en fin de période 2 il retrouve le stock S du début de la période 1. Autrement dit, par rapport à l'état stationnaire, il produira, en période 2, 100 de machines en moins, car au début de la période 2 il disposait de 100 de machines de plus. Les ressources correspondantes sont utilisées à produire des biens de consommation dont la production est donc augmentée de 100. Si les choses en restaient là, le « détour de production » consistant à produire 100 de machines au lieu de 100 de biens de consommation en période 1, pour produire 100 de biens de consommation de plus en période 2, n'augmenterait pas la production totale de biens de consommation (et donc la consommation de notre capitaliste) sur l'ensemble des deux périodes. Elle ne présenterait *a priori* aucun intérêt.

Mais il n'en est pas ainsi, car, en période 2, le stock de moyens de production est en moyenne supérieur à ce qu'il était en période 1, même s'il diminue au cours de la période pour revenir à la fin au niveau S, par hypothèse. Ce stock supérieur, associé à la même quantité de travail, autorise une production supplémentaire de biens de consommation. Supposons que 100 de machines supplémentaires en début de période 2 permettent de produire 10 de biens de consommation supplémentaires. Le ratio « production supplémentaire / moyens de production supplémentaires » s'appelle « productivité marginale du capital ». La productivité marginale du capital est donc dans notre cas égale à 10 %. Finalement, la production totale de biens de consommation en période 2 augmente non pas de 100, mais de 110, que s'approprie le capitaliste, puisque la consommation des ouvriers est constante. Renoncer à une consommation immédiate de 100 et investir en période 1 a permis à notre capitaliste de produire et de s'approprier 110 de biens de consommation supplémentaires en période 2. La rentabilité de cet investissement est de 10 %. Elle est égale à la productivité marginale du capital.

Une rentabilité de l'investissement de 10 % est-elle suffisante pour inciter un capitaliste à faire l'opération que nous venons de décrire ? Cela va dépendre d'un autre paramètre, qui lui est personnel, sa « préférence pour le présent ». La préférence pour le présent d'un acteur économique est définie comme le taux *r* dont doit augmenter une somme X entre une période 1 et une période 2 pour qu'il juge équivalent de disposer de X en 1 ou de X (1 + *r*) en 2. Si son *r* était égal à 20 %, un capitaliste n'accepterait de se priver de 100 en période 1 que pour recevoir au moins 120 en période 2. Il jugerait donc sans intérêt l'investissement décrit ci-dessus, dont la rentabilité n'est que de 10 %. Chaque capitaliste va donc procéder de la manière suivante. Il examine tous les projets d'investissement et s'efforce de prévoir leur rentabilité. Il faut ici faire une hypothèse (raisonnable) supplémentaire, c'est que la productivité marginale du capital est décroissante avec le volume de capital. Autrement dit, si notre capitaliste investit 100, la rentabilité sera de 10 %, mais s'il investit 100 supplémentaires, la rentabilité de ces derniers ne sera que de 8 % ; 100 de plus ne rapporteront que 6 %, etc. En conséquence, chaque capitaliste fixera le volume de son investissement au niveau où la dernière « tranche » aura une rentabilité égale à sa préférence pour le présent. À ce niveau, on aura donc, pour chaque capitaliste, égalité entre la productivité marginale de son capital (donc la rentabilité marginale de son investissement) et sa préférence pour le présent. L'ensemble des capitalistes se comportant ainsi de période en période [2], l'économie quitte son état stationnaire pour entrer en croissance. Le stock total de moyens de production et la production totale de biens de consommation augmentent continûment.

2. Pour isoler une opération d'investissement, nous avons supposé ci-dessus que l'on revenait au stock initial de moyens de production en fin de période 2. Mais, naturellement, en période 2, notre capitaliste, ayant « récupéré » (avec une augmentation égale à son rendement) son investissement de la période 1, investit à nouveau.

Il faut ici souligner un point important pour la suite. En décidant un investissement, un capitaliste ne peut jamais être sûr de sa rentabilité, quel que soit le soin qu'il met à essayer de la prévoir. Elle dépend en effet d'un très grand nombre de paramètres, dont beaucoup sont incertains. La décision d'investissement, dans la représentation qu'en donne la théorie économique, résulte d'un calcul. L'investisseur compare sa préférence pour le présent, qui a une valeur présente certaine (chacun est supposé la connaître), avec une rentabilité incertaine. Le calcul prétend donc comparer deux grandeurs qualitativement différentes. Le moyen de réduire cette différence et de permettre un calcul rationnel est de traiter l'avenir incertain par les probabilités. L'investisseur évalue donc l'« espérance mathématique » de rentabilité d'un investissement et sa variance. Autrement dit, schématiquement, il calcule que tel investissement a, par exemple, une probabilité de 50 % que son rendement se situe dans une fourchette de ± 1 % (variance) autour de 10 % (espérance). Dans ces conditions, il n'égalise pas sa préférence pour le présent à l'espérance de rentabilité, mais la première à la seconde diminuée d'une « prime de risque » d'autant plus importante que la variance (donc le risque) est grande. Mais cela suppose que l'avenir soit intégralement probabilisable. Or il ne l'est pas. Peuvent en effet survenir des événements non seulement incertains (et probabilisables) mais tout simplement imprévisibles. Et chacun le sait. S'introduit donc dans le processus de décision des investisseurs, au-delà de la rationalité du calcul probabiliste, un élément subjectif irréductible qu'on peut qualifier de « vision » de l'avenir. Une vision « optimiste » écartera la crainte d'événements imprévus affectant la rentabilité, une vision pessimiste l'exagérera. Keynes l'avait bien compris. Il accordait à ce qu'il appelait les « esprits animaux » des capitalistes une grande importance dans leurs décisions d'investissement. Selon Keynes, leurs « esprits animaux », s'ils sont empreints de pessimisme, peuvent conduire les capitalistes à investir trop peu, c'est-à-dire avec des primes de risque trop importantes qui réduisent le volume d'investissement et engendrent donc une croissance plus faible que celle qui aurait été possible avec une autre vision de l'avenir, plus optimiste. Les « esprits animaux » peuvent aussi, s'ils sont trop optimistes, conduire à des investissements excessifs, au sens où ils n'obtiendront pas la rentabilité espérée.

Retenons à ce stade deux choses. Un investissement n'est qu'une promesse de revenus futurs. La décision d'investir ne peut être entièrement calculable, elle dépend nécessairement en partie d'une vision subjective de l'avenir de cette promesse.

Introduisons maintenant la finance. Les capitalistes ont en vérité un tempérament de rentiers. Ils veulent bénéficier des revenus de leur stock de moyens de production, mais ne souhaitent pas s'occuper de les mettre en production. De plus, ils sont prêts à investir, mais ils souhaitent être sûrs, autant qu'il est possible, de la rentabilité de leurs investissements. Ils ont donc sélectionné, parmi les ouvriers, un petit nombre d'hommes et de femmes remarquables et d'esprit gestionnaire et entrepreneurial développé, et ils ont apporté leur stock de moyens de production pour former un certain nombre de sociétés par actions, dirigées par ces entrepreneurs. Pour résoudre le problème d'incitation des dirigeants-entrepreneurs à utiliser efficacement le stock de moyens de production, ils ont décidé d'indexer leurs salaires sur les résultats de l'entreprise et de leur donner quelques actions[3].

Supposons pour simplifier que, mis à part les actions des entreprises existantes, le seul type d'instrument financier disponible soit des obligations à taux fixe émises par les entreprises. Le seul marché financier est donc un marché obligataire. Les entreprises peuvent y emprunter en vendant des obligations, les capitalistes-rentiers y prêter en achetant ces obligations. Les dirigeants-entrepreneurs analysent en permanence les possibilités d'investissement dans leurs entreprises et évaluent leur rentabilité prévisionnelle. Ils formulent ainsi une demande d'emprunt sur le marché obligataire, qui dépend du taux d'intérêt des obligations. Si le taux est de 5 %, chaque entrepreneur sait ce qu'il souhaite

---

3. En réalité, ils leur donnent des *stock-options*, c'est-à-dire des options d'achat d'actions. Les dirigeants reçoivent le droit d'acheter des actions à un certain prix. Ils n'exerceront ce droit que si le cours des actions est supérieur à ce prix, réalisant ainsi une plus-value. Cela les incite évidemment à faire ce qu'il faut pour que le cours de l'action monte.

emprunter à ce taux : la somme qui permettra de réaliser tous les investissements dont la rentabilité est au moins égale à ce taux, augmenté d'une prime de risque qui dépend de l'incertitude affectant la rentabilité de l'investissement. L'hypothèse de productivité marginale décroissante du capital fait que la demande d'emprunt est décroissante avec le taux d'intérêt. En face d'eux, chaque capitaliste-rentier évalue la somme qu'il est disposé à prêter en fonction du taux d'intérêt. Elle dépend de sa préférence pour le présent. L'offre agrégée de prêt par les rentiers est donc croissante avec le taux d'intérêt. Le marché obligataire va donc déterminer un taux d'intérêt d'équilibre. À ce taux, l'offre globale de prêt de la part des rentiers est égale à la demande globale d'emprunt de la part des entrepreneurs.

Le résultat de l'existence d'un tel marché financier, en termes d'investissement total donc de croissance, sera différent du cas précédent. Dans le cas précédent, en effet, chaque capitaliste-entrepreneur n'investissait que dans sa propre entreprise. Ainsi, un capitaliste disposant d'une possibilité d'investissement à 10 %, mais dont la préférence pour le présent est de 12 %, ne le réalise pas. Or il se peut qu'un autre capitaliste ait une préférence pour le présent de 8 % seulement. Ce dernier réalise certes tous les investissements dont la rentabilité est supérieure à 8 % dans sa propre entreprise, mais pas dans celles des autres. Grâce à la finance il peut désormais le faire. L'entrepreneur qui dirige l'entreprise du premier capitaliste peut en effet emprunter au second pour financer un investissement à 10 %. Globalement, grâce à la mise en commun des fonds prêtables, l'investissement donc la croissance seront supérieurs à ce qu'ils étaient quand chaque entrepreneur n'investissait que ses propres revenus. En assurant une fonction de mise en commun de richesse, la finance permet donc que soit réalisé l'investissement « optimal » compte tenu des possibilités techniques (qui s'expriment dans la productivité du capital) et des préférences pour le présent des rentiers. Dans le jargon économique, on dit qu'elle assure une « allocation efficace » du capital.

Admettons donc qu'en période 1 le marché financier se soit équilibré ainsi : le taux d'intérêt est de 5 % et, à ce taux, 1 000 ont été empruntés et investis par les entrepreneurs, qui se sont donc engagés à rembourser 1 050 en période 2 aux épargnants. Ceux-ci ont donc acquis un « droit » de 1 050 sur la production de la période 2. Les entrepreneurs ont investi 1 000 en période 1 dans un ensemble de projets dont la rentabilité prévisionnelle était en moyenne supérieure[4] à 5 %. Supposons donc que tout se passe comme ils l'avaient prévu. La production de biens de consommation en période 2 augmente donc, par exemple, de 1 080 par rapport à celle de la période 1. Non seulement les épargnants peuvent recevoir 1 050, mais, les ouvriers ayant un revenu stable, ce sont les actionnaires qui bénéficieront des 30 restants. En revanche, si les entrepreneurs se sont trompés, ou si une série d'événements imprévus fait que la production supplémentaire en période 2 n'est que de 1 030 (rentabilité moyenne constatée des investissements de 3 %), alors les épargnants ne pourraient recevoir 1 050 que si, soit les actionnaires, soit les ouvriers recevaient 20 de moins qu'en période 1. Si l'on admet que les ouvriers, qui travaillent en période 2 autant qu'en période 1, ont « droit » au même revenu, si l'on admet que les actionnaires, dont le capital déjà investi est aussi productif en période 2 qu'en période 1, ont « droit » aux mêmes dividendes, alors l'ensemble des « droits », issus de la période 1, sur la production de la période 2 excède la production réelle. Je dirai alors, dans une formule ramassée, que la finance a créé des « droits en excès sur la production future », ce qui engendre des conflits de répartition. Ces conflits se soldent soit par le fait qu'une partie des droits financiers n'est pas honorée (dans notre modèle, certaines entreprises peuvent faire faillite et ne pas rembourser les obligations qu'elles ont émises), soit par la réduction d'autres droits.

La réponse à notre question initiale est donc la suivante. La finance est en effet capable de transférer de la richesse dans le temps en l'augmentant, à condition que cette richesse soit investie et engendre ainsi une augmentation de la production. Mais, d'une part, le caractère irréductiblement imprévisible de l'avenir fait que le taux d'augmentation n'est jamais garanti, et, d'autre part, la finance peut

4. En raison des primes de risque et de la productivité marginale décroissante du capital.

(à ce stade, rien ne permet de dire qu'elle le fait systématiquement) créer des droits en excès sur la richesse future et engendrer par conséquent des conflits de répartition.

Quel est le prix d'un tableau de maître ?

Venons-en aux tableaux de maître. Cela va nous permettre en effet d'illustrer *a contrario* les affirmations ci-dessus. Plaçons-nous à nouveau dans une économie en état stationnaire, sachant que peu importe maintenant que les capitalistes soient eux-mêmes des entrepreneurs ou des rentiers ayant délégué cette fonction. Supposons qu'il existe 20 tableaux de maître, possédés par certains capitalistes. Quel est le prix de ces tableaux ? Il est purement subjectif. Chaque propriétaire sait à combien il l'évalue en termes de biens de consommation, c'est-à-dire combien d'unités de biens de consommation il faudrait lui donner pour qu'il accepte de s'en séparer. Puisque chaque propriétaire de tableau le garde, c'est que cette évaluation est la même pour tous et que tel est le prix de marché de chaque tableau. Admettons que ce prix soit 10. Si, en effet, pour un propriétaire, un tableau « valait » 11 et pour un autre 9 seulement, le premier proposerait au second de lui acheter le sien pour un prix quelconque compris entre 9 et 11, car chacun y trouverait alors avantage.

Supposons maintenant que, dans cette économie stationnaire, certains capitalistes souhaitent épargner dans une période pour pouvoir consommer plus dans la suivante. Pourquoi ? demandera-t-on. Par exemple, on peut désirer épargner durant sa vie active pour s'assurer d'un niveau de consommation élevé pendant sa retraite, ou pour financer les études de ses enfants, ou pour acheter une maison. Les tableaux peuvent servir à ce transfert de richesse dans le temps. Voyons comment.

Considérons deux groupes de capitalistes, le groupe A et le groupe B, qui, alternativement, de période en période, souhaitent épargner pour consommer plus à la période suivante. En période 1, c'est le groupe B qui veut épargner pour consommer plus en période 2, et c'est le groupe A qui possède tous les tableaux[5]. Supposons que le groupe B veuille épargner 200. Le groupe B offre au groupe A d'acheter les 20 tableaux à un prix très légèrement supérieur à 10. Dans ces conditions, le groupe A les vendra, puisque le prix du tableau à ses yeux est de 10. Le groupe B a épargné 200 et donc réduit sa consommation de 200 et le groupe A a consommé, grâce à ses ventes de tableaux, 200 de plus. En période 2, le groupe B des épargnants de la première période propose au groupe A les 20 tableaux à un prix très légèrement inférieur à 10 et le groupe A rachète les tableaux. C'est donc le groupe B qui consomme 200 de plus, et le groupe A qui épargne 200. Les tableaux ont donc permis aux épargnants du groupe B de transférer de la richesse dans le temps, mais cette fois sans aucun gain et même avec une légère perte égale à la différence entre le prix auquel il faut les payer, légèrement supérieur au prix d'équilibre pour lequel il n'y a pas d'échange, et le prix auquel on peut les revendre, légèrement inférieur au prix d'équilibre. Cette différence, *bid-ask spread* en anglais, mesure la « liquidité » du tableau. Réciproquement, le groupe A a fait un léger gain en acceptant de se séparer de ses tableaux en période 1 pour les racheter en 2. Si, de période en période, le groupe qui épargne veut épargner la même somme de 200, le prix des tableaux reste stable à 10.

Que se passe-t-il maintenant si, en période 1, le groupe B veut épargner non pas 200, mais 300. L'offre de tableaux de la part du groupe A est limitée à 20 pièces. Conséquence, ce désir du groupe B d'épargner 300 fait augmenter le prix du tableau de 10 à 15 (= 300 / 20). Le groupe A peut consommer 300 de plus, le groupe B a épargné 300, du moins le croit-il. Au cours de la période 2, qu'advient-il ? Le groupe A, vendeur des 20 tableaux dans la période 1, si rien n'a changé dans son comportement d'épargne par rapport au cas précédent, est certes prêt à les racheter, mais pour une somme totale (qu'il désire épargner) de 200, donc à un prix

5. Cette hypothèse peut paraître arbitraire, mais elle se justifie par la suite. En réalité, il n'y a pas de « début » dans la dynamique décrite par ce modèle. Le groupe B possède tous les tableaux en période 1 parce qu'il les a achetés dans la période antérieure, où c'est lui qui épargnait.

de 10. Le groupe B doit donc se résoudre, s'il veut récupérer au moins une partie de ce qu'il a cru épargner, à revendre les 20 tableaux pour 200. Le solde sur l'ensemble des deux périodes est un transfert de 100 du groupe B au groupe A.

La seule raison qu'il en soit autrement serait qu'en période 2 le groupe A désire à son tour épargner plus de 200. Ce n'est pas invraisemblable pour deux raisons entièrement différentes et qu'il convient donc de distinguer. La première serait que le comportement d'épargne de B en période 1, qui lui avait fait désirer épargner 300 au lieu de 200, traduise un changement profond qui touche aussi A en période 2 (crainte de l'avenir, par exemple). L'autre raison serait que l'épargne de A en période 2 soit supérieure à 200 parce que, ayant vu le prix des tableaux passer de 10 à 15, A pense que cette hausse va continuer et achète donc des tableaux dans l'espoir de les revendre plus cher. Autrement dit, la demande de A est, au moins en partie, de nature spéculative. Si A désire épargner 300, le prix du tableau se stabilise à 15 et B récupère son épargne. Si, en particulier parce qu'il pense que le prix des tableaux va continuer à augmenter, A désire consacrer 400 à l'achat de tableaux, le prix augmente à 20 et B réussit à augmenter sa consommation, sur l'ensemble des deux périodes, de 100. Que se passe-t-il ensuite, en période 3 ? Tout dépend du montant que B voudra consacrer à l'achat de tableaux. Ayant réalisé une bonne affaire entre la période 1 et la période 2, il est possible qu'il escompte lui aussi que la hausse du prix du tableau va se poursuivre et consacre donc plus de 400 à l'achat de tableaux, ce qui effectivement entretiendra la hausse. Mais si B ne croit pas à la poursuite de la hausse du prix et revient à un comportement d'épargne de 200, le prix du tableau retombe à 10 et c'est le groupe A qui perd 200 au profit de B sur les périodes 2 et 3.

Que faut-il retenir de ceci ?

– Si les comportements d'épargne sont stables, l'épargne investie en achat d'éléments de patrimoine qui ne contribuent en rien à l'augmentation de la production, tels que les tableaux de maître, peut certes être transférée dans le temps, mais sans augmentation.

– Si les comportements d'épargne sont variables d'une période à l'autre, l'épargne constituée dans une période et investie en tableaux n'est réalisable dans la période suivante que pour le montant de l'épargne constituée dans cette période. Un transfert de richesse d'une période à l'autre accompagné d'une augmentation de la richesse ne peut s'effectuer qu'au détriment des autres revenus dans la seconde période.

– Les fluctuations de la demande pour des biens tels que les tableaux, dont la quantité disponible est fixe, ont entraîné une forte fluctuation du prix de ces biens. C'est une illustration, pour l'instant très sommaire, du phénomène de « bulle spéculative » que nous analyserons plus longuement au chapitre suivant.

Le problème des retraites

Pour un individu, la retraite apparaît comme un transfert de richesse dans le temps. Il cotise (à une caisse de retraite ou à un fonds de pension) pendant qu'il est en activité et se prive ainsi d'une consommation immédiate. Cela lui donne « droit » (nous allons voir quelle est la nature de ce droit) à une pension quand il est retraité. Aussi simple soit-il, le modèle précédent permet quelques considérations sur le problème très actuel des retraites et en particulier sur la comparaison des systèmes par répartition et par capitalisation. Supposons en effet que les périodes 1 et 2 soient très longues et correspondent à la durée d'activité d'un individu et à sa période de retraite, que nous supposerons égales pour ne pas compliquer inutilement les choses. En période 1, le groupe B qui épargne est alors le groupe des personnes actives, le groupe A celui des retraités. En période 2, le groupe B est retraité, le groupe A initial est mort, mais remplacé par un nouveau groupe C d'actifs.

Pour bien saisir les différences entre systèmes de retraite, plaçons-nous d'abord dans une économie stationnaire où le seul support d'épargne est les tableaux de maître. Un système de retraite par répartition fonctionne ainsi. Pendant chaque période, l'État prélève une part du revenu des actifs et la verse aux retraités. Les retraités ont un « droit » à la retraite, garanti par la capacité de l'État à effectuer un prélèvement sur les générations d'actifs qui les suivent, et fondé sur le fait qu'ils ont eux-mêmes cotisé quand ils étaient actifs. Le « droit » à la retraite est un droit « social », garanti par l'État. Un système de retraite par capitalisation peut être entièrement privé. Il est fondé sur le fait que les actifs d'une période achètent aux retraités de la même période les tableaux de maître que ces derniers avaient eux-mêmes achetés pendant qu'ils étaient actifs. Comme dans le système par répartition, la retraite dont jouissent les retraités d'une période est bien un prélèvement sur les revenus des actifs de la même période. La différence est que ce prélèvement est volontaire, il résulte du désir des actifs d'une période d'épargner pour acquérir des tableaux qu'ils revendront pour pouvoir vivre pendant leur retraite. Le « droit » à la retraite résulte dans ce cas d'un droit de propriété sur les tableaux.

Ces deux types de « droits » à la retraite ne peuvent nullement être garantis, et aucun des deux ne permet un transfert « sûr » de richesse dans le temps. Pour le comprendre, examinons les « dangers » que présentent les deux systèmes. Supposons que les trois groupes successifs A, B et C soient exactement de même taille. L'économie étant stationnaire, la richesse produite à chaque période dépend strictement du nombre d'actifs. Elle est donc constante de période en période. En répartition, supposons que le groupe B ait versé 20 % de son revenu en période 1 aux retraités du groupe A. Le danger, pour lui, c'est que la génération qui le suit, C, n'accepte pas un tel taux de prélèvement et contraigne « démocratiquement » l'État à le réduire. Dans ce cas, le groupe B aura cotisé plus qu'il ne recevra. En capitalisation, supposons que le groupe B, en période 1, épargne pour sa retraite 20 % de ses revenus en achetant des tableaux au groupe A. Le danger est cette fois que le groupe C, plus cigale et moins fourmi que lui, ne désire épargner que 15 % de ses revenus pour sa retraite. Comme nous l'avons vu dans le modèle précédent, le prix des tableaux chutera et le groupe B ne récupérera pas intégralement l'épargne qu'il avait constituée.

Ce modèle permet aussi de montrer que les deux systèmes sont également sensibles à un « choc démographique ». Un choc démographique signifie simplement que le rapport nombre d'actifs / nombre de retraités diminue significativement, soit que la durée de vie s'allonge (plus de retraités), soit que les classes actives soient moins nombreuses, soit les deux. Dans notre modèle, un choc démographique se traduirait par le fait que le groupe C est moins nombreux que le groupe B, et que donc, en économie stationnaire, la production et les revenus en période 2 sont inférieurs à ceux de la période 1. En système par répartition, même si le taux de prélèvement reste de 20 %, le groupe C étant moins nombreux et ses revenus inférieurs, les retraites de B seront inférieures à ses cotisations. En système par capitalisation, même si le taux d'épargne de C reste de 20 %, l'épargne totale sera moins élevée, et le groupe B revendra ses tableaux moins cher qu'il ne les a achetés. Ce qu'il faut donc retenir, c'est qu'un système de retraite est toujours un système de transfert de revenus entre générations contemporaines : des générations actives aux générations retraitées. Si la taille des premières se réduit par rapport aux secondes, quel que soit le système, le revenu des secondes baissera par rapport à ce qu'elles étaient en droit d'attendre en l'absence d'une telle évolution.

Pour avancer dans la comparaison des deux systèmes, il faut maintenant nous placer dans le cadre d'une économie en croissance grâce à des investissements productifs engendrant des progrès techniques. Les modèles de croissance avec progrès technique [6] conduisent au résultat suivant, que nous demandons au lecteur d'admettre. Sur un sentier de croissance équilibrée, on a égalité entre le taux de croissance économique, le rendement moyen (insistons sur « moyen ») des actifs financiers et le taux de croissance du salaire réel [7].

6. Ce qui n'est pas le cas du modèle de type ricardien que nous avons utilisé au début du chapitre. Mais, pour la question qui nous intéressait, nous pouvions négliger le progrès technique et ses conséquences, sur les salaires en particulier.

7. C'est en fait, comme souvent en économie, un résultat accessible par intuition et même susceptible d'une démonstration simple par l'absurde. Faisons d'abord une hypothèse simplificatrice mais non fondamentale : la population active est stable. Dans ces conditions, production P et stock de capital productif S doivent croître au même rythme. Sinon le ratio S / P tendrait soit vers zéro, soit vers l'infini, ce qui est absurde. Il s'ensuit que la rentabilité moyenne du capital et le taux de croissance des salaires réels doivent être égaux. Sinon la

Naturellement, une économie concrète n'est jamais exactement sur un sentier de croissance équilibrée. Si bien que ces trois taux peuvent différer pendant des périodes de plusieurs années. Mais, sur une très longue période (plusieurs décennies), leur valeur moyenne ne peut être très différente, car il existe des forces qui les font converger.

Dans une économie en croissance, et en l'absence de choc démographique[8], le rendement implicite d'un système de retraite par répartition est égal au taux de croissance du salaire réel. Cela signifie que les retraités, en moyenne, touchent des retraites égales à ce qu'elles seraient dans un système pur de capitalisation où les cotisations auraient été placées à ce taux. Le rendement d'un système de capitalisation pure est le taux de rendement moyen des actifs financiers dans lesquels a été effectivement placée l'épargne retraite. Il résulte donc du « théorème » de la croissance équilibrée que, si les fonds de pension placent l'épargne retraite dans un ensemble d'actifs financiers « moyen », le rendement des deux systèmes est exactement le même et égal au taux de croissance économique.

Il n'en est pas ainsi si les fonds placent l'épargne retraite dans des actifs plus risqués que la moyenne et donc de rendement supérieur, par exemple des actions. Dans ce cas, le système par capitalisation présente un rendement supérieur, mais au prix d'un risque plus grand. Concrètement, cela signifie qu'un individu qui a constitué une bonne partie de son épargne retraite quand les cours de Bourse étaient hauts et qui est obligé de la liquider quand ils sont bas aura un rendement négatif, alors que celui qui a eu la chance de faire l'inverse aura un rendement supérieur au rendement moyen des actions sur une longue période. Le risque se manifeste par une plus grande dispersion des rendements individuels autour de la moyenne. La retraite par capitalisation ne présente donc aucun avantage décisif sur la retraite par répartition, ce qui serait le cas si, étant aussi sûre, elle présentait

---

part relative des salaires et des revenus du capital (dont la somme est égale aux revenus totaux, donc à la production) ne serait pas stable et tendrait soit vers zéro, soit vers l'infini, ce qui est également absurde. On a donc : taux de croissance économique = rentabilité moyenne du capital = taux de croissance du salaire réel.

8. Donc si le rapport retraités / actifs reste constant.

des rendements plus élevés. À ce stade de l'analyse, le choix entre les deux systèmes relève d'un arbitrage entre rendement et risque.

La différence véritable se trouve en réalité ailleurs. Elle exige, pour être comprise, d'examiner dans quels espaces géographiques et donc démographiques œuvrent les systèmes de retraite. Un système par répartition est nécessairement national, puisqu'on a vu qu'il était garanti par un État national. Un système par capitalisation ne l'est pas, puisque le placement de l'épargne retraite peut se faire partout, du moins dans le monde de la finance globale actuelle. Supposons que, dans les décennies qui viennent, les pays aujourd'hui riches connaissent une croissance économique de 3 % et les pays émergents de 6 %. La croissance économique mondiale sera entre les deux. Admettons que cela soit 4 %. Les capitaux circulant librement, le théorème de la croissance équilibrée s'applique au niveau mondial. Le taux de rendement moyen des actifs financiers sera donc de 4 %, tandis que, dans les pays riches, le taux de croissance du salaire réel sera de 3 %. Cela donne un avantage, dans les pays riches, au système par capitalisation. Dans ce cas, cet avantage ne se paie pas d'un risque supérieur. La répartition cantonne en effet strictement le système de retraite à un État donné[9], alors que la capitalisation permet aux retraités des pays riches de profiter de la croissance supérieure des pays émergents.

Le premier système est national, le second est global. Telle est la véritable différence. Elle se manifeste également en cas de choc démographique non général. Le choc démographique attendu pour les premières décennies du XXIe siècle aura lieu dans les pays riches. Il aura lieu plus tard dans les pays émergents. Dans les pays riches, les systèmes par répartition le subiront de plein fouet. Il en serait de même de systèmes par capitalisation restreints à un territoire par une absence totale de circulation internationale des capitaux. La globalisation financière peut les en immuniser, car le monde

9. En théorie, on peut parfaitement imaginer un système de retraite par répartition mondial. À nouveau on retrouverait une équivalence théorique entre les deux systèmes. Mais, en l'absence d'État mondial qui le garantirait, un tel système est utopique.

pris dans son ensemble ne connaîtra aucun choc démographique dans les prochaines décennies. Concrètement, cela signifie que, quand les retraités des pays riches voudront revendre leurs actifs financiers, ils ne seront pas obligés de les revendre uniquement à leurs concitoyens, trop peu nombreux en effet pour leur assurer la retraite qu'ils escomptaient. Ils les revendront en partie aux classes moyennes des pays émergents, qui auront commencé à épargner pour leur propre retraite. La demande, comme l'offre, de titres financiers étant désormais globale, elle n'est plus sensible à la démographie d'un pays particulier.

Toutes les analyses qui précèdent portent sur les caractéristiques fondamentales des systèmes de retraite. Il va sans dire que les modalités concrètes détaillées de leur fonctionnement peuvent introduire d'autres différences très importantes. C'est en particulier vrai dans le domaine du degré de mutualisation et des transferts entre participants qu'il engendre. De ce point de vue, on a raison de souligner que les systèmes par capitalisation favorisent une logique individuelle et sont ainsi spontanément plus inégalitaires que les systèmes par répartition.

Le dilemme chinois

Donnons un autre exemple de ce qu'un actif financier n'est qu'une promesse : celui des énormes dettes des Américains à l'égard des Chinois. Depuis une vingtaine d'années, la politique chinoise est de défendre un taux de change relativement bas du yuan contre le dollar, tel que le territoire chinois dégage un excédent commercial important, en particulier vis-à-vis des États-Unis [10]. Les résidents chinois produisent ainsi plus qu'ils ne consomment, en consommation

10. La description qui suit est un peu trop technique à ce stade du livre. Elle s'éclairera au chapitre VI. Il suffit de retenir ceci : le gouvernement et certains fonds d'investissement chinois détiennent en 2009 une grande quantité (plusieurs milliers de milliards de dollars) de titres de dette sur l'État et ultimement sur les ménages américains.

finale et en consommation productive, c'est-à-dire en investissement. Ils dégagent donc un excédent d'épargne, qui est exporté en grande partie vers les États-Unis. Les résidents américains, réciproquement, consomment (consommation finale et investissement) plus qu'ils ne produisent. Ils achètent cette consommation excédentaire en empruntant l'épargne excédentaire des résidents chinois. On est donc dans une situation où les résidents chinois fournissent à crédit des biens de consommation et d'investissement aux résidents américains. Les titres de dette sont détenus principalement par le gouvernement chinois et quelques fonds souverains sous contrôle direct du gouvernement. En 2009, ces titres étaient encore pour l'essentiel des actifs sûrs et liquides tels des dépôts bancaires rémunérés et des bons du Trésor américain.

La dette des résidents américains sera-t-elle remboursée un jour ? Autrement dit : les résidents chinois seront-ils un jour en position de pouvoir à leur tour, quand leur population aura vieilli, consommer pendant de longues années plus qu'ils ne produisent ? Il faudrait pour cela, par exemple, que les résidents du territoire américain se mettent à produire beaucoup plus qu'ils ne consomment pendant de longues années. C'est fort peu probable. La seconde solution serait qu'un autre territoire se place dans cette situation et accepte, en paiement d'exportations excédentaires vers le territoire chinois, les titres de dette sur les résidents américains. Ce ne pourrait être que les derniers à s'engager dans un processus de rattrapage où ils accepteraient, comme la Chine le fait aujourd'hui, de produire plus qu'ils ne consomment pour, comme on va le voir, apprendre le plus vite possible. Seule l'Afrique pourrait jouer ce rôle. On voit ici que les pays émergents ont un profond intérêt stratégique au rattrapage ultérieur des pays aujourd'hui les plus pauvres, c'est-à-dire pour l'essentiel de l'Afrique ! Leur retraite en dépend. On peut donc penser qu'ils favoriseront l'industrialisation de l'Afrique[11].

Il est cependant peu probable que les promesses que les Chinois détiennent sur la richesse future des Américains

11. Sur ce point, voir *La Mondialisation. Émergences et fragmentations, op. cit.*, chapitre VII.

soient un jour entièrement honorées. La question de l'intérêt de cette politique pour le gouvernement et le peuple chinois est donc posée. Nous ferons l'hypothèse qu'elle se justifie par le fait que produire plus, même si c'est pour fournir à crédit aux Américains des produits dont on ne sait pas vraiment s'ils seront un jour vraiment payés, présente cependant un avantage décisif. En effet, plus on produit, plus on apprend, plus on acquiert de technologies, plus rapide est le rattrapage du niveau de capital humain et technique des pays les plus avancés. Or on peut penser que c'est bien là l'objectif fondamental du gouvernement chinois : faire de la Chine, le plus rapidement possible, quitte à faire des cadeaux aux consommateurs gloutons américains, la première puissance économique, technologique et scientifique. C'est une condition nécessaire au rétablissement de la Chine dans la position qu'elle considère volontiers comme lui revenant de droit et ayant toujours été la sienne, sauf dans les deux derniers siècles, à savoir : au centre du monde.

Un commerce de promesses

L'une des fonctions principales de la finance, avons-nous rappelé en introduction de ce chapitre, est de transférer de la richesse dans le temps. Au moment de conclure, il faut reconnaître qu'il n'existe aucun moyen sûr de le faire. En réalité, la finance ne fait que vendre, contre de la monnaie (qui, elle, donne droit à jouir immédiatement d'une part de la richesse produite aujourd'hui), un « droit » sur une part de la richesse qui sera produite dans le futur. Et elle organise, jusqu'à leur échéance, la revente de ces droits, leur circulation.

Ces droits sur la richesse future ne sont en réalité que des promesses. Rien, absolument rien, ne permet en effet d'en faire des droits sûrs, qui seront honorés quoi qu'il arrive dans le futur. Comprenons bien que ce n'est pas uniquement parce que ces droits ont toujours été, à l'origine, émis par un acteur particulier qui peut disparaître avant de les honorer. Il ne s'agit pas ici du risque individuel de tout actif financier.

Le problème est global. Pendant une période donnée, on ne peut jamais jouir que de ce qui a été effectivement produit durant cette période. Sont candidats à la répartition de cette richesse l'ensemble des droits antérieurement émis sous forme d'actifs financiers, ainsi que ceux acquis pendant cette période même, essentiellement ceux du travail directement utilisé pendant la période. Or cette répartition est nécessairement conflictuelle : entre les droits financiers et les autres et au sein des droits financiers. Le conflit sera d'autant plus vif que la finance a antérieurement créé des droits « en excès », c'est-à-dire tels qu'ils ne pourraient être respectés qu'en réduisant la part relative des autres droits. On a vu que c'est le cas si sont vendus des actifs financiers dont les rendements annoncés sont supérieurs à ce que sera effectivement la croissance économique. Or ni la croissance économique future ni l'issue des conflits de répartition ne peuvent être connues avec certitude au moment où sont émis des titres financiers. C'est pour cela que, fondamentalement, la finance ne fait commerce que de promesses et qu'il n'existe aucun moyen sûr de transférer de la richesse dans le temps.

Examinons maintenant en détail comment se détermine et évolue le prix de ces promesses que sont les actifs financiers. Nous reviendrons ainsi sur le phénomène de « bulle spéculative » évoqué ci-dessus à propos du prix des tableaux de maître.

CHAPITRE IV

Le prix d'une promesse

Chacun sait que les prix des actions, de l'immobilier, des œuvres d'art connaissent d'amples fluctuations. Sont-ils, à un moment donné, surévalués ? Faut-il en conséquence s'attendre à une « sévère correction », voire à un « krach » ? Il n'est sans doute pas de question plus obsédante et plus importante pour les acteurs de la finance, du petit épargnant qui a placé son épargne dans ces actifs risqués au gestionnaire du plus grand fonds d'investissement. Or c'est certainement l'une des questions les plus difficiles sur le plan théorique. La théorie empirique dominante pose que les prix des actifs financiers fluctuent, en raison de comportements spéculatifs, autour d'une « valeur fondamentale » qui est déterminée par des facteurs objectifs issus de l'économie réelle. Ces fluctuations ont pour nom « bulles spéculatives[1] ». Cette thèse est cependant critiquée, tant par des praticiens de la finance que par certains travaux théoriques. Pour ces derniers, la plupart des marchés financiers sont en fait « efficients ». Cela signifie que le prix de marché reflète fidèlement toutes informations disponibles et qu'il est donc, à chaque instant, le seul prix pertinent. Tout mouvement de prix ne peut s'expliquer que par la production et la diffusion d'au moins une information nouvelle.

Nous allons discuter ces thèses de manière approfondie, dans ce chapitre consacré au mécanisme de formation des

1. Remarquablement analysées dans le livre devenu classique de Charles P. Kindelberger et Robert Z. Aliber, *Manias, Panics, and Crashes*, New York, Basic Books, 1978.

prix de ces promesses que sont les actifs financiers. Nous commencerons par définir les concepts de bulle spéculative et de fondamentaux et poser les problèmes qu'ils soulèvent. Puis nous examinerons les mécanismes d'évolution des prix des actifs financiers, en les comparant à ceux de marchandises ayant des caractéristiques proches : les « commodités » qui, comme eux, sont cotées en Bourse et dont les prix fluctuent également amplement. Cela nous conduira à souligner une particularité des actifs financiers : certains de leurs fondamentaux, qui sont censés déterminer les prix de marché, ne sont ni directement observables, ni facilement calculables à partir de données observables, ni même indépendants des prix de marché. En déployant les conséquences de cette particularité, il sera alors possible de présenter de manière critique les différentes théories explicatives des évolutions des prix, puis de proposer ma propre interprétation. Elle donne un rôle prépondérant à la « vision » de l'avenir que construisent les acteurs des marchés et qui structure leur « modèle d'interprétation » des données observables. Le mimétisme polarise les visions des acteurs autour de visions dominantes. Ces visions dominantes sont, inévitablement mais de manière difficilement prévisible, condamnées à basculer et à provoquer ainsi des krachs.

Les bulles spéculatives

Définie de manière formelle, une bulle se produit quand un prix de marché s'éloigne d'un prix considéré comme « normal », pour y revenir au bout d'un certain temps. On ne peut définir une bulle que par rapport à ce prix normal, que l'on qualifie de « prix fondamental ». Par extension, on appelle « fondamentaux » non le prix fondamental lui-même, mais les facteurs qui le déterminent[2]. La notion même de

2. Ou les facteurs qui déterminent ces facteurs. On peut ainsi parler de fondamentaux de premier rang : le prix fondamental lui-même ; de deuxième rang : les facteurs qui le déterminent directement ; de troisième rang, etc.

fondamental suppose l'existence de mécanismes économiques ramenant le prix de marché vers le prix fondamental. Lorsque le prix de marché s'en éloigne, il faut qu'au bout d'un temps les comportements d'achat ou de vente de certains au moins des acteurs se modifient pour qu'il y revienne. Cela suppose, notons-le bien, que ces acteurs soient conscients d'un écart entre prix de marché et prix fondamental, donc qu'ils connaissent ce dernier, ou du moins en aient une évaluation suffisamment fiable à leurs propres yeux.

De très nombreux marchés connaissent des prix fluctuants autour d'une moyenne. Le terme de « bulle » est cependant réservé à des fluctuations autour du fondamental qui résultent de comportements spéculatifs. Il n'y a donc de bulles que spéculatives. Le mécanisme d'une bulle spéculative est en première analyse très simple. Il est une manifestation d'« anticipations autoréalisatrices ». Si une majorité d'acteurs prêts à intervenir sur un marché anticipe que le prix va monter, elle achète avec la conviction qu'elle pourra revendre plus cher, un comportement spéculatif par définition. Ces acheteurs étant plus nombreux que ceux qui pensent le contraire et sont donc vendeurs, la demande est supérieure à l'offre et le prix monte effectivement. Si le nombre de ceux qui anticipent une poursuite de la hausse augmente, la hausse s'amplifie. Mais, par définition du fondamental, chacun sait que, le prix s'en étant écarté, cet écart « anormal » ne peut durer. Plus l'écart est important et plus la durée de la hausse est longue, plus la probabilité d'un retour au fondamental augmente. Cela conduit nécessairement, un jour ou l'autre, à un retournement des anticipations majoritaires, qui enclenche une baisse, elle-même auto-entretenue, pouvant prendre la forme d'un krach, suivi d'une bulle négative.

Pourquoi les bulles ?

Le mécanisme des bulles qui vient d'être exposé n'est qu'une description stylisée issue de l'observation du grand nombre de crises financières qu'ont connu les capitalismes, depuis la très célèbre spéculation sur le bulbe de tulipe noire à Amsterdam en 1637. Cependant, fonder ce mécanisme sur un certain type de comportement rationnel des acteurs économiques ne va pas de soi. En vérité, ces phénomènes sont d'une extrême complexité, et c'est une des raisons pour lesquelles ils fascinent tant les économistes. Les questions principales qu'ils soulèvent sont les suivantes : Quelles sont les conditions favorables à l'apparition des bulles ? Les comportements qui engendrent les bulles spéculatives peuvent-ils être qualifiés de « rationnels » ou pas ? Quelles sont les raisons du déclenchement et du retournement d'une bulle ? Sont-elles prévisibles ? Enfin, question, nous le verrons, « fondamentale » : peut-on toujours définir et évaluer les fondamentaux ?

Pour comprendre comment une bulle spéculative peut se former sur un marché, examinons d'abord les conditions d'une forte fluctuation des prix de marché objet économique quelconque, puis voyons si ces conditions sont réunies, d'abord pour les « commodités », puis pour les actifs financiers. Cette comparaison nous permettra de mieux comprendre la spécificité de ces derniers.

Pour que d'amples mouvements de prix puissent se développer sur un marché, deux conditions sont nécessaires. La première est que les quantités immédiatement disponibles de l'objet économique échangé soient limitées, c'est-à-dire qu'elles ne puissent pas être rapidement augmentées. La seconde est que l'objet ne soit pas immédiatement substituable par d'autres, c'est-à-dire que, lorsque son prix augmente, la demande ne se reporte pas immédiatement sur des substituts devenus meilleur marché.

Pour le montrer, raisonnons d'abord sur le cas d'un objet difficilement substituable, mais pouvant être produit rapidement en quantités *a priori* quelconques. La quantité immédiatement disponible à un instant donné en est cependant toujours limitée aux stocks déjà produits. Si la consommation augmente sans que la production varie, les stocks disponibles diminuent. La rareté croissante des stocks disponibles conduit les acheteurs à accepter un prix plus élevé pour éviter une rupture de leur flux de consommation. Le prix de marché augmente donc dans un premier temps. Mais cela fournit une incitation à augmenter la production et donc les stocks. Le prix revient alors à son niveau initial, qui n'est autre que le prix auquel l'objet peut être produit avec un profit « normal » en quantités quelconques, c'est-à-dire son coût de production. Ce retour est d'autant plus rapide que l'objet est substituable, car, dans ce cas, la hausse initiale des prix réduit aussi la consommation.

Cas des « commodités »

Dans certains secteurs à très forte intensité capitalistique, les délais d'augmentation des capacités de production sont longs. Ils peuvent atteindre quelques années. Si, de plus, la consommation est peu « élastique au prix », c'est-à-dire ne se réduit que très peu si les prix augmentent (donc si l'objet est difficilement substituable), les conditions sont réunies pour d'amples fluctuations des prix de marché. C'est le cas de la plupart des grandes matières premières standardisées, telles que le pétrole, les métaux, les céréales, etc., que l'on appelle des « commodités ». Les comportements spéculatifs peuvent alors choisir ces marchés pour terrain d'exercice, d'autant que les amples fluctuations des prix ont conduit à la création de marchés dérivés[3]. Devant une augmentation des prix, les spéculateurs, s'ils font le pari que la hausse de la consommation qui l'a provoquée va se maintenir quelque temps, savent que la production ne réagira pas avant plusieurs mois. Ils achètent donc, à terme évidemment, pour bénéficier de l'effet de levier et ne pas avoir à stocker. Cela fait monter les prix à terme et, par arbitrage entre comptant et terme, le prix au comptant[4]. Ainsi les fluctuations « normales » de prix, liées aux délais d'ajustement de la production à la consommation, peuvent être amplifiées par des comportements spéculatifs. On peut alors parler de bulles

3. Ce sont en effet les matières premières qui ont donné lieu aux plus anciens marchés dérivés, créés dès la fin du XIXe siècle.

4. Ce mécanisme d'arbitrage est le suivant : face à une hausse des prix à terme, un acteur industriel ou un négociant disposant de capacités de stockage font un profit certain en achetant au comptant et en vendant à terme, du moment que la différence (terme – comptant) excède les coûts de stockage. Ces achats au comptant font donc monter le prix comptant, qui est ainsi entraîné par la hausse du prix à terme.

spéculatives sur ces marchés. C'est très probablement ce qui s'est produit lors de l'envolée des cours de toutes les « commodités » à partir du milieu des années 2000, et particulièrement d'août 2007 à août 2008.

Mais tout le monde sait que la hausse n'aura qu'un temps. Mieux, on peut avoir une idée assez précise, en suivant l'état de développement des projets d'augmentation de capacité, du moment où la production va augmenter, regonflant les stocks disponibles et renversant la tendance du prix de marché. Tout l'art du spéculateur est donc de se dégager à temps, ce qui peut provoquer le renversement de la tendance des prix. Les anticipations sur l'évolution future des prix peuvent donc être fondées de manière directe et robuste sur des réalités concrètes, observables et mesurables : l'évolution des capacités de production et des stocks de la commodité concernée.

En résumé, le coût de production des unités marginales[5] est, en situation d'offre concurrentielle[6], le prix fondamental autour duquel le prix de marché oscille, car il existe des forces de rappel qui ramènent les prix vers ce fondamental. Ces forces résultent de ce que la marchandise peut être produite en quantité *a priori* illimitée. Si le prix de marché excède les coûts de production, la production, après un délai plus ou moins long, finit par augmenter, ce qui fait baisser le prix. Si le prix de marché est inférieur au coût de production des unités marginales, la production finit par être réduite car ces unités ferment, et le prix augmente à nouveau.

Une telle représentation du mécanisme d'évolution des prix constitue ce que j'appelle un « modèle d'interprétation ». Il permet de « traiter » les données observables et les « visions » des acteurs sur les données inobservables et il

5. Ce sont les unités de production au coût le plus élevé qui doivent produire pour satisfaire la demande.

6. Ce point est très important. Sur un marché de commodité non concurrentiel, où donc s'exerce un pouvoir oligopolistique, tel celui du pétrole avec l'OPEP, le fondamental existe, mais n'est pas le coût de production. C'est le prix qui maximise les revenus à long terme de l'oligopole. Sur ce point, voir Pierre-Noël Giraud, « The Equilibrium Price Range of Oil. Economics, Politics and Uncertainty in the Formation of Oil Prices », *Energy Policy*, vol. 23, n° 1, 1995.

les transforme en une anticipation des prix futurs qui guide l'action sur les marchés. Dans le cas des « commodités », les données observables sont les capacités de production existantes et en cours de construction, leurs coûts totaux et marginaux, ainsi que les stocks, bien qu'ils ne soient connus qu'imparfaitement et souvent avec retard, sauf pour les stocks détenus dans les entrepôts des Bourses de commerce, qui sont publiés quotidiennement. Ce qui n'est pas observable et exige donc une hypothèse, une « vision de l'avenir », se réduit essentiellement à la demande future. Mais se tromper sur ce facteur ne conduit qu'à se tromper sur une chose : la date précise du retournement de la tendance. De plus, ces facteurs ont un caractère « objectif », extérieur aux anticipations de prix qu'ils permettent de former. Des bulles spéculatives peuvent certe se développer sur un marché de commodités, en situation de saturation des capacités existantes, de stocks très réduits et en attendant l'ouverture de nouvelles unités de production. Mais le prix de marché reste soumis à un ancrage « réel » incontestable. C'est ce qui fait dire, à juste titre, aux professionnels et aux analystes des marchés de « commodités », que « le physique finit toujours par y imposer sa loi ».

Cas des actifs financiers et de certains droits de propriété

Ce qui est vrai des matières premières et plus généralement des objets reproductibles l'est-il des actifs financiers négociables et des droits de propriété sur des objets économiques qui sont utilisés comme moyens de transférer de la richesse dans le temps, tels les tableaux de maître, l'or ou l'immobilier en centre-ville ?

Observons tout d'abord que ces objets économiques sont, du moins en première analyse, disponibles en quantités limitées. Pour certains, les quantités disponibles ne peuvent d'aucune façon être augmentées. Pour d'autres, elles le pourraient, mais ne le sont pas en pratique. Dans le premier cas se trouvent les tableaux de maître anciens. Ils ont été produits, mais, après la mort des maîtres, ils existent en quantités définitivement limitées. Plus généralement, c'est le cas de tous les objets anciens auxquels on accorde une certaine valeur artistique ou qui font l'objet de collections. C'est vrai de l'or également. L'or est certes une matière première, produite comme toutes les autres. Mais son usage très ancien en tant que monnaie et réserve de valeur non monétaire a fait que les quantités accumulées et disponibles représentent aujourd'hui plusieurs centaines de fois la production annuelle. Celle-ci n'est donc pas susceptible d'accommoder de forts mouvements d'offre et de demande sur le stock existant, qui peut donc être considéré comme quasi fixe. C'est vrai de l'immobilier en centre-ville, qu'il s'agisse de bureaux ou de logements. En fait, que la quantité de droits de propriété sur les immeubles en centre-ville ne puisse être augmentée n'est pas tout à fait vrai. On peut détruire les immeubles existants et en construire de plus hauts. C'est en réalité les droits de propriété fonciers qui sont limités.

Enfin, c'est vrai des deux principaux types d'actifs financiers négociables : les obligations et les actions. Le volume total d'obligations émises n'est évidemment pas limité. Mais celui des obligations résultant d'une émission particulière, par un acteur donné, l'est. Pour les actions des entreprises, c'est plus surprenant aux yeux de non-économistes, qui pensent généralement que les entreprises émettent sans arrêt de nouvelles actions pour financer leur croissance et qui se croient confirmés dans cette conviction par l'annonce quasi quotidienne d'introduction en Bourse de nouvelles sociétés. Mais, dans le même temps, des entreprises plus anciennes rachètent leurs actions. Le solde est très fréquemment neutre, voire négatif. Aux États-Unis par exemple, entre 1985 et 1998, soit pendant quatorze ans, les émissions nettes d'actions ont été négatives pendant onze ans, et constamment de 1994 à 1998, en particulier grâce aux rachats d'actions par les entreprises qui ont plus que compensé les émissions et les introductions, malgré l'importance de celles-ci en particulier sur le Nasdaq, le marché où sont introduites les *start-up* technologiques. Contrairement à l'opinion courante, la Bourse n'est donc qu'une source de financement négligeable pour les entreprises prises dans leur ensemble. Elle sert à autre chose : à les « évaluer » et aux changements de propriétaire, c'est-à-dire aux fusions-acquisitions par OPA ou OPE. La conséquence qui nous intéresse ici est que, quand le prix d'une action, ou même de l'ensemble des actions, monte, très généralement, la « production » d'actions n'augmente pas : il n'y a pas émission de nouvelles actions. Sur tous ces marchés, par conséquent, une hausse (et respectivement une baisse) des prix n'entraîne pas d'effet correcteur rapide et automatique par augmentation (et respectivement réduction) d'une production. La première condition nécessaire pour que des bulles spéculatives puissent se développer semble donc bien présente.

Pour savoir si des bulles sont inévitables, il faut donc se demander si la seconde condition est réunie, donc si les actifs financiers sont substituables et, d'abord, s'ils sont substituables entre eux. Or ils le sont. Ils ne sont en effet que des supports d'épargne. S'agissant d'un actif financier, la seule chose qui intéresse l'épargnant est son espérance de rendement et son risque, que l'on peut mesurer par l'écart type de la variable aléatoire qu'est le rendement attendu. Le rendement d'un actif financier est strictement défini par la comparaison de son prix actuel et des revenus futurs auxquels il donne droit[7]. Plus un actif financier est risqué, c'est-à-dire plus les revenus futurs auquel il donne droit sont incertains, plus son rendement doit être élevé. Étant substituables, deux actifs présentant le même risque doivent avoir le même rendement. Si les revenus futurs anticipés de deux actifs A et B de même classe de risque ne varient pas, et si le prix de A augmente par rapport à B, le rendement de A devient inférieur à celui de B. Des opérations dites d'« arbitrage » ont alors immédiatement lieu : les premiers à s'être aperçus de la baisse du rendement de l'actif A le vendent pour en acheter d'autres de rendement supérieur. Le prix de A revient donc instantanément à son niveau initial. L'arbitrage entre actifs financiers substituables exclut donc que le prix de marché d'un actif puisse diverger du prix des autres actifs de même risque. Il ne peut donc y avoir de bulle spéculative sur un actif relativement aux autres actifs de même classe de risque. Si les risques associés à chaque classe d'actifs et les comportements des acteurs face au risque sont statistiquement stables, il ne peut non plus y avoir de bulle spéculative d'une classe d'actifs relativement

7. Voir la note 9, p. 105.

à une autre de niveau de risque différent, toujours s'il y a possibilité d'arbitrage[8].

Ne reste donc que la possibilité d'une bulle spéculative concernant l'ensemble de tous les actifs financiers. Pour l'exclure, il suffit de démontrer qu'elle est impossible pour une seule classe particulière d'actifs. Considérons donc les actifs les plus sûrs : les obligations d'États solides. La cotation par les marchés financiers de ces obligations détermine les taux d'intérêt « sans risque ». Comme il y a arbitrage intertemporel entre obligations sans risque de maturités différentes, donc entre taux d'intérêt à différents termes, il suffit de s'intéresser au taux à court terme. Notre question devient donc : peut-il y avoir bulle spéculative sur le taux d'intérêt à court terme ? La réponse généralement admise est non. Pour deux raisons de nature différente. La première est qu'il existe une forte élasticité au prix (le taux d'intérêt) de la demande et de l'offre privée de l'ensemble des actifs financiers sûrs de court terme. La condition, nécessaire pour qu'existe une bulle, d'offre inélastique au prix n'est donc pas présente. La seconde est que ces comportements privés sont complétés par l'action des États. Comme nous le verrons plus en détail au chapitre suivant, les États interviennent, par la politique monétaire, pour influencer les taux d'intérêt à court terme. Ils le font en achetant ou en vendant les actifs financiers dont les marchés déterminent ce taux. Or les États ont *a priori* une capacité d'action, d'offre ou de demande, illimitée sur ces marchés. Car, pour y acheter des titres, par exemple, ils peuvent simplement créer la monnaie dont ils ont besoin. Pour en vendre, il leur suffit d'émettre de nouveaux titres d'État. Ces titres étant de première qualité (ce sont les plus sûrs), ils trouveront preneur. Les États ont donc la capacité de réguler le taux d'intérêt à court terme.

Il faut donc en conclure que si l'ensemble des agents sont rationnels, c'est-à-dire cherchent en permanence, parmi l'ensemble des titres disponibles, le meilleur couple rendement / risque compte tenu de l'information dont ils disposent sur les revenus futurs attachés à chaque titre, et s'ils ont la

8. C'est précisément une énorme opération d'arbitrage entre deux catégories d'actifs de risques différents qui a provoqué la faillite du fonds spéculatif LTCM, dont nous parlerons au chapitre IX.

possibilité d'arbitrer en permanence entre tous les titres, il ne peut pas y avoir de bulle spéculative sur les marchés financiers. Autrement dit, le prix de marché d'un actif financier ne peut s'écarter du prix fondamental [9]. Un marché qui présente les caractéristiques précédentes (rationalité des acteurs, information identique des acteurs sur les fondamentaux, arbitrage généralisé) est qualifié par la théorie financière de « marché efficient ». Si les marchés financiers sont efficients, dès que le prix de marché d'un actif s'écarte de son fondamental, des opérations d'arbitrage l'y ramènent. Le prix de marché est le fondamental. C'est le seul prix pertinent.

Il y a cependant une condition « fondamentale » à cela : les acteurs doivent connaître les fondamentaux, ou du moins en avoir une évaluation précise et, de plus, on va le voir, indépendante de l'évaluation des autres. Or, comment peut-il en être ainsi quand, parmi ces fondamentaux, se trouvent

---

9. Le prix fondamental d'un actif financier a la formule générale :

$$Pf = \sum_{t=1}^{t=\infty} \frac{R_t}{(1+i+r)^t}$$

avec R_t : séquence des revenus futurs auxquels la détention de l'actif donne droit ; i : taux d'intérêt à court terme ; r : prime de risque associé à l'actif. $(i + r)$ est le rendement de l'actif, d'autant plus élevé que la prime de risque r l'est.

Les revenus R_t sont de deux types : d'une part, le flux de revenus auquel la détention de l'actif donne droit – dividendes pour les actions, coupons pour les obligations, loyers pour l'immobilier, rien pour l'or et les tableaux –, et, d'autre part, son prix de revente P_t s'il est revendu à $t > 0$, après quoi, évidemment, les revenus du premier type cessent. Le lecteur attentif remarquera alors que cette formule implique que le prix de l'or, pour lequel R_t est le prix de revente, doit augmenter continûment de manière exponentielle à un taux au moins égal à i, sinon son rendement en tant qu'actif financier est inférieur à i. Nous avons vu au chapitre précédent (à propos non de l'or mais des tableaux de maître) et nous rappellerons ci-dessous à quelle condition il peut en être ainsi. Ces trois variables constituent donc les « fondamentaux » (de second rang) déterminant le prix fondamental de tout actif financier, y compris les droits de propriété supports d'épargne. Le taux d'intérêt à court terme i est une variable observable exogène à la sphère financière, en ce sens qu'elle peut être manipulée par la politique monétaire des États. Les deux autres, R_t et r, sont spécifiques de chaque actif. R_t et r sont évidemment inobservables.

des revenus et des prix futurs, par nature incertains[10] ? Il nous faut donc entrer plus en détail dans la question des fondamentaux des actifs financiers.

La question des fondamentaux

Que sont donc concrètement, au-delà de leur définition théorique, les fondamentaux des différents actifs financiers, c'est-à-dire les facteurs qui déterminent le prix fondamental ?

Les obligations

Le cas le plus simple est celui des obligations à taux fixe. Les fondamentaux du prix d'une obligation à taux fixe sont : les coupons annuels versés (qui constituent les revenus futurs) et la somme remboursée à la date de maturité (la date de remboursement de l'obligation), le taux d'intérêt à court terme, i, et le risque de défaut de l'émetteur qui détermine la prime de risque r de l'obligation[11]. Les deux premiers sont parfaitement observables et connus de tous[12]. Le dernier est approché par les notations des agences, qui sont également connues de tous. Les agences de notation ne sont cependant pas infaillibles. C'est donc le seul paramètre incertain. Pour une obligation à très faible risque, il n'y a aucune raison que son prix s'éloigne du fondamental. Les arbitragistes se chargeront de l'y ramener. Le problème se pose pour les obligations à haut risque, particulièrement quand on approche de la date de maturité. Supposons que les anticipations de certains acteurs sur la réalité du risque de défaut de l'émetteur se modifient brusquement. Supposons que ce soit dans le sens suivant : certains acteurs détenant cette obligation se mettent à penser que son prix actuel sous-

10. Cf. note précédente.
11. Croyez-moi sur parole, ou relisez la note 9.
12. Nous négligeons ici, pour simplifier, que les revenus futurs ne sont connus qu'en valeur nominale. Leur valeur « réelle » dépend de l'inflation future, qui n'est pas observable.

estime son risque : il est trop élevé compte tenu du risque. Ils vendent donc l'obligation. Son prix baisse. Voyant cela, d'autres détenteurs, qui jusque-là n'étaient pas inquiets, vont s'inquiéter. Et si leur propre évaluation du risque, que le prix reflétait correctement à leurs yeux, était erronée ? La chute du prix ne signifie-t-elle pas que d'autres acteurs, peut-être mieux informés qu'eux, savent que le risque est bien plus élevé qu'ils ne le pensaient ? « Soyons prudent, se disent-ils, faisons comme eux, vendons pendant qu'il est encore temps [13]. » Ainsi la baisse s'amplifie : une bulle négative se développe. Sur la base d'une incertitude concernant un des fondamentaux, la bulle négative est donc engendrée par une variation dans la distribution des anticipations des acteurs concernant le risque de défaut de l'émetteur (fera défaut ? ne le fera pas ?), amplifiée par des comportements mimétiques. Soit elle se termine lorsque des spéculateurs jugent que décidément le marché sous-évalue l'obligation et se mettent à l'acheter : cela signifie que s'est stabilisée une nouvelle « opinion moyenne » sur le risque de défaut. Soit elle se termine par l'illiquidité pure et simple de ce marché : il n'y a plus d'acheteurs. Les derniers détenteurs, ceux qui ont conservé l'obligation, n'ont qu'à attendre la date de maturité pour savoir s'ils avaient tort ou raison, si l'émetteur, finalement, rembourse ou pas. De toute façon, la bulle, si bulle il y a, est limitée dans le temps par la maturité. Cet exemple est une première illustration des mécanismes que peuvent engendrer, en situation d'incertitude sur un des fondamentaux, des modifications d'anticipations combinées à des comportements mimétiques. Un tel enchaînement, où un doute sur l'évaluation du risque d'une catégorie particulière d'obligations provoque l'illiquidité totale de ces actifs, s'est produit lors de la crise des *subprimes* de 2007.

Les actions : incertitude et circularité

Avec le taux d'intérêt et la prime de risque, les fondamentaux du prix d'une action sont les bénéfices qui seront réalisés dans le futur par l'entreprise. Notons que,

13. Ce genre de comportement – agir en fonction de ce que font les autres – est qualifié de « mimétique ».

contrairement aux coupons d'une obligation à taux fixe, ils ne sont pas du tout observables. Ce qui l'est, ce sont les bénéfices passés. Mais l'information sur les bénéfices passés ne vaut pas grand-chose pour prévoir les bénéfices futurs, sauf, à l'extrême rigueur, dans le cas d'une entreprise bien établie dans un secteur à maturité où les parts de marché, les prix et les profits sont stables. La preuve *a contrario* en a été l'augmentation vertigineuse du prix de certaines actions dites « Internet » jusqu'à mars 2000, alors que les entreprises en question n'avaient fait que des pertes depuis leur introduction en Bourse.

Pour bien prendre la mesure des effets, quant à l'évaluation du prix des actions, de cette incertitude sur les fondamentaux, illustrons-la par l'exemple des actions Internet. Transportons-nous par la pensée en septembre 2000. Une très sévère correction, pour beaucoup un véritable krach, s'était déclenchée en mars 2000 sur le Nasdaq, la Bourse américaine des valeurs technologiques. Le PER *(price-earning ratio)* est le rapport entre le prix d'une action et le dernier bénéfice par action publié[14]. Le PER moyen des actions cotées sur le Nasdaq était de 400 début mars 2000. En septembre 2000, il avait chuté à 140, un niveau cependant toujours bien plus élevé que celui des autres Bourses. En effet, fin septembre 2000, les PER moyens des principaux indices boursiers étaient les suivants. Nasdaq : 140, Dow Jones : 21,5, S&P 500 : 29, CAC 40 : 37. Beaucoup en concluaient que les actions technologiques étaient encore très surévaluées. Qu'en penser ? Une action de PER 33 aurait un rendement de 3 %, dans l'hypothèse où le bénéfice par action resterait constant au niveau actuel. Si le rendement des obligations les plus sûres est de 3 %, un rendement de 3 % pour une action est évidemment insuffisant, compte tenu du risque supérieur que présentent les actions. Historiquement, on constate que la prime de risque moyenne pour les actions est de l'ordre de 3 %. Ainsi, le PER « justifié » d'une action dont on s'attend à la stabilité des bénéfices ne

14. Si le bénéfice reste constant à l'avenir, le rendement du titre est donc l'inverse du PER.

saurait être supérieur à 16 (rendement de 3 + 3 = 6 %)[15]. Mais supposons maintenant que les bénéfices croissent de 3 % par an, à partir du niveau actuel, alors le PER « normal » est de 33. S'ils croissaient de 5 % par an, un PER de 100 serait parfaitement justifié[16]. Quel serait le PER (donc le prix de l'action) justifié pour une *start-up* aux bénéfices jusqu'à présent très modestes, voire négatifs, mais qui laisse espérer qu'elle sera le prochain Microsoft ou Google ? Ce qui est vrai d'une action l'est évidemment de l'ensemble constituant un indice comme le Dow Jones ou le Nasdaq. Le PER moyen « justifié », celui qui permet, selon une analyse fondamentaliste, d'affirmer que le prix moyen des actions à Wall Street n'est ni surévalué ni sous-évalué, est donc extrêmement sensible à une variable que personne ne connaît avec certitude : le taux de croissance futur des bénéfices, lui-même lié, en première approximation seulement, au taux de croissance économique futur.

Dans ces conditions, comment peut-on être fondamentaliste ? Il faut se demander quel sens et surtout quelle efficacité pratique conserve la notion de prix fondamental quand ni lui ni aucun de ses déterminants directs ne sont observables dans le présent. On rétorquera que les qualités des dirigeants, prouvées dans le passé, les brevets détenus, les prévisions des experts sur la croissance « prévisible »

---

15. Schiller et Campbell, dans un article sur l'évolution en longue période des PER des actions américaines, trouvent un PER moyen, entre 1872 et 1996, de 15. « Valuation Ratios and the Long-Run Market Outlook », *Journal of Portofolio Management*, hiver 1998.

16. De la formule précédente (note 9, p. 105) donnant le prix fondamental d'une action, on déduit en effet que le PER fondamental est :

$$\frac{\text{Pf}}{\text{B}} = \sum_{1}^{\infty} \frac{(1+a)^t}{(1+i+r)^t} = \frac{1+a}{(i+r-a)}$$

avec Pf : prix fondamental ; B : dernier bénéfice par action ; i : taux d'intérêt à court terme sans risque ; r : prime de risque associée à l'action ; a : taux de croissance annuel anticipé du bénéfice par action.

En pratique, on fait le calcul sur les vingt premières années tout au plus. Un taux de croissance d'une entreprise supérieur au taux de croissance moyen jusqu'à l'infini est évidemment impossible. Cette entreprise aurait vite fait d'absorber l'économie tout entière.

des marchés, la pertinence du *business plan* affiché par l'entreprise, tout cela constitue des informations sur les fondamentaux des fondamentaux, observables aujourd'hui. On conviendra cependant que le lien entre ces fondamentaux de troisième, quatrième, etc., rang et le prix fondamental devient alors de plus en plus lâche et incertain. Ce lien est en réalité construit par chaque acteur, qui interprète les fondamentaux de rang élevé à l'aide d'un « modèle d'interprétation » explicite ou implicite. Ces modèles d'interprétation deviennent donc des facteurs tout aussi importants sinon plus que les fondamentaux observables dans l'évaluation du prix fondamental par chaque acteur.

Mais il y a plus. Dans le cas des commodités, nous avons vu que le prix fondamental est non seulement observable, mais aussi indépendant de l'évolution du prix de marché. Il n'en est pas ainsi pour les actions. Donnons-en deux exemples. Une société Internet voit le cours de son action exploser, bien qu'elle accumule les pertes, parce que beaucoup de gens croient à son « invention » et à son *business plan* et que la hausse s'auto-amplifie. En fait, son invention ne vaut rien. Cependant, ses dirigeants, qui connaissent bien leur industrie, profitent des cours exceptionnels de leurs actions pour acheter par OPE trois ou quatre sociétés, déjà cotées, mais dont le potentiel n'a pas encore été « repéré » par le marché, et dont les inventions, elles, sont proprement géniales. Grâce à ces acquisitions et malgré l'échec de l'innovation initiale qui finit par être avéré, les profits seront au rendez-vous. La hausse était initialement injustifiée et pourtant justifiée, car elle a provoqué ce qu'elle avait anticipé.

Autre exemple. Supposons une industrie naissante (Internet encore si l'on veut) qui présente d'importantes économies d'échelle. Cela signifie que, dans cette industrie, plus l'entreprise est grosse, plus les coûts sont bas et donc les profits élevés. Supposons que, lorsque la taille triple, les bénéfices sont multipliés par six. Supposons qu'au départ nous ayons dans cette industrie trois entreprises de même taille qui viennent d'être introduites en Bourse par leurs fondateurs. L'un d'eux parvient alors, par une habile politique de communication, à convaincre le marché qu'il va croître plus vite que les deux autres. Cela fait monter le cours de son action par rapport aux deux autres. Supposons que ce cours atteigne ainsi un niveau deux fois plus élevé que celui de ses concurrents. Ce dirigeant peut alors lancer une OPE en offrant une action de sa société contre deux de ses concurrents. En procédant à une augmentation de capital qui double le nombre des actions, il peut ainsi acquérir la totalité des deux entreprises concurrentes. Sa taille industrielle a triplé, les bénéfices sont donc multipliés par six. Le bénéfice par action a donc triplé, ce qui, non seulement justifie amplement le doublement initial du cours de l'action, mais porte même sa valeur « fondamentale » à trois fois le cours initial ! Alors, notons-le bien, que rien « objectivement », sinon le fait d'avoir réussi à faire croire au marché qu'il était le meilleur, ne le différenciait au départ de ses concurrents.

Ces deux exemples illustrent le fait que les fondamentaux peuvent ne pas être indépendants du prix de marché. Cela donne à la notion d'« anticipation autoréalisatrice » une tout autre signification que celle que nous lui avons donnée ci-dessus pour expliquer le mécanisme « formel » d'une bulle, à savoir : si la majorité des acteurs pense que le prix va monter, le prix monte effectivement dans un premier temps, mais cela finit toujours par se renverser, car on s'écarte ainsi des fondamentaux « objectifs ». Dans nos exemples, si la majorité des acteurs pense que les bénéfices d'une entreprise vont augmenter, le prix de l'action monte et cela même fait augmenter les bénéfices, justifiant *a posteriori* la hausse du prix. On ne peut donc parler de bulle. Une opinion sur l'avenir crée un avenir conforme à cette opinion. L'anticipation est ici autoréalisatrice au sens fort, et non de manière temporaire et vouée à être contredite par la « dure loi du réel ». La pensée devient la réalité. Par ailleurs, il est clair que lorsqu'il y a interaction forte entre le prix de marché et le fondamental, ce que nous qualifierons de « circularité » entre les deux, la notion même de fondamental, qui est d'être un ancrage du prix de marché à autre chose qu'à lui-même, est profondément transformée.

Prendre en compte non seulement l'incertitude mais la circularité des fondamentaux des actions permet d'approfondir quelque peu la question controversée du caractère excessif ou pas (« dément » pour certains analystes) du niveau atteint par l'ensemble des actions Internet en mars 2000. Cette industrie naissante était caractérisée par une très forte incertitude sur les bénéfices futurs des entreprises qui y entraient. L'incertitude portait sur le taux de croissance des marchés, donc des bénéfices de l'ensemble des entreprises Internet, comme dans l'exemple que nous avons traité ci-dessus. Mais elle portait plus encore sur le fait de savoir quelles seraient les entreprises gagnantes, paramètre essentiel puisque cette industrie est dominée par des formes de concurrence où « le gagnant rafle tout ».

Supposons trois entreprises au départ sur un segment de marché où tout le monde est convaincu qu'il n'en restera qu'une dans quelques années. Supposons même, pour simplifier, que la croissance future du marché fait l'objet d'un consensus solide (hypothèse héroïque) et que l'incertitude ne porte donc que sur l'entreprise qui va l'emporter. Si les espoirs des investisseurs se répartissent également entre les trois concurrentes, il est normal que chacune soit évaluée à un prix intermédiaire entre celui qui est déterminé par sa probabilité objective de gagner, soit 1 / 3, et celui qu'elle aurait si elle était sûre de gagner (trois fois plus élevé). On objectera que des acteurs « rationnels » ne devraient tenir compte que de la probabilité objective, sinon leur espérance mathématique de gain serait négative[17]. Mais si telle était la rationalité de tout acteur, personne ne jouerait à la loterie nationale ou au casino, les espérances mathématiques de gains y étant toujours négatives, en raison du fait que toutes les mises ne sont pas distribuées aux gagnants, l'État et le casino en retenant une partie.

Peut-on faire l'hypothèse qu'il n'existe pas d'acteurs ayant des comportements de joueurs sur les marchés

---

17. L'espérance mathématique de gain, dans un jeu où la mise (perdue en tout cas) est M et le gain G, est

$$E = (G - M) \times p - M \times (1-p)$$

avec *p* : probabilité de gagner, et *1-p* : probabilité de perdre. Si P est le prix de l'action de l'entreprise une fois qu'elle l'a emporté sur ses rivales, l'acheter à P > P / 3 si elle n'a objectivement qu'une chance sur trois de l'emporter, c'est jouer avec une espérance de gain négative. Selon une conception de la rationalité où un investisseur n'achète une action que si l'espérance mathématique de gain est positive, et d'autant plus élevée que le risque de perdre est grand, ce comportement serait irrationnel.

d'actions ? Certes non, surtout avec la multiplication des *day traders*[18] sur Internet. On peut donc affirmer que, dans ces conditions, la capitalisation boursière des trois firmes est certainement plus élevée que ne le justifieraient les bénéfices de la gagnante. Mais si, comme c'est le cas dans la réalité, il existe de plus une forte incertitude sur la croissance du marché, on ne peut pas dire de combien[19]. En revanche, rien ne permet d'affirmer que l'une quelconque des trois firmes est surévaluée. Dans ces conditions, on ne peut donc pas, à mon avis, parler de bulle spéculative. La capitalisation boursière reflète le niveau des paris qui sont pris par les acteurs rationnels « joueurs », ceux qui ont du goût pour le risque.

Tableaux, or et immobilier

Les deux caractéristiques des fondamentaux des actions (incertitude et circularité) sont également présentes pour l'immobilier en centre-ville, l'or ou les tableaux de maître. Reprenons le cas des tableaux, évoqué au chapitre précédent. Nous pourrions considérer comme seul fondamental leur valeur d'usage, telle que nous l'avons définie précédemment, c'est-à-dire le prix de la quantité de biens de consommation ordinaires dont un acquéreur est prêt à se priver pour pouvoir jouir de la vue du tableau. Les « revenus » procurés par la détention du tableau ne sont pas des revenus monétaires. Ce sont des plaisirs. Mais peu importe, puisqu'ils peuvent être évalués monétairement, par leur équivalent en marchandises. Remarquons d'abord que cette valeur étant « fondamentalement » subjective, il peut y avoir circularité. Un tableau de prix peut procurer une jouissance supérieure simplement parce qu'il est cher, si sa valeur d'usage pour un individu ne dépend pas du seul face-à-face du sujet et du tableau, mais du regard porté par les autres sur celui qui possède le tableau,

---

18. Investisseurs individuels « en ligne », réputés rechercher des plus-values très rapides.

19. Ainsi, s'agissant de l'évaluation du chiffre d'affaires du commerce électronique entre firmes, les estimations des experts pour l'année 2002 étaient passées de 300 milliards de dollars en septembre 1998 à 85 milliards en février 2000 (estimations de Forrester Research).

par exemple du prestige, de l'envie, etc., que sa possession entraîne. D'autre part, l'achat et la revente d'un tableau peuvent procurer le service de transmission de richesse dans le temps, de « réserve de valeur ». Or nous avons vu que cette fonction n'est remplie qu'à des conditions particulières concernant le volume d'épargne future qui voudra bien considérer ce tableau comme réserve de valeur. Il faut que, d'une période à l'autre, le volume de cette épargne augmente pour que le prix du tableau augmente. L'autre fondamental du prix du tableau, déterminant son prix P_t en *t* futur, est donc le volume de l'épargne qui, aux différentes périodes futures, choisira ce tableau comme réserve de valeur. Mais comme cela dépendra de l'évolution du prix du tableau, on retrouve une circularité entre prix de marché et fondamental. La même chose peut être dite de l'or. Sauf que, dans son cas, non seulement il ne procure aucun revenu monétaire, mais il n'a pour un particulier aucune valeur d'usage, sauf peut-être, selon certains psychanalystes, pour des individus présentant des traits psychiques issus d'une fixation libidinale au stade anal. Son seul fondamental est donc son prix futur, lequel ne dépend donc que de l'usage futur de l'or comme réserve de valeur. Les fondamentaux d'un droit de propriété immobilière sont les loyers, ou la valeur d'usage équivalente à ces loyers si le propriétaire est l'occupant, et le prix de vente futur. En centre-ville, les loyers comprennent une évaluation du « prestige » que procure à l'occupant, particulier ou entreprise, la jouissance de locaux dont l'offre est limitée. Comment évaluer le prix du « prestige » que procure à une entreprise le fait d'avoir un siège social à une adresse « prestigieuse », sachant que ce prestige dépend aussi du prix ? Comment savoir si ce prestige continuera à être évalué de la même manière par d'autres entreprises dans l'avenir, garantissant ainsi le maintien, voire l'augmentation, de la valeur de l'immeuble ? Incertitude et circularité se retrouvent donc ici.

Des fondamentaux à leur modèle d'interprétation

Ce survol soulève d'intéressantes questions. La dynamique d'évolution du prix des commodités, même si elle est susceptible de donner lieu à d'amples bulles spéculatives, est caractérisée par l'existence d'un prix fondamental, le coût de production, observable et entièrement indépendant de l'évolution des prix de marché. Il n'en est pas de même des actions et des droits de propriété sur des objets dont l'offre est limitée, tels les tableaux, l'or ou l'immobilier en centre-ville. Dans leur cas, on peut certes définir conceptuellement les fondamentaux : les bénéfices futurs pour les actions, la demande future pour les droits de propriété. Première différence : ils ne sont pas observables, étant « futurs ». Seconde différence : ils ne sont pas indépendants des prix de marché.

Il est certes loisible, dans ces conditions, de maintenir la pertinence du concept de fondamentaux. Certes, ils sont incertains, mais chaque acteur en aurait cependant une évaluation. Le prix fondamental serait alors l'évaluation médiane de l'ensemble des acteurs, celle pour laquelle il existe autant d'acteurs dont l'évaluation personnelle est supérieure que d'acteurs dont l'évaluation personnelle est inférieure. Ce prix fondamental « subjectif » jouerait toujours le rôle d'attracteur du prix de marché. Mais cet acharnement théorique conduit vite à de graves difficultés.

Remarquons en effet que l'évaluation personnelle de chaque acteur repose sur quatre points de nature bien différente. Premièrement, l'observation d'un certain nombre de paramètres qui constituent des fondamentaux de troisième, etc., *n*-ième rang : les profits passés, la croissance passée des parts de marché, les innovations et les *business plans* annoncés, les taux d'intérêt, les chiffres publiés de croissance économique, de chômage, d'inflation, etc. Deuxièmement, les hypothèses que forme l'acteur sur les données non observables mais indispensables à l'évaluation de l'actif : la croissance économique future, la croissance future de tel secteur d'activité ou pays, la compétitivité de telle entreprise par rapport à ses concurrents, etc., l'ensemble de ces hypothèses formant une « vision » de l'avenir de l'entreprise, du secteur, du pays, etc. Troisièmement, des « déclarations » : celles des responsables économiques à propos de leurs analyses et de leurs intentions, au premier rang desquels évidemment le président de la FED (la banque centrale américaine), ainsi que celles des innombrables experts, analystes financiers, etc. Ces déclarations permettent de se faire une idée de la « vision des autres ». Quatrièmement : ce que j'ai appelé un « modèle d'interprétation », explicite ou souvent implicite, qui permet à chaque acteur de traduire cette multitude hétérogène d'informations (les paramètres observables par tous, sa propre vision de l'avenir et celle des autres) en une évaluation du prix fondamental, celui vers lequel le prix de marché devrait évoluer. En conséquence, si l'évaluation du prix fondamental par un acteur se modifie, cela peut provenir soit d'une modification de la valeur d'un paramètre observable [20], soit d'une modification de sa propre vision de l'avenir ou de celle des autres, soit d'une modification de la pondération qu'il fait, dans son modèle d'interprétation, entre sa propre vision et celle des autres (son degré de mimétisme), soit enfin de n'importe quelle autre modification de son modèle d'interprétation. De plus, il est particulièrement difficile de déterminer, y compris par un acteur se livrant lui-même à l'introspection la plus approfondie, lesquelles de ces influences jouent à chaque instant et comment elles se combinent dans son anticipation finale de l'évolution du prix de l'actif. Dans ces conditions, l'hypothèse d'une causalité stable entre les seuls facteurs objectifs observables, les fondamentaux de rang élevé, et le prix de marché (le second ne faisant que « refléter » l'évolution des premiers) paraît extrêmement difficile à soutenir. Se posent en particulier le problème de l'importance du mimétisme dans les modèles d'interprétation et plus généralement de la stabilité de ces modèles.

De plus, comment traiter le problème de la circularité, si les fondamentaux, loin d'être objectifs et donc exogènes, sont eux-mêmes influencés par l'évolution des prix de marché ? En théorie, cette circularité pourrait entraîner une indétermination du niveau d'équilibre des prix de marché. Pourquoi, dès lors, ne pas tenter d'explorer une position radicale : sur certains marchés financiers, en l'absence de fondamentaux observables, les prix ne dépendent que de ce que les gens « pensent » qu'ils doivent être, et cette pensée

---

20. Par exemple : les carnets de commandes des industriels sont passés de huit à dix mois de production. Le stock de cuivre sur le London Metal Exchange a augmenté de 10 % en un mois. La réunion de l'OPEP vient de décider une réduction de production de 3 millions de barils/jour.

n'est pas déterminée par une référence « réelle » extérieure à elle-même : elle est la réalité. Reste évidemment alors à comprendre comment cette pensée se forme.

Théories des bulles spéculatives

Ayant ainsi mesuré les difficultés de l'exercice, voyons maintenant ce que dit la théorie économique des bulles spéculatives, de leur caractère rationnel ou pas, de leurs déterminants, et de la possibilité même de les identifier.

Keynes[21], dès 1936, avait montré que les bulles sont provoquées par des comportements mimétiques et que ces comportements sont, d'un certain point de vue, rationnels. C'est sa célèbre métaphore du concours de beauté. Si l'élection de reines de beauté résulte d'un vote et que, pour inciter les spectateurs à voter, les organisateurs promettent un cadeau à ceux qui auront voté dans l'ordre pour le trio gagnant, il est clair que le comportement rationnel de celui qui veut le cadeau n'est pas de voter selon ses préférences, mais selon ce qu'il pense que vont être les préférences moyennes des votants.

Appliqué aux marchés des actions, cela signifie que, pour réussir, les investisseurs doivent se préoccuper « non de la valeur véritable d'un investissement, mais de la valeur que le marché, sous l'influence de la psychologie de masse, lui attribuera un mois ou un an plus tard ». Ce comportement est le seul rationnel : il ne sert à rien d'avoir raison contre la majorité, on gagne en ayant tort avec la majorité. Car si la majorité pense qu'un prix va monter, les achats l'emportent sur les ventes et le prix monte effectivement : il est alors rationnel d'acheter.

Mais si, selon Keynes, un acteur doit se décider en fonction non de ce qu'il pense, mais de ce qu'il pense que les autres pensent, c'est vrai de tous. Chacun doit donc découvrir ce que l'autre pense, donc ce que l'autre pense que lui-même pense, donc ce que l'autre pense que lui pense de ce

21. John M. Keynes, *Théorie générale de l'emploi, de l'intérêt et de la monnaie*, Payot, 1971, chap. 12, p. 168.

que l'autre pense et ainsi de suite. C'est un jeu de miroirs à l'infini qui laisse l'évaluation finale totalement indéterminée. Or Keynes, s'il met bien en évidence l'importance éventuellement décisive des comportements mimétiques, ne dit rien de cette indétermination et de pourquoi, malgré tout, quelque chose finit bien par polariser une évaluation moyenne.

Plus tard, dans le vaste mouvement de réfutation de la pensée keynésienne, des théoriciens de la finance se sont efforcés de montrer que le spéculateur fondamentaliste (par opposition à moutonnier), celui qui exploite toutes les informations disponibles sur les facteurs « objectifs » qui influencent le prix et uniquement ces informations[22], gagne toujours sur un autre spéculateur qui agit en fonction de ce qu'il pense que les autres pensent. Il en résulte qu'apparaît bientôt l'intérêt d'être fondamentaliste, et les spéculateurs fondamentalistes éliminent les autres du marché. Dans ces conditions, le prix de marché est une traduction exacte de l'information disponible sur les fondamentaux. S'il varie, c'est que de nouvelles informations ont été produites : le marché les intègre immédiatement dans les prix. Un tel marché, on l'a dit, est qualifié d'« efficient » par la théorie financière. Aucune bulle spéculative ne peut s'y développer.

Naturellement, un marché n'est jamais parfaitement efficient, essentiellement parce que l'information n'est pas uniformément partagée et que certains acteurs n'ont pas les moyens de la traiter complètement et correctement. Donc, des bulles spéculatives peuvent apparaître en raison de l'existence d'acteurs mal informés. Elles sont alors dites « irrationnelles ». Heureusement, elles sont vite réduites par les fondamentalistes qui tiennent le marché. Elles ne peuvent être de grande ampleur[23]. À ces imperfections près, si

---

22. Ce qui peut s'interpréter dans mon vocabulaire comme le fait que son modèle d'interprétation néglige la vision des autres. Mais la question de savoir comment son modèle traite les données « objectives » reste entière, car les données objectives ne suffisent jamais à prévoir l'évolution du prix d'un actif, il faut les compléter par une vision de l'avenir. Cette définition de l'acteur « fondamentaliste » est donc beaucoup trop imprécise.

23. En réalité, certains modèles montrent que si la masse des acteurs mal informés est importante, et si les fondamentalistes jouent sur un

les marchés fluctuent, c'est uniquement parce qu'ils reflètent des évolutions économiques objectives concernant les fondamentaux.

Notons bien que des marchés financiers parfaitement efficients peuvent ainsi se tromper. L'information disponible sur les fondamentaux est en effet incomplète et en tout cas entachée d'incertitude. Un marché financier efficient n'est donc pas un marché tel qu'on vérifierait toujours *a posteriori* qu'il a correctement évalué les fondamentaux. Mais peut-on lui demander plus que d'être efficient ? Certainement pas. Les marchés financiers fixent les prix de promesses, de droits sur la richesse future. Or l'avenir est par définition incertain. Ce qu'on peut demander de mieux aux prix de marché, c'est de refléter exactement ce que les acteurs, après avoir traité rationnellement toute l'information disponible, pensent être l'avenir le plus probable, et de rectifier instantanément lorsque, se rapprochant, cet avenir devient plus prévisible. Or il en est évidemment toujours ainsi. Toute information nouvelle est nécessairement traitée par les acteurs, grâce à leur modèle d'interprétation, et modifie les comportements de vente et d'achat, donc le prix de marché. Dire qu'un marché est efficient en ce sens est donc une pure et simple tautologie. Le cœur du problème, ce sont les modèles d'interprétation, qui « traitent » les évolutions des fondamentaux et qui, on l'a dit, peuvent comporter une dimension mimétique.

Tant les données empiriques sur la volatilité des marchés que les enquêtes directes sur les raisons des comportements des acteurs ne permettent pas d'évacuer le mimétisme comme un comportement rationnellement dominé par le fondamentalisme et réduit par lui à un « bruit » ne perturbant que superficiellement les marchés. Un exemple souvent cité par les partisans de l'importance du mimétisme est le krach d'octobre 1987 à Wall Street. Malheureusement, cet épisode ne permet pas vraiment de conclusion décisive.

---

horizon temporel limité et ont une certaine aversion pour le risque, les bulles « irrationnelles » peuvent être de grande ampleur. Mais la solution pour les réduire est alors simple : il faut plus de transparence et de publicité sur l'information disponible ; on peut alors compter sur un processus d'apprentissage progressif des acteurs mal informés.

Robert J. Shiller[24] a fait une enquête sur le comportement des acteurs lors de ce krach. Il apparaît que la majorité des acteurs qui ont vendu le lundi 19 octobre l'a fait, non parce que des paramètres objectifs s'étaient modifiés, mais parce que, dès l'ouverture, la Bourse a chuté de 200 points, alors qu'elle avait déjà chuté les 14, 15 et 16 octobre. La chute de 508 points (soit 22,6 %) à la clôture le 19 fut finalement la plus forte jamais enregistrée en une seule journée. Il paraît donc fort difficile de nier le rôle de comportements mimétiques. Mais les partisans de l'efficience des marchés peuvent rétorquer que, il est vrai vivement encouragées par la FED qui a ouvert en grand les vannes du crédit, les banques ont prêté près de 8 milliards de dollars en deux jours à des teneurs de marché fondamentalistes qui sont alors intervenus pour stopper la baisse dès le 20 octobre. Les cours sont ensuite remontés. Les teneurs de marché ont pu rembourser les banques et ont engrangé des profits considérables. Les acteurs moutonniers qui ont vendu pendant la chute ont beaucoup perdu. La morale mais aussi la théorie financière sont donc sauves. Si cet épisode a clairement démontré l'existence de comportements mimétiques massifs, le dernier mot est dans ce cas resté aux fondamentalistes. On peut donc soutenir que le marché ne s'est éloigné que temporairement de l'efficience.

Dans les années 1980 cependant, des modèles théoriques ont montré que des bulles pouvaient apparaître même si tous les acteurs sont parfaitement rationnels et identiquement informés, reprenant ainsi en les formalisant les intuitions keynésiennes. Ces modèles supposent toujours qu'il existe des fondamentaux, et que chaque acteur forme une évaluation du prix fondamental sur la base de ces fondamentaux. Mais le prix de marché et son évolution sont aussi une information « fondamentale », en ceci qu'ils reflètent ce que les autres pensent des fondamentaux. Tout va alors dépendre du degré de confiance respectif que chacun accorde d'une part à sa propre évaluation des fondamentaux et d'autre part à celle des autres, reflétée à ses yeux dans l'évolution du prix. Ces

24. Robert J. Shiller, *Investment Behavior in the October 1987 Stock Market Crash : Survey Evidence*, Working Paper 2446, NBER, 1987.

modèles démontrent la possibilité de bulles « rationnelles » en ce sens que, en situation de forte incertitude, il peut être rationnel de faire plus confiance à l'évaluation des autres qu'à la sienne propre, comme Keynes le soutenait. La probabilité et l'ampleur d'une bulle « rationnelle » dépendent alors de deux facteurs. Premièrement, la difficulté à évaluer les fondamentaux, qui influence le degré de certitude que chacun accorde à sa propre évaluation. Deuxièmement, la pondération que fait chacun entre sa propre évaluation et l'évaluation des autres qui est reflétée dans le prix de marché. Une autre façon de modéliser la même chose, à savoir l'existence de deux (au moins) types de comportements « rationnels » différents, est de supposer qu'il existe plusieurs types d'acteurs sur les marchés : les fondamentalistes qui ne croient qu'en leur propre analyse des fondamentaux, et divers autres types qui, eux, suivent plutôt le marché, c'est-à-dire l'opinion des autres. Si la pondération des comportements fondamentalistes chez chacun faiblit, ou si le groupe des fondamentalistes se réduit par rapport aux autres, on démontre alors que des bulles « rationnelles » peuvent parfaitement se développer.

Mais il y a encore plus important. Ces modèles montrent que, lorsque le degré de mimétisme est élevé, il se peut qu'il existe non pas un seul équilibre de marché – « un » prix fondamental autour duquel la bulle fait osciller le prix de marché –, mais plusieurs niveaux d'équilibre. Le régime d'évolution des prix est alors le suivant : il oscille normalement autour d'un des équilibres, mais des modifications d'anticipations, provoquées par exemple par une information surprenante, ou, ajouterai-je pour ma part, par une modification des modèles d'interprétation, peuvent le faire « sauter » d'un équilibre à l'autre. Les modèles théoriques contemporains des bulles rationnelles ont cependant encore des progrès à faire. Ils ont tiré les conséquences de l'incertitude sur les fondamentaux et des comportements mimétiques que cette incertitude engendre. Mais, du moins à ma connaissance, ils supposent encore l'existence de fondamentaux exogènes. Ils n'ont donc pas tiré les conséquences de la « circularité » entre prix de marché et ce qu'ils s'obstinent à nommer fondamentaux. Il faudra donc revenir sur le caractère véritablement « increvable » du concept de fondamentaux.

Dans la finance, les « visions » de l'avenir déterminent les prix

On comprend cependant désormais mieux les insuffisances des théories qui excluent la possibilité de bulles spéculatives sur les marchés financiers. Ces théories supposent d'abord que tous les acteurs disposent de la même information sur les fondamentaux observables. Une hypothèse certainement excessive, mais qui n'est cependant pas la plus critiquable. Plus important est qu'elles négligent le rôle du mimétisme et son caractère rationnel en cas de forte incertitude. Mais surtout elles ignorent une étape essentielle dans la formation de l'évaluation par les acteurs du prix fondamental : ce que j'ai appelé le modèle d'interprétation. Plus exactement, elles ne l'ignorent pas, mais elles supposent que ces modèles sont stables dans le temps. Ces théories supposent donc une relation mécanique constante entre les paramètres objectifs qu'observe chaque acteur et l'évaluation du prix fondamental qu'il en déduit.

Il n'en est évidemment rien. Même pour l'acteur le plus fondamentaliste, celui dont le modèle n'admet comme paramètre d'entrée que des faits observables, et non l'opinion des autres sur l'avenir, ce n'est jamais qu'un modèle d'interprétation. Il intègre nécessairement une vision, propre à l'acteur, du monde à venir. Une vision saturée de croyances et trouée de zones d'incertitudes. Il est donc susceptible de modifications profondes sous l'effet d'événements éventuellement minuscules, mais qui mettent en doute la cohérence et la pertinence du modèle ancien et obligent à en reconstruire un nouveau, qui peut être très différent.

Ainsi le niveau atteint par les actions Internet en mars 2000 était-il cohérent avec le fait qu'un nombre suffisant d'acteurs partageaient la vision de l'avenir proposée par les enthousiastes de la « nouvelle économie », qui affirmaient que nous étions entrés dans une longue phase de croissance vigoureuse tirée par des gains de productivité exceptionnels issus des nouvelles technologies de l'information et de la communication. Cette vision du monde a été significativement corrigée sous l'effet d'une série de faits inattendus. Les prix des actions ont alors évolué autour d'un autre niveau, assez différent de celui qui aurait résulté de la simple intégration mécanique de ces faits dans le cadre du modèle ancien. Ce phénomène de basculement de visions du monde, modifiant en profondeur les modèles d'interprétation, a été particulièrement frappant lors de la crise asiatique de 1997 dont nous parlerons plus loin. On est passé très rapidement d'une vision de pays extrêmement dynamiques et particulièrement vertueux sur le plan de la politique macroéconomique (on les qualifiait volontiers de « dragons » et de « tigres ») à celle de pays gangrenés par des *crony capitalisms* (capitalismes de copains), corrompus et inefficaces. Portés au pinacle, les capitalismes asiatiques se sont retrouvés en quelques semaines traînés dans la boue, avec les conséquences qu'on imagine sur le prix des actifs financiers et des monnaies de ces pays. Ce qui a basculé avec la crise des *subprimes* en 2007, c'est la vision d'un monde où la titrisation des créances bancaires et les dérivés de crédit permettaient une meilleure allocation des risques dans l'ensemble de l'économie et accroissaient ainsi l'efficacité du système financier.

Il faut donc à mon avis opérer un renversement dans l'analyse de la rationalité des acteurs sur les marchés financiers. L'analyse traditionnelle leur suppose un comportement fondé sur l'examen attentif de fondamentaux objectifs, dont ils déduisent un jugement sur le caractère sur- ou sous-évalué des prix de marché, jugement qui gouverne leurs interventions. Lorsque les fondamentaux ne sont en réalité pas observables, d'autant plus incertains que l'avenir est ouvert et, de plus, susceptibles d'être influencés par les évolutions des prix de marché, mieux vaut attribuer aux acteurs une logique inversée, partant des prix de marché, qui eux sont observables. Cette logique est à mon avis la suivante. Constatant les prix de marché, tout acteur est capable d'évaluer les fondamentaux qui justifieraient ces prix[25]. Il vérifie ensuite que ces valeurs sont cohérentes avec sa propre vision de l'avenir et ce qu'il pense être la vision dominante chez

25. Par exemple, la progression des bénéfices futurs qui justifient le prix d'une action.

les autres[26]. Si c'est le cas, les prix ne sont pas surévalués à ses yeux et il agit en conséquence. Dans cette logique inversée, on voit bien que le modèle d'interprétation joue un rôle absolument central dans le comportement des acteurs. Ces derniers analysent évidemment attentivement toute information nouvelle susceptible de modifier leur jugement. Mais ces informations agissent selon deux modalités très différentes.

Dans le premier cas, les informations nouvelles ne modifient pas le modèle d'interprétation dominant et sont donc interprétées dans son cadre. Elles provoquent alors des fluctuations des prix de marché autour de la tendance déterminée par ce modèle dominant. Le marché semble « efficient » au sens de la théorie traditionnelle : il intègre immédiatement toute l'information disponible et le lien entre cette information et les prix de marché semble bien être mécanique. C'est à mon avis ce qui s'est passé lors de la sévère « correction » du Nasdaq en avril 2000. À l'issue de ce qui fut généralement considéré comme une première phase de l'expansion de l'industrie « Internet », et sans que la vision d'ensemble dominante des perspectives de la « nouvelle économie » n'ait été vraiment profondément modifiée, des informations ponctuelles ont provoqué un tri entre les valeurs Internet. Ces informations ont modifié les distributions de probabilité quant aux futures entreprises « gagnantes ». Les investisseurs se sont concentrés sur celles dont les positions déjà acquises apparaissaient les plus fortes et les modèles d'affaires les plus crédibles.

Dans le second cas, les informations nouvelles provoquent une destruction de la vision dominante. Ce fut le cas lors de la crise asiatique de l'été 1997 et dans la crise de 2008. Elles entraînent alors une violente crise sur les marchés concernés, qui ne se stabilisent à nouveau que lorsqu'une

26. J'insiste à nouveau sur le fait que le modèle d'interprétation d'un acteur combine de manière variable dans le temps les faits objectifs, sa propre vision de l'avenir, et ce qu'il pense être la vision dominante des autres. Ainsi, il peut personnellement estimer que la progression des bénéfices d'une entreprise qui justifierait le prix atteint par son action est très improbable, mais être en même temps convaincu que la majorité des autres acteurs est d'un avis contraire. Dans ce cas, il conservera ou achètera cette action.

nouvelle vision dominante a réussi à polariser autour d'elle, par mimétisme, les visions individuelles des acteurs.

En conclusion, les visions changeantes de l'avenir qu'ont les acteurs sont la seule « réalité » qui compte sur les marchés financiers. Le mimétisme les polarise autour d'une vision dominante. C'est elle qui détermine les prix. Cependant, non seulement la plupart des économistes, mais la grande majorité des acteurs des marchés financiers [27] refusent cette théorie et maintiennent qu'il existe des fondamentaux (de rang élevé) observables et indépendants du prix de marché qui permettent de calculer un prix fondamental, attracteur du prix de marché (et identique à lui quand le marché est efficient). Selon eux, les prix des actifs financiers sont donc, par ces fondamentaux observables de rang *n*, solidement arrimés à une sphère « réelle » qui leur est indépendante. Comment rendre compte de cet acharnement ?

Du concept de fondamentaux comme anxiolytique puissant

Commençons par les économistes professionnels. L'économie s'est construite comme une science dont le modèle est la physique. Un de ses axiomes principaux est que les acteurs économiques sont des automates : leurs comportements sont stables dans le temps, donc prévisibles. C'est pourquoi l'économie, quoique s'intéressant à des actions humaines, peut prétendre élucider des rapports entre des choses : des prix et des quantités de marchandises. Cet axiome est évidemment crucial pour que l'économie puisse

---

27. Pas tous cependant. La position de George Soros est à cet égard ambiguë. Sa théorie de la réflexivité (un concept proche de ce que nous avons appelé circularité) le conduit presque à reconnaître l'absence de fondamentaux observables pour certains actifs financiers et à en tirer toutes les conséquences. Mais finalement il hésite… D'autres sont plus radicaux. Ainsi Jean-Louis Gassé, PDG de Be Inc., aurait déclaré : « La valeur d'une action Internet, et d'ailleurs d'une action en général, n'a pas plus de justification que celle d'un Van Gogh » (propos rapporté par *L'Expansion*, 2-15 mars 2000).

déterminer des « équilibres », mettre en évidence des régularités, voire des lois, et avoir une capacité prédictive. Certes, depuis plusieurs décennies, en particulier depuis Keynes, les économistes savent bien que l'information des acteurs est incomplète et que la compléter a un coût. Ils savent que les acteurs agissent en formant des anticipations différentes et presque certainement erronées. Une bonne part des avancées théoriques de la discipline a consisté à intégrer dans les modèles l'incertitude et le coût de l'information, les phénomènes d'apprentissage et les anticipations. Cette intégration a vite fait apparaître la possibilité d'équilibres multiples. La théorie économique moderne en trouve en fait à chaque pas. La plus célèbre et la première d'entre elles fut trouvée par Keynes. Il ne faisait rien d'autre en démontrant la possibilité d'« équilibres de sous-emploi » dus à une insuffisante « confiance en l'avenir » des industriels, elle-même liée à une information nécessairement incomplète sur cet avenir, qui les conduit à ne pas investir autant qu'ils pourraient le faire de manière rentable. Mais on sait aussi que Keynes avait des conseils à donner pour revenir au « bon » équilibre, celui de plein emploi : l'État doit se substituer à un investissement privé défaillant en augmentant les dépenses publiques. De même, dans de nombreuses autres situations d'équilibres multiples, l'indétermination peut être levée par une intervention de l'État fournissant aux acteurs l'information qui leur manque et réduisant ainsi l'incertitude.

Les capacités prédictives de l'économie sont ainsi préservées. C'est en vérité parce qu'on n'a pas cédé sur l'hypothèse centrale de l'acteur automate, de la stabilité des comportements. Cette hypothèse est elle-même fondée sur une conception particulière du temps humain selon laquelle il n'y a pas de rupture qualitative entre passé, présent et avenir. Certes, dans cette conception, l'avenir est incertain, mais il est probabilisable. L'acteur économique automate calcule donc au futur comme il calcule au présent. Simplement les variables, certaines dans le passé et au présent, sont probabilisées dans l'avenir. Un même calcul englobe donc passé, présent et avenir. La même rationalité des acteurs automates y est à l'œuvre. C'est pourquoi l'avenir est « prévisible ». Certes, la prévision est entachée d'incertitude (calculable), mais cette incertitude est toujours réductible par accumulation d'informations, et diminue donc à mesure que l'horizon de la prévision se rapproche.

À mon avis, l'analyse des comportements sur les marchés financiers interdit de conserver l'hypothèse de l'acteur automate et la conception du temps qui la fonde. Il faut au contraire admettre une rupture radicale entre passé et présent d'une part, et avenir d'autre part. S'agissant des affaires humaines, donc de l'économie et de la finance, je poserai que l'avenir est contingent[28]. On ne peut jamais exclure que des événements totalement imprévisibles (et donc non probabilisables) se produisent et il est dans de très nombreux cas impossible d'attribuer des probabilités raisonnablement fondées (sur l'observation du passé par exemple) même à des événements prévisibles[29]. Il en résulte que l'acteur automate « calculateur » de l'économie classique est un modèle inadéquat. Il ne s'agit pas ici d'abonder dans le sens de ceux pour qui le modèle de comportement humain utilisé par l'économie classique (d'*Homo economicus*) serait « irréaliste », « excessivement réducteur », négligeant les multiples dimensions de l'être humain, ses affects, ses valeurs, etc. L'acteur automate calculateur convient pour traiter de vastes catégories de problèmes économiques. Simplement, il ne convient plus lorsque ce qu'est censé calculer l'acteur n'est pas calculable. Dans ce cas, mieux vaut travailler avec un acteur agissant en fonction d'anticipations qu'il ajuste en permanence aux faits nouveaux portés à sa connaissance grâce à un modèle d'interprétation. Sachant que ce modèle d'interprétation est bien plus complexe qu'un simple ensemble de procédures de calcul, en particulier parce qu'il traite non seulement les « faits », mais aussi ce que l'acteur pense que les autres en pensent. C'est ce qui le rend instable et susceptible de brusques et profondes modifications. Dans ces conditions, les marchés financiers (et donc l'ensemble de

28. Cette position n'exige en rien que soit également postulé le caractère contingent de l'avenir dans le monde physique. Elle est indépendante de toute thèse sur le déterminisme dans ce dernier.

29. Nassim Nicholas Taleb a brillamment déployé les conséquences de ce fait dans ses deux ouvrages : *Fooled by Randomness. The Hidden Role of Chance in Life and in the Markets*, New York, Thomson/Texere, 2004, et *The Black Swan. The Impact of the Highly Improbable*, New York, Random House, 2007.

l'économie puisque l'état des marchés financiers l'influence, comme nous le verrons), non seulement peuvent connaître des équilibres multiples mais également des sauts imprévisibles d'un équilibre à un autre. On conçoit que les prétentions prédictives de l'économie en soient gravement affectées.

Les économistes ne se contentent pas de prédire, ils aiment aussi être normatifs et conseiller le prince. L'existence de sauts d'équilibre imprévisibles rend également ce second exercice très difficile. En supposant même qu'on trouve une norme acceptable pour déclarer qu'un équilibre est meilleur que l'autre, que conseiller au prince quand les sauts de l'un à l'autre sont endogènes, dépendent de la pensée des gens et qu'il n'existe donc aucune manette sur laquelle appuyer pour rétablir à coup sûr le « bon » équilibre ? Car si une telle manette existait, *de facto* il n'existerait, grâce au Prince éclairé par l'économiste, qu'un seul équilibre, le bon, autour duquel les anticipations incomplètement informées feraient osciller les variables économiques.

On conçoit donc mieux les raisons de la réticence de la plupart des économistes à admettre le caractère inopérant du concept de fondamentaux et ses conséquences : l'importance de la pensée des acteurs, de leur vision de l'avenir, le fait que leurs actes ne puissent plus se déduire mécaniquement (ou du moins statistiquement) de variables observables[30]. Sauf à modéliser très précisément cette pensée elle-même, ce qui semble hors d'atteinte, l'acteur économique ne peut plus être considéré comme un automate, ou du moins cet automate est trop complexe pour être modélisé simplement. En l'admettant, les économistes perdraient beaucoup de ce qui constitue aux yeux de la plupart d'entre eux la raison d'être de la profession : prédire et conseiller le prince.

Quant aux acteurs des marchés financiers, la raison de leur croyance aux fondamentaux est à mon avis la suivante. Chaque acteur sent bien, en réalité, que l'avenir est non seulement incertain, mais largement imprévisible. Il serait

30. Une exception notable en France est André Orléan, qui considère les marchés financiers comme « autoréférentiels » et gouvernés par une « logique d'opinion », thèse proche de celle qui est défendue ici. Le lecteur intéressé pourra juger des similitudes et différences de nos analyses en consultant : André Orléan, *Le Pouvoir de la finance*, Odile Jacob, 1999.

donc saisi d'une angoisse insupportable s'il ne disposait pas d'un moyen crédible à ses propres yeux d'en prévoir malgré tout quelque chose. Un acteur doit donc croire à son modèle d'interprétation. Pour qu'il en soit ainsi, il faut, dans le monde actuel, que ce modèle soit fondé sur l'économie « classique », qui affirme être une science. On pourrait en imaginer d'autres, fondés par exemple sur l'astrologie : « J'achète quand Saturne entre en Gémeaux et je vends quand Mars entre en Poissons. » Si tout le monde utilisait le même modèle astrologique, ce modèle aurait évidemment la meilleure capacité prédictive[31]. Il faut constater que, dans un monde qui croit à la science, les acteurs des marchés financiers croient plus aux modèles économiques qu'aux modèles astrologiques. Or les modèles économiques croient aux fondamentaux. Les acteurs croient donc aux fondamentaux.

Il apparaît donc que le concept de fondamentaux, bien qu'à mon avis inopérant sur les marchés financiers (nous verrons que c'est aussi le cas des marchés des changes), a essentiellement une fonction anxiolytique. D'abord pour les économistes, puis par contagion pour les acteurs des marchés. Or l'importance croissante de la finance globale est puissamment anxiogène, nous y reviendrons en conclusion. Plus elle se développe, plus il est donc nécessaire de croire aux fondamentaux.

Il nous faut cependant pousser notre raisonnement jusqu'au bout. La pensée des acteurs est la réalité qui détermine le prix des actifs financiers. Or la pensée dominante croit aux fondamentaux. Cela ne signifie pas qu'elle ait raison, mais ce qui compte c'est que beaucoup y croient. Il n'est pas impossible que cette croyance ait, en fin de compte, un rôle de réduction des fluctuations des prix de marché. Il suffit pour cela que les paramètres qui sont (à tort) « élus » comme fondamentaux soient eux-mêmes relativement stables. Si l'on estime que des fluctuations de prix excessives sont néfastes (nous verrons en fonction de quoi on peut porter ce jugement), il faut donc se féliciter de ce qu'une illusion devienne ainsi croyance stabilisatrice ! Mais le chercheur ne saurait s'en satisfaire.

---

31. À mon avis, plus nombreux qu'on ne le pense sont ceux qui utilisent des modèles de ce type, mais ce ne sont pas les modèles dominants.

Tâtonner dans les ténèbres

Groping about in the dark : « tâtonner dans les ténèbres ». C'est ainsi que Ludwig von Mises[32] caractérisait le système de « planification » socialiste, incapable à ses yeux de planifier quoi que ce soit, car incapable de produire un système de prix susceptible d'orienter les actions des individus dans le sens de la satisfaction de leur propre intérêt et du bien-être collectif. Tâtonner dans les ténèbres, c'est ce que font en réalité les acteurs des marchés financiers dans les capitalismes. C'est la conclusion qui s'impose à l'issue de ce chapitre. Contrairement à certains praticiens des marchés financiers, tel George Soros, ou aux économistes historiens, tel Charles Kindelberger, la plupart des économistes théoriciens et des acteurs des marchés ont le plus grand mal à le reconnaître, car cette idée est angoissante. En témoigne l'usage rémanent du concept de fondamentaux comme attracteur des prix de marché. On peut certes toujours définir des fondamentaux de manière rigoureuse. Mais si leur valeur est inconnue des acteurs, ou connue avec une très grande incertitude, et s'ils présentent de plus des liens circulaires avec les prix qu'ils sont censés déterminer « objectivement », ils ne peuvent orienter en rien l'action des intervenants sur les marchés financiers. Ils ne constituent pas pour eux une « information » pertinente.

Il faut donc reconnaître ceci : dans une très large mesure, il est impossible de déduire les prix des actifs financiers d'autres variables économiques, en particulier de celles caractérisant les biens reproductibles, que l'on qualifie souvent de « sphère productive » ou « réelle ». La finance de marché est intrinsèquement instable. Les prix sur les marchés financiers ont leur logique propre : quantifier les visions de l'avenir économique qu'ont les acteurs de la finance. Ces visions structurent les modèles d'interprétation des données observables qu'utilisent les acteurs pour intervenir sur les marchés. Or, étant en partie mimétiques, ces visions sont

32. Ludwig von Mises, *Human Action*, New York, Yale University Press, 1949, p. 697.

instables et peuvent connaître des évolutions erratiques. C'est ce qui engendre de brusques variations des prix sur les marchés financiers.

Le concept de bulles spéculatives, inévitablement suivies de krachs, est-il pertinent pour décrire ces mouvements erratiques ? À mon avis non, car quand les prix d'une catégorie d'actifs financiers augmentent, il n'est jamais possible de dire s'il s'agit d'une bulle. Ce n'est qu'*a posteriori*, quand un krach a eu lieu, qu'on croit pouvoir parler de bulle pour désigner la hausse qui l'a précédé. Mais rien ne permet cependant d'affirmer qu'à l'issue du krach les prix de marché sont revenus à leur valeur normale, fondamentale. Tout ce qu'il est possible d'affirmer, c'est qu'à une vision dominante optimiste de l'avenir a succédé une vision plus pessimiste, sans qu'il soit possible de savoir si l'une est plus réaliste que l'autre. La conception qui décrit les prix des marchés financiers comme oscillant, sous l'effet de la spéculation, autour d'une valeur fondamentale ancrée dans l'économie réelle me paraît donc erronée. La raison profonde devrait maintenant en être claire. Les actifs financiers ne sont que des promesses de revenus futurs. L'avenir étant contingent, irréductiblement incertain, le prix actuel de ces promesses ne peut qu'être commandé par les visions fragiles et changeantes que les acteurs ont de l'avenir.

Les ambitions prédictives et normatives de la théorie économique s'en trouvent certes réduites. Mais il lui reste cependant un vaste champ d'analyse. D'abord, l'analyse des effets en retour de ce caractère erratique sur les autres prix, sur la sphère réelle en particulier. Ensuite, la recherche de l'existence, malgré tout, de moyens non pas de supprimer ce caractère erratique, mais d'en limiter l'ampleur.

Puisque la monnaie est centrale dans les rapports entre la finance et le reste de l'économie, nous ne pouvons plus désormais en différer l'examen. D'autant que nous allons constater que la monnaie joue un rôle essentiel dans les crises financières. C'est en effet l'interaction entre l'instabilité intrinsèque de la finance de marché et les politiques monétaires de crédit abondant et peu coûteux qui engendre la caractéristique majeure de notre système de finance de marché globale : il est régulé par des krachs.

CHAPITRE V

Finance et monnaie

En première analyse, il est possible de séparer monnaie et finance pour définir les fonctions et le *modus operandi* de cette dernière. Nous l'avons fait en supposant une monnaie unique et stable. Stable signifie que son pouvoir d'achat en biens de consommation est constant dans le temps. Cette hypothèse nous dispensait de nous interroger sur les conditions d'une telle stabilité, ainsi que sur les modalités de production de la monnaie.

Il faut maintenant lever cette hypothèse, car monnaie et finance sont intimement liées pour deux raisons. La première est fondamentale : tous les contrats financiers sont exprimés en monnaie. Acheter un bon du Trésor de 1 000 € à dix ans à 5 %, c'est payer aujourd'hui 1 000 € et recevoir la promesse que le Trésor public vous remettra la somme de 1 551 € dix ans plus tard jour pour jour [1]. Si, en dix ans, le pouvoir d'achat de l'euro a été divisé par deux (il suffit pour cela que l'inflation ait été en moyenne de 7 % par an), vous ne disposez en réalité que de 775 €. Cela ne peut certes vous laisser indifférent, puisque votre intention était justement de transférer dans le temps du pouvoir d'achat. La seconde est institutionnelle et *a priori* contingente (il n'y a pas de raison théorique qu'il en soit toujours ainsi) : aujourd'hui, ce sont les banques qui créent de la monnaie. Or elles sont également des acteurs majeurs sur tous les marchés finan-

1. Nous supposons, pour simplifier, que les intérêts sont payés à l'échéance.

ciers. Les banques sont donc au cœur de l'articulation entre finance et monnaie.

Nous exposerons d'abord les mécanismes de la création monétaire, le rôle qu'y jouent les banques et les raisons de l'évolution du pouvoir d'achat de la monnaie dans le temps : l'inflation et la déflation. Ensuite, nous définirons la politique monétaire, c'est-à-dire les moyens par lesquels les États peuvent contrôler la création monétaire. Enfin, nous analyserons les rapports entre finance et monnaie.

Qu'est-ce que la monnaie ?

Qu'est-ce que la monnaie ? La monnaie est le seul objet économique qui puisse être échangé instantanément contre n'importe quel autre. La monnaie est avant tout un moyen de paiement. Cette première fonction lui en confère une deuxième : celle d'unité de compte. Le prix d'un objet, sa valeur d'échange, pourrait en théorie être exprimé par une interminable liste des quantités de tous les autres objets contre lesquels il peut être échangé. Il s'exprime plus simplement en unité monétaire. Pour pouvoir remplir ces deux fonctions, la monnaie doit en assurer une troisième : être une réserve de valeur. Le pouvoir d'achat d'une monnaie, pour qu'elle soit utilisée comme moyen de paiement, doit en effet être relativement stable dans le temps. Pour accepter de la monnaie en échange d'un bien dont on se sépare, il faut que, pendant le temps où l'on conserve cette monnaie, par exemple pour prendre le temps de rechercher et de trouver un objet qu'on désire acquérir, elle n'ait pas perdu une bonne partie de sa valeur. Sinon, on préférerait le troc, malgré son immense inconvénient qui est de ne pas séparer l'achat de la vente, ce que permet la monnaie si elle est réserve de valeur. Une monnaie n'a généralement ces trois fonctions constitutives (moyen de paiement, unité de compte, réserve de valeur) que dans un espace géographique donné.

Il résulte de ce qui précède que tous les objets économiques, hormis la monnaie, présentent un degré non nul d'« illiquidité ». L'illiquidité est définie comme l'existence d'une différence entre le prix de vente et le prix d'achat *(bid-ask spread* en anglais). Son degré est mesuré par le rapport de cette différence au prix moyen[2]. Si un objet quelconque pouvait toujours se vendre et s'acheter, au même prix, en n'importe quelle quantité, il serait équivalent à la monnaie, puisque cette échangeabilité sans coût avec la monnaie lui en conférerait toutes les fonctions. Il serait l'une des formes de la monnaie.

Pour ce qui va nous intéresser dans la suite, notons donc qu'aucun actif financier n'est parfaitement liquide. C'est ce qui le différencie de la monnaie. Certains sont plus liquides que d'autres, mais aucun ne l'est parfaitement. Un bon du Trésor est très liquide, mais il existe une petite différence entre prix de vente et prix d'achat, de même pour les actions des grandes sociétés cotées, autre actif très liquide. Même ce qui peut paraître le plus proche d'une monnaie ayant cours dans une zone donnée, l'euro par exemple, à savoir une autre monnaie convertible en euros et largement utilisée dans le monde, le dollar par exemple, est, pour un résident en France, un actif financier et non une monnaie. Il ne peut payer son café en dollars à Paris, sauf si le garçon de café accepte les dollars parce qu'il va les changer au bureau de change d'à côté. Mais, dans ce cas, le garçon, même parfaitement honnête et ne prenant pas de commission, le changera à un cours inférieur à celui auquel son client l'a acheté, car, au bureau de change, le dollar à l'achat est plus cher qu'à la vente. Non seulement en raison de la marge (confortable) que prend le bureau de change, mais aussi parce que les banques, qui achètent et vendent les monnaies « en gros » sur le marché des changes, subissent aussi un *bid-ask spread*.

Dans les économies modernes, la monnaie au sens strict a deux formes : les billets de banque et les dépôts bancaires à vue. Les systèmes bancaires y sont des systèmes hiérarchisés à deux niveaux : la banque centrale et les banques de second rang, dites commerciales. Si vous avez 1 000 € sur votre compte courant au Crédit lyonnais, c'est un « dépôt ». Quelqu'un, vous-même, votre employeur, les a en effet déposés sur votre compte. C'est un dépôt « à vue »

2. (Prix d'achat – prix de vente) / (prix d'achat + prix de vente) × (1/2).

car vous pouvez l'utiliser à tout instant en tirant des chèques ou en donnant des ordres de virement. Vous pouvez régler par chèque n'importe quel achat : c'est de la monnaie. Par contre, si vous avez 1 000 € sur un compte à terme rémunéré, vous ne pourrez les retirer avant le terme prévu qu'au prix d'une légère pénalité. Vous avez prêté 1 000 € à la banque, vous lui avez donc acheté une créance[3], vous pouvez la lui revendre avant l'échéance, mais à un prix inférieur (en raison de la pénalité). Ce n'est pas de la monnaie au sens strict, même si c'est un actif financier très liquide et donc facile à transformer en monnaie. Facile signifiant à coût faible.

Qui produit la monnaie ?

Comment la monnaie est-elle créée ? Dans les systèmes monétaires contemporains, ce sont les banques commerciales qui ont l'initiative de la création monétaire. Une banque crée de la monnaie en faisant crédit à ses clients. En accordant un crédit de 20 000 € à l'un de ses clients, Monsieur X, le Crédit lyonnais, par exemple, crée un dépôt à vue de 20 000 € à la disposition de Monsieur X. Dans son bilan, ce dépôt s'inscrit à son passif. En face, à son actif, s'inscrit la créance qu'il détient désormais sur Monsieur X. Le Crédit lyonnais a donc prêté à Monsieur X, c'est-à-dire a acheté une créance portant intérêt à Monsieur X, avec de la monnaie qu'il a créée *ex nihilo* pour l'occasion, par simple inscription d'un dépôt de 20 000 € sur le compte courant de Monsieur X. La monnaie ainsi créée, dont l'unité est l'euro, est en réalité de la monnaie « Crédit lyonnais », comme on va s'en rendre compte par la suite. Monsieur X signe en effet un chèque de 20 000 € à un concessionnaire Renault pour acheter une voiture. Si le concessionnaire a son compte au Crédit lyonnais, il y dépose le chèque. Cette

3. Il faut s'habituer à cette équivalence. Un prêt de monnaie est toujours un achat de titre de dette : créance, obligation, etc. Un emprunt de monnaie est une vente d'un titre de dette. Quand vous empruntez à votre banque, vous lui vendez une créance (le contrat de prêt que vous avez signé).

banque débite alors le compte de Monsieur X de 20 000 € et crédite celui du concessionnaire de 20 000 €. La monnaie que le Crédit lyonnais a créée, après avoir circulé entre deux agents économiques, est revenue en dépôt chez lui. Elle reste à son passif : il n'y a pas eu « fuite » de cette monnaie hors de sa sphère.

Si le concessionnaire porte son chèque à la BNP, celle-ci le conserve jusqu'au soir. Chaque soir, toutes les banques se retrouvent dans le cadre d'un « organisme de compensation ». Le compte de tous les chèques détenus par une banque sur toutes les autres est fait, et on effectue la compensation : les chèques de la BNP détenus par le Crédit lyonnais sont échangés contre les chèques du Crédit lyonnais détenus par la BNP, euro pour euro. Reste généralement un solde. Supposons qu'après compensation la BNP détienne finalement toujours le chèque de 20 000 € émis par Monsieur X, client du Crédit lyonnais. Le Crédit lyonnais pourrait proposer à la BNP de la payer dans sa propre monnaie : il proposerait à la BNP de lui ouvrir un compte à vue où elle déposerait ce chèque. Ainsi, comme dans le cas précédent, le Crédit lyonnais virerait 20 000 € du compte de Monsieur X au compte de la BNP, et son passif n'aurait pas varié. Mais cela ne présente aucun intérêt pour la BNP, car ce dépôt à vue n'est pas rémunéré. La BNP demande donc au Crédit lyonnais de lui échanger le chèque contre un titre portant intérêt. Cette vente de titre est un emprunt : le Crédit lyonnais a dû emprunter à la BNP la monnaie qu'il avait créée et qui était sortie de sa sphère. Le marché où les banques se prêtent entre elles en s'achetant des titres est le « marché interbancaire ». Une banque qui a dû emprunter aux autres un jour peut parfaitement se trouver dans la situation d'avoir à leur prêter le lendemain et donc de racheter des titres. On comprend que les titres échangés sur ce marché doivent être très liquides *(bid-ask spread minimum)*.

Quittons le niveau des opérations élémentaires de crédit pour une vue plus générale du bilan des banques, de l'origine de leurs profits et de leur comportement. L'opération simple de crédit que nous venons de présenter peut laisser croire que le métier de banquier est très agréable. Il consiste en effet à créer sa propre monnaie *ad libitum* et sans coût pour la prêter avec intérêt. Laissons *ad libitum* de côté pour l'instant et examinons le problème du coût des ressources bancaires. Si ces ressources sont exclusivement des dépôts à vue créés par elles en faisant crédit, elles sont gratuites. Ainsi, si une banque crée un dépôt de 20 000 € en faisant un prêt de 20 000 € à un an à 10 %, elle fait un bénéfice de 2 000 € dans l'année. Mais nous avons déjà vu que si ce dépôt fuit, elle doit se refinancer en empruntant auprès d'autres banques (ou de la Banque centrale). Si elle se refinance au taux de 5 %, elle paiera 1 000 € d'intérêt. Même s'il n'y a pas fuite, si donc le concessionnaire qui a reçu 20 000 € de Monsieur X est comme lui client du Crédit lyonnais, il n'a pas nécessairement besoin de 20 000 € de monnaie. Il demandera donc au Crédit lyonnais de placer cet argent sur un compte de dépôt à terme rémunéré à 3 %. La banque lui paiera donc 600 € d'intérêt en un an, et ce sera le coût effectif de la monnaie, initialement gratuite, qu'elle a créée. Enfin, pour des raisons que nous verrons plus loin, les autorités réglementant les banques leur imposent des obligations dites « prudentielles » en matière de structure de leur bilan. En particulier, le ratio dit de « Bâle 2 » (parce qu'il est préconisé par la BRI, Banque des règlements internationaux, dont le siège est à Bâle) exige que les banques aient un capital proportionnel à leurs actifs (dont les crédits), pondérés par leur risque. Augmenter son volume de crédit exige donc d'augmenter son capital, qui doit être rémunéré. Cela a donc un coût. Bref, le coût des ressources des banques n'est pas nul. Il doit bien évidemment être inférieur aux intérêts reçus des crédits. La différence s'appelle « marge brute ». Elle doit au moins couvrir les frais de fonctionnement bancaires, en particulier la fonction de règlement (celle-ci est généralement gratuite quand les dépôts à vue ne sont pas rémunérés, donc en vérité les dépôts à vue sont rémunérés par la gratuité de cette fonction), ainsi que les pertes des crédits non performants. Le solde est le profit de la banque. On voit donc qu'il y a nécessairement un lien entre le coût des ressources bancaires et le taux d'intérêt des crédits bancaires. Si le premier augmente, les banques doivent répercuter cette augmentation sur le second, pour conserver leurs marges brutes, donc leurs profits.

C'est par ce lien que cherchent à agir les banques centrales. Pourquoi ? Pour réguler l'activité de crédit des banques. Mais pourquoi celle-ci devrait-elle être régulée ? Parce que, spontanément, les banques n'ont aucune raison de ne pas faire trop ou pas assez de crédits. Que veut dire trop ou pas assez ? Il faut pour le comprendre examiner l'effet du crédit sur l'activité économique.

Croissance et inflation

Lorsqu'une économie est en sous-emploi de ses moyens de production (chômage et sous-utilisation des capacités physiques de production), c'est que la demande est insuffisante pour engendrer une production qui sature les capacités existantes. Une augmentation de l'activité de crédit des banques, qu'il s'agisse de crédits à la consommation octroyés à des particuliers ou de crédits consentis à des entreprises pour réaliser des projets d'augmentation de leur production, crée une demande supplémentaire. Si l'économie est en sous-emploi, cette demande peut être immédiatement satisfaite par une augmentation de la production, égale à la demande supplémentaire. L'augmentation de la production engendre une augmentation équivalente des revenus. En effet, les entreprises qui ont augmenté leur production ont *ipso facto* distribué sous forme de salaires et de profits la valeur de la production supplémentaire. En créant *ex nihilo* de la monnaie par une augmentation de leurs crédits, les banques créent des droits supplémentaires sur la production. Les bénéficiaires des crédits disposent en effet de quantités supplémentaires de monnaie immédiatement échangeables en biens et services réels. Mais, lorsque l'économie est en sous-emploi, cela a pour effet d'augmenter d'autant la production et les revenus. Ces droits sont donc immédiatement « validés », c'est-à-dire peuvent être satisfaits sans que d'autres droits déjà créés sur la production aient à être réduits.

Il n'en serait pas de même si l'économie, très proche de la saturation des capacités de production, n'était pas capable de répondre par une augmentation de la production à une augmentation de la demande engendrée par la création monétaire. Dans ce cas, les entreprises à qui s'adresse la demande supplémentaire, ne pouvant augmenter leur production, augmentent leur prix. Par propagation, l'ensemble des prix est modifié, à des degrés divers. Le niveau général des prix augmente, donc la monnaie se déprécie, tandis que les prix relatifs se modifient. C'est l'inflation.

Dans ce cas, les droits supplémentaires sur la production, créés par la monnaie « injectée » dans l'économie par les banques, ne peuvent être satisfaits, s'ils le sont, qu'au détriment d'autres droits puisque la production n'a pas augmenté assez pour valider la création monétaire. C'est l'inflation qui opère cette redistribution des droits, en modifiant les prix relatifs. Qui gagne et qui perd dans l'inflation est une question empirique. Cela dépend de la manière dont les droits des uns et des autres sur la richesse produite sont protégés contre l'évolution des prix. Il est certain par exemple que, si les dépôts à vue ne sont pas rémunérés, tous les détenteurs de monnaie sont perdants. Si les salaires sont indexés sur le niveau général des prix à la consommation, mais avec retard, les salariés sont perdants dans une accélération de l'inflation, mais pas dans un régime d'inflation stabilisée. Tous ceux qui ont emprunté à taux fixe sont gagnants, puisqu'ils rembourseront dans une monnaie dévaluée. Tous ceux qui ont prêté à taux fixe sont perdants.

En réalité, les choses ne sont pas aussi tranchées. Même en situation de sous-emploi, la demande issue de la création monétaire, en se diffusant dans l'économie, rencontre inévitablement des capacités de production qui, localement ou dans un secteur donné, sont plus « tendues ». La création monétaire se partage donc toujours en « effet volume » (augmentation de la production) et « effet prix » (inflation). Cependant, plus on approche d'une situation de plein-emploi des capacités, plus l'effet prix a tendance à l'emporter.

La monnaie est créée par les banques commerciales, des institutions financières privées, dont l'activité est essentiellement orientée par la recherche du profit, et qui sont en compétition entre elles. En période de bonne conjoncture économique, quand on s'approche du plein-emploi et que la croissance est forte, elles n'ont aucune raison de ralentir spontanément leur offre de crédit. Réciproquement, en période de récession, quand l'économie s'éloigne du plein-emploi, que la croissance est faible, la fréquence des faillites chez leurs clients augmente. Les banques deviennent prudentes, presque inévitablement trop prudentes : elles refusent des crédits à des consommateurs solvables et à des entreprises qui présentent des projets rentables. La création monétaire est ralentie, ce qui aggrave la récession. Les banques n'ont donc aucune raison de créer spontanément exactement la quantité de monnaie qui maintiendrait l'économie en plein-emploi sans accélération de l'inflation.

C'est donc à l'État, en l'occurrence par l'intermédiaire de la banque centrale, d'intervenir pour tenter de « réguler » la création monétaire. Naturellement, l'État doit d'abord se fixer un objectif : le plein-emploi, cela va sans dire, mais avec un niveau d'inflation « acceptable ». Mais quel est le niveau d'inflation acceptable ? Est-il de 2 %, ce qui est le dogme actuel dans les pays de la zone euro, ou peut-il être plus élevé, et surtout plus variable, comme on semblait s'en accommoder très bien avant les années 1980 ? Car l'inflation a des vertus. Elle permet d'opérer des transferts de droits sur la production progressifs et faiblement conflictuels car diffus, non annoncés, non négociés, simplement constatables *a posteriori*. Mais ce n'est pas encore le moment de traiter de cette importante question[4]. Admettons que les États aient un objectif : s'approcher du plein-emploi tout en maintenant l'inflation en dessous d'un certain chiffre. Comment peuvent-ils y parvenir ? Schématiquement, on distingue des moyens directs et indirects, parmi lesquels on peut encore distinguer les moyens mécaniques et ceux que je qualifierai de chamaniques. Ces moyens constituent la politique monétaire.

---

4. Nous le ferons au chapitre VII, section « De la finance bancaire nationale à la finance de marché globale », en expliquant pourquoi les États ont choisi, à partir des années 1980, des politiques résolument anti-inflationnistes.

La politique monétaire

Le moyen direct de contrôle de la création monétaire par les banques est l'encadrement du crédit. L'État[5] fixe à chaque banque le montant des crédits qu'elle peut consentir. Ce moyen a de nombreux inconvénients. Il n'est pas nécessaire de s'y attarder car, au moins dans les pays riches, il est désormais abandonné (il a cependant été très utilisé, et même dominant, en France jusque dans les années 1980). Le moyen indirect mécanique est d'agir sur le coût des ressources bancaires en modifiant les taux d'intérêt à très court terme. Nous avons évoqué l'existence d'un « marché interbancaire », réservé aux banques, où elles se prêtent à très court terme (quelques jours), quand elles ont des besoins temporaires de financement liés aux fuites de leur propre système. Ce marché est en fait englobé dans un marché plus vaste qui est le « marché monétaire ». C'est également un marché de prêts à très court terme. Y interviennent non seulement les banques, mais aussi les investisseurs institutionnels et de grandes entreprises, quand elles ont besoin de financement ou de placements très courts. Les taux sur le marché interbancaire et sur le marché monétaire sont donc nécessairement très proches.

Comment se fixe le taux d'intérêt sur le marché monétaire ? Un taux d'intérêt est un prix. C'est le prix que paie l'emprunteur au prêteur pour disposer de la monnaie prêtée pendant la durée du prêt. Comme tout prix fixé par un marché, il évolue en fonction des variations de l'offre et de la demande. Partant d'un équilibre du marché où le taux d'intérêt égalise l'offre et la demande de monnaie prêtable, si l'offre devient supérieure à la demande, le taux doit baisser pour que se rétablisse l'équilibre. Si la demande devient supérieure à l'offre, le taux doit augmenter. En effet, l'offre de monnaie prêtable est croissante avec le

5. Nous prenons ici l'État au sens large : il inclut les administrations (dont celle des Finances, la banque centrale et les gouvernements). Les responsabilités respectives seront précisées dans la suite, en particulier le concept d'indépendance de la banque centrale.

taux d'intérêt, tandis que la demande est décroissante[6]. En agissant sur la demande ou sur l'offre, un acteur puissant, c'est-à-dire capable de prêter ou d'emprunter des sommes importantes par rapport à celles qui s'échangent habituellement sur un marché, est ainsi capable de faire évoluer le taux d'intérêt dans le sens qu'il souhaite. C'est ce que font les banques centrales sur les marchés monétaires. Si elles veulent faire baisser le taux d'intérêt du marché monétaire (que nous appellerons désormais le « taux monétaire »), il suffit qu'elles augmentent l'offre de monnaie sur ce marché, donc qu'elles se portent prêteuses sur ce marché. Supposons que, le taux étant de 3,5 %, une banque centrale décide de l'abaisser à 3 %, il suffit pour cela qu'elle déclare qu'elle satisfera n'importe quelle demande d'emprunt de monnaie à 3 % sur ce marché, quel qu'en soit le montant[7]. Ce taux de 3 %, auquel elle satisfait toute demande d'emprunt, est appelé le « taux d'intervention » de la banque centrale.

Si une banque centrale veut faire monter le taux d'intérêt du marché monétaire, il suffit qu'elle emprunte sur ce marché. En pratique, pour des raisons dans le détail desquelles il n'est pas nécessaire d'entrer ici, l'ensemble des intervenants sur le marché monétaire, hors la banque centrale, y expriment généralement des besoins nets de financement, c'est-à-dire sont globalement emprunteurs. Pour faire monter le taux, il suffit donc que la banque centrale diminue le volume des prêts qu'elle y consent et pour cela relève son taux d'intervention. Si le taux du marché est de 3,5 % et que la banque centrale veut le faire monter à 4 %, elle fixe son taux d'intervention à ce niveau. Au départ, elle n'aura aucune demande à ce taux. Mais, rapidement, la demande au taux de 3,5 % va excéder l'offre à ce taux (car l'ensemble des intervenants a des besoins nets de financement). Le taux va donc augmenter

---

6. Cf. chapitre II : « L'histoire de Zaccaria, négociant génois : à quoi sert la finance ? » Mais c'est intuitif : plus le taux d'intérêt est élevé, plus ceux qui sont disposés à prêter sont nombreux, et moins ceux qui sont disposés à emprunter le sont.

7. Comme garantie de ses prêts de monnaie aux banques commerciales, la banque centrale prend généralement « en pension » des titres très sûrs et liquides, tels des bons du Trésor. Elle crée donc de la monnaie au profit des banques commerciales en leur « achetant provisoirement » ces titres.

jusqu'à 4 %, et se stabilisera à ce niveau puisque à 4 % la banque centrale recommence à prêter. En fixant son taux d'intervention, une banque centrale décide donc du taux monétaire, le taux des prêts à très court terme.

Mais tous les autres taux d'intérêt dans l'économie sont hors du pouvoir direct de la banque centrale. Ils sont déterminés par la confrontation de l'offre et de la demande de prêts des acteurs économiques sur « les marchés ». Par exemple, les taux à trois mois peuvent déjà être considérés comme des taux de marché sur lesquels les banques centrales n'interviennent pas directement. Cependant, ils sont normalement influencés par le taux monétaire en raison des opérations d'arbitrage[8].

Lorsque la banque centrale relève le taux monétaire, en résulte-t-il un « resserrement du crédit » dans l'économie, c'est-à-dire un ralentissement de l'activité de création monétaire des banques, ce qui est l'objectif recherché si la banque centrale estime que les banques commerciales créent « trop » de monnaie et donc qu'elles vont engendrer de l'inflation ? Réciproquement, une baisse du taux monétaire entraîne-t-elle une expansion du crédit, ce qui est l'objectif recherché si les banques commerciales ne créent « pas assez » de monnaie, ce qui bride la croissance économique et provoque un sous-emploi des moyens de production ? Normalement, oui. Une hausse du taux monétaire entraînant une hausse des taux à quelques mois augmente le coût des ressources bancaires. Non seulement le coût du financement sur le marché monétaire, mais, par voie de contagion, le coût des dépôts à terme rémunérés, par exemple. Les banques doivent donc augmenter leurs taux créditeurs pour maintenir leur marge. Si la demande de crédit bancaire est sensible au coût de ce crédit, elle doit normalement baisser. Réciproquement, la demande de crédit doit normalement augmenter si les taux baissent.

Cependant, le lien entre taux d'intérêt et volume du crédit bancaire, entre crédit bancaire et variation de la monnaie

---

8. Par exemple, si le taux monétaire est supérieur au taux à trois mois, les acteurs qui pensent que cela va durer au moins trois mois empruntent à trois mois et prêtent sur le marché monétaire. Cela fait monter le taux à trois mois, et, en raison du même type d'arbitrage, les taux plus longs.

effectivement détenue par les acteurs économiques, l'usage qu'ils en font[9], les conséquences sur l'inflation et la croissance, tous ces enchaînements n'ont rien de mécanique. Si bien que le terme d'action indirecte « mécanique » que nous avons utilisé est en fait très exagéré. Rien de commun avec un moteur bien réglé qui réagirait à la moindre pression sur la manette des gaz. La question de la « transmission » de la politique monétaire (la modification des taux courts) et de ses effets finaux sur l'inflation et la croissance fait l'objet de vastes débats et d'une immense littérature théorique et empirique. Ce qu'on peut en retenir, c'est que la transmission ne s'effectue pas par une série de bielles bien huilées, mais plutôt par des élastiques de rigidité non seulement différente mais variable dans le temps.

Restent heureusement les moyens chamaniques. On ne peut qu'être frappé, même si l'on ne porte qu'un intérêt lointain à ces questions, de l'importance qu'ont les déclarations des présidents des banques centrales et, en premier lieu, de celui de la banque centrale américaine, la FED. On peut même avoir l'impression qu'Alan Greenspan, lors de son long règne de 1987 à 2006 à la présidence de la FED, a gouverné en quelque sorte, sinon le monde, du moins l'essentiel de l'économie mondiale par la simple puissance de sa parole.

La raison, nous l'avons déjà rencontrée au chapitre précédent. Ce sont les anticipations autoréalisatrices. En modifiant des anticipations, Alan Greenspan agissait bien plus efficacement qu'en modifiant les taux courts aux États-Unis. Prenons un exemple. Imaginons que le président de la FED dise : « Les capacités de production sont proches du plein-emploi, le taux de chômage est tombé à son niveau naturel[10]. Si l'activité économique continue à croître au

9. En particulier, la question de savoir si les crédits sont utilisés pour consommer ou pour acheter des actions, par exemple. Nous y reviendrons.

10. Le taux de chômage « naturel » est par définition celui au-dessous duquel on ne peut pas descendre sans inflation. Il correspond au « plein-emploi » du facteur travail. Il n'est pas nul car il existe toujours des inadéquations qualitatives entre offres et demandes d'emploi ainsi que des frottements sur le marché du travail, tels que, si un employé perd son travail, il ne peut en pratique en retrouver un qu'au bout d'un certain temps de recherche.

rythme soutenu qui est actuellement le sien, les conditions d'une poussée inflationniste seront réunies. » Implicitement, et tout le monde le sait puisque c'est dans ses statuts, il faut entendre aussi : « Si cette menace se confirme, la FED relèvera le taux monétaire pour que l'inflation soit étouffée dans l'œuf. » Si le président de la FED est cru, un certain nombre d'épargnants vont se montrer dès lors plus réticents à prêter à taux fixe (donc à acheter des titres à taux fixe). Ils pensent en effet que, même si la FED agit à temps et avec détermination, un début de poussée inflationniste ne peut être exclu, qui réduirait le rendement des titres à taux fixe. Cette réduction de l'offre de prêt fait monter les taux d'intérêt. En conséquence, la croissance ralentit. Ainsi, une simple déclaration – « l'inflation menace » – est capable, si elle parvient à modifier les anticipations et donc les comportements d'épargne, de faire monter les taux, de ralentir la croissance et d'écarter la menace. Si elle le juge utile, la FED appuiera cette déclaration d'une augmentation symbolique du taux monétaire, de 0,25 % par exemple. En soi, cette augmentation aurait des effets mécaniques sans doute négligeables. Par contre, elle peut renforcer la crédibilité de la déclaration et sa puissance de modification des anticipations. Pour modifier les anticipations, il faut en effet être « crédible ». Ce concept acquiert donc une place centrale dans l'analyse de la politique monétaire contemporaine. La crédibilité n'est jamais que le nom de la capacité à modifier les anticipations.

Le dogme actuel de l'indépendance des banques centrales à l'égard du pouvoir politique y trouve à mon avis sa raison ultime. Si leur moyen d'action principal se réduit désormais à tenter de modifier les anticipations, il faut que les banques centrales soient crédibles. La crédibilité, aux yeux des acteurs financiers, suppose deux conditions. Il faut disposer d'une compétence d'analyse économique reconnue. Ce n'est pas la plus difficile à remplir. Mais surtout, il ne faut pas être soupçonné de poursuivre des objectifs multiples et contradictoires, d'agir sous l'effet de groupes de pression, de favoriser alternativement telle ou telle fraction de la société, comme peut l'être un gouvernement. Il faut donc que la banque centrale ait un objectif unique et clairement défini : assurer, quel qu'en soit le prix, la stabilité de la valeur de la monnaie, et qu'elle ait la liberté de le poursuivre en toute indépendance. Si un gouvernement veut conserver à l'État, pris dans son ensemble donc incluant la banque centrale, une certaine capacité de politique monétaire, il faut donc, dans la finance libéralisée et globale actuelle, que paradoxalement il accepte que la banque centrale soit indépendante du gouvernement. Son propre pouvoir est alors réduit à celui de fixer des objectifs à la banque centrale [11].

Reste à savoir si la politique monétaire, dont nous venons d'exposer les objectifs et les moyens, n'est pas en réalité asservie à la finance, si la finance ne dicte pas sa loi à la monnaie. Abordons donc les rapports entre finance et monnaie.

Le gendarme, le pompier et le chaman

Nous avons vu au chapitre précédent que les marchés financiers, particulièrement les marchés d'actions et ceux des droits de propriété tels que l'immobilier (mais aussi les marchés des changes, comme nous le verrons au chapitre suivant), sont le lieu de violents mouvements de prix. Lorsqu'ils s'effondrent, on parlera de crise financière.

On peut certes imaginer un système monétaire et financier où finance et monnaie sont séparées par des coupe-feu tels que les crises financières se résolvent au sein de cette sphère, par des transferts entre détenteurs d'actifs financiers et la volatilisation pure et simple de droits en excès, sans que la monnaie soit affectée. Ce serait le cas d'un système de pure monnaie métallique, où les banques n'auraient aucun pouvoir de création monétaire [12].

---

11. En effet, si l'objectif général est toujours la stabilité monétaire, il peut être modulé de diverses façons : accorder plus ou moins d'importance à l'emploi au détriment d'une stabilité plus rigoureuse, par exemple. D'autre part, comme on le verra au chapitre suivant, la politique monétaire influence fortement le taux de change. Des objectifs de taux de change font donc éventuellement aussi partie des objectifs que doit fixer le gouvernement.

12. Nous nous demanderons au chapitre XIV si un système de ce type est envisageable aujourd'hui.

Dans les systèmes monétaires et financiers actuels, les choses se présentent cependant très différemment. Les banques, en effet, d'une part créent la monnaie et d'autre part sont des acteurs majeurs des marchés financiers. Elles y interviennent directement, y compris massivement sur les marchés dérivés, et elles prêtent aux acteurs économiques qui interviennent sur ces marchés. Une crise financière de quelque ampleur ne les laisse donc jamais indemnes. Quand les banques elles-mêmes sont affectées par les crises financières, leurs fonctions de règlement et de création monétaires en sont perturbées. Un ébranlement parti de la finance se transmet alors à la monnaie et de la monnaie à l'ensemble de l'économie.

Nous analyserons ces enchaînements d'abord en cas de crise grave, quand une crise financière menace de provoquer des faillites bancaires en chaîne, comme cela s'est produit en 1929 aux États-Unis, mais aussi au Japon dans les années 1990 et en Asie du Sud-Est à partir de 1997, enfin en 2008. Puis nous examinerons le cours « normal » des choses et comment les fluctuations des marchés financiers affectent la conjoncture économique. Nous pourrons alors aborder notre question : la politique monétaire conserve-t-elle encore une certaine autonomie ?

Prévention et traitement des crises financières

Pour comprendre les mécanismes à l'œuvre dans une crise bancaire provoquée par une crise financière, raisonnons à partir d'un exemple très simplifié, qui nous permettra de revenir sur le problème des situations d'illiquidité des banques, esquissé au chapitre sur Zaccaria.

Soit une banque A dont les fonds propres, constitués du capital apporté par les actionnaires et des profits mis en réserve, sont de 180, inscrits à son passif. À son passif, on trouve également 1 000 de dépôts à vue et 1 000 de dettes résultant d'un prêt que lui a consenti une autre banque, B. À son actif, on trouve deux créances de 1 090 chacune, résultant de deux prêts qu'elle a consentis, l'un à un industriel pour construire une usine, l'autre à un promoteur pour acheter un terrain en centre-ville et y construire un immeuble de bureaux destinés à être loués. Les deux prêts sont à cinq ans. L'actif est bien égal au passif : 2 180. Cette banque présente un ratio de ses fonds propres à ses engagements (son actif) légèrement supérieur à 8 % (180 / 2 180). Elle peut donc faire face, sans faillite, à une réduction de la valeur de son actif égale à ce pourcentage.

Supposons maintenant que survient une crise immobilière entraînant la chute du prix des bureaux et des faillites chez les promoteurs, et que le prêt accordé par la banque B à la banque A arrive à échéance. En raison de la crise de l'immobilier, B refuse de renouveler le prêt. Notre banque A a beau argumenter que « son » promoteur est des plus solides et qu'il traversera la crise sans encombre (nous supposerons que c'est le cas), il s'agit là d'une information privée, que possède la banque A après avoir étudié en détail la solidité financière de son client promoteur, ainsi que les risques du projet qu'elle a financé. La banque B, elle, se fonde sur les informations publiques concernant l'immobilier : elle constate la chute du prix des bureaux et des terrains, qui constituent les garanties que le promoteur a données pour obtenir le prêt. Aux yeux de B, la banque A présente désormais un risque trop élevé pour qu'elle lui renouvelle le prêt. Ainsi font toutes les banques de la place.

Pour rembourser B, A n'a pas d'autre choix que de vendre l'une des créances qu'elle possède. Vendre la créance sur le promoteur serait une mauvaise idée. Compte tenu de la crise, elle serait évaluée par le marché (le marché, c'est ici les autres banques) en fonction du prix des terrains qui constituent sa garantie et du risque global des crédits à l'immobilier, qui est devenu très élevé. Elle serait donc vendue à un prix incluant une prime de risque importante. Admettons que ce soit à 700. La banque A ne pourrait de cette façon rembourser B. Reste l'autre créance, sur l'industriel. Si A peut la vendre à plus de 1 000, c'est la solution. Mais cela supposerait que l'illiquidité de cette créance soit faible, ce qui n'est certainement pas le cas d'une créance bancaire sur un industriel. Toujours pour la même raison : son prix d'achat par la banque A inclut une information privée sur l'entreprise en question et le projet qu'a financé le prêt, tandis que son prix de vente est fondé sur l'information publique concernant cette entreprise, par exemple la notation que lui donne une agence comme Moodys[13]. Admettons que A ne puisse vendre cette créance qu'à 950. Sommée de rembourser sa dette de 1 000 à B, A doit vendre les deux créances pour 950 + 700 = 1 650. B remboursé, il lui reste 650. C'est la faillite : non seulement ses actionnaires ont tout perdu, mais la banque ne peut rembourser ses dépôts. S'il existe une assurance des dépôts, l'assurance devra rembourser 350 aux déposants. Cette somme sera ultimement réglée soit par l'ensemble des déposants, soit par les contribuables, selon le système d'assurance des dépôts.

Or, c'est notre hypothèse, cinq ans après, tant le promoteur que l'industriel auraient racheté leurs créances pour 1 090. Ce qui a provoqué la faillite de la banque est donc une simple crise de liquidité. On présente souvent l'origine d'une telle crise de liquidité dans le fait que les banques ont des ressources plus « courtes » que leurs engagements : si le prêt de B à A avait eu une échéance de cinq ans, comme les créances détenues par A, le problème ne se serait pas posé. Mais, en réalité, une créance étant toujours vendable, son échéance n'a en soi aucune importance. L'origine de la crise de liquidité que nous avons décrite est que les banques, parce qu'elles créent de la monnaie et la font circuler, ont toujours un passif constitué d'éléments plus liquides, à commencer par les dépôts qui sont de la monnaie, donc parfaitement liquides, que ceux qui constituent son actif. La faillite de A a été provoquée par la forte augmentation de l'illiquidité de sa créance sur l'immobilier, mais aussi par l'illiquidité « naturelle » de sa créance sur l'industrie.

Soulignons à ce stade un point très important. La faillite de A, qui n'était en rien inévitable car A n'était pas insolvable[14], engendre des transferts importants de richesse réelle. En l'occurrence au profit de la banque qui a acheté la créance immobilière à 700 et qui pourra la revendre à 1 090 cinq ans plus tard, en ayant perçu les intérêts dans

---

13. Le rachat de la créance sur l'industriel de 1 090 à cinq ans à un prix de 1 000 par une autre banque supposerait que cette dernière se contente d'une prime de risque de 1,7 % par an pour accepter une créance à cinq ans sur un emprunteur qu'elle connaît mal. C'est trop peu. Elle sera donc rachetée pour une somme inférieure à 1 000.

14. Sur la différence entre l'illiquidité et l'insolvabilité, cf. chapitre II, section « Les crises bancaires ».

l'intervalle. Au détriment de qui ? Des actionnaires de la banque A et du grand public qui, quelles qu'en soient les modalités concrètes, finance toujours ultimement le mécanisme de garantie des dépôts. Ce transfert peut être considéré comme « anormal » dans la mesure, encore une fois, où la banque A n'était qu'en situation temporaire d'illiquidité. À soi seul, cela justifie une intervention des autorités monétaires.

Mais cette intervention est également fondée par le fait que, dans l'hypothèse de krach immobilier que nous avons adoptée, en réalité de très nombreuses banques sont dans la situation de A. On risque alors des faillites bancaires en chaîne, avec le cercle vicieux suivant : pour faire face à leurs engagements, les banques sont obligées de vendre des masses considérables d'actifs, ce qui fait s'effondrer encore plus le prix de ces actifs, non seulement les créances sur l'immobilier, mais d'autres actifs financiers. Ainsi, par exemple, si la banque A avait détenu des actions, elle aurait d'abord cherché à vendre ces actions, car ce sont des actifs généralement plus liquides que les créances bancaires. Lorsque de nombreuses banques ont investi directement (en achetant elles-mêmes des terrains) ou indirectement (en prêtant à des promoteurs) dans l'immobilier mais détiennent également d'importants portefeuilles d'actions, la crise de l'immobilier a donc un effet sur le marché des actions. La baisse peut dégénérer en krach sur ce marché, d'autant que les teneurs de marché, ceux qui achètent lorsqu'ils estiment que les cours sont tombés trop bas, sont généralement eux-mêmes des banques, ou des maisons de titres dépendant du crédit bancaire pour financer leurs opérations. Ainsi, crise bancaire et crise sur les marchés financiers s'amplifient mutuellement. Les marchés financiers sont alors incapables de s'autoréguler, parce que les teneurs habituels de marché sont dans une incertitude radicale quant aux niveaux auxquels peuvent tomber les prix. Beaucoup cessent donc de jouer leur rôle stabilisateur. Quand bien même ils n'y renoncent pas, ils n'ont plus les liquidités (la monnaie) pour le faire, car les banques en difficulté ne leur font plus crédit.

Même si elles ne font pas faillite, les banques qui n'étaient pas directement engagées sur les marchés financiers en crise subissent de lourdes pertes parce qu'elles avaient presque inévitablement financé des acteurs qui, eux, l'étaient. Elles restreignent donc leur activité de crédit à la production et à la consommation, ce qui met en difficulté des entreprises industrielles parfaitement « saines » en temps normal et non impliquées sur les marchés financiers en crise. Le désastre maximal survient quand tout cela enclenche une fuite devant la monnaie bancaire[15] : les déposants se précipitent aux guichets des banques pour échanger leurs dépôts en billets, soit parce qu'il n'existe pas de garantie des dépôts, soit que les déposants n'ont pas confiance en cette garantie. Dans ce cas, la crise financière initiale non seulement perturbe gravement la fonction de crédit des banques, mais également leur fonction de règlement. L'ensemble de ces cercles vicieux plonge l'économie dans une profonde récession. C'est ce qui s'est passé au début des années 1930 aux États-Unis et, par contagion, dans de nombreux autres pays.

Les gouvernements en ont tiré certaines leçons. Tout d'abord, il faut intervenir en tentant d'éteindre l'incendie dès qu'il se déclare. Mais il vaut mieux prévenir que guérir. Les gouvernements prennent donc aussi des précautions. La politique de précaution, c'est l'ensemble des règles prudentielles que les gouvernements imposent aux banques. Le pompier, quand l'incendie s'est déclaré et qu'il faut éviter qu'il n'embrase la forêt, c'est le « prêteur en dernier ressort » (PDR).

Pour protéger la monnaie et éviter les cercles vicieux que nous venons de décrire, la première mesure appliquée par la plupart des gouvernements, au moins dans les pays riches, est la garantie des dépôts bancaires[16]. Même si une banque fait faillite, tout déposant est ainsi assuré de pouvoir convertir ses dépôts en dépôts d'une banque saine ou en billets. Il n'est donc normalement pas tenté de retirer ses dépôts.

Ensuite, les gouvernements soumettent les banques à des règles qualifiées de « prudentielles », tel le « ratio Bâle 2 », qui les contraignent à disposer d'un capital suffisant en regard

---

15. *Bank run* en anglais ; comme souvent la langue anglaise est, en la matière, plus imagée.

16. On a vu au chapitre premier qu'un économiste libéral, comme L, estime que cette garantie devrait relever d'un système d'assurance privé plutôt que d'un dispositif gouvernemental, en raison des problèmes de risque moral que poserait à ses yeux ce dernier.

de leurs engagements, et à l'augmenter si le risque sur ces engagements croît. Jusqu'à un certain point, elles peuvent donc faire face à une dépréciation de leurs actifs, en particulier à une brusque augmentation du taux de défaillance de leurs clients. Dès avant la crise de 2008, beaucoup d'experts estimaient que, la libéralisation et la globalisation financières ayant amplifié les risques pris par les banques, les dispositifs prudentiels étaient insuffisants et que, de plus, ils engendraient des effets pervers car ils ne s'appliquaient qu'aux banques commerciales et uniquement à leurs opérations inscrites au bilan. D'autres institutions financières, tels les *hedge funds*, ainsi que les opérations hors bilan des banques commerciales y échappaient. Après la crise de 2008, il fut question de réglementer beaucoup plus sévèrement. Nous traiterons cette question au chapitre XIV.

Quand une faillite bancaire au départ isolée survient malgré tout, les gouvernements interviennent directement pour étouffer dans l'œuf le risque de contagion. Il leur faut alors évaluer s'il s'agit d'une crise de liquidité ou si la banque est en vérité insolvable. En cas de crise de liquidité, la banque centrale (ou un consortium de banques de la place réunies par elle) refinance la banque. Si la banque est insolvable, le gouvernement organise le règlement de la faillite, c'est-à-dire la répartition des pertes, sachant que la garantie des dépôts exonère les déposants d'avoir à participer à ce partage. Dans ce cas, il n'est pas rare que le gouvernement décide de socialiser une partie des pertes en les faisant supporter par le budget de l'État. Et cela, quand bien même l'État n'est pas propriétaire de la banque. Il protège ainsi, au moins en partie, les créanciers de la banque, voire ses actionnaires. En effet, ceux-ci sont fréquemment d'autres banques. Le gouvernement, en socialisant les pertes, évite ainsi la contagion. Ce genre d'intervention peut s'étendre à des banques qui ne sont pas encore en faillite, mais menacent de l'être. La plupart des États des pays riches disposent de moyens juridiques pour les mettre sous tutelle et organiser leur redressement.

Enfin, lorsqu'une crise financière engendre une crise bancaire de grande ampleur, qui à son tour amplifie et étend à d'autres marchés la crise financière, la dernière ligne de défense est le rôle de prêteur en dernier ressort (PDR) joué par la banque centrale. La doctrine du PDR a fait l'objet de débats passionnés depuis sa première formulation déployée par Bagehot en 1873[17]. Elle s'articule aujourd'hui autour de trois points. Le premier point est que le PDR est destiné à agir sur des situations d'illiquidité de banques et d'institutions financières non bancaires, qui sont la courroie de transmission des crises. Son rôle est de susciter l'action des teneurs habituels de marché, momentanément paralysés par l'épuisement de leurs liquidités, en leur fournissant tout le crédit dont ils ont besoin. Un cas d'école fut l'intervention de la FED lors du krach boursier d'octobre 1987 à Wall Street. Les teneurs de marché habituels, les grandes maisons de titres de la place de New York, se sont trouvés, face à un torrent de ventes, dans l'incapacité de stopper la baisse des cours. La FED a alors demandé aux banques de leur ouvrir des lignes de crédit quasi illimitées, en ouvrant elle-même en grand la « fenêtre de l'escompte », c'est-à-dire en prêtant aux banques autant que nécessaire. Après la plus forte baisse jamais enregistrée en l'espace d'une journée (le 19 octobre), la chute est enrayée lors de la séance du 20 octobre, d'autant que, devant la détermination affichée par la FED, de nombreux opérateurs, agissant en spéculateurs purs, parient sur la fin de la crise et se joignent aux teneurs de marché pour acheter. Le deuxième point, c'est que le volume de la création monétaire par le PDR ne doit pas être *a priori* limité. Si les acteurs savent que son intervention sera limitée à un volume donné, ils anticipent une probable reprise de la baisse des cours une fois ces crédits épuisés, et continuent donc à vendre. La baisse est au mieux temporairement freinée. Le troisième point, enfin, est que l'action du PDR doit être discrétionnaire et imprévisible. Le risque moral qu'engendreraient des interventions systématiques selon des règles connues de tous serait en effet considérable. Il faut que les acteurs sachent que le PDR peut ne pas intervenir, pour laisser la crise se déployer et « punir » les preneurs de risques excessifs. Naturellement, chacun sait que si cela menace de dégénérer en crise de système, le PDR finira par intervenir. Mais nul ne doit savoir précisément quand et comment.

---

17. Walter Bagehot, *Lombard Street*, H. S. King, 1873 ; rééd. R. D. Irving, 1962.

Face à une crise financière menaçant les banques d'illiquidité, le PDR ouvre donc en grand les vannes du crédit en monnaie centrale aux banques, en prêtant *ad libitum* sur le marché monétaire et / ou en refinançant par des prêts directs les banques en difficulté [18]. Ensuite Dieu, c'est-à-dire les marchés, reconnaît les siens et fait le tri entre les banques et les autres acteurs financiers qui sont insolvables et ceux qui sont simplement illiquides. Mais ce tri reste approximatif. L'injection massive de monnaie par le PDR permet effectivement à de nombreux acteurs, que la crise avait rendus simplement illiquides, de se refinancer. Cela brise en partie les cercles vicieux de faillites en chaîne qui auraient approfondi la crise en l'absence d'intervention. Un acteur simplement illiquide, qu'un crédit a sauvé, pourra par définition le rembourser. La monnaie créée pour le sauver est détruite au moment du remboursement. La création monétaire par le PDR est ainsi « stérilisée » une fois la crise passée. Mais ni la banque centrale ni les marchés, c'est-à-dire les acteurs financiers eux-mêmes, ne peuvent en pratique discerner à coup sûr si un acteur en difficulté est insolvable ou simplement illiquide. Parmi ces derniers, certains ne peuvent éviter la faillite, tandis que, inversement, des acteurs vraiment insolvables profitent du crédit facile pour masquer un temps leur situation, mais ne font ainsi que repousser une faillite inévitable. Les crédits qu'on leur a consentis ne seront pas remboursés, la monnaie ainsi créée continuera à circuler dans l'économie. Il est donc presque inévitable que la banque centrale agissant en PDR crée trop de monnaie, c'est-à-dire des droits en excès sur la production future, engendrant ainsi soit de l'inflation, soit une « purge » insuffisante des droits financiers en excès. Apparaît donc une contradiction entre les exigences du sauvetage immédiat et la tenue à plus long terme de la valeur de la monnaie.

L'intervention du PDR est incontestablement légitime. Elle permet de briser des cercles vicieux qui, sinon, conduiraient à une récession profonde, néfaste à (presque) tous et accompagnée de transferts de richesse réelle violents et

18. La différence est simplement que, dans ce dernier cas, le refinancement se fait par achat de titres ou de créances qui ne sont pas habituellement utilisés sur le marché monétaire.

injustifiés. Dans l'immédiat, elle apparaît donc conforme à l'intérêt (presque) général. Mais elle n'est en vérité jamais neutre. L'inflation qu'elle peut engendrer opère également des transferts. Ils sont certes plus progressifs, diffus et de moindre ampleur, mais bien réels. Si l'effet de l'intervention du PDR est essentiellement de retarder la purge de droits en excès, sans inflation[19], les conflits de répartition et les transferts de richesse sont simplement reportés dans le futur.

Dans les circonstances que nous venons de décrire, quand une grave crise financière menace de dégénérer, des interventions d'urgence relevant de la politique monétaire s'imposent pour éviter le pire. Mais elles vont très généralement à l'encontre des objectifs affichés de toute politique monétaire : la stabilité de la valeur de la monnaie. On peut donc soutenir que la finance de marché contraint, en raison des crises périodiques qui la caractérisent, la politique monétaire à faire ce qu'en temps normal elle s'interdirait.

La politique monétaire face à l'instabilité financière

En réalité, la question de l'influence de la finance de marché sur la monnaie ne se pose pas uniquement en raison des risques de faillites bancaires induits par des krachs financiers. Admettons que les faillites *stricto sensu* puissent être évitées par des dispositifs prudentiels appropriés. Reste que, *via* le crédit, les banques jouent un rôle central dans la transmission à l'ensemble de l'économie de l'instabilité financière provoquée par la succession de phases d'euphorie et de corrections sur les marchés financiers de droits de propriété.

Schématiquement, les mécanismes sont les suivants. La Bourse monte. Les ménages qui détiennent des actions se sentent plus riches, donc ils épargnent moins et consomment plus, ce qui stimule l'activité. Mais il est fort regrettable de ne plus pouvoir continuer à investir en Bourse parce qu'on consomme la totalité de son revenu. Certains ménages empruntent donc pour consommer et pouvoir ainsi

19. Comme on va le voir ci-dessous, il y a en réalité aussi inflation dans ce cas, pas du prix des biens et services, mais bien du prix de certains actifs financiers.

continuer à acheter des actions. Ainsi, les banques financent en apparence la consommation des ménages, mais en réalité, elles alimentent la hausse de la Bourse par le crédit. Quant aux entreprises, la croissance de leur valeur boursière leur permet d'abord de s'endetter plus. Ces crédits bancaires plus abondants financent à la fois leur croissance interne – les investissements, qui stimulent l'activité – et leur croissance externe – l'achat en Bourse d'autres entreprises, ce qui stimule la hausse des cours. Finalement, le crédit bancaire alimente, certes, une croissance de l'activité (effet volume) mais aussi une croissance des prix, sauf qu'il s'agit du prix des actions.

Que se passe-t-il lorsque la tendance haussière de la Bourse se renverse ? Exactement l'inverse : les ménages consomment moins car ils épargnent plus pour reconstituer la richesse fictive qui s'est évaporée en Bourse et rembourser leurs crédits à la consommation. Les entreprises n'investissent plus parce qu'elles donnent la priorité au désendettement. L'activité économique ralentit donc fortement. Des entreprises font faillite ou réduisent leur personnel. Le chômage augmente, ce qui déprime encore plus la consommation. De nombreuses banques, qui dans la phase croissante du cycle ont prêté sans avoir sévèrement contrôlé les risques, voyant les créances douteuses s'accumuler, deviennent très prudentes dans l'octroi de nouveaux prêts. Le crédit se resserre vivement, c'est ce qu'on appelle en anglais le *credit crunch*, qui déprime encore l'activité.

Ainsi, dans la phase ascendante du cycle, les banques font « trop » de crédit. « Trop » signifiant qu'une partie de la monnaie ainsi créée ne fait qu'alimenter la hausse des prix des actifs financiers. Dans la phase descendante, elles n'en font « pas assez ». « Pas assez » signifiant que, préoccupées d'assainir leur bilan, elles refusent de financer de nouveaux projets raisonnablement risqués, ce qui engendre un manque à croître de l'économie par rapport à son potentiel réel. Sur l'ensemble du cycle, il est possible et même probable que le solde soit un manque à croître par rapport à un régime de croissance plus régulier. Si cela est avéré, la question devient : la politique monétaire y peut-elle quelque chose ? Doit-elle et est-elle en mesure de « lisser » le cycle conjoncturel que la finance de marché amplifie fortement ?

Dans la phase de récession, la banque centrale peut certes abaisser au maximum les taux courts, en espérant que cela limitera le *credit crunch*. Le résultat est cependant très incertain. Il peut être nul ou au contraire excessif. Tout dépend du volume des créances douteuses accumulées par les banques. S'il est important, leur résorption reste à leurs yeux une priorité absolue. La baisse du taux monétaire n'aura dans ce cas que peu d'effet sur le crédit bancaire. Si, au contraire, les banques relaient la création monétaire centrale, le risque est de différer la nécessaire purge des droits devenus fictifs sur la production future, comme en cas d'intervention de la banque centrale en tant que PDR, et d'alimenter l'inflation [20]. Cependant, la principale difficulté concerne non seulement la possibilité, mais aussi la légitimité même d'une intervention en phase croissante du cycle, quand les marchés d'actifs peuvent être soupçonnés de connaître une hausse « excessive » alimentée par le crédit. Les banques centrales ne devraient-elles pas exercer une action préventive sur la formation de bulles sur les marchés, en particulier des actions et de l'immobilier, puisque les krachs sur ces marchés peuvent entraîner des crises bancaires de grande ampleur ou du moins de fortes fluctuations de l'activité ? Une autre façon de poser le problème est de se demander quel est le taux d'inflation que les banques centrales doivent maintenir en dessous d'un certain niveau pour conserver la valeur de la monnaie. Est-ce le taux calculé à partir du prix des marchandises, biens et services, ou un taux qui inclurait le prix des droits de propriété ? Quand les prix à la consommation n'augmentent que de 2 % par an, mais les indices boursiers tels le CAC 40 et / ou les prix de l'immobilier de 20 %, n'est-ce pas une forme d'inflation ?

Alan Greenspan a exprimé cette difficulté de manière limpide, à propos de la Bourse américaine, dans un discours de l'été 1999. Il a dit en substance : « Si l'on pouvait éviter les bulles ce serait bien, mais comment évaluer s'il s'agit d'une bulle ? La FED est-elle mieux à même de juger des fondamentaux que des millions d'investisseurs ? » Déclaration intéressante quand on se souvient que, quelques mois auparavant,

20. Nous verrons une illustration de ce dilemme à propos du Japon au chapitre XI.

il avait implicitement affirmé qu'à ses yeux il y avait bien une bulle, en qualifiant les marchés d'« excessivement exubérants ». Nous sommes donc renvoyés au cœur du problème traité dans le chapitre précédent. Selon quelle norme juger que les prix des actions ou de l'immobilier (ou encore, comme on le verra au chapitre suivant, le taux de change d'une monnaie) sont excessifs ? Notre conclusion fut : dans le cas général, il n'en existe pas. Les prix des actifs financiers dépendent de ce que les acteurs pensent qu'ils doivent être, en fonction de leur vision de l'avenir. Greenspan ne dit pas autre chose, même s'il s'obstine à utiliser le terme de « fondamentaux ». Dans ces conditions, la prudence commande de ne rien faire.

Quand bien même la FED le voudrait-elle, pourrait-elle pour autant faire quelque chose ? Faire passer le taux monétaire de 3 à 5 %, par exemple, engendrerait une augmentation de 2 % du taux des crédits bancaires (pas nécessairement exactement 2 %, mais supposons-le pour simplifier). Cela aurait certainement pour effet de réduire la demande de crédits à la consommation et à l'investissement si ces crédits sont effectivement utilisés à consommer ou à investir. Mais s'ils sont utilisés à acheter des actifs dont les prix ont augmenté de 20 à 30 % par an dans la période récente et dont les acteurs pensent qu'ils vont continuer à le faire, la hausse de 2 % du taux de ces crédits n'aura pas d'influence sur leur demande. Si tout le monde ne connaît pas le terme « effet de levier », tout le monde sait ce que c'est : emprunter à 6 % pour acheter un actif très liquide dont le rendement peut être de 30 %, c'est tentant.

L'activité de crédit des banques échappe alors à tout contrôle de la banque centrale. Elle ne dépend plus que de l'autocontrôle des banques. Les banques ne prêtent certes pas sans garanties. Mais comme ces garanties sont en partie des actifs financiers dont personne, y compris les banques, ne sait ce qu'ils vaudront dans quelques mois ou quelques années, la boucle est bouclée. La machine à créer de la monnaie n'est plus régulée ou, plus exactement, elle n'est plus régulée que par les anticipations des acteurs. Cela renforce encore le caractère chamanique de la politique monétaire : son plus sûr moyen d'action, c'est d'agir sur les anticipations. Le moins que l'on puisse dire est qu'un tel système est fragile et susceptible d'évolutions imprévisibles.

La monnaie asservie à la finance et à la croissance

À la fin du chapitre III, j'avais conclu que les droits sur la richesse future que la finance crée et fait circuler sont incertains. Je n'avais pas exclu que la finance puisse créer, de manière endogène, des droits « en excès », c'est-à-dire qui ne peuvent être honorés qu'au détriment d'autres droits. Il suffit qu'elle engendre une surestimation générale du rendement espéré des actifs[21]. Voici que la monnaie moderne, une pure monnaie de crédit, présente la même caractéristique. Le système bancaire peut créer de la monnaie en excès par rapport à la richesse produite. Ces droits monétaires en excès sont immédiatement exerçables. S'ils sont immédiatement exercés, ils engendrent l'inflation du prix des biens et services, qui modifie la répartition de la richesse. Mais l'exercice peut aussi en être différé, par l'acquisition de titres de propriété. Si ceux qui ont vendu les titres achetés avec la monnaie en excès n'utilisent pas eux non plus cette monnaie pour augmenter la demande effective de biens, mais la réutilisent à l'achat de titres, il n'y a pas d'inflation du prix des biens, il y a inflation du prix des titres.

Il en est ainsi, nous l'avons vu, quand les politiques monétaires sont dissymétriques. C'est-à-dire quand, en phase ascendante du cycle, la politique monétaire non seulement ne s'oppose pas à ce que la finance de marché crée des droits en excès mais alimente cette création, tandis que, dans une crise ou une simple phase descendante d'un cycle, afin de conjurer le risque de système ou un ralentissement très prononcé de l'activité, elle incite à créer trop de monnaie. On peut cependant comprendre les raisons de ce genre de politiques monétaires : les gouvernements recherchent en général la croissance économique maximale. Pour que la croissance soit maximale, on conçoit aisément qu'il faille que tous les projets *a priori* rentables soient financés. Cependant, on ne sait pas au départ, parmi tous les projets

21. C'est ce qui s'est passé en 2008. Comme nous le verrons au chapitre XIII, la crise a été précédée par une création endogène de droits financiers en excès, un gonflement du « mistigri » à travers la titrisation massive des créances bancaires et le développement des dérivés de crédit.

qui se proposent, ceux qui seront finalement rentables. On peut en avoir une bonne estimation, mais il est évident qu'un certain pourcentage des projets qui apparaissent rentables ne le sera finalement pas. En conséquence, les promesses de revenus des titres adossés à ces investissements ne pourront être tenues. Pour être sûr de financer tous les projets rentables et maximiser ainsi la croissance, le meilleur système monétaire imaginable ne peut s'empêcher de financer aussi une certaine proportion de projets non rentables, qui donnent lieu à des promesses de revenus futurs ne pouvant être satisfaites, et qui devront donc être détruites. Ces promesses de revenus futurs impossibles à tenir, c'est ce que j'ai appelé le « mistigri ».

On pourrait évidemment imaginer une politique monétaire parfaitement « vertueuse » qui minimiserait la taille de cet inévitable mistigri. Mais il suffit qu'il existe une « préférence pour la croissance » des gouvernements pour que la finance, soutenue en cela par une création monétaire plus abondante, investisse dans plus de projets, malgré le risque plus élevé de se tromper. Or tous les gouvernements, au moins depuis la crise des années 1930, ont manifesté une forte préférence pour la croissance. La croissance est en effet perçue par l'opinion comme le moyen d'alléger les problèmes soulevés tant par les inégalités sociales internes à un territoire que par les inégalités entre territoires développés et « en développement ». Cette préférence peut d'ailleurs se justifier sur le plan théorique, si l'on montre que des imperfections de marché laissent en permanence un volant de moyens de production inutilisés, en particulier des hommes au chômage. Dans ce cas, un surcroît de croissance engendre des externalités positives, comme une réduction du chômage, qui peuvent justifier les inconvénients d'un mistigri plus élevé.

Depuis l'après-guerre, dans tous les pays, une politique monétaire très favorable à la croissance a donc engendré une dissymétrie dans la création monétaire et par conséquent un gonflement périodique du volume des droits financiers en excès sur la richesse future. Dès lors, la purge de ce mistigri fut nécessaire, quel que fût le système financier. On a vu quelles en étaient les deux formes pures : l'accélération de l'inflation et les krachs. Les formes concrètes que prit cette purge furent en revanche très dépendantes du type de système, comme nous allons le voir au chapitre VII. Si l'on jugeait, selon des critères à spécifier, que cet état des choses était préjudiciable, ce seraient alors les mécanismes mêmes de création monétaire par les banques qu'il faudrait réformer. Nous reviendrons sur cette question en traitant, au dernier chapitre, les projets de réformes.

CHAPITRE VI

Quand les capitaux circulent, les monnaies dansent

La « libre circulation des capitaux », c'est-à-dire la possibilité pour l'épargne constituée dans un pays d'être investie en titres libellés dans une autre monnaie, représente une des transformations principales de la finance durant les trente dernières années. Les marchés des changes, où les monnaies s'échangent les unes contre les autres, sont désormais dominés par des transactions d'origine financière. En conséquence, les « crises de change », épisodes de brusques variations du taux de change d'une monnaie provoqués par des mouvements de capitaux, sont devenues fréquentes. Nous aurons l'occasion d'en analyser quelques-unes : les crises ayant affecté le Système monétaire européen (SME) en 1992 et 1993, la crise mexicaine de 1995 et la crise asiatique de 1997. Il ne s'agit ici que d'introduire les concepts permettant de comprendre les marchés des changes, le système monétaire international actuel et les mécanismes fondamentaux d'une crise de change.

Les marchés des changes

Les marchés des changes sont organisés par les banques. Elles y vendent et achètent des monnaies les unes contre les autres, pour leur propre compte ou celui de leurs clients. Les monnaies pleinement convertibles sont les monnaies que n'importe qui (résident du pays où la monnaie a cours comme non-résident) peut demander à une banque de convertir dans une autre monnaie. Une monnaie n'est que partiellement convertible quand le droit de la vendre ou de l'acheter est soumis à certaines conditions, généralement liées aux raisons pour lesquelles on souhaite l'échanger[1]. On parle dans ce cas de « contrôle des changes ». Qu'elles soient pleinement ou partiellement convertibles, les monnaies sont « cotées » sur les marchés des changes, et des marchés dérivés existent sur les principales monnaies.

Pourquoi l'euro fluctue-t-il ?

En aucune façon un gouvernement ne peut « décider » des prix de sa monnaie en monnaies étrangères, c'est-à-dire de ses taux de change. Ces prix résultent toujours de la confrontation de l'offre et de la demande sur les marchés des changes. Mais une banque centrale peut acheter ou vendre sa propre monnaie sur les marchés des changes pour en influencer le prix.

L'équilibre de la balance des paiements

Laissons provisoirement de côté les éventuelles interventions de la banque centrale sur les marchés des changes, pour examiner les composantes de l'offre et de la demande d'une monnaie nationale par les acteurs économiques privés. Qui trouve-t-on du côté des vendeurs d'une monnaie nationale, par exemple l'euro, contre des devises[2] ? Tous les

---

1. Par exemple, il est permis à un étranger d'acheter le yuan chinois s'il prouve que c'est pour acheter des marchandises chinoises et les exporter, ou pour construire une usine en Chine. Mais il n'est pas permis d'en acheter simplement pour le conserver et le revendre plus tard, si l'on pense qu'il va s'apprécier par rapport aux autres monnaies.

2. On appelle « devise » une monnaie étrangère convertible en sa propre monnaie.

acteurs qui résident en Europe, disposent d'euros, et veulent acquérir des biens, des titres ou des monnaies à l'étranger. Parmi les biens, on peut distinguer les marchandises, biens et services, que les résidents veulent acheter à l'étranger pour les importer en Europe. Pour une période donnée, elles constituent les importations du territoire Europe. L'autre catégorie de biens sont ceux, généralement immeubles, qui sont achetés à l'étranger par des résidents en Europe pour être utilisés sur place : bâtiments, usines, terrains, etc. Ils constituent les investissements directs à l'étranger des résidents du territoire Europe. Il s'agit d'une sortie de capitaux, exigeant la vente d'euros contre devises. Enfin, les résidents en Europe doivent vendre des euros s'ils veulent acheter des actifs financiers libellés en devises ou simplement des devises[3]. Ces achats d'actifs, autrement dit ces investissements financiers à l'étranger, sont également une sortie de capitaux. Réciproquement, les acheteurs d'euros contre devises sont les acteurs étrangers qui veulent acquérir des biens et des titres en Europe. Ceux qui achètent des marchandises en Europe pour les en exporter. Pour une période donnée, ces achats d'euros sont égaux aux exportations du territoire Europe. Ceux qui effectuent des investissements directs en Europe et ceux qui achètent des actifs financiers libellés en euros : actions à la Bourse de Paris ou de Francfort, bons du Trésor, obligations émises en euros par des entreprises en Europe, etc., ou simplement des euros. Les investissements directs et financiers des non-résidents en Europe constituent des entrées de capitaux.

Le solde Sp (« p » pour « privé ») = (achats − ventes) d'une monnaie telle que l'euro par les acteurs économiques privés est donc, pour une période quelconque : Sp = (exportations + investissements directs et financiers des non-résidents en Europe) − (importations + investissements directs et financiers des résidents à l'étranger). Soit : Sp = (exportations + entrées de capitaux) − (importations + sorties des capitaux). Soit encore : Sp = (exportations − importations) + (entrées de capitaux − sorties de capitaux). On appelle « balance commerciale » le premier terme : (exportations

3. Nous avons vu en effet qu'une monnaie « étrangère » doit être considérée comme un actif financier.

– importations), et « balance des capitaux privés » le second terme : (entrées de capitaux – sorties de capitaux). On a donc Sp = balance commerciale + balance des capitaux privés.

Si Sp est positif, les achats de monnaie nationale par les acteurs économiques privés sont supérieurs aux ventes privées. Si la banque centrale n'intervient pas, la demande de monnaie nationale étant supérieure à l'offre, le taux de change s'apprécie. En soi, cette appréciation du taux de change a normalement un effet équilibrant. En effet, elle renchérit le prix, mesuré en devises étrangères, des biens et des titres du pays. La demande de ces biens et titres doit donc diminuer, donc les achats de monnaie nationale pour les acquérir, ce qui ramène Sp à 0 si l'appréciation du taux de change est suffisante. Réciproquement, si Sp est négatif, les ventes privées de la monnaie nationale sont supérieures aux achats. Si la banque centrale n'intervient pas, le taux de change se déprécie. Les biens et titres du pays deviennent meilleur marché en devises. Leur demande augmente donc et, avec elle, la demande de la monnaie nationale, ce qui équilibre le solde Sp.

En l'absence d'intervention de la banque centrale, les variations du taux de change équilibrent donc offre et demande d'une monnaie contre les autres, de manière que :

Sp = (balance commerciale + balance des capitaux privés) = 0.

La balance des capitaux privés est nécessairement égale en valeur et de signe opposé à la balance commerciale. Cette égalité est une égalité purement comptable, toujours vérifiée pour une période donnée. Un pays qui exporte plus de marchandises qu'il n'en importe (balance commerciale positive) a nécessairement une balance des capitaux négative : il exporte plus de capitaux qu'il n'en importe. En d'autres termes, un pays à balance commerciale positive « exporte » nécessairement une partie de son épargne intérieure. Réciproquement, un pays à balance commerciale négative (il importe plus de marchandises qu'il n'en exporte) a nécessairement une balance des capitaux positive et de même montant, c'est donc un importateur net de capitaux. Il importe de l'épargne accumulée à l'extérieur. C'est en effet pour lui le seul moyen de « s'offrir » plus d'importations que d'exportations[4].

Les interventions de la banque centrale

Une banque centrale peut évidemment intervenir sur le marché des changes si elle souhaite influencer le taux de change de sa monnaie. Pour vendre sa propre monnaie, il suffit qu'elle la crée. En la vendant contre les monnaies étrangères appelées « devises », elle augmente ses « réserves » en devises. Pour acheter sa propre monnaie, en revanche, il faut qu'une banque centrale dispose de réserves en devises préalablement accumulées. Quand elle n'en a plus, elle peut toujours essayer d'en emprunter, par exemple à d'autres banques centrales. En vendant ou en achetant sa monnaie, une banque centrale peut donc influencer son taux de change. Une banque centrale qui veut « tenir » un certain taux de change doit donc pouvoir, s'il a tendance à baisser, se porter acquéreur de l'offre nette de sa monnaie par des acteurs privés. Lorsqu'une monnaie est pleinement convertible, n'importe qui a le droit de l'emprunter à une banque du pays pour la vendre aussitôt contre une devise[5]. Si une majorité d'acteurs pense qu'une monnaie va se déprécier à court terme, ils seront très nombreux à faire cette opération. Dans ce cas, aucune banque centrale n'a de réserves suffisantes pour faire face à une telle avalanche de ventes de sa monnaie. Heureusement, elle dispose d'un autre moyen de la défendre, comme nous allons le voir ci-dessous. Défendre le taux de change d'une monnaie est plus facile quand elle n'est que partiellement convertible. Dans ce cas, ceux qui en détiennent et ont légalement le droit de la vendre sont beaucoup moins nombreux et les volumes nettement plus limités.

---

4. Comme nous l'avons évoqué au chapitre III, au début du XXIe siècle, la Chine est en excédent de balance commerciale avec les États-Unis et y exporte donc de l'épargne en achetant des titres américains.

5. C'est le mécanisme de la spéculation contre une monnaie. On en verra un exemple à propos de la spéculation de 1992 contre la livre.

Facteurs influençant l'évolution des taux de change

Ce qui précède donne les premières indications sur les facteurs gouvernant l'évolution du taux de change d'une monnaie. Si la banque centrale n'intervient pas, font monter le taux de change : une amélioration de la balance commerciale, un afflux dans le territoire d'investissements directs et financiers venant de l'étranger ou une réduction du flux des investissements des résidents du territoire à l'étranger. Réciproquement, font baisser le taux de change : une dégradation de la balance commerciale, une augmentation du flux des investissements des résidents du territoire à l'étranger ou un reflux des investissements étrangers sur le territoire, deux mouvements auxquels on peut donner le nom de « fuite des capitaux » vers l'étranger. On peut bien sûr observer des mouvements qui se compensent : une dégradation de la balance commerciale laissera le taux de change inchangé si, dans la même période, on assiste à un afflux de capitaux étrangers qui la compense exactement.

Il est utile de hiérarchiser les facteurs d'évolution du taux de change en fonction de leur inertie temporelle. L'évolution de la balance commerciale dépend fondamentalement de la compétitivité relative des exportateurs du territoire, ainsi que de la conjoncture économique, dans le pays et à l'étranger. La balance commerciale est certes influencée par le taux de change, mais ses évolutions sont relativement lentes. Il en est de même des investissements directs. Quand un industriel construit une usine ou quand un investisseur achète des immeubles à l'étranger, ce n'est généralement pas pour les revendre immédiatement, mais en raison du rendement à long terme qu'il en escompte. Ce rendement, exprimé en monnaie nationale, est certes influencé par le taux de change. Mais il s'agit du taux de change qui prévaudra sur la durée de vie de l'investissement, pas du taux de change des six prochains mois. Les flux d'investissements directs sont donc aussi relativement inertes et dépendent de l'« attractivité » du territoire, que le taux de change de long terme influence, mais dont il n'est pas le seul déterminant. Les investissements purement financiers sont généralement beaucoup plus mobiles car ils sont plus liquides. C'est en particulier le cas des créances négociables et des actions, qui peuvent être achetées et revendues dans des délais très courts, avec d'autant moins de perte qu'elles sont plus liquides. Plutôt que de distinguer capitaux à court terme (maturité des titres inférieure à un an) et capitaux à long terme (maturité supérieure à un an) comme on le fait généralement, il vaut mieux distinguer les capitaux par leur mobilité, c'est-à-dire leur capacité à sortir rapidement d'un territoire où ils sont entrés, mobilité qui dépend de leur caractère négociable et de leur liquidité.

Ces différences de mobilité font que l'évolution quotidienne du taux de change dépend essentiellement des mouvements des capitaux financiers mobiles, en tout cas pour les monnaies pleinement convertibles. Ce qui gouverne l'entrée et la sortie de ce type de capitaux est très simple. C'est l'appréciation par les investisseurs du couple rendement / risque que présentent les titres du pays par rapport à ceux d'autres pays à monnaie convertible. Or, dans un système de monnaies pleinement convertibles et de libre circulation internationale des capitaux, aux risques « classiques » que présente un titre s'ajoute évidemment le risque de change. Cela, notons-le, aussi bien pour un investisseur étranger que pour un résident du pays, puisque ce dernier n'est nullement contraint d'investir en titres libellés dans sa propre monnaie, mais peut en choisir d'autres, libellés dans une autre monnaie.

Les anticipations de variation des taux de change jouent donc un rôle crucial dans leur évolution. Si, toutes choses égales par ailleurs, un certain nombre d'investisseurs, nationaux ou étrangers, se mettent à redouter qu'une monnaie baisse, ils vendent leurs titres liquides libellés en cette monnaie et vendent cette monnaie pour investir dans une autre, quand ils ne spéculent pas en l'empruntant tout simplement pour la vendre et la racheter une fois qu'elle s'est dépréciée. En conséquence, la crainte de la baisse engendre la baisse. Nous retrouvons donc, à propos des taux de change, le phénomène d'« anticipations autoréalisatrices » que nous avons rencontré sur les marchés financiers de droits de propriété.

Si le courant de vente a quelque importance, une banque centrale qui voudrait y résister en achetant sa monnaie aura tôt fait d'y perdre toutes ses réserves en devises. Le seul moyen de « tenir » le taux de change est alors d'augmenter le rendement des titres libellés dans cette monnaie, puisque leur risque perçu a augmenté. La banque centrale doit relever le taux monétaire, et espérer que cela aura quelque influence sur les taux plus longs. Remarquons que l'augmentation requise des taux peut être considérable. Imaginons par exemple que les investisseurs étrangers soient persuadés qu'avant un mois le rouble se dépréciera de 10 % par rapport au dollar. Un titre ou une créance en roubles de maturité d'un mois ne trouvera preneur auprès de ces investisseurs que si elle offre, au-delà de la rentabilité qu'ils en attendent quand ils anticipent une stabilité du rouble, une prime de 10 % en un mois, soit 120 % en taux annuel !

Quels sont les indicateurs pouvant conduire à une modification des anticipations d'évolution du taux de change d'une monnaie ? Ils sont évidemment multiples, comme les facteurs influençant le taux de change. La balance commerciale en est un. Si elle se dégrade, toutes choses égales par ailleurs, le taux de change baisse. L'inflation en est un autre, suivi de manière particulièrement attentive, car une inflation plus forte dans un pays que dans les autres conduit presque inévitablement à une dépréciation du change. Elle dégrade en effet la compétitivité des exportateurs nationaux, donc à terme la balance commerciale, elle augmente le prix des droits de propriété, donc réduit leur demande par l'étranger. L'inflation étant le produit des politiques économiques, en particulier monétaires, on comprend que les investisseurs surveillent particulièrement les politiques monétaires des États. Cela conduit certains à parler de « dictature des marchés financiers sur les États ». Nous y reviendrons. Retenons à ce stade que, lorsque les capitaux circulent librement, les politiques monétaires jouent un rôle crucial dans l'évolution du taux de change des monnaies convertibles. Elles sont, avec les interventions nécessairement limitées des banques centrales sur les marchés des changes, l'instrument essentiel de défense d'un taux de change.

À la recherche du taux de change d'équilibre

Nous venons de voir que les facteurs influençant le taux de change (balance commerciale, solde des investissements directs et solde des mouvements de capitaux « mobiles ») sont eux-mêmes influencés par l'évolution du taux de change, quoique à des degrés divers et avec des temps de réaction plus ou moins longs. Il faut donc en venir à l'épineuse question de l'existence d'un taux de change d'« équilibre ».

La politique monétaire, on l'a dit, agit sur les flux de capitaux les plus mobiles. Elle ne pourrait tenir durablement un taux de change si, à ce taux, se mettaient en branle des mouvements plus lents et plus profonds, déstabilisant la balance commerciale et le solde des investissements directs. À une époque où les flux internationaux de capitaux, qu'il s'agisse des investissements directs ou des flux financiers, étaient très réduits, on pouvait légitimement estimer que le taux de change d'équilibre était celui qui équilibrait la balance commerciale. C'était donc le taux de change qui assurait, pour restreindre l'analyse à deux pays, une compétitivité moyenne équivalente des exportateurs des deux pays. Un bon candidat était alors le taux de change dit de « parité des pouvoirs d'achat » (PPA) ; 1 € pour 1 $ est, par exemple, le taux de change PPA de l'euro contre le dollar si 1 000 € ont le même pouvoir d'achat en Europe que 1 000 $ aux États-Unis. En d'autres termes plus concrets, c'est le taux de change qui égalise le niveau moyen des prix dans les deux pays[6].

Mais l'un des effets de la globalisation financière est justement de permettre à un pays de vivre durablement avec un déficit commercial, sans que sa monnaie ne s'effondre. Il suffit que son déficit commercial soit en permanence compensé par des entrées de capitaux. Évidemment, cela ne peut durer éternellement. Mais cela peut durer des décennies. C'est ce qui s'est passé à la fin du XIXe siècle et au début du XXe siècle, autre époque de forts mouvements internationaux

6. En fait, le niveau moyen des prix des biens « échangeables », c'est-à-dire pouvant faire l'objet d'un commerce international.

de capitaux. L'épargne accumulée dans les pays riches du Vieux Continent allait s'investir dans les pays neufs d'Amérique et d'Australasie, ce qui permettait à ces derniers d'importer plus qu'ils n'exportaient et stimulait leur développement. Devenus riches, ces pays pouvaient à leur tour exporter une partie de leur épargne pour financer les candidats suivants au rattrapage. Aujourd'hui, il serait très souhaitable que l'épargne excédentaire des pays riches, liée en particulier à l'épargne retraite d'une population vieillissante, aille s'investir dans les pays émergents, les autorisant ainsi à importer durablement beaucoup plus de biens d'équipement et de technologies qu'ils n'exportent.

Quel est alors le taux de change d'équilibre ? On peut considérer que c'est celui qui équilibre : (balance commerciale + balance des investissements directs), autorisant par exemple la première à être négative et la seconde positive, et réciproquement. Mais il existe également des flux purement financiers qui s'investissent dans une perspective de long terme et non pour profiter d'une simple amélioration temporaire des couples rendement / risque. Il faudrait alors considérer que le taux d'équilibre serait celui qui équilibre une balance du type : (balance commerciale + balance des capitaux « stables »), les va-et-vient des capitaux « mobiles », plus ou moins maîtrisés par la politique monétaire, faisant alors fluctuer le taux de change autour de ce niveau d'équilibre.

On voit bien les difficultés de cette définition. Premièrement, comment faire la part, parmi les flux financiers, de ceux qui sont stables ? Deuxièmement, même si on ne considérait que les investissements directs, comment évolue leur solde en fonction du taux de change ? C'est extrêmement difficile à dire tant en théorie qu'en pratique. On conçoit bien que cela dépend de l'« attractivité » d'un territoire pour les investissements directs étrangers d'une part et d'autre part de la manière dont l'épargne constituée dans le territoire se partage entre investissement local et investissement à l'étranger. Mais qu'est-ce qui fait l'attractivité d'un territoire pour des investissements directs étrangers ? Certainement, le rapport qualité / prix des ressources productives de ce territoire, en particulier des hommes qui y travaillent. Ce rapport dépend directement du taux de change. Il s'améliore si le taux de change baisse. Mais de nombreux autres facteurs peuvent jouer, tels que les perspectives de croissance de l'économie du territoire, mais aussi l'« image » des gouvernements (actuels et à venir) quant à leur attitude à l'égard de l'investissement étranger, aux probabilités de conflits politiques et sociaux, etc. Nombre de ces facteurs sont difficiles à évaluer, ce qui rend très complexe la quantification d'un lien entre flux d'investissements directs et taux de change. Nous n'entrerons pas plus avant dans ces débats. Il suffira ici de retenir, et nous en verrons quelques illustrations dans la suite, que nombre d'économistes n'excluent plus aujourd'hui qu'il puisse exister plusieurs taux de change d'équilibre. On retrouve donc, cette fois pour les monnaies, le caractère inopérant de la notion de « fondamentaux », déterminant un taux de change d'équilibre unique autour duquel fluctuent les taux fixés au jour le jour par les marchés.

Les systèmes monétaires internationaux

On peut caractériser empiriquement un système monétaire international (SMI) par, premièrement le régime de change, deuxièmement la nature des « liquidités internationales », troisièmement la manière dont sont traitées les situations d'illiquidité d'un pays entier.

Régimes de change et liquidités internationales

Le régime de change présente deux cas « purs » extrêmes : changes fixes ou flottants. Un régime de change fixe suppose que les gouvernements qui y participent affichent le taux de change de leur monnaie contre les autres et le défendent, généralement, collectivement[7]. En change flexible, les gouvernements ne s'engagent à rien. Cela ne signifie pas qu'ils

7. Comme dans le Système monétaire européen qui a précédé l'euro. La charge de la défense d'une monnaie qui fléchissait ne reposait pas sur la seule banque centrale du pays concerné, mais aussi sur celles des monnaies qui s'appréciaient contre elle.

n'interviennent jamais pour influencer leur taux de change, mais ils le font à leur gré et pour défendre des objectifs de change qu'ils décident eux-mêmes, qui ne sont pas déclarés et qui peuvent varier. Il existe des cas intermédiaires, par exemple un régime de change fixe, mais dont le taux peut être périodiquement « ajusté ».

Le « triangle d'impossibilité » de Mundell affirme qu'un SMI ne peut présenter à la fois les trois caractéristiques suivantes, mais seulement deux d'entre elles :

(1) changes fixes,

(2) liberté de circulation internationale des capitaux,

(3) autonomie des politiques monétaires des États.

Nous avons vu plus haut pourquoi. Quand les capitaux circulent librement (2), la politique monétaire influence le taux de change. Si un gouvernement veut, dans ces conditions, maintenir son taux de change fixe (1), sa politique monétaire est largement asservie à cet objectif : elle n'est plus autonome (non-3). Exemple bien connu : lorsque, avant l'euro, le gouvernement français avait choisi de défendre une parité fixe entre le franc et le mark, quand la Bundesbank relevait ses taux d'intérêt, la Banque de France devait en faire autant. Si les capitaux circulent librement (2) et si les politiques monétaires restent autonomes (3), les taux de change ne peuvent être fixes (non-1). On ne peut avoir autonomie des politiques monétaires (3) et fixité des changes (1) que si la liberté de circulation des capitaux est très entravée (non-2 : contrôle des changes).

Dans le monde actuel, la situation est la suivante. Depuis l'abandon officiel en mars 1973 du régime de change de Bretton Woods qui était caractérisé par (1, 3, non-2), les monnaies des pays les plus riches ont entre elles des taux de change flexibles. Ainsi du dollar, de l'euro et du yen. Entre ces trois zones, le système est caractérisé par (2, 3, non-1). Pour les autres pays, la situation est variable. Certains grands pays, telle la Chine, affichent une politique de change en pratique fixe à l'égard du dollar, mais librement ajustable à leur initiative. De plus, leur monnaie n'est pas totalement convertible : ils exercent un contrôle des changes. Ils conservent ainsi une certaine autonomie de politique monétaire. Leur situation se caractérise donc par (1, 3, non-2). La plupart des autres pays ont adopté une politique d'« ancrage » à une autre monnaie ou à un « panier » de monnaies. Cela signifie qu'ils s'engagent à tout faire pour tenir une parité fixe entre leur monnaie et la ou les monnaies de référence. L'ancrage au dollar est dominant (Amérique latine, une bonne partie de l'Asie). Le nombre de pays dont la monnaie est ancrée à l'euro (antérieurement au franc : Afrique francophone, ou au mark : Europe de l'Est et Balkans) a crû avec l'effondrement du socialisme à l'est de l'Europe. La nature de cet ancrage (*peg* en anglais) est variable. La forme la plus rigide est le *currency board* (caisse d'émission). Dans ce cas, le taux de change est fixé « définitivement » et la création monétaire interne est strictement asservie au volume des réserves en devises. Le gouvernement abandonne ainsi toute autonomie de politique monétaire. D'autres formes sont plus « souples » et autorisent un « glissement » des taux qui sont défendus par les autorités monétaires alors que subsistent des formes de contrôle des changes, ce qui procure une autonomie monétaire minimale. Relativement peu nombreux sont les pays qui ont adopté un régime de pure flexibilité.

Cette simple description montre que, dans le système actuel, toutes les monnaies, même convertibles, ne sont pas équivalentes, en ce sens que certaines servent de « référence » aux autres. Ces « devises clefs », comme on les appelle souvent, sont des monnaies nationales, en tant que telles créées par le système bancaire de leur pays d'origine. Mais elles sont également utilisées comme liquidités (c'est-à-dire monnaies) internationales.

Dans les échanges de marchandises et de titres entre pays, elles servent de moyen de paiement (un exportateur brésilien demande à être réglé en dollars), d'unité de compte (un exportateur chinois publie son catalogue en dollars) et d'instrument de réserve, tant pour les acteurs privés (une firme « globale » conserve de la trésorerie, c'est-à-dire de la monnaie, dans ces devises clefs) que pour les banques centrales (dont les réserves sont constituées pour l'essentiel de ces monnaies). Parmi ces devises clefs, le dollar est encore de loin la principale, suivi de l'euro et du yen. La livre sterling et le franc suisse jouent encore ce rôle. La prépondérance du dollar introduit une dissymétrie dans le système monétaire international sur laquelle nous reviendrons à la fin de ce chapitre.

Anatomie d'une crise de change

La troisième caractéristique d'un SMI est la manière dont sont réglées les situations d'illiquidité d'un pays. On peut poser le problème par analogie avec une banque ou plus généralement une entreprise. Raisonnons à partir du cas d'un pays dont la monnaie est convertible, mais n'est cependant pas acceptée à l'étranger en règlement d'un achat de bien ou en remboursement d'une créance. Elle ne fait donc pas partie des « liquidités internationales ». Cela nous permettra ensuite d'aborder une caractéristique du SMI actuel, qui est la dissymétrie introduite par le fait que certaines monnaies nationales sont aussi des monnaies internationales.

Prenons par exemple le Brésil, dont le real est convertible, mais n'est pas une monnaie internationale. Supposons pour simplifier que la seule monnaie internationale soit le dollar. Le pays « Brésil » c'est, pour notre propos, l'ensemble des acteurs économiques résidant au Brésil, gouvernement compris. Le Brésil peut s'analyser comme une entreprise qui vend des biens et des titres brésiliens à l'étranger. Ils lui sont payés en dollars. Avec ces dollars, le Brésil achète des biens et des titres à l'étranger. À chaque période, certains achats à l'étranger sont obligatoires, car contraints par des engagements pris dans les périodes antérieures. Il s'agit du rachat des créances que les acteurs publics et privés ont vendues dans les périodes antérieures. Autrement dit, il s'agit du remboursement des emprunts en dollars contractés antérieurement.

Si le comportement spontané des acteurs privés est tel que, pendant une période donnée, le Brésil achète à l'étranger plus qu'il n'y vend, c'est la banque centrale qui doit régler le solde. Elle le fait, on l'a vu, en puisant dans des réserves en dollars préalablement constituées. Quand elle n'en a plus, la seule solution, pour le gouvernement brésilien, est d'emprunter en dollars, donc d'émettre de nouveaux titres de dette publique en dollars et de tenter de les vendre à l'étranger. Si personne, entendons aucun acteur privé étranger, ne veut les acheter, c'est la « faillite », en un sens certes très particulier. Le Brésil est en situation de défaut de paiement : le gouvernement ne peut pas rembourser les échéances de la dette publique en dollars, puisque la banque centrale n'en a plus un seul en caisse.

Dans l'organisation actuelle du SMI, qu'est-il prévu dans ce cas ? Curieusement, rien, ou plutôt rien d'officiel et de systématique. Que se passe-t-il alors ? Soit le gouvernement brésilien décrète unilatéralement un moratoire sur sa propre dette (il en repousse les échéances) et laisse plonger la monnaie, qui naturellement s'effondre puisque les résidents brésiliens soumis à une contrainte de paiement en dollars vendent le real en excès par rapport aux quantités demandées. Mais, dans ce cas, la chute du real ne fait qu'aggraver la situation de défaut de paiement. En effet, les acteurs résidant au Brésil endettés en dollars qui devaient, par exemple, rembourser 1 million de dollars n'avaient besoin de changer que 1 million de reais quand le cours était de 1 real = 1 dollar. Supposons qu'ils disposaient de ce million de reais et pouvaient donc honorer leur dette avant que le cours ne plonge. Si le cours s'effondre à 1 real = 0,5 dollar, il leur faut désormais disposer de 2 millions de reais pour honorer leur dette. Beaucoup ne pourront le faire. Les situations de défaut de paiement se multiplieront donc en s'étendant au secteur privé. La chute du real a cependant normalement une fin. Quand le real s'est suffisamment déprécié, les biens et certains titres brésiliens (comme les droits de propriété) deviennent en effet très bon marché en dollars. Un courant d'achat de ces biens et titres par des étrangers se reconstitue donc, ce qui équilibre à nouveau le marché du real contre dollar. Mais, entre-temps, de nombreux acteurs brésiliens endettés en dollars auront fait faillite et leurs créanciers étrangers n'auront pas été remboursés.

Soit le gouvernement brésilien se tourne vers le Fonds monétaire international (FMI), c'est-à-dire en fait vers les gouvernements des pays riches qui détiennent le pouvoir dans cette institution internationale. Il demande au FMI de lui prêter des dollars, c'est-à-dire d'acheter les titres de dette publique dont personne ne voulait. Il utilise ces dollars à assurer les échéances de sa propre dette en dollars, éventuellement à prêter à des résidents brésiliens qui ont aussi des échéances (en particulier des banques qui ont emprunté en dollars), à reconstituer ses réserves et à les vendre aussitôt pour essayer de limiter la chute du real. Mais le FMI ne prête pas sans conditions. Il négocie un plan de restructuration de la dette publique, mais aussi de la dette privée. Car le FMI amène avec lui les grandes banques qui avaient prêté au Brésil (qui donc ont subi ou risquent de subir des défauts de paiement, publics ou privés) et ont par conséquent un intérêt évident à participer à la restructuration, quitte pour cela à renouveler les crédits arrivés à échéance. Les conditions imposées par le FMI visent toutes à ce que le Brésil se mette en situation d'acheter moins et de vendre plus à l'étranger, pour reconstituer ses réserves et tenir sa monnaie.

N'entrons pas ici dans le détail, nous aurons l'occasion d'y revenir à propos de la crise asiatique. Deux remarques conclusives s'imposent cependant à ce stade. La première est que la crise que nous venons de décrire peut résulter d'anticipations autoréalisatrices en raison de l'importance des capitaux mobiles. Si une majorité d'acteurs (résidents et non-résidents) détenant des titres brésiliens anticipent une baisse du real, les capitaux mobiles vont « fuir » le Brésil : le flux d'achats de titres à l'étranger par les résidents brésiliens augmentera rapidement et le flux d'achat par l'étranger de titres brésiliens deviendra négatif. Le pays va donc se trouver instantanément dans une situation où il achète plus qu'il ne vend à l'étranger. Après épuisement rapide des réserves, la monnaie s'effondre, justifiant les anticipations.

La seconde remarque concerne le rôle du FMI. Même en supposant qu'il agisse dans l'intérêt général, en supposant donc que ce concept puisse être défini, le FMI se trouve devant le même type de difficulté qu'une banque centrale agissant comme prêteuse en dernier ressort dans une crise bancaire. La question pour le FMI est en effet la suivante. Le Brésil connaît-il une simple crise de liquidité ou s'agit-il d'une crise d'insolvabilité, exigeant des destructions et des transferts importants de droits de propriété ? Autrement dit, le besoin de liquidité (de dollars) du Brésil est-il temporaire, parce que les emprunteurs y sont fondamentalement solvables et que l'ensemble des résidents est capable, structurellement, de vendre autant de biens et titres à l'étranger qu'il en achète ? Ou bien la crise de liquidité est-elle le signe d'une situation d'insolvabilité telle que, si des mesures drastiques ne sont pas prises, le Brésil va continuer à acheter à l'étranger plus qu'il ne vend ? Telle est la question à laquelle le FMI, quand il est sollicité, doit répondre. Dans les faits, la forte conditionnalité des prêts du FMI (les politiques économiques et les restructurations qu'il impose) indiquerait qu'il se place toujours dans l'hypothèse d'une crise d'insolvabilité. Le prêteur en dernier ressort, face à une crise d'illiquidité, prête en effet sans condition, puisque, par définition, la crise n'est que temporaire et que le fonctionnement normal des marchés, après l'injection de monnaie, remettra tout en ordre. Le FMI agit donc plutôt comme une banque centrale à l'égard d'une banque particulière au bord de la faillite : elle la prend en tutelle et la réorganise. Cela fait dire à certains qu'il manque, dans le système monétaire international actuel, un véritable prêteur en dernier ressort [8].

Dissymétrie et instabilité du système monétaire international

Ce qui arrive, périodiquement, au Brésil peut-il arriver aux États-Unis ? La description même de la crise brésilienne donne la réponse : non. En effet, si les résidents américains veulent acheter plus de biens et titres à l'étranger qu'ils n'en vendent, rien n'est plus simple : ils empruntent à leur système bancaire qui crée des dollars pour cela. Les États-Unis, en tant que pays, n'ont aucune réserve à constituer, puisque leur monnaie est une monnaie de réserve pour les autres. Ainsi l'excès des achats sur les ventes des résidents américains ne se traduit-il pas par la baisse des réserves américaines (concept qui n'a aucun sens), mais par l'augmentation des réserves en dollars des banques centrales des autres pays, ou des dépôts en dollars détenus par des acteurs privés étrangers. Banques centrales et détenteurs privés ne conservent généralement sous forme de monnaie qu'une faible part de leurs réserves en dollars. Ils placent le reste en titres américains très liquides (pour pouvoir les reconvertir en monnaie rapidement et à faible coût en cas de besoin). C'est cet achat supplémentaire « contraint » de

8. Nous en discuterons au chapitre XIV.

titres américains qui assure le financement que le Brésil est obligé, dans la même situation, d'aller quémander au FMI. Le SMI actuel est ainsi profondément dissymétrique.

On voit néanmoins où réside l'éventuelle difficulté pour les États-Unis. Dans le système actuel, le dollar n'est en effet plus la seule monnaie acceptée internationalement. L'euro et le yen le sont aussi, bien qu'à un moindre degré. Ainsi, si les banques centrales et les acteurs privés chez qui ont fini par se concentrer les dollars dont nous venons de parler souhaitent les changer pour acheter, non des titres en dollars, mais des titres en euros, le dollar baissera vis-à-vis de l'euro. Est-ce grave et surtout pour qui est-ce grave aux États-Unis ? Pour peu de gens en vérité si la baisse est de faible ampleur. Naturellement, il ne faudrait pas que cette baisse du dollar devienne cumulative par fuite de capitaux. Éventuellement, un léger resserrement de la politique monétaire stoppera toute velléité de ce genre. Car où iraient se placer les milliers de milliards de dollars investis aux États-Unis par des non-résidents ? En Europe ? Avec l'euro, c'est désormais possible à une échelle que ne permettait pas l'existence de plusieurs monnaies nationales européennes. La compétition entre le dollar et l'euro a donc commencé. La première conséquence pourrait en être de fortes fluctuations du taux dollar-euro, à moins que les deux zones ne décident de coordonner plus systématiquement leurs politiques monétaires. Les États-Unis devraient alors abandonner un peu de ce qu'ils considéraient jusqu'ici comme une liberté absolue : conduire la politique monétaire américaine en fonction des seuls intérêts des États-Unis. Car de violentes fluctuations dollar-euro ne leur permettraient plus de manifester la plus parfaite indifférence, le fameux *benign neglect*, à l'égard de la valeur extérieure de leur monnaie. Pas plus naturellement qu'elles ne le permettraient à l'Europe, même si celle-ci a, grâce à l'euro, gagné en autonomie de politique monétaire par rapport à celle dont disposait auparavant chacun des pays qui en font partie.

Pour les monnaies aussi, les visions de l'avenir décident

La libre circulation des capitaux, qui caractérise le système monétaire international actuel, est une liberté pour les épargnants. Ils peuvent désormais mettre en compétition les emprunteurs du monde entier et espérer ainsi des rendements en moyenne supérieurs à ce qu'ils étaient quand leur épargne était « piégée » dans leur territoire national par les contrôles des changes. Les États y ont perdu en autonomie. Leur politique monétaire est désormais contrainte par les objectifs de change qu'ils se fixent. Nous verrons aux chapitres consacrés à l'Europe, à l'Amérique latine et à l'Asie que cette perte de liberté est d'autant plus faible que les économies sont puissantes, et faiblement ouvertes sur l'extérieur. Nous verrons aussi que cette contrainte ne justifie pas la thèse de la « dictature des marchés financiers ».

Cependant, les épargnants paient cette liberté nouvelle de risques accrus. Ils peuvent certes diversifier leurs portefeuilles en titres libellés en plusieurs devises, mais ils prennent ainsi des risques de change. Le prix de la liberté de circulation des capitaux est en effet la volatilité des changes. Et, pas plus sur les marchés des changes que sur les marchés d'actions et de droits de propriété, une analyse « fondamentale » n'est susceptible de calmer l'angoisse engendrée par ces risques accrus en établissant avec certitude autour de quel niveau, déterminé par des facteurs solides et connaissables, les mouvements erratiques de capitaux font fluctuer les taux de change. Les marchés des changes aussi sont gouvernés par des anticipations, des visions de l'avenir. Le prix d'une action résulte du jugement moyen sur l'avenir d'une entreprise. Un taux de change, lui, reflète un jugement moyen sur l'ensemble de l'économie et de la politique économique d'un pays. Comme pour les actions, ce jugement fait partie des facteurs qui agissent sur l'avenir. Des basculements d'anticipations provoquent des crises de change, car elles sont autoréalisatrices, et il est en théorie difficile[9] et en pratique impossible de connaître « le » taux de change d'équilibre.

---

9. Alors que, pour une action, la définition théorique de la valeur fondamentale est sans ambiguïté, on a vu que ce n'est même pas le cas pour un taux de change.

CHAPITRE VII

La finance de marché globale

Les concepts indispensables à l'analyse de la finance et de son articulation à l'économie étant définis, il est désormais possible de donner un sens plus précis aux termes de « libéralisation » et de « globalisation » financières, que j'ai pourtant déjà fréquemment utilisés, estimant que la compréhension intuitive que chacun en a pouvait suffire. Bien évidemment, ce qui est intéressant ce n'est pas la simple description des processus qui, depuis trente ans, nous ont fait passer de systèmes financiers nationaux, très cloisonnés et à dominante bancaire, à une finance de marché globale, processus dont les grandes lignes sont d'ailleurs connues bien au-delà du cercle des spécialistes. Ce qui m'intéresse, c'est de poser la question : « Qui a voulu cela et qui en bénéficie ? » Et de combattre ainsi la conception trop répandue du caractère « naturel » des évolutions économiques : la globalisation financière suivrait naturellement la globalisation commerciale qui elle-même serait une conséquence inévitable d'un progrès technique (l'abaissement des coûts de transport des marchandises et des informations) auquel, comme chacun sait, nul non seulement ne peut mais n'a aucun intérêt à s'opposer.

La libéralisation et la globalisation financières ont été voulues par les gouvernements des pays riches et, en premier lieu, par celui des États-Unis. Leur cause profonde est, nous verrons pourquoi, l'arrivée à l'âge de la maturité des classes d'âge nombreuses issues des *baby-booms* de l'après-guerre. Une fois lancées, ces évolutions ont alors acquis une dynamique propre, avec en particulier le développement spectaculaire des marchés dérivés.

La fin de l'étalon dollar ou la liberté retrouvée

L'acte politique initial a été la décision prise le 15 août 1971 par le président américain Richard Nixon de supprimer la convertibilité du dollar en or. Ce fut le début de la fin du système monétaire international mis en place en 1945 à Bretton Woods. En mars 1973 est entériné le passage à un système où les taux de change des monnaies des pays riches sont flottants. Ces décisions sont une manifestation de liberté des États, particulièrement des États-Unis. Dès les années 1960, les flux transfrontaliers de capitaux avaient augmenté, ne serait-ce que pour suivre l'évolution très rapide du commerce mondial et des investissements directs à l'étranger. Quoique soumis à de nombreuses restrictions de circulation, des capitaux « flottants » avaient fait leur apparition, principalement du fait des dollars accumulés par les banques centrales et les acteurs économiques hors des États-Unis en raison du déficit de la balance extérieure des États-Unis. La balance commerciale était alors positive, mais la balance des capitaux encore plus négative. Comme nous l'avons vu à la fin du chapitre précédent, le dollar étant alors « la » monnaie internationale par excellence, cela se traduisait par une accumulation de dollars aux mains de non-résidents. Une partie des non-résidents détenteurs de ces dollars commencèrent à demander leur conversion en or à la banque centrale américaine, comme les y autorisait le système de Bretton Woods, où le dollar était – seule devise dans ce cas – convertible en or. L'impossibilité de Mundell se manifestait : avec le début de la libre circulation des capitaux, les changes fixes ne pouvaient plus être tenus qu'au prix d'une restriction de la liberté de la politique monétaire des États-Unis. Les États-Unis ont décidé de conserver cette liberté en supprimant la convertibilité du dollar en or et en le laissant flotter par rapport au yen et aux monnaies européennes. Les théoriciens libéraux de l'époque, tel Milton

Friedman, s'en félicitaient, la vertu des changes flexibles étant justement, à leurs yeux, de permettre l'autonomie des politiques monétaires.

À la fin de cette même année 1973, l'OPEP, soutenue en sous-main par les États-Unis, quadruple le prix du pétrole [1]. Le premier choc pétrolier se traduit par d'importants déficits commerciaux dans les pays importateurs de pétrole et des excédents correspondants dans les pays exportateurs. Les seconds avaient donc de l'épargne excédentaire à exporter vers les premiers, au premier rang desquels on trouvait évidemment les pays riches gros importateurs de pétrole : l'Europe et le Japon. Mais la partie s'est jouée en réalité à trois : l'OPEP, les pays riches et le tiers-monde. Les pays du tiers-monde se sont endettés massivement, recevant ainsi la plus grande part de l'excédent d'épargne de l'OPEP. Ils purent en conséquence importer des biens en provenance des pays riches. La balance commerciale de ceux-ci s'est donc vite redressée, leur évitant d'avoir à emprunter beaucoup. Le « recyclage des pétrodollars », c'est le nom qu'on a donné à ce processus, fut organisé par les grandes banques internationales.

Elles étaient prêtes à le faire. En effet, dès la fin des années 1960, une libéralisation des réglementations bancaires leur avait permis de développer le marché des « eurodollars », c'est-à-dire des prêts bancaires internationaux. Voici comment. Un exportateur européen aux États-Unis recevait des dollars. Il pouvait certes les changer dans sa propre monnaie, voire, pourquoi pas, les investir en or en demandant leur conversion aux États-Unis. Cependant, en tant qu'acteur du négoce international, il pouvait souhaiter conserver ces dollars, puisque cette monnaie était à l'époque la liquidité internationale hégémonique. Les conserver signifie naturellement les placer en titres très liquides ou en

1. En effet, les prix internationaux du pétrole étaient devenus inférieurs à ceux du marché américain, protégé par des tarifs douaniers de plus en plus élevés destinés à sauvegarder l'industrie pétrolière locale. En conséquence, les industriels américains payaient leur énergie plus cher que leurs concurrents étrangers. Le gouvernement américain souhaitait donc un relèvement des prix internationaux du pétrole. Il est vrai qu'il jugea « excessif » leur quadruplement par l'OPEP. Un simple doublement aurait parfaitement convenu aux États-Unis.

dépôts rémunérés. Or ce n'était pas si simple. En particulier, la réglementation bancaire américaine interdisait de rémunérer des dépôts à vue. C'est alors que des banques, américaines et européennes, lui proposèrent de déposer ses dollars sur des comptes rémunérés dans leurs filiales londoniennes. Sur la base de ces dépôts en « eurodollars », c'est-à-dire en dollars déposés hors du territoire des États-Unis, les banques pouvaient développer une activité de crédit. Mais on sait que, pour les banques, ce sont les crédits qui font les dépôts. Ces « eurobanques » ont donc développé une activité de crédit internationale, en quelque sorte *off shore*, d'abord en dollars puis dans les autres grandes monnaies (d'où des crédits et dépôts en eurofrancs, euromarks, euroyens, etc., bref en eurodevises). Elles étaient donc prêtes à recycler les pétrodollars, transformés en eurodollars, et elles l'ont fait.

Les années 1970 virent donc tout d'abord croître à des rythmes jusque-là inconnus la dette du tiers-monde. Dans les pays riches, la croissance ralentit. On a longtemps cru que c'était la conséquence du premier choc pétrolier. En fait, la cause profonde en était la fin de la période de rattrapage des États-Unis par l'Europe et le Japon. C'est dans ces deux zones que le ralentissement de la croissance fut le plus marqué. Néanmoins, partageant l'analyse d'un choc macroéconomique violent mais exceptionnel et voulant retrouver la croissance antérieure, les gouvernements des pays riches ont appliqué les méthodes classiques de régulation conjoncturelle : relance budgétaire et politique monétaire expansionniste. De plus, ils ont maintenu la croissance des dépenses publiques au rythme antérieur, puisqu'ils pensaient retrouver bientôt une croissance économique qui justifiait ce rythme. Pour financer ces politiques de relance et de dépenses publiques, les États ont dû s'endetter. Le fait nouveau, c'est qu'ils ont décidé d'utiliser les possibilités d'emprunts internationaux, crédits en eurodevises, mais également émissions d'obligations d'État à l'étranger. Pour pouvoir le faire à grande échelle, il fallait organiser un accès international aux marchés obligataires de titres publics. Ce fut le début d'une transformation des règles de fonctionnement des places financières nationales, dans le sens d'une ouverture aux investisseurs internationaux. Ce fut aussi le début de la montée en puissance de la finance de marché. Les marchés obligataires ainsi ouverts, les grandes entreprises à leur tour purent les utiliser pour emprunter à l'étranger, dans différentes devises.

Les épargnants l'emportent : l'inflation est terrassée

Dans les années 1970, globalement, les politiques monétaires expansionnistes ont partout contribué à une accélération de l'inflation, ce qui rendait la vie facile aux emprunteurs à taux fixe, sans pour autant parvenir à relancer la croissance. On inventa alors le terme de « stagflation » (stagnation + inflation). Devant l'échec des politiques keynésiennes, les monétaristes conquirent d'abord l'hégémonie théorique. Ils dénoncèrent les effets pervers de l'inflation sur la croissance et affirmèrent que le seul objectif de la politique économique devait être de préserver la valeur de la monnaie.

L'hégémonie politique advint au tournant de la décennie. En automne 1979, les autorités monétaires américaines changèrent en effet de doctrine. L'inflation fut désormais le mal à combattre. La FED décida de la casser en restreignant la création monétaire et en laissant monter les taux courts. L'économie américaine plongea dans une forte récession. L'inflation fut brisée, tous les taux d'intérêt atteignirent des niveaux réels très élevés. Les premiers à en souffrir furent les pays endettés du tiers-monde. Avec l'inflation, ils bénéficiaient de taux très faibles, voire négatifs. Ils durent désormais payer des taux positifs élevés sur les prêts à taux variable et ne purent refinancer les anciens prêts à taux fixe arrivés à maturité qu'au prix d'une forte augmentation des taux. Le service de leur dette absorba une part croissante des devises qu'ils gagnaient par leurs exportations.

En août 1982, le Mexique déclara qu'il ne pourrait assurer les prochaines échéances de sa dette publique et menaça de faire défaut. Le FMI, appuyé par la FED, organisa un « sauvetage » : refinancement et restructuration de la dette, assortis de conditions très fortes (réduction du déficit public, augmentation des taux d'intérêt). Un grand nombre de pays du tiers-monde endettés se trouvèrent plus ou moins dans la même situation. Ils subirent ou s'imposèrent de drastiques plans d'ajustement structurels. Les flux financiers privés en direction du tiers-monde se tarirent. Durant les années 1980, pris dans son ensemble, le tiers-monde fut même exportateur net de capitaux, et remboursa une partie de sa dette extérieure. Une aberration, car ces pays devraient être durablement importateurs nets de capitaux. L'endettement du tiers-monde dans les années 1970 ne fut pas *a priori* excessif. S'il le fut, dans de nombreux pays, c'est que les emprunts n'avaient pas engendré une croissance suffisante, qui aurait permis de les rembourser « sans douleur », même à des taux d'intérêt réels plus élevés. Ces emprunts furent en effet très mal utilisés, c'est-à-dire utilisés, non pour investir, mais pour consommer, ou même massivement détournés vers des comptes privés à l'étranger. Il fallut donc les rembourser en comprimant la consommation et l'investissement, publics et privés. Le peuple et les classes moyennes qui avaient commencé d'apparaître dans les années 1970 (en particulier dans certains pays d'Amérique latine) payèrent ainsi d'un prix élevé les erreurs et les gaspillages de leurs gouvernements, et l'enrichissement privé des plus corrompus de leurs membres. Naturellement, ceux-ci ne furent pas les derniers à dénoncer haut et fort les « diktats » du FMI, qui leur « imposait » des politiques « antipopulaires ».

Dans les années 1980, ce furent les États-Unis qui, en raison d'un déficit commercial croissant, devinrent les grands importateurs de l'épargne mondiale en excédent, c'est-à-dire principalement de l'épargne japonaise et allemande, deux pays qui accumulaient les excédents commerciaux. Les flux financiers internationaux devinrent des flux du Nord vers le Nord, alors qu'ils allaient du Nord au Sud dans la décennie précédente. La politique de désinflation, inaugurée par les États-Unis, ne pouvait qu'être suivie par les autres pays riches, sauf à tomber dans un cercle vicieux inflation-glissement de la monnaie. Le mot d'ordre devint même la « désinflation compétitive » : réduire l'inflation plus rapidement que ses partenaires commerciaux, pour réduire ses prix relatifs et gagner en compétitivité à l'exportation.

En économie, les idées n'ont de force que portées par des groupes d'acteurs puissants. La victoire des thèses monétaristes, c'est la victoire des épargnants sur les emprunteurs.

Durant les années 1970, les premiers subirent des taux très faibles ou négatifs en raison de l'accélération de l'inflation, qui provoquait des transferts massifs de richesse des épargnants vers les emprunteurs. Dans les années 1980, le rapport de force fut renversé.

Pour comprendre pourquoi, il faut convoquer la sociologie économique et la démographie. La sociologie économique, c'est la théorie de l'épargne du cycle de vie. Prenons un pays où l'éducation est payante et où le système de retraite est par capitalisation. Entre 20 et 40 ans, le ménage « moyen » s'endette, principalement pour acheter son logement et payer les études de ses enfants. Certes, sa caisse de retraite épargne déjà pour lui, mais les salaires du début de vie professionnelle, sur lesquels est alignée l'épargne retraite, tant la part salariale que patronale, sont plus faibles qu'ensuite. Le ménage est donc un emprunteur net. Entre 40 et 60 ans, il devient un épargnant net. Le logement est payé, les enfants sont entrés dans la vie active, le ménage épargne nettement plus pour sa retraite, car ses revenus ont augmenté et, s'il est aisé, il épargne au-delà pour constituer un patrimoine financier. Entre 60 ans et la mort, il vit de l'épargne accumulée entre 40 et 60 ans. Une bonne partie de cette épargne étant placée en titres à taux fixes, il ne redoute rien de plus que l'inflation.

Venons-en à la démographie. Dans les années 1960 et 1970, les enfants du *baby-boom* étaient dans la première phase de leur cycle de vie. Ces classes d'âge nombreuses et dynamiques furent favorisées par l'inflation car elles étaient des emprunteurs nets. Elles auraient pu y perdre en tant que salariés. Mais ce ne fut pas le cas, car les salaires étaient plutôt mieux indexés sur la hausse des prix que les taux d'intérêt. L'inflation fut donc « politiquement acceptable ». Dans les années 1980 et 1990, les mêmes classes d'âge sont dans la deuxième phase de leur cycle de vie et c'est de cette génération que font désormais partie ceux qui dirigent les pays riches. Ils veulent que leur épargne soit correctement rémunérée. Ils ne supportent plus que, piégée dans leur pays par le contrôle des mouvements de capitaux, elle soit laminée par l'inflation. Désormais, au moins pour les plus aisés d'entre eux, et ils sont nombreux, l'argent doit être roi. De plus, ils en ont assez des banques. Les banques étaient les institutions financières adéquates à leurs besoins quand ils avaient entre 20 et 40 ans, car elles sont mieux à même que les marchés de financer l'achat de logements et de biens durables. Mais en matière de placements financiers, elles ne proposaient que des dépôts aux rémunérations ridicules. Les ménages des classes moyennes vont donc se passer des banques, confier leur épargne à des investisseurs institutionnels pour qu'ils la placent en obligations et en actions. La montée en puissance de la finance de marché, amorcée par les besoins de financement des États, relayée par ceux des entreprises, est ainsi puissamment amplifiée par les comportements d'épargne des enfants du *baby-boom* devenus quadragénaires.

Les banques dans la tourmente

Mauvaise période pour les banques, donc, que les années 1980. Fuite des dépôts vers des placements financiers du côté de leurs ressources, crédits bancaires concurrencés par la finance de marché du côté de leurs emplois : elles sont « court-circuitées » par la désintermédiation[2] de la finance. De plus, dans la plupart des pays, des évolutions réglementaires décloisonnent le secteur en supprimant les spécialisations (banque de détail, banque d'affaires, etc.) et en promouvant la « banque universelle ». Il en résulte une concurrence interbancaire accrue. D'où une réduction des marges et, dans certains cas, des faillites, la plus importante et de loin ayant été celle des caisses d'épargne américaines.

Cependant, les banques réagissent : elles s'impliquent elles-mêmes massivement dans la finance de marché et deviennent même un des moteurs de son développement. Une des innovations les plus significatives à cet égard est la « titrisation » des créances bancaires. On sait qu'une des sources de la fragilité des banques est que leurs emplois (leur

2. La montée en puissance de la finance de marché au détriment de la finance bancaire, dite intermédiée parce que les banques sont des intermédiaires entre prêteurs et emprunteurs.

actif) ont un degré d'illiquidité supérieur à leurs ressources (leur passif). Devant la mobilité croissante des dépôts non monétaires, elles ont réagi en rendant plus liquides leurs actifs et tout particulièrement leurs créances. Plutôt que de conserver à leur actif des créances peu liquides, elles les regroupent par catégories présentant des caractéristiques de risques homogènes ; par exemple, des crédits hypothécaires à l'immobilier, ou des crédits à la consommation, transforment ces « paquets » de créances en titres (d'où le terme « titrisation ») qu'elles vendent à des investisseurs, et organisent le marché secondaire de ces titres. Même si elles les conservent, elles peuvent ainsi s'en séparer avec des primes d'illiquidité bien inférieures. Enfin, les banques deviennent également des intervenants majeurs sur les marchés financiers où elles « placent » les titres émis par les emprunteurs et conseillent les investisseurs. Elles intervinrent aussi sur les marchés dérivés, en inventant sans cesse de nouveaux « produits ».

Étourdissants marchés dérivés

L'extraordinaire développement des marchés dérivés est en effet la dernière grande caractéristique des évolutions financières des trente dernières années. Il est, lui, largement endogène. Les marchés dérivés sont des marchés où s'échangent des risques de prix. La globalisation des flux financiers et l'importance croissante de la finance de marché ont multiplié ces risques. Les institutions organisatrices des Bourses de commerce de commodités et d'actifs financiers ainsi que les banques ont fait preuve et continuent à faire preuve d'une imagination proprement fascinante dans l'invention de nouveaux instruments dérivés pour couvrir ces risques. Il en existe désormais non seulement sur des sous-jacents classiques – commodités, obligations et autres titres de dette, actions, devises –, mais aussi sur des sous-jacents « abstraits » comme les indices boursiers. Il existe des instruments complexes, qui combinent deux ou plusieurs instruments plus simples. Les développements les plus récents sont les « produits structurés », qui associent un ou plusieurs actifs financiers à plusieurs instruments dérivés. Les seconds sont censés garantir que le rendement des premiers sera « au minimum de *x* », ou « nécessairement situé entre *x* et *y* ». Le développement de ces marchés est de plus auto-entretenu. Car, lorsque les banques proposent un nouvel instrument et qu'elles le vendent, achetant ainsi un risque, elles cherchent évidemment à le couvrir à l'aide d'autres instruments.

Les marchés dérivés se distinguent selon qu'ils sont « organisés » ou non. Les marchés non organisés sont appelés OTC *(over the counter)* en anglais. Sur les premiers, des chambres de compensation assurent normalement les intervenants contre le risque de contrepartie (le risque que celui à qui vous avez vendu un risque ne paie pas si le risque se manifeste) en exigeant des *deposits* et en pratiquant des appels de marge. Sur les marchés OTC, dont les organisateurs sont la plupart du temps les banques, rien de tel. Soit les banques sont de simples intermédiaires et chaque acteur assume le risque de contrepartie, soit elles l'assument elles-mêmes, contre une rémunération plus élevée, évidemment. Il n'est pas rare qu'un instrument innovant, initialement inventé par une banque, soit imité, se généralise et finisse par être négocié sur un marché organisé. Mais l'innovation étant permanente, les marchés OTC ont un volume d'affaires très supérieur à celui des marchés organisés.

De la finance bancaire nationale à la finance de marché globale

Telles sont donc les grandes évolutions qu'ont connues à partir de la fin des années 1970 les systèmes financiers des pays riches, ainsi qu'un certain nombre de pays dits émergents. Ces évolutions se sont produites sur deux axes où l'on est passé d'une position de cloisonnement à une position de bien plus grande liberté pour les acteurs de la finance : décloisonnement géographique avec la liberté de circulation des capitaux ; décloisonnement des métiers de la finance, les banques, un instant menacées dans leurs activités traditionnelles de collecte de dépôts et de crédit, devenant des actrices centrales de la finance de marché, qui s'est rapidement développée par rapport à la finance d'intermédiation.

L'évolution des systèmes financiers des pays riches et émergents laisse encore subsister d'importantes différences. Elle est plus avancée aux États-Unis qu'en Europe (Grande-Bretagne mise à part), et plus en Europe qu'au Japon, et les grands pays émergents gardent de fortes spécificités. Le mode de financement des entreprises, la structure du patrimoine des ménages, l'importance des fonds de pension et des autres investisseurs institutionnels ne sont pas identiques. Un processus de convergence est cependant à l'œuvre. Certains économistes, notant que près de 90 % de l'épargne constituée dans un pays s'investit encore dans le même pays, mettent en doute qu'on puisse utiliser le terme de « finance globale ». Mais les systèmes financiers sont désormais étroitement connectés les uns aux autres par la liberté qui a été donnée à l'épargne constituée dans un pays d'être investie dans un autre. Deux lacs n'ont pas besoin d'être reliés par une grande rivière pour rester au même niveau et les poissons nés dans un lac n'emprunteront cette rivière pour aller dans l'autre que s'ils apprennent qu'on s'y nourrit vraiment beaucoup mieux. La possibilité pour l'épargne d'être investie ailleurs et le fait qu'elle le soit dès que les rendements domestiques se dégradent par rapport aux rendements à l'étranger justifient à mes yeux le terme de « finance de marché globale ».

Dans le système internationalement cloisonné et principalement d'intermédiaires qui était celui des pays riches avant la libéralisation des années 1980, la forme principale d'élimination du mistigri était progressive et apparemment indolore. C'est l'accélération de l'inflation, qui a réalisé le programme de Keynes : l'euthanasie des rentiers au profit de ceux qui consomment et de ceux qui investissent. L'accélération de l'inflation perturbe l'évaluation des prix relatifs, donc leur extrapolation et la prise de décision pour les investissements à venir. On peut donc considérer que, toutes choses égales par ailleurs, un dérapage de l'inflation rendant l'avenir plus incertain décourage l'investissement et la croissance.

Dans le système de finance de marché globale qui lui a succédé, la forme principale de purge du mistigri est le krach, sur un marché ou sur un autre (actions, immobilier, changes, matières premières), suivi d'une crise bancaire plus ou moins localisée et profonde. En finance de marché, les krachs sont inévitables. De plus, leur déclenchement, provoqué par des basculements des visions de l'avenir qui structurent les modèles d'interprétation dominants, est en pratique impossible à prévoir avec précision, de même que la durée de la crise qui dépend du retour d'une stabilisation des visions de l'avenir polarisées autour d'une nouvelle vision dominante. Les krachs ont évidemment un effet dépressif, nous l'avons vu au chapitre V. D'abord à travers ce qu'on appelle l'effet de richesse. La capitalisation boursière des entreprises diminuant, elles consacrent leurs revenus à se désendetter plutôt qu'à investir, ce qui déprime la demande de biens d'investissement. Les ménages, voyant leur portefeuille investi en actions perdre beaucoup de sa valeur, cherchent à reconstituer leur patrimoine en consommant moins et en épargnant davantage. Cela déprime la consommation. Si la crise financière est suffisamment grave pour engendrer une crise bancaire, l'effet de richesse est redoublé par la restriction du crédit bancaire (le *credit crunch*), avec la même conséquence : une baisse supplémentaire de la demande. La dépression de la demande conduit à une récession, que l'État doit normalement combattre en réduisant au minimum les taux monétaires et en augmentant les dépenses publiques.

En résumé, le système financier actuel est dominé par une finance de marché globale. Il est intrinsèquement instable et régulé par des krachs inévitables et imprévisibles qui ont des effets macroéconomiques dépressifs. Il transmet ainsi son instabilité à l'ensemble de l'économie.

Les évolutions que nous avons analysées ne sont nullement dues au progrès technique, malgré l'impressionnante infrastructure informatique et de télécommunication qu'exige la finance moderne. Il suffit de rappeler que les deux traits essentiels qui la caractérisent, la globalisation (circulation internationale quasi libre des capitaux) et le caractère dominant de la finance de marché, étaient déjà présents dans la finance d'avant 1914, qui ne disposait que du simple télégraphe. Les évolutions contemporaines de la finance ont à mon avis leurs racines dans de profondes transformations démographiques, sociologiques et économiques des classes moyennes des pays riches, ces piliers des démocraties parlementaires. Nombreuses, jeunes, relativement homogènes et dépendant pour l'essentiel du salariat pendant les Trente Glorieuses, ces classes moyennes ont vieilli et se sont fortement différenciées. Les inégalités salariales ont en effet augmenté au cours des dernières décennies (particulièrement aux États-Unis) et les inégalités de patrimoine financier encore plus [3]. La finance actuelle répond aux intérêts, premièrement, de la fraction des classes moyennes qui s'est le plus enrichie pendant les décennies d'après-guerre et, deuxièmement, des actuels « gagnants » de la globalisation. Pour eux, la sécurité et la croissance des revenus du capital importent désormais infiniment plus que le sort du salariat, de l'État-providence et de la cohésion sociale qu'il assurait tant bien que mal.

---

3. Sur les raisons de l'éclatement des classes moyennes dans les pays riches, voir *L'Inégalité du monde*, *op. cit.* J'y reviendrai en conclusion.

CHAPITRE VIII

Vers de nouveaux capitalismes ?

Il est d'autres changements, tout aussi fondamentaux, introduits par la finance de marché globale dans les capitalismes contemporains. Ils sont issus des effets de la finance sur la gestion même des entreprises. Aux yeux de beaucoup, ces changements dessinent un nouveau capitalisme, dominé par une logique purement financière, dont les maîtres seraient les « fonds ». Pour des raisons démographiques, et parce que la libéralisation financière a engendré une complexité et un risque accrus dans la gestion de patrimoines financiers, faisant reculer la gestion directe, les gestionnaires d'épargne pour compte de tiers sont en effet devenus « les » acteurs prépondérants de la finance globale dans les pays riches et de manière croissante dans les pays émergents. Ils sont désormais des actionnaires capables, dans une large mesure, d'imposer leur volonté aux dirigeants des entreprises cotées en Bourse. Également appelés investisseurs institutionnels, les « fonds » désignent un ensemble d'institutions allant des fonds de pension aux *hedge funds* en passant par toute une gamme de fonds de placement mutuels, d'OPCVM, de SICAV, etc. Ils sont régulièrement accusés d'avoir contraint les directions d'entreprise à ne se soucier que du profit des actionnaires et à négliger les autres « parties prenantes » de l'entreprise ; de les pousser à adopter des stratégies visant à maximiser le profit à court terme au détriment de la croissance, de l'innovation et de l'environnement ; d'exiger des rendements financiers exorbitants qui ne peuvent s'obtenir qu'au détriment des revenus du travail ; d'avoir sur les marchés des comportements moutonniers qui amplifient leur instabilité. Et cette liste n'est pas exhaustive. En bref, ils sont accusés d'être les agents principaux d'une « financiarisation » des capitalismes qui les rendrait moins efficaces, plus inéquitables et plus destructeurs de l'environnement[1].

En France, c'est en septembre 1999 qu'une première « affaire » a cristallisé ces critiques : l'« affaire Michelin ». Michelin annonce en effet, simultanément, une hausse de 17 % de ses profits semestriels et un plan de réduction de 10 % de ses effectifs en Europe (7 500 postes supprimés). L'action Michelin bondit de 12 % en une séance. Selon certains analystes, la seule annonce des bons résultats ne justifiait qu'une hausse de 6 %. L'annonce simultanée du plan de réduction d'effectifs, en portant la hausse à 12 %, a donc fait gagner aux actionnaires 350 millions d'euros de plus-value potentielle. L'indignation est générale. Un tel mépris des employés, une telle soumission des directions d'entreprise au nouveau credo – maximiser par tous les moyens la « valeur de l'entreprise pour les actionnaires » – font scandale. Bien que ne détenant que 20 % du capital de Michelin, les fonds sont accusés, car ce sont eux les apôtres du nouveau credo.

Il y eut ensuite bien d'autres « affaires » du même type. Était-ce le signe que, au-delà de l'instabilité contagieuse de la finance globale de marché, la transformation des capitalismes était bien plus profonde et que les fonds en étaient les acteurs majeurs ? Nous analyserons dans ce chapitre certaines de ces questions en replaçant la globalisation financière dans le mouvement plus général de globalisation.

1. C'est naturellement la position défendue par M dans notre débat introductif, mais K aussi partage largement ces analyses critiques, même s'il les formule de manière plus modérée.

Des entreprises changent de propriétaire

Qui est propriétaire des entreprises ?

Commençons par faire un détour par la question essentielle mais complexe de la « propriété » des entreprises. Mis à part les entreprises individuelles (l'artisan ou l'individu exerçant une profession libérale), la forme juridique moderne des entreprises est la société à responsabilité limitée. En France : SARL et SA. Une entreprise a donc, d'une part, des associés porteurs de parts sociales (cas des SARL) ou des actionnaires (cas des SA), qui détiennent des fractions de son capital social, et, d'autre part, des dirigeants, qui en sont les gérants et mandataires sociaux. Les dirigeants ne sont pas juridiquement propriétaires des actifs de l'entreprise. Mais les actionnaires non plus. L'entreprise est une personne morale qui est propriétaire de ses actifs. Les associés et les actionnaires ne sont propriétaires que de leurs titres, qui leur donnent des droits de vote à l'assemblée générale. Celle-ci a des pouvoirs étendus, en particulier celui de décider de la part des bénéfices qui sera distribuée aux actionnaires, et de nommer les dirigeants, donc de décider des grandes orientations de la politique de l'entreprise. Mais qui est le propriétaire de l'entreprise elle-même ? Il faut pour y répondre passer par une définition de cette propriété. Une approche serait de partir de la définition purement juridique de la propriété d'un bien. En droit romain, le « propriétaire » d'un bien a sur lui le droit d'*usus*, *fructus* et *abusus*. Par analogie, le propriétaire de l'entreprise serait celui (ou ceux) détenant ces droits sur les actifs de l'entreprise, donc celui qui décide quel usage sera fait des moyens de l'entreprise *(usus)* et comment seront répartis les profits *(fructus)*, la notion d'*abusus* étant plus difficile à définir. On peut aussi utiliser la définition que donne l'économie, et non plus le droit, de la propriété d'une entreprise. Pour un économiste, est propriétaire celui qui détient « le droit de contrôle résiduel », c'est-à-dire le droit d'utiliser souverainement la monnaie qui reste à l'entreprise une fois que celle-ci a honoré tous ses contrats. J'emploie « souverainement » à dessein, car on aura remarqué que cette définition est très proche de celle que Carl Schmitt donne de cette notion dans sa *Théologie politique* : « *Souverän ist, wer über den Ausnahmezustand entscheidet* » (« Est souverain celui qui décide de la situation exceptionnelle[2] »), donc quand aucune règle ou loi ne prescrit ce qu'il faut faire. Est propriétaire celui qui décide après que tous les contrats ont été honorés, donc quand aucune règle ne prescrit plus l'usage des richesses créées.

Remarquons d'abord que le problème a une réponse immédiate dans le cas, majoritaire en termes de chiffre d'affaires et surtout d'emplois, des entreprises « familiales ». Ce sont généralement de petites ou moyennes entreprises. L'actionnaire majoritaire et le dirigeant y sont la même personne physique ou bien les actionnaires majoritaires sont de la même famille, au sein de laquelle est choisi le dirigeant. Le propriétaire, c'est alors la famille. C'est dans le cas de la grande société anonyme, dont les actions sont détenues par des milliers de gens, que la réponse est plus difficile. Après-guerre dans les pays riches, avec la dilution de la propriété familiale dans les grandes entreprises engendrée par les augmentations de capital auprès du grand public ou des banques, on a pu soutenir que la propriété des entreprises était passée aux dirigeants. C'est la thèse qu'avaient défendue, dès les années 1930, Bearle et Means[3]. Les dirigeants-propriétaires restaient néanmoins « sous contrôle » des actionnaires. On a distingué deux modalités d'exercice de ce droit de contrôle, sous les noms de « capitalisme anglo-saxon » et de « capitalisme rhénan ».

Dans le capitalisme anglo-saxon, l'actionnariat est très diffus. C'est à la Bourse que s'exerce le contrôle sur les « dirigeants-propriétaires ». Il prend la forme de sanctions *a posteriori*. Si les actionnaires ne sont pas satisfaits des résultats du dirigeant, en termes de dividendes distribués ou d'évolution des cours des actions, ils « votent avec leurs pieds » en vendant les actions. Le cours de l'action baisse et le dirigeant est alors à la merci d'un *raider* qui lève des

---

2. Je donne ici la traduction de Jean-Louis Schlegel, Gallimard, 1988. Julien Freund préfère traduire par « lors » de la situation exceptionnelle.

3. Adolf A. Bearle et Gardiner C. Means, *The Modern Corporation and Private Property*, New York, Commerce Clearing House, Inc., 1932.

fonds sur le marché des obligations ou obtient des crédits bancaires pour lancer une OPA inamicale. Si l'OPA réussit, le dirigeant est renvoyé, l'entreprise en général dépecée et revendue par lots à d'autres dirigeants-propriétaires.

Dans le capitalisme rhénan (dont les représentants classiques sont l'Allemagne et le Japon), le dirigeant-propriétaire est à l'abri de ce genre de désagréable épisode. Un petit nombre d'actionnaires sont en effet regroupés et disposent d'une part suffisante du capital social pour obtenir la majorité des votes dans les assemblées générales d'actionnaires. Ce sont des banques, par ailleurs créancières principales de l'entreprise, ou d'autres entreprises. Le dirigeant est alors sous le contrôle de ses pairs, des dirigeants-propriétaires de banques et d'entreprises. Ceux-ci lui laissent une très large liberté de manœuvre (ce qui en fait lui-même un propriétaire au sens économique), sous réserve de réciprocité et tant qu'il ne commet pas de fautes jugées graves par ses pairs. Il existait des différences entre les capitalismes allemand et japonais, modèles du genre, et le capitalisme français issu des privatisations avec son système de « noyaux durs », qui s'y apparentait. Dans les premiers, le recrutement des dirigeants était interne aux entreprises. Ils étaient de fait cooptés par leurs pairs parmi ceux qui avaient fait leur carrière dans l'entreprise. En France, ils étaient dans la plupart des cas parachutés de la haute fonction publique.

Dans ces capitalismes, qu'ils soient de type anglo-saxon ou rhénan, les dirigeants des grandes entreprises étaient donc les propriétaires au sens économique dans la mesure où ils avaient incontestablement le droit de contrôle résiduel. En termes juridiques, ils avaient le droit d'*usus* et très largement celui de *fructus*. Seul le droit d'*abusus*, en l'occurrence celui de conduire l'entreprise à la faillite, leur était dénié par les actionnaires. Les dirigeants décidaient souverainement de la stratégie, de l'organisation interne, du type de croissance de l'entreprise. Leur seule contrainte était de servir aux actionnaires une rémunération « satisfaisante ». Mais ce concept était essentiellement relatif, en fait doublement relatif. D'une part, ces capitalismes se sont déployés dans le cadre d'économies fermées, tant du point de vue de la circulation des marchandises que de celui des capitaux. Le caractère « satisfaisant » de la rémunération des actionnaires, en fait de la rentabilité des fonds propres investis par les actionnaires, s'appréciait donc au sein d'une économie donnée. Ainsi la rentabilité des fonds propres des entreprises japonaises a été en moyenne bien inférieure à celle des entreprises américaines pendant toute la période de forte croissance de l'après-guerre. Il s'appréciait également au sein d'une branche donnée. Il était considéré comme normal que certaines branches, aux marchés mûrs et stables, connaissent une rentabilité financière plus faible que d'autres en forte croissance, aux marchés plus volatils.

Sous cette contrainte de rentabilité « normale », les objectifs des dirigeants pouvaient être variables. Ils pouvaient privilégier la rentabilité économique, de manière à autofinancer largement le développement de l'entreprise. Ils évitaient ainsi, tant les risques de fragilité financière liés à l'endettement, que ceux de perte d'indépendance engendrés par le recours aux augmentations de capital auprès du public. Ils pouvaient au contraire prendre plus de risques sur ces deux plans pour financer une stratégie de forte croissance, tant interne qu'externe. Avec naturellement la possibilité d'alternance de ces stratégies dans le temps. Les dirigeants avaient de même une large autonomie de décision en matière d'organisation interne et de partage, au sein de l'entreprise, des profits non distribués.

Dans tous les cas, les dirigeants des grandes entreprises cotées n'avaient aucune raison de privilégier la rentabilité des fonds propres. Même s'ils étaient eux-mêmes actionnaires, ils ne tiraient généralement pas de leurs actions l'essentiel de leurs revenus. Même quand ils étaient des actionnaires significatifs, la croissance de l'entreprise, sa puissance étaient pour eux des objectifs supérieurs à leur propre rémunération, puisqu'ils s'identifiaient à l'entreprise dont ils étaient *de facto* les propriétaires. On peut du reste en dire autant de la grande masse des entreprises familiales. Un dirigeant-actionnaire majoritaire d'une PME quitte rarement son entreprise en vendant ses actions sous prétexte que d'autres placements pourraient lui offrir un rendement supérieur. Il s'identifie à l'entreprise qu'il possède et dirige. Autrement dit, dans le monde des affaires aussi, le goût du pouvoir absolu (celui du dirigeant-propriétaire est absolu dans sa sphère) peut l'emporter sur celui de la richesse.

En Europe, hormis en Grande-Bretagne, la thèse largement dominante est que la globalisation financière a obligé le capitalisme rhénan à évoluer vers le capitalisme anglo-saxon. On le regrette en général, car le premier y est considéré comme plus efficace à long terme, car privilégiant les stratégies de croissance, et plus « social ». C'est se méprendre sur les évolutions en cours. La vérité est que l'un comme l'autre ont été profondément transformés par l'émergence des investisseurs institutionnels et de la finance globale.

Les exigences des nouveaux propriétaires

Je soutiendrai en effet que les institutionnels sont devenus les véritables propriétaires des grandes entreprises cotées. Le contrôle qu'ils exercent désormais sur les dirigeants d'entreprise n'a plus rien à voir ni avec les sanctions brutales qu'exerçait *a posteriori* le couple petit actionnaire / *raider* du capitalisme anglo-saxon, ni avec le contrôle, également *a posteriori*, qu'exerçait sur ses membres l'oligarchie des dirigeants-propriétaires du capitalisme rhénan. Dans un très grand nombre d'entreprises cotées, les institutionnels détiennent désormais le droit de contrôle résiduel.

Un investisseur institutionnel détient très rarement la majorité du capital d'une entreprise cotée. Il n'y tient pas d'ailleurs, ayant une politique de gestion d'un portefeuille de titres qui suppose diversification et mobilité. Mais, pris ensemble, ils détiennent désormais au moins la minorité de blocage (35 %) d'un grand nombre d'entreprises. Dans d'autres, ils détiennent une part d'actions suffisante pour que leur retrait brutal fasse plonger les cours à un niveau dangereux pour l'indépendance de l'entreprise.

Or les institutionnels, du *hedge fund* le plus audacieux au gestionnaire de fonds de pension le plus prudent, gèrent l'épargne des millions de ménages aisés de la génération du *baby-boom* des pays riches. En tant que tels, ils n'ont qu'un seul objectif : maximiser le rendement de l'épargne de leurs mandants, compte tenu du niveau de risque que ceux-ci sont prêts à assumer. Ils ne diffèrent donc que par leurs préférences, reflétant celles de leurs mandants, quant à l'arbitrage rendement / risque, donc par le degré d'usage de différents effets de levier (endettement, usage des marchés dérivés).

Quand les institutionnels investissent en actions, leur objectif est donc d'optimiser le couple rendement / risque de ce type de placement. Le risque d'un placement en actions est la volatilité du prix de l'action. Réduire ce risque, c'est se donner les moyens de prévoir l'évolution des cours. Cela passe par l'information sur ce que font et ce que veulent faire les dirigeants. D'où les codes de « gouvernement d'entreprise » dont l'essence est : « Informez-nous, soyez transparents, permettez-nous de vérifier ce que vous faites, annoncez et justifiez ce que vous allez faire. » Quant au rendement, c'est simple : l'objectif des dirigeants doit être la maximisation de la valeur de l'entreprise pour ses actionnaires, donc de la rentabilité des fonds propres.

Une des conséquences de ces deux exigences est que les institutionnels interviennent désormais directement sur le périmètre et l'organisation interne de l'entreprise. Ils exigent la mise en place de méthodes comptables et de contrôle de gestion destinées à identifier quelles sont les activités de l'entreprise qui « créent de la valeur » et à les classer selon ce critère. Celles qui n'en créent pas assez devront être restructurées ou externalisées. Cela conduit les institutionnels à se méfier des entreprises très diversifiées, *a fortiori* des conglomérats. Dans de telles entreprises, il est en effet parfois difficile de bien identifier la création de la valeur de chaque unité, en raison de problèmes comptables comme les prix de transferts internes et l'affectation du coût des activités communes. Les institutionnels poussent donc à ce que les entreprises se concentrent sur leur « métier de base » ou alors soient organisées en centres de profits très indépendants, ce qui facilite les opérations de croissance externe et la modification du périmètre des entreprises : je cède telle activité, j'acquiers telle autre d'une autre firme.

Reste l'irréductible asymétrie d'information entre actionnaires et dirigeants d'entreprise. Pour la surmonter, le seul moyen est d'intéresser directement les dirigeants à la poursuite de l'objectif des actionnaires. La méthode la plus simple, c'est de leur distribuer des *stock-options*. Pour la plupart des dirigeants des grandes entreprises, les *stock-options* sont aujourd'hui de loin la source principale d'enrichissement.

Leur intérêt économique est donc désormais plus proche de celui des actionnaires. Plus généralement, les institutionnels poussent à des systèmes de rémunération de l'ensemble des employés susceptibles de les inciter à « accroître la valeur ». Ils sont favorables aux primes et bonus liés à des indicateurs de rentabilité, ainsi qu'à la personnalisation des rémunérations. Cependant, l'asymétrie d'information étant irréductible, l'alignement des intérêts des dirigeants sur celui des actionnaires est loin d'être parfait, comme l'a montré de manière éclatante la crise de 2008.

En apparence, les institutionnels n'imposent rien aux dirigeants d'entreprise. Ils n'ont, *stricto sensu*, qu'un pouvoir d'influence. Ils s'informent, demandent des comptes et des explications, ils interrogent : « Comment se fait-il que votre rentabilité soit inférieure à celle de vos concurrents ? » Ils recommandent. Enfin, ils parlent : ils publient leurs analyses, dressent des listes de firmes ayant accepté leurs « recommandations », des listes de dirigeants à leur avis inefficaces. Comme les agences de notation, ils « notent ». Non le risque de l'emprunteur, mais la capacité de l'entreprise à servir les intérêts des actionnaires, mesurée par son mode de fonctionnement et de communication. L'ensemble des institutionnels ne peuvent s'intéresser de très près à l'ensemble des entreprises. Ils se partagent donc le travail en fonction de l'importance de leurs participations. Mais la publicité de leurs analyses et de leurs jugements a pour effet de fédérer, autour des actionnaires institutionnels principaux d'une entreprise, l'ensemble des autres, ainsi que les actionnaires individuels, instituant ainsi un pouvoir qui restait théorique tant qu'il était dispersé.

Peut-on dans ces conditions parler de transfert de la propriété des grandes entreprises cotées de leurs dirigeants aux actionnaires institutionnels ? J'avancerai la thèse que oui. La raison essentielle en est qu'on passe d'un mécanisme de sanctions *a posteriori* à un système de contraintes et de normes *a priori* qui modifient en profondeur les objectifs et les modes de gestion des entreprises. Les dirigeants restent, il est vrai, responsables de la formulation de la stratégie et de la direction opérationnelle. Mais les orientations stratégiques doivent être approuvées par les actionnaires institutionnels, et la direction opérationnelle est fortement contrainte par la décentralisation, au sein de l'entreprise, de l'objectif de création de valeur. Les dirigeants ne sont plus que les fondés de pouvoir des nouveaux propriétaires. Leur autonomie opérationnelle reste cependant large. Elle est fondée sur une asymétrie d'information que reconnaissent les propriétaires : les dirigeants savent *a priori* mieux que les propriétaires ce que peut faire l'entreprise, car ils en connaissent mieux l'extérieur (les concurrents et les clients) et l'intérieur. C'est pourquoi il est nécessaire de leur laisser d'importantes marges de manœuvre, à condition de s'assurer que, parmi les futurs possibles de l'entreprise, ils choisissent ceux qui sont le plus favorables au propriétaire. C'est le rôle des codes de gouvernement d'entreprise et de la massive association des dirigeants aux gains de valeur de l'entreprise, valeur mesurée par le cours des actions.

Vers des capitalismes « purs »

Si la thèse que je soutiens est vraie, il s'agit d'une rupture importante. En effet, pour la première fois dans l'histoire des capitalismes, cet actif très particulier qu'est la propriété des entreprises (non la propriété juridique, mais la propriété au sens économique) devient un actif liquide. Elle est ainsi prise dans le mouvement général de la finance contemporaine, qui est de rendre les actifs financiers le plus liquides possible. La propriété familiale, tout comme celle des dirigeants-propriétaires, l'était fort peu, comme nous l'avons indiqué. Ces deux types de propriétaires étaient étroitement liés à « leur » entreprise, et la valeur pour eux de ce droit de propriété, non seulement était très différente de sa valeur de marché, mais ne s'évaluait même pas entièrement de manière monétaire, puisqu'elle combinait argent et pouvoir absolu. Rien de tel pour les nouveaux propriétaires. La valeur de leur droit de propriété a une expression simple, univoque et purement monétaire : c'est le cours de l'action. Qu'ils anticipent qu'elle va baisser et ils peuvent s'en débarrasser instantanément et pratiquement sans coût, pour acquérir, avec la même facilité, d'autres droits de propriété. Entendons-nous bien : une action d'entreprise a toujours été un actif très liquide, mais elle ne confére pas de droit de propriété réel sur l'entreprise. Ce qui change, c'est que la concentration des actions dans les mains des institutionnels rend désormais liquide le droit de propriété lui-même.

Il en résulte que, pour la première fois dans l'histoire des capitalismes, les entreprises sont gérées selon l'objectif unique de « maximisation des profits », objectif que leur attribuaient, à tort jusque-là, l'essentiel des modèles microéconomiques. Il en résulte aussi, en raison de la liquidité effective de la propriété, que de puissantes forces d'« égalisation des taux de profit » agissent désormais, comme le supposaient, également à tort jusque-là, les modèles macroéconomiques.

Le paradoxe fascinant, c'est que ce grand pas du fonctionnement réel des capitalismes vers les comportements et mécanismes capitalistes « purs », que décrivent les modèles théoriques de l'économie, se produit grâce au fait que des gens, qui sont pour l'essentiel des salariés, sont, par l'intermédiaire des institutionnels, devenus ou en passe de devenir les propriétaires des plus grandes entreprises. Le capitalisme le plus « pur » – le profit comme norme suprême de l'activité économique – résulte donc d'une forme, certes particulière, de propriété « sociale » du capital.

Cela soulève de vastes questions. Les premières portent sur les objectifs et les comportements actuels des institutionnels. Comment ces nouveaux propriétaires orientent-ils la stratégie et la gestion des entreprises[4] ? Gestionnaires de masses considérables d'actifs financiers, comment se comportent-ils sur les marchés ? Y ont-ils un rôle stabilisateur ou augmentent-ils au contraire leur instabilité ? Les secondes, de plus long terme, tournent autour de la question de savoir si les salariés, par l'intermédiaire des fonds qui gèrent leur épargne, peuvent espérer influencer les dirigeants des entreprises et fonder ainsi de nouvelles relations entre le capital et le travail. Ce sont des questions très difficiles et partant controversées.

---

4. Même si l'on ne partage pas ma thèse que les fonds sont les nouveaux propriétaires des entreprises cotées en Bourse, on conviendra qu'ils exercent désormais une influence décisive sur leurs dirigeants.

Des fonds « court-termistes » ?

Pour beaucoup, particulièrement en France et dans les pays où régnait le capitalisme rhénan, les institutionnels pousseraient les entreprises à « privilégier la rentabilité financière à court terme, au détriment de la croissance et de l'emploi ». En exigeant « tout pour les actionnaires », ils déséquilibreraient gravement les rapports entre les *share holders* et les *stake holders*[5]. Bref, la logique étroitement financière qu'ils imposeraient entraverait le développement harmonieux de l'économie réelle.

Court terme / long terme : un débat douteux

Il est certain que, dans une entreprise, une rentabilité financière élevée peut être obtenue pendant une année ou deux par un plan de réduction massive d'effectifs. Mais cette réduction, en privant l'entreprise d'une partie de ses « ressources humaines » et des compétences accumulées en elles, peut compromettre la croissance et les profits futurs. Les défenseurs de la thèse du « court-termisme » des institutionnels font valoir que ces derniers pousseraient cependant à ce genre de comportement, puisqu'ils peuvent se retirer au bout d'un an pour aller investir et exercer leur influence maléfique ailleurs. En théorie, ce raisonnement n'est pas solide. Il ignore en effet que le cours des actions d'une entreprise incorpore le jugement de l'ensemble des investisseurs sur toute la séquence de ses profits futurs et non sur ceux du prochain exercice. Si une entreprise, poussée par un groupe d'actionnaires avides de gains immédiats, adoptait un plan de licenciement qui, aux yeux de la majorité des investisseurs, compromettait sa croissance et ses profits futurs, sa valeur boursière baisserait dès l'annonce de ce plan, et les

---

5. *Share holder* signifie actionnaire. *Stake holder* est intraduisible simplement ; il s'agit de l'ensemble de ceux qui sont « partie prenante » de l'entreprise, directement concernés par ses décisions, acteurs de sa rentabilité et de son développement : les salariés, mais aussi les consommateurs, les sous-traitants.

actionnaires perdraient en valeur de l'action ce qu'ils espéraient gagner en profits immédiats. Cependant, pour qu'il en soit ainsi, il faudrait que les investisseurs aient tous une évaluation précise des conséquences à long terme de chaque décision importante prise par les dirigeants d'entreprise. Comme nous l'avons amplement commenté dans le chapitre IV sur la formation des prix des actifs financiers, ce n'est certainement pas le cas. Dans ces conditions, les exigences de rentabilité élevées des institutionnels ne peuvent-elles conduire certains dirigeants à sacrifier l'avenir, dans la mesure où ce sacrifice peut ne pas être perçu instantanément par les acteurs financiers ? La question du court-termisme des institutionnels est donc en réalité la suivante. Le sont-ils par nature ou provoquent-ils simplement ce comportement chez certains dirigeants parce qu'ils sont insuffisamment informés ? À mon avis, les institutionnels ne sont pas intrinsèquement plus « court-termistes » que des dirigeants soucieux de la rentabilité et de la croissance à long terme de leur entreprise. Leurs logiques fondamentales de comportement n'ont pas de raison de différer. Pour une raison simple : les institutionnels n'ont pas intérêt au « court-termisme ». Pour eux, comme pour tout investisseur, le meilleur moyen d'obtenir une rentabilité élevée est en effet d'investir avant les autres dans les entreprises à fort potentiel. Il leur faut donc s'intéresser non seulement aux perspectives de court terme des entreprises, mais surtout à leurs perspectives de long terme. Si l'on souhaite une illustration, qui certes n'est pas une preuve, de cette absence de myopie spécifique des institutionnels, il suffit d'observer qu'ils n'hésitent pas à investir dans des « *start-up* technologiques », qui affichent des pertes, annoncent qu'elles en subiront encore plusieurs années, mais qui leur paraissent, à tort ou à raison, susceptibles d'être très profitables à long terme. Autrement dit, dans les années 1990 par exemple, la meilleure stratégie pour un institutionnel à la recherche d'une rentabilité maximale n'était certainement pas de faire une succession de « coups » dans des secteurs déclinants en restructuration avec licenciements massifs, mais d'investir dans Microsoft et Google. C'est d'ailleurs la stratégie prônée depuis toujours et appliquée avec succès par l'un des plus célèbres gérants, Waren Buffet. Il est donc à mon avis difficile de prétendre que la logique des institutionnels, et particulièrement des fonds de pension, est intrinsèquement plus court-termiste que celle des dirigeants d'entreprises industrielles.

Il faut cependant envisager les conséquences de l'incertitude sur les profits futurs des entreprises, mais aussi de l'irréductible asymétrie d'information entre actionnaires et dirigeants. Ces derniers sont en effet généralement mieux informés que leurs actionnaires des conséquences possibles de leurs actes. La pression des actionnaires institutionnels pour améliorer la rentabilité financière ne peut-elle conduire un dirigeant à gonfler ses profits à court terme au détriment de ses profits futurs, sans que cela soit immédiatement sanctionné par le marché ? C'est possible. C'est même d'autant plus probable que le système de rémunération des dirigeants les incite à « prendre l'argent rapidement et disparaître », c'est-à-dire prendre une retraite peut-être prématurée mais luxueuse grâce, par exemple, aux « parachutes dorés » qui fonctionnent que l'on ait conduit l'entreprise à la faillite ou pas. Mais observons que, en se comportant ainsi, un dirigeant en difficulté avec ses actionnaires parce que sa rentabilité n'est pas assez élevée à leurs yeux ne ferait que s'octroyer un répit de courte durée et accélérerait en réalité la marche vers la faillite et l'absorption de l'entreprise par une firme plus rentable. Les exigences des institutionnels apparaissent alors sous un jour différent. En comparant en permanence la rentabilité de leurs investissements dans les entreprises et en exigeant de toutes qu'elles s'alignent sur les plus rentables, les institutionnels engendrent un puissant processus de « nettoyage » du système productif, qui accélère l'élimination des entreprises les moins efficaces.

Aussi bien est-il vain de tenter d'évaluer les effets des exigences des « nouveaux propriétaires » sur la croissance et l'emploi en s'en tenant au seul niveau des entreprises et des modifications du comportement des dirigeants. La vraie question est celle des effets d'ensemble de la « norme » de rentabilité financière qu'imposent incontestablement les institutionnels. C'est une question macroéconomique que nous examinerons plus loin. On se convaincra de la nécessité d'analyser ce genre de question au niveau macroéconomique en reprenant le problème sous un autre angle, celui de l'innovation.

Qu'est-ce qu'une innovation rentable ?

Un autre argument des défenseurs de la thèse du biais « court-termiste » introduit par les institutionnels est en effet que leurs exigences de rentabilité financière élevée défavorisent les investissements à rentabilité lointaine (c'est une tautologie), donc en particulier certaines innovations qui, sans être immédiatement très rentables, sont néanmoins porteuses d'un fort potentiel de croissance et de bien-être social à venir. Raisonnons sur un exemple, celui des technologies « vertes » de lutte contre l'effet de serre. Certaines sont d'ores et déjà rentables, d'autres pas mais devraient le devenir (on dit alors, par abus de langage, qu'elles sont « rentables à long terme »). Aucun investisseur privé ne finance celles qui ne sont pas rentables. Si l'on pense – c'est mon cas – que l'humanité ne peut se passer d'utiliser toutes les techniques disponibles et en développement pour lutter contre l'effet de serre, faut-il accuser les fonds de pension du non-développement de technologies indispensables à l'avenir de l'humanité ? Absolument pas. En effet, de deux choses l'une. Soit on considère que l'effet de serre est un problème qui doit être traité de manière urgente. Il faut alors taxer les gaz à effet de serre pour internaliser leur coût environnemental réel. Les technologies « vertes » deviendront donc très rentables, même pour le fonds de pension le plus exigeant. Soit le danger est moins pressant que certains le disent. Dans ce cas, ces technologies seront développées quand viendra leur heure, quand, par exemple, on aura décidé d'intensifier significativement l'effort de lutte contre le changement climatique.

On peut généraliser à partir de cet exemple. Que signifie qu'une innovation très « utile » ne soit pas développée parce que non rentable ? Que son utilité ne parvienne pas à s'exprimer de manière monétaire. En jargon économique, cela s'exprime en disant que cette innovation engendre des « externalités positives » qui ne sont pas évaluées dans les prix de marché. Ou alors, que d'autres innovations, qui « passent » avant elle dans le classement par rentabilité, ne passeraient plus si toutes les « externalités négatives » (par exemple les atteintes à l'environnement) qu'elles entraînent étaient évaluées dans les prix de marché. On connaît la solution dans ce cas : internaliser les externalités par une intervention étatique corrigeant les prix de marché. Si c'est possible, il n'y a plus aucune raison de privilégier une innovation moins rentable qu'une autre. Ce n'est pas toujours possible. Dans ce cas, la solution est que l'État lui-même développe l'innovation, comme un bien public.

Le fait que les institutionnels, ces implacables « comparateurs », exigent que tous les projets d'innovation soient mesurés à l'aune de leur rentabilité relative ne peut donc être considéré comme constituant, en soi, un obstacle à l'innovation.

Innovation et systèmes financiers

S'agissant de l'innovation, il faut donc également élever le débat au seul niveau pertinent, le niveau d'ensemble, macroéconomique. L'innovation est bien, en effet, le moteur de la croissance dans les pays riches[6]. La question de savoir si, au-delà des comportements des institutionnels, la finance libéralisée et globalisée dans son ensemble favorise ou pas l'innovation est donc bien une question cruciale, si du moins la croissance est en soi une valeur, ce qu'on peut légitimement contester.

La réponse est particulièrement difficile, car, comme la plupart du temps en économie, on n'a pas d'éléments de comparaison solides. Par exemple, la croissance de la productivité[7] aux États-Unis dans les années 1990, bien que supérieure à celle des années 1980, est restée inférieure à celle des « Trente Glorieuses » en Europe et au Japon. On ne peut cependant pas attribuer cette différence à une supériorité intrinsèque du système de finance « administrée » qui prévalait à l'époque chez ces derniers. Bien d'autres explications se présentent en effet, à commencer, de manière beaucoup plus convaincante, par le fait que l'Europe et le Japon étaient alors dans un processus de rattrapage.

6. L'imitation étant le moteur de la croissance dans les pays en rattrapage, cf. chapitre XII.

7. C'est le meilleur indicateur global de l'intensité des flux d'innovation.

On peut d'ailleurs, prolongeant une thèse de Gerschenkron[8], soutenir que la finance administrée et ce qu'elle autorise en économie fermée – l'usage actif de la politique monétaire pour opérer des transferts de revenus et l'orientation politique du crédit vers certains secteurs par des taux bonifiés – ont été particulièrement bien adaptés à la phase de rattrapage des capitalismes japonais et européens de l'après-guerre. De même qu'elle l'a été aux capitalismes asiatiques émergents dans les années 1970 et 1980, avant qu'ils ne la libéralisent. (Trop vite, comme va le voir dans le chapitre XII.) S'il est vrai qu'en abaissant le coût du capital (par l'inflation) et en l'orientant selon des préférences politiques, la finance administrée n'en assurait pas une « allocation techniquement optimale » (c'est-à-dire uniquement guidée par la rentabilité économique respective des différents plans d'entreprise), elle favorisait en revanche son accumulation rapide, vecteur essentiel de l'acquisition des techniques et des savoir-faire, donc du rattrapage.

Cependant, mettre en évidence des cohérences entre phases du développement économique et système financier n'est pas porter un jugement sur la supériorité intrinsèque de tel ou tel système. La question aujourd'hui pour l'Europe et le Japon, qui ont achevé leur rattrapage des États-Unis, est de savoir s'ils ont intérêt, du point de vue de l'innovation et de la croissance, à adopter entièrement le système financier de type américain. C'est cela la question difficile. On peut cependant tirer quelques enseignements de la « révolution numérique » aux États-Unis, et du rôle qu'y joue la finance de marché. Il apparaît tout d'abord que les innovations sont très souvent développées par de nouvelles firmes, créées pour cela. Certaines croissent extrêmement vite et bousculent les anciennes qui doivent s'adapter (adopter les innovations) ou disparaître. Il s'agit d'un processus de « destruction créatrice » schumpetérien[9] particulièrement vigoureux. En matière financière, le

8. Alexander Gerschenkron *Economic Backwardness in Historical Perspective*, Cambridge (Massachussets), Harvard University Press, 1962.

9. Joseph Schumpeter a inventé le concept dans *Théorie de l'évolution économique*, publié (en allemand) en 1912. Traduction française : Dalloz, 1935. Selon Schumpeter, l'évolution économique est caractérisée par des phases de « destruction créatrice », suivies de phases de stabilisation. Les premières, engendrées par une vague

rôle essentiel, quand il s'agit de création d'entreprises, revient au capital-risque, un mode de financement très différent tant du crédit bancaire classique que de l'émission de titres et de la Bourse. Aux États-Unis, le capital-risque vient pour une large part d'investisseurs individuels, jouant souvent également le rôle de conseillers de la jeune entreprise. Ce sont les fameux *business angels*. La finance de marché joue son rôle quand la nouvelle entreprise s'introduit en Bourse. Elle permet alors aux investisseurs initiaux de sortir de l'entreprise s'ils le souhaitent et de réaliser d'importantes plus-values. L'introduction en Bourse autorise alors le recours à l'endettement classique et surtout les opérations de croissance externe (par OPE), laquelle devient le mode de croissance dominant. Il semble donc que l'articulation entrepreneurs individuels / capital-risque / finance de marché, non seulement soit bien adaptée à la vague d'innovations que l'on qualifie de révolution numérique, mais qu'elle la soutienne puissamment. On imagine mal en tout cas comment des financements bancaires pourraient seuls jouer le même rôle.

En conclusion, il est extrêmement difficile de mettre en évidence, tant sur le plan théorique qu'à partir de l'analyse des faits, que les critères de gestion des entreprises imposés par les investisseurs institutionnels (et plus généralement la finance de marché) conduisent à un « manque à croître » en raison d'une excessive « préférence pour le court terme ».

Des fonds « moutonniers » ?

Une seconde critique adressée aux fonds de pension et plus généralement aux investisseurs institutionnels concerne leurs politiques de gestion de portefeuille. Elle prétend qu'ils

---

d'innovations techniques, se caractérisent par une intensification de la compétition entre firmes pour l'adoption et le développement des nouvelles techniques. Cette dynamique accélère le rythme de disparition de celles qui ne parviennent pas à les adopter à temps, mais aussi le rythme de création de nouvelles entreprises. Elle exige d'importants déplacements de salariés entre firmes déclinantes et émergentes, et une adaptation des compétences de la main-d'œuvre.

ont, en particulier sur les marchés d'actions, un comportement « moutonnier », autrement dit « suiveur », qui accroît l'instabilité de ces marchés.

Que sait-on de la politique des gestionnaires des fonds de pension ? De nombreuses études ont montré que leur objectif essentiel semble être de faire « aussi bien que le marché ». Tous les gestionnaires de fonds affirment en effet que l'impardonnable, aux yeux de leurs mandants, est de n'avoir pas saisi une opportunité de hausse des Bourses. En revanche, on ne peut rien leur reprocher si la Bourse subit une correction sévère, sauf éventuellement d'avoir été « trop » engagés sur ces actifs risqués que sont les actions. Il en résulte que les gestionnaires, d'une part, appliquent les principes de diversification de portefeuille qui sont censés minimiser le risque à rendement donné, et, d'autre part, s'agissant des actions, adoptent pour la plupart une gestion « indicielle ». Celle-ci consiste soit à investir directement dans des instruments financiers qui évoluent comme les indices boursiers, soit à construire un portefeuille d'actions qui reproduit l'indice (le Dow Jones, le CAC 40, etc.) dont on veut au moins égaler la performance. Cela en fait-il des « suiveurs » ? Sans doute, au sens où, si les Bourses montent, ils augmenteront la part d'actions dans leurs portefeuilles, se portant ainsi acheteurs, et la réduiront quand elles se mettent à baisser. C'est ce que veulent leurs mandants, et ce qu'ils feraient très certainement en grande majorité eux-mêmes s'ils géraient directement leur épargne.

Ce qu'on reproche en fait aux gestionnaires de fonds, c'est donc de n'être pas des « fondamentalistes » au sens défini par la théorie financière, c'est-à-dire des acteurs qui vendent quand le prix s'élève au-dessus du prix fondamental et achètent quand il est inférieur. S'ils l'étaient en effet, compte tenu de l'énorme stock d'épargne qu'ils gèrent, quel formidable rôle stabilisateur ils joueraient ! L'instabilité des marchés financiers, qui parvient à inquiéter même les plus ardents défenseurs de la finance libéralisée, s'en trouverait considérablement réduite. Mais ce reproche n'a aucun sens puisque, nous l'avons vu au chapitre IV, on ne peut tout simplement pas « être » fondamentaliste. Tout au plus peut-on se convaincre qu'on l'est ! Car les fondamentaux, quand bien même ils existeraient, c'est-à-dire s'ils pouvaient être définis sans circularité, comme des données

« objectives » extérieures aux représentations que se font les acteurs du marché, sont profondément incertains. Rappelons ici l'exemple donné au chapitre IV : le prix « normal » d'une action passe de 1 à 3 si les anticipations sur la croissance future des bénéfices passent de 3 à 5 % par an ! Qui peut savoir, dans cette fourchette, ce que sera réellement l'évolution future des bénéfices ? Qui peut donc savoir si le cours d'une action est surévalué et s'écarte de façon anormale de son fondamental ? « Fondamentaliste » ne désigne alors qu'une attitude subjective particulière : celui-là l'est qui croit plus à son propre jugement qu'à celui des autres.

La vraie question est donc la comparaison, du point de vue de l'instabilité des marchés financiers, entre la situation actuelle, où la gestion d'une large part de l'épargne financière est déléguée à un nombre relativement restreint d'institutionnels, et une situation où les acteurs géreraient directement leur épargne. La réponse ne fait guère de doute. Armés de leurs cohortes d'économistes et d'analystes financiers, les institutionnels sont sans aucun doute plus « subjectivement » fondamentalistes que ne le serait un ensemble constitué de millions de gestionnaires individuels. Les comportements mimétiques, dans ce dernier cas, seraient très certainement encore plus répandus qu'ils ne le sont actuellement, et les marchés encore plus instables. D'ailleurs, quand un mouvement de panique boursière se déclenche, ne compte-t-on pas systématiquement sur les institutionnels pour ne pas y céder et calmer ainsi les marchés [10] ?

Aussi bien les deux critiques les plus courantes à l'égard des fonds de pension et autres investisseurs institutionnels, leur « court-termisme » et leur « suivisme », sont-elles à mon avis très mal fondées. Ce serait sans conséquence si, en concentrant l'attention sur eux, elles ne contribuaient à obscurcir la compréhension du processus d'ensemble de la « globalisation ». Les institutionnels en sont certes des acteurs essentiels, mais non uniques.

---

10. Cela vaut pour les marchés du « centre », en particulier les marchés d'actions et d'obligations des pays riches. Sur les marchés émergents, qui constituent pour eux une diversification marginale de leurs portefeuilles, les comportements des institutionnels sont certainement aussi mimétiques et partant volatils que ceux des autres investisseurs. Cf. chapitre XII.

Les fonds et la globalisation

Le marteau et l'enclume

Les investisseurs institutionnels ne sont que d'implacables « comparateurs ». S'ils exigent de l'ensemble des dirigeants des rentabilités des fonds propres élevées, c'est que beaucoup d'entre eux parviennent à obtenir des rentabilités élevées. Si ce n'était pas le cas, ils demanderaient l'impossible. Or personne, pas même les fonds de pension, n'obtient l'impossible. La globalisation financière est un marteau. La masse en est les institutionnels. Le manche est tenu par les épargnants dont ils gèrent l'épargne. L'enclume, c'est la globalisation commerciale, celle qu'engendre la mobilité croissante non des capitaux, mais des marchandises. Entre les deux : les entreprises. Comprendre ce qui change dans les entreprises, c'est analyser le marteau mais aussi l'enclume. L'« affaire Michelin » de 1999 en fournissait une bonne illustration. En 1999, Michelin était devenu une firme globale produisant des pneumatiques. Des 130 000 salariés de la firme, 11 % seulement travaillaient dans le berceau clermontois, 25 % en France, 58 % en Europe, le reste ailleurs. La famille Michelin contrôlait toujours l'entreprise, mais les actionnaires étrangers, dont une large part d'institutionnels, en détenaient entre 40 et 50 %. La réduction des effectifs de Michelin en Europe était inévitable et elle s'est poursuivie au-delà du plan qui avait été annoncé en septembre 1999. La raison en est simple. Le marché automobile, donc des pneumatiques, ne croît pas aussi vite en Europe que les gains de productivité du travail exigés par la compétition entre Michelin et ses concurrents, Bridgestone et Goodyear-Sumitomo à l'époque. Cette course à la productivité résulte de la compétition commerciale globale entre les trois grands du pneu. L'innovation reste certes indispensable pour conserver ses parts de marché. Sur ce plan, Michelin a toujours été remarquable. On lui doit la plupart des innovations techniques importantes de ces dernières décennies. Mais cela ne suffit pas, car la compétition par l'innovation se double désormais d'une très sévère compétition par les prix, qui exige un abaissement continu des coûts, donc une élévation continue de la productivité du travail et du capital. Telle est la contrainte majeure engendrée par la globalisation commerciale. C'est elle qui oriente toute la stratégie d'une firme comme Michelin et décide de la localisation des nouvelles unités de production et des réductions d'effectifs.

Par ailleurs, la globalisation financière exige de Michelin de présenter une rentabilité pour ses actionnaires au moins égale non seulement à celle de ses deux concurrents, mais à celle des firmes globales dans d'autres secteurs. Or, ces dernières années, Michelin était plutôt en retard sur ce plan. Il lui fallait redresser sa rentabilité, sinon il prenait le risque de voir le cours de ses actions stagner ou baisser. Le capital de Michelin est certes verrouillé par la famille et donc, à court terme, à l'abri d'une OPA ou d'une OPE hostile. Mais une faible capitalisation boursière freinerait sa croissance, d'une part, en limitant les possibilités d'endettement et, d'autre part, en entravant les possibilités de croissance externe par OPE. Or la croissance est indispensable à l'abaissement continu des coûts. On voit donc que la rentabilité financière élevée exigée par les institutionnels n'est pas extérieure à l'exigence de compétitivité commerciale. Elle ne vient pas ajouter une contrainte supplémentaire, au seul profit de « rentiers ». C'est un impératif pour l'entreprise elle-même. Elle est l'autre face de la compétitivité, celle qui donne les moyens d'une croissance qui, grâce aux économies d'échelle et à l'innovation, permet de « rester dans la course ».

Telle était donc la situation de Michelin avant l'annonce qui fit scandale en septembre 1999. Comme toutes les firmes globales, Michelin était et reste pris entre l'enclume de la globalisation commerciale et le marteau de la globalisation financière. La double annonce de profits en hausse et de réduction d'effectifs en Europe ne fut qu'une réponse sur les deux fronts, qui en réalité n'en sont qu'un : celui de la compétitivité globale.

Ceux, partis et syndicats, qui ont proposé qu'on interdise de licencier aux firmes qui font des profits, feignent d'ignorer les contraintes de la compétition globale. Or le vrai problème soulevé par l'affaire Michelin n'est pas là. Ce qu'il faudrait exiger, c'est qu'en cas de réduction d'effectifs, des plans sociaux généreux l'accompagnent, et qu'ils soient financés, non pas par les contribuables, mais par les actionnaires. On rétorquera que ceux-ci refuseront. Cela n'a rien d'évident. Des actionnaires, sous réserve que ne soient remises en question ni la compétitivité future de l'entreprise, ni leurs exigences de rentabilité à long terme, peuvent envisager de financer des plans sociaux pour acheter une paix sociale garante de cette compétitivité et de cette rentabilité. Mais il faudrait que les salariés et leurs syndicats aient un pouvoir réel de négociation, donc de nuisance. Ce n'est pas le cas aujourd'hui, là est le véritable problème.

Poursuivons sur les fonds et leur rôle dans le processus d'ensemble de la globalisation. Dans ce processus, le fait essentiel à mes yeux a été non la globalisation financière, mais la globalisation des marchés de biens et services, en raison de la baisse considérable depuis quarante ans des coûts de transport des marchandises et des données numériques, ainsi que de l'ouverture délibérée des frontières commerciales. À de rares exceptions près, les grandes firmes déployaient auparavant leur activité au sein de territoires pratiquement fermés. Peu nombreuses sur chaque territoire, elles y formaient des oligopoles qui tempéraient la compétition par les prix. L'ouverture des frontières et l'abaissement des coûts de transport ont fait que le marché pertinent, pour un grand nombre de biens et de services, est désormais le monde entier. Nous sommes alors entrés dans une phase de compétition acharnée par les prix, de concentration et de course à la « taille mondiale », qui est loin d'être terminée, car elle ne s'achèvera que par la reconstitution d'oligopoles qui s'étendront cette fois à l'échelle du monde. Telle est l'enclume de la compétition commerciale. Dans ces conditions, le maître mot de la gestion contemporaine devient *benchmarking* (comparaison). Il n'y a plus aucune raison en effet qu'une firme n'obtienne pas les mêmes performances techniques, commerciales, financières qu'une autre dans la même industrie, ni que les firmes d'une industrie n'obtiennent pas les mêmes performances financières que celles d'une autre industrie.

La globalisation financière, c'est-à-dire la libre circulation de l'épargne mondiale, n'est intervenue dans ce contexte que pour pratiquer un implacable *benchmarking* financier. Je l'ai dit, les fonds sont avant tout de grands comparateurs : « Si certaines entreprises parviennent à des ROE[11] de 15 %, pourquoi n'en faites-vous pas autant ? Je place donc la barre à 15 % minimum. Débrouillez-vous. Mais je vais vous y aider : abaissez vos coûts, concentrez-vous sur vos activités stratégiques et externalisez le reste, n'investissez plus dans votre industrie si vous ne pouvez y obtenir de tels rendements, mais reversez les profits à vos actionnaires qui se chargeront d'aller investir ailleurs, et donnez-nous les moyens de vérifier que vous faites bien tout cela. » Tel est le marteau de la globalisation financière, la raison de la généralisation des règles de la *corporate governance*. C'est parce que les grandes firmes sont désormais globales que les critères stratégiques et de gestion deviennent uniformes. Ces grandes firmes à leur tour répercutent les contraintes qu'elles subissent sur les firmes plus locales qui sont leurs sous-traitants.

Nous sommes donc entrés dans une phase de compétition acharnée et globale entre firmes. Les conséquences en sont considérables. Car les hommes, eux, contrairement aux marchandises et aux capitaux, restent fort peu mobiles. Si bien que, si l'on peut parler de « globalisation » des firmes, les termes d'« économie mondiale » ou de « mondialisation » restent à mon avis inadéquats. L'économie du monde est toujours morcelée par des frontières d'États qui s'opposent

---

11. *Return on equity* : rentabilité des fonds propres. On distingue deux indicateurs principaux de la rentabilité d'une firme. Le premier est la rentabilité économique. C'est le ratio entre le résultat net (avant toute rémunération du capital) et la totalité du capital utilisé : les fonds propres (les capitaux apportés par les actionnaires augmentés des bénéfices des années antérieures qui ne leur ont pas été distribués et ont été conservés par l'entreprise) et les fonds empruntés. Le second est la rentabilité des fonds propres, également appelée rentabilité financière. C'est le ratio : résultat net moins le coût des capitaux empruntés / fonds propres. Si le coût des capitaux empruntés est inférieur à la rentabilité économique, l'endettement engendre un « effet de levier » positif sur la rentabilité des fonds propres. Ainsi, une firme qui a un capital de 1 000, entièrement constitué de fonds propres, et un résultat de 100 a une rentabilité économique de 10 %, égale à la rentabilité des fonds propres. Si son capital est constitué de 500 de fonds propres et de 500 de capitaux empruntés, si le coût des capitaux empruntés est de 3 % et si le résultat est de 100, la rentabilité économique est de 10 %, celle des fonds propres de (100 – 15) / 500, soit 17 % (15 = 500 × 3 % étant le coût des capitaux empruntés).

aux déplacements massifs des hommes. Les hommes, ces sédentaires, sont désormais mis en compétition par les nomades que sont devenues les firmes globales.

Éclatement du salariat, croissance et inégalités

Il en résulte de profondes transformations du salariat traditionnel qui prévalait dans les pays riches quand leurs économies étaient fermées. Il éclate. À un extrême : ceux dont la force de travail est aisément remplaçable dans le même territoire ou dans un autre. Leur travail a tendance à être considéré comme un flux et à être géré, comme les flux matériels, en « flux tendu », c'est-à-dire « flexible ». De plus, leur mise en compétition mondiale conduit naturellement à une pression à la baisse de leurs salaires, là où ils étaient les plus élevés. À l'autre extrême : ceux dont les compétences sont considérées comme un « stock » indispensable à la compétitivité de l'entreprise. Alors que les premiers sont tenus de faire preuve d'une flexibilité croissante, les seconds, ressource convoitée, sont élevés à la dignité de « capital humain » et, en tant que tels, associés à la rémunération du capital financier. Entre ces deux catégories extrêmes subsiste le statut ancien, caractérisé par une grande stabilité et une faible personnalisation des revenus : contrats à durée indéterminée, grille de salaires, etc. Les frontières entre ces trois catégories sont mouvantes et variables encore selon les pays, mais le mouvement d'ensemble y est le même : laminage du statut traditionnel au profit des deux extrêmes. Il atteint depuis la crise des années 1990 la forteresse de la stabilité qu'était la minorité d'employés à vie des grandes entreprises japonaises. Il se traduit par une croissance des inégalités : de salaires entre salariés purs, de revenus entre ceux du capital et du travail, de statut entre la précarité extrême et la quasi-copropriété de l'entreprise.

Mais la compétition globale a un autre effet. Elle accélère très puissamment la diffusion des innovations techniques et organisationnelles. En effet, elle oblige toutes les firmes en compétition directe à s'aligner rapidement sur les performances de la plus « efficace » (celle dont les coûts sont les plus bas) ou à disparaître. Et elle oblige l'ensemble des firmes, même si elles ne sont pas directement en compétition, à s'aligner sur la rentabilité des plus profitables. En un mot, la globalisation accélère le processus schumpetérien de « destruction créatrice » engendré par la « révolution technologique » en cours, révolution fondée sur le mariage de l'ordinateur et de la fibre optique. Je soutiens même que la globalisation est à l'origine de la révolution technologique. Toutes les innovations techniques importantes étaient en effet depuis longtemps sur « étagères », c'est-à-dire disponibles. Ce n'est que sous l'effet de l'intensification de la compétition par la globalisation que ces innovations ont été mises en œuvre à grande échelle et ont été largement diffusées, engendrant une accélération de la croissance. Si bien qu'on peut soutenir que, grâce à la globalisation, le potentiel de croissance économique dans les pays riches, et par rattrapage dans le reste du monde, est au début du XXIe siècle nettement plus élevé que durant les vingt-cinq ans de croissance ralentie de la fin du du XXe siècle. Cependant, dans « destruction créatrice », il y a aussi « destruction ». Le rythme de destruction d'emplois s'est accéléré dans tous les pays riches, engendrant du chômage de masse en Europe continentale par exemple, et une croissance des inégalités aux États-Unis, où un rythme de création d'emplois compensant les destructions n'a pu être obtenu qu'au prix d'une baisse non seulement relative mais absolue des bas salaires. Telles sont donc les deux conséquences majeures de la globalisation et de la révolution technologique qui lui est associée : une accélération de la croissance économique d'ensemble et une aggravation des inégalités internes à chaque pays. Une croissance plus soutenue de la richesse totale n'a en effet aucune raison *a priori* d'être uniformément partagée.

Des rendements de 15 % sont-ils soutenables ?

Parmi les inégalités engendrées par la globalisation, l'une requiert qu'on s'y arrête quelque peu ici, puisqu'elle concerne directement les fonds. Il s'agit de l'inégalité croissante entre revenus du capital et du travail. On sait que les fonds « exigent » une rentabilité de l'ordre de 15 % ou plus de l'argent qu'ils investissent, et qu'elle est en général obtenue, du moins jusqu'à la crise de 2008. D'une manière plus générale, la rémunération du capital financier est depuis trente ans historiquement élevée, tandis que les salaires moyens réels n'augmentent que modérément. En conséquence, les inégalités de patrimoine s'accroissent encore plus vite que celles des revenus.

Or la théorie économique montre que, sur un « sentier de croissance équilibrée », la rémunération réelle moyenne du capital et le taux de croissance des salaires réels devraient être égaux au taux de croissance économique. Évidemment, l'économie n'est jamais en situation d'équilibre, encore moins de croissance équilibrée. Comment donc expliquer le taux « anormalement élevé » de rémunération du capital depuis quelques années ? Évacuons d'abord les questions fiscales. Il est clair que le capital financier étant devenu infiniment plus mobile que le travail, on constate une tendance à l'alignement par le bas de la fiscalité sur les revenus du capital, qui, dans de nombreux pays, dont la France, s'est traduit par un allégement relatif de la taxation de ces revenus par rapport à ceux du travail. Mais le problème de fond est le niveau élevé des rendements avant impôts du capital financier. Comment les fonds de pension et autres institutionnels peuvent-ils obtenir des ROE de 15 % et plus ? La première réponse est l'effet de levier de l'endettement. Mais l'effet de levier a des limites, car il accroît la fragilité financière des entreprises. Selon certains auteurs, les fonds, par leurs exigences excessives, auraient conduit, au moins aux États-Unis, la plupart des entreprises à dépasser ces limites, accroissant ainsi dangereusement leur fragilité, qui se serait finalement manifestée dans la crise de 2008.

Au-delà, il faut donc que la rentabilité économique des entreprises elle-même soit élevée. Cela ne peut s'obtenir que de deux façons. Soit par un déplacement permanent du partage de la valeur ajoutée au détriment des salaires et à l'avantage des profits, soit par une augmentation, à partage salaires-profits stable, de la productivité du capital. L'Europe, et la France en particulier, est dans le premier cas. Les États-Unis se singularisent pour avoir été dans le second, du moins durant les années 1990[12]. Or ces deux processus ont nécessairement des limites.

Le premier parce qu'il conduit directement soit à des crises de surproduction, soit à une inflation continue du prix des actifs financiers, soit plus probablement à une combinaison des deux. Voyons pourquoi. La part des salaires qui est consommée (et non épargnée) est en général supérieure à la part des revenus du capital qui l'est. En effet, ceux qui reçoivent une part significative de leurs revenus sous forme de revenus du capital ont en moyenne des revenus élevés. Ils épargnent donc beaucoup plus que les simples salariés, d'autant plus que les rendements financiers sont élevés. De deux choses l'une. Soit cette épargne s'investit en capital productif, lequel croît alors plus vite que la consommation qui, elle, stagne puisque la part des salaires dans la valeur ajoutée diminue : on va vers la crise de surproduction. Soit cette épargne, éventuellement abondée par du crédit, s'investit en droits de propriété et alimente une inflation continue du prix de ces droits, qui ne peut durer éternellement.

Le second phénomène, l'accroissement de la productivité du capital, est lui aussi nécessairement limité. En effet, un accroissement de la productivité du capital ne peut venir que d'une vague de progrès technique. C'est ce qu'on constate aux États-Unis, pays incontestablement en avance dans la révolution technologique en cours. Mais au fur et à mesure que cette vague se diffuse, la rentabilité élevée du capital productif attire des investissements de plus en plus importants, ce qui finit, en raison des rendements décroissants dans un ensemble de technologies données, par réduire la productivité du capital. Ce processus peut être long. L'Europe en particulier, en retard sur les États-Unis, a encore cette ressource pour maintenir des rentabilités élevées. Mais il a nécessairement une fin.

On voit donc que la rentabilité actuellement élevée du capital résulte de deux phénomènes, tous deux engendrés certes par la globalisation, mais pas uniquement, loin s'en faut, par la globalisation financière. Premièrement, l'affaiblissement, par leur mise en compétition à échelle mondiale,

12. Patrick Artus et Daniel Cohen, *Partage de la valeur ajoutée*, rapport du CAE, La Documentation française, 1998.

d'une large part des salariés dans la lutte pour le partage de la valeur ajoutée. Deuxièmement, la vague de progrès technique dont nous avons dit qu'elle était puissamment stimulée par la compétition globale.

Nous pouvons maintenant tirer le bilan d'ensemble du « changement de propriété » des grandes entreprises et des exigences des nouveaux propriétaires, les fonds de pension et autres institutionnels. Ce bilan, nous avons vu qu'il était impossible de le tirer directement des incertaines modifications du comportement des firmes qu'entraînerait la prise de pouvoir des institutionnels, de ce que beaucoup appellent « la domination de la logique financière sur la logique industrielle » dans la gestion des entreprises. Il était indispensable de se placer au niveau macroéconomique, et de situer l'action des fonds dans le contexte de la globalisation. La conclusion est que le bilan d'ensemble de la prise de pouvoir des institutionnels est pour le moment ambigu et de plus variable d'une zone à l'autre. Si le critère de jugement est la croissance, les institutionnels jouent un rôle positif en stimulant la diffusion des innovations techniques et organisationnelles. Si l'on est sensible aux inégalités, leur rôle est négatif, car ils contribuent à les aggraver. Cependant, même leur rôle positif porte en lui une menace. En exigeant de la moyenne des entreprises les rentabilités obtenues par les meilleures, les institutionnels accélèrent certes dans un premier temps la diffusion des innovations. Mais si ces exigences étaient maintenues lorsque la rentabilité économique moyenne du capital commencera à fléchir, ce qu'elle ne manquera pas de faire, alors elles augmenteraient significativement les risques de crises de surproduction et de crises financières.

Vers de nouveaux capitalismes ?

Que la globalisation engendre une profonde transformation des capitalismes et qu'on soit encore dans une période de transition où les traits distinctifs de ces nouveaux capitalismes ne sont pas entièrement dégagés, chacun en conviendra. Le débat porte sur la question : où va-t-on ?

Pour certains, cet avenir peut déjà être nommé : « capitalisme patrimonial[13] ». Ces auteurs prennent acte des transformations des formes de compétition et des rapports entre actionnaires, dirigeants et salariés. Ils constatent que la grande majorité des salariés, dans la plupart des pays, est actuellement dans un rapport de force avec les propriétaires réels des entreprises plus défavorable que ce qu'il était pendant les trois décennies d'après-guerre dans les pays riches. Ils sont généralement de ceux qui pensent qu'actuellement les fonds sont largement responsables de ce déséquilibre. Mais ils anticipent ou du moins ils espèrent une évolution ultérieure plus favorable du fait que les nouveaux propriétaires des grandes entreprises sont désormais les mandataires de millions de gens qui, pour l'essentiel, sont aussi des salariés. Au lieu d'être déchirés entre leurs intérêts d'actionnaires et de salariés, ces salariés-propriétaires pourraient, à condition d'œuvrer collectivement, sinon réconcilier capital et travail, du moins rééquilibrer les rapports entre eux. La réponse à long terme à des affaires de type « Michelin », qui manifestent aux yeux de beaucoup le déséquilibre actuel, passerait donc par la création de fonds de pension en France où ils n'existent pratiquement pas, le développement de l'épargne salariale investie dans les entreprises, la démocratisation des *stock-options* (les distribuer plus largement au sein des entreprises) et plus généralement des formes de rémunération des salariés liées aux résultats. Ainsi les salariés d'une entreprise, mais plus généralement l'ensemble des salariés-actionnaires, auraient leur mot à dire sur les critères de gestion et pourraient déplacer le point d'équilibre entre les intérêts des *share holders* et des *stake holders*.

Ce n'est pas une idée neuve. Elle est en fait aussi vieille que le capitalisme. Elle a nourri nombre d'utopies anarchistes ou socialistes au XIXe siècle. C'est elle qui, sous le nom de « participation », a fait tomber de Gaulle en 1969. Mais ce n'est pas une raison suffisante pour l'écarter. Si je

13. Michel Aglietta, « Le capitalisme de demain », note de la Fondation Saint-Simon, novembre 1998. Dans leur livre de 2009, *Crise et rénovation de la finance* (Odile Jacob), Michel Aglietta et Sandra Rigot précisent leur thèse et soutiennent également que la stabilisation et la réforme de la finance viendront des investisseurs institutionnels gérant l'épargne « longue » des salariés.

n'y crois pas, c'est pour trois raisons. Premièrement, les entreprises « propriété » des investisseurs institutionnels resteront une minorité. Deuxièmement, les salariés-actionnaires resteront une minorité des salariés. Troisièmement, leurs critères de gestion ont fort peu de chances de différer de ceux d'actionnaires purs.

Ce qui tend à disparaître des capitalismes contemporains, ce sont les entreprises « technocratiques », identifiées comme telles par Bearle et Means, où les dirigeants-salariés sont les véritables propriétaires face à un actionnariat dispersé, ainsi que les entreprises « oligarchiques » des capitalismes rhénans. Dans ces entreprises, on l'a dit, les investisseurs institutionnels ont déjà acquis la propriété réelle, et le mouvement peut s'étendre encore, en particulier dans les pays qui ont connu un capitalisme rhénan. Mais cela ne saurait faire oublier qu'un autre phénomène se développe en parallèle, comme toujours dans les phases actives de destruction créatrice schumpetérienne : l'apparition de nouvelles entreprises de type individuel, qui peuvent devenir de très grandes entreprises et rester la propriété de leurs fondateurs et de leurs héritiers désignés. Les noms d'Arnault, Bolloré, Bouygues, Lagardère, Pinault en témoignent en France, et les exemples sont plus nombreux aux États-Unis, et désormais encore davantage dans les pays émergents [14]. Mais surtout, on sait que la majorité des entreprises (en termes de chiffre d'affaires et d'emplois) ne sont pas les plus grandes, mais des entreprises petites et moyennes où le type de propriété individuelle et familiale reste absolument dominant. Le pouvoir des salariés-actionnaires, s'ils le prennent et l'exercent, ne concernera donc en tout état de cause qu'une minorité d'emplois dans les pays riches, *a fortiori* évidemment dans le reste du monde où les investisseurs institutionnels sont encore peu présents. Or ces entreprises, hypothétiquement « propriété collective des salariés », sont et seront directement ou indirectement en compétition (globale) avec les autres, qui resteront, elles, du type capitaliste traditionnel le plus pur. On voit

14. Cela ne signifie pas que les dirigeants de ces entreprises, dont une large part du capital est en Bourse, sont totalement indifférents aux exigences des institutionnels. Mais, restant propriétaires, ils en sont moins dépendants.

mal comment cette compétition leur permettrait d'adopter des comportements significativement divergents.

L'actionnariat salarié direct ou par l'intermédiaire des institutionnels peut certes encore se développer. Mais qui concerne-t-il ? Au sein même des pays riches, une minorité de salariés, ceux qui peuvent se permettre d'avoir un fort taux d'épargne tout au long de leur vie. Au sein de cette minorité, ceux qui ont des intérêts d'actionnaires significatifs sont eux-mêmes une minorité [15]. Quelles que soient les formes prises par l'organisation d'une gestion collective de l'épargne des salariés (par exemple, des représentants des syndicats dans les fonds de pension), la minorité très directement intéressée au rendement de son épargne, parce que cette épargne est importante, soit prendra le pouvoir, soit fera sécession si la gestion collective ne lui convient pas. Or il ne fait pas de doute que cette minorité se comportera avant tout en actionnaire, en raison de l'évidente dissymétrie de ses intérêts. Exiger une rentabilité la plus élevée possible est clairement dans son intérêt, alors que les conséquences que cela pourrait avoir sur le rapport capital-travail dans son ensemble ont toutes les chances de ne pas la concerner directement, mais bien plutôt la masse des salariés précarisés du bas de l'échelle, dont elle ne fait pas partie.

De ces deux points résulte le dernier. J'ai le plus grand mal à imaginer que des institutionnels encore plus puissants, même passés sous le contrôle d'organisations « représentatives » de l'ensemble de leurs mandants, puissent se comporter différemment d'aujourd'hui. L'espoir du contraire est alimenté par l'existence de fonds sélectionnant leurs investissements selon des critères éthiques et écologiques et non uniquement financiers [16]. Ces fonds demandent aux entreprises dans lesquelles ils investissent de prouver qu'elles sont écologiquement correctes et s'abstiennent de réduire en esclavage des enfants dans le tiers-monde. Aux États-Unis, la part de l'épargne

---

15. Ainsi, aux États-Unis, 10 % des ménages détiennent près de 90 % des actions et des parts de *mutual funds*.

16. C'est ainsi qu'André Orléan, dans la conclusion de son livre *Le Pouvoir de la finance* (Odile Jacob, 1999), voit dans les « fonds éthiques » les prémices d'un « contrôle de la finance par l'opinion démocratique » susceptible de « modifier les critères de gestion des entreprises » (p. 263).

gérée par les fonds « éthiques » atteindrait 15 % en 2007. Il est possible que cela se développe encore. Mais il faut observer que ces choix éthiques ne sont pour l'instant jamais faits au détriment de la rentabilité [17]. Entre deux entreprises également rentables, on choisira la plus écologique, mais on n'offrira aucune « prime » à cette dernière. C'est certainement une excellente chose que cette extension du *benchmarking* à de nouveaux critères. Mais ce supplément d'âme, auquel sont incontestablement sensibles les classes moyennes, ne doit pas toucher à leur porte-monnaie. Là est bien la limite aux évolutions de comportement des investisseurs institutionnels qui résulte des deux observations précédentes.

Il n'y a donc à mon avis rien à attendre de la montée en puissance des investisseurs institutionnels en matière d'évolution du rapport capital-travail. Bien plutôt devrait-elle contribuer à accentuer encore l'éclatement du salariat entre une minorité doublement privilégiée (salaires élevés et actionnaires) et la grande majorité, surtout si l'on raisonne au plan mondial. Si rééquilibrage d'ensemble entre travail et capital il doit y avoir, il ne peut passer à mon avis que par des voies très classiques comme l'organisation d'un pouvoir collectif des salariés en tant que tels. On voit bien cependant quelles en seraient les conditions : des syndicats réellement représentatifs et internationaux, puisque les firmes sont désormais globales. En fin de compte et plus généralement, il s'agit de reconstituer les conditions d'un « fordisme [18] »

---

17. Sauf dans le cas, extrêmement minoritaire, de fonds qui affectent délibérément une part de leurs revenus à des transferts et investissements « sociaux » ou « humanitaires ».

18. Le « fordisme » désigne un ensemble d'institutions (dont des syndicats puissants et des États intervenant directement sur le partage de la richesse) qui assurent un partage équilibré de la richesse produite entre capital et travail, de manière à soutenir la consommation et à atteindre la croissance maximale autorisée par le progrès technique. Le nom vient de Henry Ford, fondateur de la firme automobile américaine du même nom. Au début du XXe siècle, il fut l'un des premiers à comprendre (et à mettre en pratique) qu'il fallait augmenter régulièrement les salaires des ouvriers si l'on voulait qu'ils deviennent consommateurs de ce qu'ils produisent. Les États-Unis à partir du *New Deal*, l'Europe et le Japon dans les trois décennies d'après-guerre, ont connu des formes différentes de « fordisme », mais dans le cadre d'économies très fermées.

à échelle mondiale. On mesure par conséquent le chemin à parcourir, mais il ne me paraît pas exister d'autres voies.

Nous avions vu que la finance de marché était intrinsèquement instable (chapitre IV), que, combinée à une politique monétaire systématiquement favorable à la croissance, elle était régulée par les krachs (chapitre VI), qu'elle permettait de financer des déséquilibres importants et durables de la balance commerciale, mais au prix, si les politiques économiques des États ne sont pas coordonnées, d'une forte instabilité des taux de change (chapitre VII). Dans ce chapitre, nous avons montré que, combinée à la globalisation commerciale, elle plaçait les capitalismes sur des trajectoires où rien n'assure plus les équilibres fondamentaux de l'économie : entre revenus du capital et revenus du travail, entre épargne et investissement.

SECONDE PARTIE

Crises de la finance de marché globale

Dans les chapitres qui précèdent, j'ai donné mon analyse de ce qu'est la finance, en particulier la finance de marché globale. J'ai mis l'accent sur les caractéristiques suivantes, essentielles à mes yeux : les instruments financiers visent à transférer de la richesse dans le temps. Or il n'existe aucun moyen sûr de transférer de la richesse dans le temps. La finance crée et organise l'échange de droits sur la richesse future qui ne peuvent jamais être garantis. Ce ne sont donc que des promesses. Le prix de ces promesses ne peut jamais être calculé simplement à partir de données observables. Il résulte à chaque instant de la confrontation, sur les marchés, des visions de l'avenir que construisent les acteurs économiques. Ces visions ne sont nullement le simple reflet de l'ensemble des données observables dans le passé et le présent. Ces données sont certes suivies et analysées avec la plus grande attention par les acteurs, mais elles sont traitées par des modèles d'interprétation qui comportent une large part d'appréciation subjective et de mimétisme. Il en résulte qu'il n'est jamais possible de dire en toute rigueur qu'un actif financier est sur- ou sous-évalué par le marché. Il en résulte que les prix des actifs financiers peuvent subir, sous l'effet d'informations nouvelles, de brusques variations, sans qu'il soit possible d'affirmer qu'il s'agit là d'inévitables corrections ramenant les prix à leur valeur fondamentale objective.

Enfin, dans les systèmes monétaires contemporains où ce sont les banques commerciales qui créent une pure monnaie de crédit, et où les gouvernements manifestent une préférence marquée pour la croissance, la finance produit inévitablement des droits en excès sur la richesse future, ce que j'ai appelé le « mistigri ». Cela provoque des purges périodiques des droits en excès, de nature différente selon les systèmes financiers (poussées inflationnistes ou crises financières), qui engendrent des conflits de répartition et des transferts de richesse.

Ces thèses sont éloignées des conceptions aujourd'hui dominantes tant en finance qu'en économie. J'en ai dit la raison. Elle tient à ce que j'ai systématiquement exploré les conséquences d'un axiome : « L'avenir est contingent. » Cet axiome n'est admis ni par la finance ni par l'économie, pour qui l'avenir est calculable.

À moi donc la charge de la preuve, ou du moins de la mise à l'épreuve des thèses qui résultent de cet axiome. Voyons donc si elles autorisent des interprétations convaincantes des principaux événements récents engendrés par le déploiement de la finance globale de marché. Cette analyse rétrospective nous permettra aussi de définir les enjeux d'une « profonde réforme » de la finance globale que de multiples voix ont préconisée lors de la crise de 2008.

CHAPITRE IX

Au bord du gouffre : la faillite de LTCM ou pourquoi il faut sauver les spéculateurs

Le 23 octobre 1998, la FED annonce qu'elle est intervenue pour organiser un plan de « sauvetage » de la firme LTCM[1] au bord de la faillite. Elle précise que cette intervention n'a pas mobilisé d'argent public, pour rassurer ceux, des libéraux les plus rigoureux aux sensibilités de « gauche », qui s'inquiéteraient de ce que de l'argent public vole au secours d'une entreprise privée fortement suspectée de se livrer à la spéculation la plus débridée. LTCM est en effet l'un des (environ) 2 000 fonds d'investissement américains dits « spéculatifs », bien que leur nom, *hedge funds*, signifie littéralement « fonds d'arbitrage ». Or, dans le vocabulaire financier, l'arbitrage est une opération qui procure un gain généralement très faible mais parfaitement sûr, contrairement à la spéculation, opération risquée mais en tant que telle susceptible d'engendrer des gains ou des pertes élevés. LTCM avait-il spéculé ? C'est une des questions que nous allons examiner.

Cet événement (d'autant plus largement commenté que LTCM avait engagé comme conseillers deux économistes qui venaient de recevoir le prix Nobel pour leur contribution à la théorie financière) fut, avec trois baisses rapprochées de 0,25 % du taux d'intérêt à court terme décidées par la FED, le seul indice visible aux yeux du grand public de ce qu'on venait de frôler une catastrophe financière et monétaire. C'était du moins l'opinion d'une large part des acteurs

1. Long Term Capital Management.

informés de la finance. Une anecdote rapporte en effet qu'en ce mois d'octobre 1998, lors d'une réunion entre la FED et les principales institutions financières privées, à une question sur les moyens d'empêcher la cascade de faillites qui s'annonçait, un responsable de la FED aurait répondu : « Priez ! » Mais, la catastrophe n'ayant pas eu lieu, d'autres, toujours parmi les acteurs informés, y ont vu au contraire une confirmation de la robustesse du système financier, compte tenu de la maestria avec laquelle la FED savait désormais gérer les situations porteuses de crise. Confirmation, car des preuves éclatantes de cette maîtrise avaient à leurs yeux déjà été données lors du krach boursier d'octobre 1987 et de la crise mexicaine de 1995.

L'affaire LTCM permet donc d'examiner, à propos de la finance de marché globale, une première série de questions simples, que tout le monde peut très légitimement se poser :

– Qu'est-ce donc que ces *hedge funds* ? Spéculent-ils ? Existe-t-il une différence entre spéculation et arbitrage ?

– La faillite de LTCM était-elle une affaire si grave ? Menaçait-elle réellement de dégénérer en crise financière majeure ? La finance globale est-elle devenue à ce point fragile ?

– Pourquoi la FED, un organisme en charge de la qualité de la monnaie, s'est-il porté au secours d'un fonds d'investissement privé dont les actionnaires (et bénéficiaires des remarquables performances passées) étaient des gens déjà très riches[2], faisant ainsi mentir, car LTCM fut finalement sauvé, l'adage populaire : « Argent bien mal acquis [mais l'était-il ?] ne profite jamais. » Au nom de quoi ce type d'intervention était-il légitime et quelles en furent les conséquences ?

Exposons d'abord les faits, avant d'en tirer quelques leçons. En effet, il est apparu clairement après 2008 que la faillite de LTCM a constitué une sorte de répétition générale de la crise engendrée par celle des *subprimes*. Les principales questions de fond, s'agissant d'une réforme de la finance, avaient ainsi été posées dès cette époque.

---

2. L'investissement minimal dans un fonds du type LTCM est de plusieurs millions de dollars.

La presque faillite de LTCM et comment elle fut évitée

Les opérations de LTCM sur les marchés financiers étaient naturellement extrêmement compliquées et ne pourraient être parfaitement comprises, en supposant que toute l'information soit disponible, que par un petit nombre de spécialistes. Mais il semble bien que l'essence de ces opérations puisse s'expliquer de la manière suivante. J'essaierai de la résumer en termes le moins techniques possible.

LTCM intervenait sur quantité d'actifs financiers, mais les informations dont on dispose montrent que ses difficultés d'octobre 1998 sont venues d'opérations sur les marchés des obligations. Il s'agissait, de plus, d'obligations émises par des États, des firmes ou des institutions financières du cœur du système : les pays riches. Les problèmes de LTCM ne résultèrent donc nullement de ce qu'il aurait pris directement des risques « exotiques » dans les pays émergents d'Asie ou en Russie. Il intervenait sur les marchés normalement les plus liquides, profonds et stables [3] des pays riches. Il s'est engagé dans de vastes opérations d'arbitrage – ou de spéculation, c'est une de nos questions – sur les *spreads* d'obligations, c'est-à-dire les écarts de prix, donc de rendements, résultant de l'évaluation du risque spécifique de l'émetteur.

De quoi s'agit-il et quelle fut sa stratégie ? Le 2 juillet 1997, une crise financière débute en Asie, avec la dévaluation du baht thaïlandais. D'où venait cette crise ? Nous l'examinerons plus loin. Il suffit ici de rappeler ce que tout le monde ou presque sait : la crise asiatique a provoqué un retrait massif des capitaux mobiles qui s'étaient investis dans ces pays. Où ces capitaux se sont-ils repliés en attendant que le grain passe ? Au « centre » évidemment. Sur

---

3. « Liquide » signifie qu'un acteur qui souhaite vendre trouvera toujours quelqu'un, en période normale, pour acheter. « Profond » signifie que le volume des actifs de ce type détenus par l'ensemble des acteurs est tel que, toujours en période normale, une vente par un ou plusieurs acteurs de tout ce qu'il possède ne fait pas beaucoup baisser les prix, et réciproquement pour des achats.

quels instruments financiers ? Les plus sûrs, ceux dont les marchés sont les plus liquides et dont les rendements sont modérés mais stables, à savoir les obligations des États les plus solides de la planète : les États-Unis, l'Europe. Ce mouvement, devant les conséquences *a priori* imprévisibles de la crise asiatique qui faisait rage et s'étendait, a rapidement touché l'ensemble des investisseurs, même ceux qui n'avaient pas investi en Asie. C'est un phénomène classique en cas de crise que l'on qualifie de « fuite vers la qualité » *(flight to quality)*.

Par souci de simplification pour la suite, appelons S (pour « sûres ») les obligations d'États stables et solvables. Appelons R (pour « risquées ») les autres obligations, plus risquées. Il s'agit soit de celles émises dans les pays riches mais par des acteurs moins solides (entreprises, banques, ne serait-ce que parce que certaines d'entre elles pouvaient être affectées par la crise asiatique), soit *a fortiori* celles émises par des États ou des entreprises des pays émergents ou de l'Est. La fuite vers la qualité engendrée par la crise asiatique a immédiatement creusé l'écart de prix entre S et R. Très demandées, les S ont vu leur prix augmenter, donc leur rendement diminuer[4]. Les prix des R, délaissées, ont chuté. Leur rendement a donc augmenté, parce que la prime de risque sur ces obligations s'est accrue. L'écart de prix entre S et R, donc les primes de risque des R par rapport aux S, ont ainsi rapidement atteint, dans le courant de l'année 1998, des niveaux historiquement « anormaux ». Il était évident que cet écart ne pouvait durer. La fuite vers la qualité résulte d'une augmentation subite de l'incertitude sur les rendements de l'ensemble des titres, sauf les plus sûrs. Elle est provoquée par le début d'une crise dont personne ne sait quelles seront l'ampleur et les conséquences. Au fur et à mesure que ces deux paramètres sont mieux cernés, l'incertitude décroît. Les investisseurs peuvent alors faire un tri au sein des actifs risqués, en particulier les obligations de type R, entre ceux dont le rendement est réellement affecté par la crise et les autres. Cela conduit inévitablement à un mouvement, inverse du boom précédent, de revente des S

---

4. Cf. chapitre IV, note 9, p. 105, la relation mathématique entre prix et rendement d'un actif financier.

pour racheter sélectivement des R, ce qui réduit les écarts de prix et la prime de risque moyenne des R.

Que fit alors LTCM ? Pariant à juste titre que le mouvement de fuite vers la qualité allait ralentir puis se renverser, LTCM emprunta et vendit massivement des obligations S pour acheter des R. Il le fit, grâce à des techniques dans le détail desquelles nous n'avons pas besoin d'entrer, avec un effet de levier considérable en s'endettant en particulier massivement auprès d'un ensemble de grandes banques confiantes dans les capacités jusque-là remarquables des gestionnaires de ce fonds. Tout se serait sans doute bien passé, et les opérations de LTCM et des nombreuses autres institutions qui, nous allons le voir, avaient fait le même pari auraient fortement contribué à ramener le différentiel entre S et R à des niveaux « normaux », si n'était intervenu durant l'été 1998 un nouvel événement imprévu : la crise de la dette publique russe.

Ce n'est qu'en août 1999 que la corruption du gouvernement russe et les soupçons de « détournement » des prêts que lui consentait régulièrement le FMI apparurent au grand jour. Il ne fait cependant aucun doute que les opérateurs financiers informés savaient très bien, dès avant 1998, ce qu'il en était dans les grandes lignes. Cependant, ils étaient également convaincus que la Russie était *too big to fail*, un trop gros enjeu pour que le FMI la laisse tomber. Enjeu politique évidemment. L'économie russe était sinistrée. L'État empruntait sans arrêt mais ne faisait pratiquement rien de ces emprunts pour accroître la richesse et les exportations du pays et se montrait incapable (ou peu soucieux) de faire rentrer des impôts pour rembourser ses emprunts. Tout le monde le savait, mais tout le monde pensait que, les États-Unis craignant les conséquences d'un effondrement total dans un pays qui détenait un arsenal nucléaire impressionnant, le FMI serait toujours disponible pour prêter à nouveau, de manière à ce que l'État rembourse sa dette privée. Alors, les capitaux privés continuèrent d'affluer. Car, bien sûr, les obligations de l'État russe (appelées GKO) offraient des rendements très supérieurs à tout ce qu'on pouvait trouver d'autre. Elles présentaient en effet malgré tout un risque élevé. Ce phénomène a un nom technique : le « risque moral ». Parce qu'ils pensent qu'il y aura quelqu'un pour payer à leur place en cas de problème, des acteurs prennent des risques élevés qu'ils ne prendraient pas en l'absence de ce filet de sécurité. Le risque moral c'est : « Pile je gagne (les rendements exceptionnels des GKO), face tu perds », « tu », en l'occurrence, c'est le FMI. Tu prêtes à l'État russe pour qu'il rembourse mes GKO, et tu te débrouilles avec lui.

Mais, le 15 août 1998 (ces choses-là ont une propension certaine à se produire au cœur de l'été), le gouvernement russe surprit son monde. Au lieu de quémander de nouveaux prêts du FMI, il décida unilatéralement de laisser se déprécier le rouble et de « restructurer »[5] sa dette privée, infligeant des pertes de plusieurs milliards de dollars aux détenteurs privés de GKO et autres titres publics russes. En réalité, ces pertes, quoique lourdes pour certains investisseurs particuliers, étaient bien peu de chose à l'échelle du volume des capitaux investis en actifs financiers dans le monde. Cet événement aurait pu rester local, à l'image de l'importance économique de la Russie dans le monde d'alors : négligeable.

Or l'événement a failli provoquer, au dire de certains, une catastrophe financière majeure au cœur même du système. La raison en est pourtant simple : ce nouvel événement prend tous les investisseurs par surprise. L'inquiétude s'étend : qui sera le prochain pays à entrer dans la crise ? Quelle sera désormais l'attitude du FMI ? Au lieu de ralentir, comme tout le monde s'y attendait, la fuite vers les actifs sûrs et liquides s'amplifie à nouveau. L'écart (le *spread*) entre S et R, déjà très élevé, atteint des niveaux inconnus de mémoire de financier, prenant ainsi à contre-pied tous ceux qui avaient fait le pari inverse, pari, répétons-le, parfaitement « raisonnable ».

Car la FED s'aperçoit bien vite que LTCM n'est pas, et de loin, un cas isolé. Un grand nombre de fonds d'investissement, de caisses de retraite et surtout de grandes banques ont pris le même type de position. Toutes ces institutions financières sont soumises à des appels de marge et à des exigences de refinancement considérables. LTCM n'est que

---

5. Cf. chapitre VI, section « Anatomie d'une crise de change ». Le gouvernement cesse de soutenir le rouble qui s'effondre et reporte les échéances de sa propre dette.

la pointe émergée de l'iceberg. Dès septembre, il apparaît que son capital est inférieur à ses pertes potentielles instantanées. Supposons qu'il soit liquidé : toutes ses obligations de type R seraient vendues pour lui permettre de rembourser en partie celles de type S. Conséquence : le prix des R baisserait encore, car LTCM en possède des volumes considérables, et celui des S qu'il devrait racheter augmenterait encore. L'écart anormal entre S et R, loin de se réduire, ne ferait que s'aggraver, poussant les autres institutions dans la même situation à la faillite à leur tour, infligeant de lourdes pertes aux banques qui leur ont prêté massivement. Certaines de ces banques pourraient elles-mêmes faire faillite. Ces faillites bancaires auraient pour conséquence un comportement excessivement prudent de l'ensemble des banques qui réduiraient leur activité de crédit à des niveaux tels que cela mettrait en grave difficulté de nombreuses entreprises, y compris des entreprises auparavant parfaitement saines et rentables *(credit crunch)*. D'où des licenciements, donc une réduction du pouvoir d'achat et de la demande qui, à son tour, aggraverait la situation de la plupart des entreprises.

Le risque qu'un « accident » en un point particulier du système financier provoque, par enchaînement de cercles vicieux, un dysfonctionnement d'ensemble du système financier et monétaire, cela a un nom : le « risque de système » ou « risque systémique ». Dans l'après-guerre, on pensait avoir définitivement écarté ce cauchemar par deux types de mesures : d'une part, une organisation et une surveillance des systèmes bancaires telles qu'elles permettaient de repérer et de traiter à temps les fragilités financières en tel ou tel point du système et, d'autre part, des politiques monétaires qui n'hésitaient pas à prêter massivement aux institutions financières en difficulté temporaire. La preuve éclatante en avait été donnée lors du krach de Wall Street d'octobre 1987. Une chute des cours initialement aussi sévère qu'en 1929 avait été rapidement enrayée par une vigoureuse intervention de la FED agissant comme prêteur en dernier ressort. On avait ainsi évité les effets en cascade si dévastateurs des années 1930.

Or voici que la crise systémique menace de nouveau. D'importantes différences existent toutefois. L'accident initial ne vient pas d'un krach sur un marché volatil comme la Bourse ou l'immobilier. Il vient des marchés obligataires du cœur du système. Ces marchés sont normalement relativement stables. On peut, de plus, raisonnablement soutenir que LTCM et les autres avaient pris sur ces marchés des positions d'arbitrage légitimes et utiles à la stabilité des marchés. Face à des *spreads* « anormaux » surévaluant excessivement les obligations les plus sûres, ils se sont comportés en teneurs de marché. Certes, ils avaient utilisé des effets de levier peut-être excessifs. Mais que veut dire « excessifs » ? Ils n'auraient jamais été qualifiés ainsi si les *spreads*, déjà anormaux avant la crise russe, s'étaient réduits comme tout le monde s'y attendait. À cause d'une bande de prévaricateurs sans scrupules en Russie, une province du monde sans importance économique, simplement dotée par malheur d'ogives nucléaires, la faillite de LTCM menace d'engendrer une crise financière générale et incontrôlable !

C'est alors que la FED, dans sa grande sagesse, intervient. Elle convoque les principales banques qui ont prêté à LTCM (uniquement des grands noms, des banques d'envergure mondiale) et leur dit : « Formez un pool, prêtez à LTCM encore plus, en échange vous deviendrez propriétaires de son capital, mais qu'en aucun cas LTCM ne fasse défaut. Substituez-vous à ceux qui refusent de lui renouveler leurs prêts. Étouffez ainsi la flamme qui menace d'embraser toute la plaine, car la plaine est dans un état de sécheresse dangereux. En échange, moi la FED, je baisse trois fois de 0,25 % le taux d'intérêt à court terme pour rendre plus facile l'opération de sauvetage, à vous et aux autres banques qui sont dans la même situation. »

Plein succès. Les esprits se calment, l'écart entre S et R se réduit. Dès janvier 1999, les banques qui ont « racheté » LTCM peuvent se féliciter de leur pari, car LTCM a renoué avec les bénéfices. Alan Greenspan, le président de la FED, renforce son image d'homme remarquable et très puissant, dans la mesure où, quand la catastrophe menace, l'essentiel dépend de lui. L'économie américaine continue à afficher une croissance admirable. Certes, le Brésil sombre à son tour dans la crise en 1999, mais on commence à s'habituer à ces faillites des « marges » du monde riche et les réactions à ces événements deviennent, semble-t-il, moins « irrationnelles ».

Les optimistes en conclurent que, malgré les extraordinaires évolutions qu'avait connues le monde de la finance et sa complexité croissante, la robustesse du système était avérée. Les pessimistes se demandèrent comment cela se passerait la prochaine fois, surtout si le choc initial ne venait pas d'une province reculée de l'économie mondiale mais du cœur même du système, par exemple de Wall Street. Quels enseignements peut-on tirer de cet épisode ?

Spéculation ou arbitrage ?

L'opération de LTCM visait à tirer profit d'un écart anormal entre deux catégories d'obligations. « Anormal » peut s'interpréter en disant : le prix de ces obligations s'était éloigné de leur « valeur fondamentale ». Ce faisant, LTCM contribuait à ramener les prix de marché à leur valeur fondamentale. Comment qualifier ce genre d'opération ? Nous avons défini la spéculation comme « l'achat (respectivement : la vente) d'un objet dans le seul objectif de réaliser un gain en le revendant (respectivement : le rachetant) plus cher (respectivement : moins cher) ». Selon cette définition, l'opération que nous avons décrite est clairement une spéculation. Mais il est également légitime de la considérer comme un arbitrage.

Qu'est-ce alors qu'un arbitrage ? C'est une opération sans risque qui résulte d'une « imperfection des marchés » et qui a pour vertu de corriger cette imperfection. Illustrons cela d'un exemple théorique et simplifié. Sur les marchés des changes, les monnaies s'échangent entre elles. L'euro est ainsi coté à New York contre le dollar et à Tokyo contre le yen, tandis que le yen est coté contre le dollar à New York et à Tokyo. Supposons un cambiste (un individu qui, dans une banque, passe des ordres d'achat et de vente de monnaies) qui voit apparaître sur son écran la situation suivante : à New York, l'euro vaut 1,01 dollar et le dollar vaut 125 yens, tandis qu'à Tokyo, si le dollar s'échange contre 125 yens, 1 euro s'échange contre 128 yens. C'est une aberration car il est possible de réaliser un gain sans risque en achetant des euros contre des dollars à New York, en vendant ces euros contre des yens à Tokyo et en revendant ces yens contre des dollars à New York ou à Tokyo[6]. D'où peut venir cette aberration ? Par exemple, simplement de ce que, dans les minutes qui ont précédé, il y a eu une vente importante de yens contre des euros à Tokyo, ce qui y a fait légèrement monter l'euro en yen. Notre cambiste, s'il est le premier à s'être aperçu de cette aberration (imperfection de marché), va faire immédiatement l'opération indiquée ci-dessus. En vendant des euros contre des yens à Tokyo, il fait revenir l'euro à une valeur en yen compatible avec sa valeur en dollar et celle du yen en dollar. Cette opération sans risque et procurant un gain très faible est appelée « opération d'arbitrage ». Elle est utile car elle corrige une imperfection de marché. De fait, des milliers en sont exécutées tous les jours, sur les marchés des changes comme sur d'autres marchés financiers.

Revenons à l'opération sur les obligations S et R. Nous avons supposé qu'il existe des facteurs économiques qui déterminent les valeurs « normales », c'est-à-dire « fondamentales », de S et de R. Si, pour des raisons quelconques, S augmente par rapport à R, un spéculateur qui vend S pour acheter R est alors un spéculateur « fondamentaliste ». Or un spéculateur fondamentaliste doit à mon avis être considéré comme un arbitragiste. Il n'y a aucune différence de nature entre ce qu'il fait sur S et R et l'opération du cambiste que nous venons de décrire. Comme le cambiste, il joue un rôle indispensable au fonctionnement même des marchés. Les fonds qui se comportent de cette manière ne seraient appelés « spéculatifs » en français qu'en raison de notre jugement moral défavorable, mais économiquement injustifié, à l'égard de la spéculation. En vérité, ils mériteraient beaucoup plus leur nom anglais, *hedge funds*, « fonds d'arbitrage ».

Le problème fondamental, le jeu de mots est ici inévitable, est donc celui que nous avons soulevé au chapitre IV : existe-t-il des « fondamentaux » pour tout instrument financier qui déterminent un prix d'équilibre « normal » et bien

6. À New York, j'achète 1,01 euro contre 1 dollar, je le vends à Tokyo contre 129,28 yens (1,01 × 128), que je revends contre 1,0342 dollar (129,28 / 125) : le gain est de 0,0342 dollar par dollar investi, et ce en quelques minutes.

sûr unique ? Rappelons l'importance de la réponse à cette question. Si la réponse est oui, alors la sphère financière est subordonnée à la sphère réelle, celle où les fondamentaux agissent. Elle peut bien avoir sa vie propre, ses dynamiques particulières, elle est toujours soumise, *in fine*, à des forces réelles plus puissantes, plus « fondamentales », qui lui imposent leur loi.

En revanche, s'il s'avérait que de tels fondamentaux n'existent qu'en théorie, mais qu'en pratique, parce qu'ils sont inconnus des acteurs, ils n'exercent aucune force de rappel, alors tout changerait. La spéculation n'aurait plus du tout le rôle subordonné et utile de correction des imperfections de marché. Elle aurait une autonomie et une puissance réelle, éventuellement destructrice, et les rapports entre sphère financière et le reste de l'économie devraient être vus sous un angle entièrement différent.

Voilà donc notre première question (que sont donc ces *hedge funds* et que signifie spéculer ?) non pas résolue, mais simplement déplacée.

La finance globale : une fragilité accrue ?

Or la crise traversée par LTCM montre que les marchés obligataires ne se distinguent sans doute pas autant qu'on l'admettait couramment jusqu'alors des marchés de droits de propriété. En d'autres termes, les fondamentaux n'y sont pas, du moins dans certaines circonstances, mieux connus ni plus prévisibles. La raison en est que les fondamentaux des titres de dette, telles les obligations, comprennent le risque spécifique de l'émetteur, mesuré par son écart à celui des risques les plus faibles : ceux des grands États. Or, s'agissant des obligations des grandes entreprises, qui ont des activités à la fois industrielles et financières globales, et *a fortiori* des banques, les risques spécifiques deviennent extrêmement difficiles à évaluer. D'une part parce que ces acteurs détiennent eux-mêmes des portefeuilles financiers très diversifiés et constitués de titres aux couples rendement-risque très différents. D'autre part et surtout parce que, en raison de l'interconnexion de tous les marchés financiers par la possibilité qu'ont les capitaux de se déplacer rapidement de l'un à l'autre, le risque spécifique d'un titre particulier ne peut plus être apprécié isolément. La volatilité d'un titre, donc son risque, peut augmenter simplement parce que celle d'une autre catégorie de titres, sans rapport direct avec lui, a augmenté et que cela a engendré de brusques déplacements d'épargne des derniers sur le premier. Ce phénomène de contagion, à partir de crises pourtant périphériques comme la crise asiatique et la crise russe, s'est manifesté de façon frappante en 1998.

Il résulte de cette incertitude sur les fondamentaux des obligations que les comportements d'arbitrage (au sens étendu, c'est-à-dire définis comme « spéculation fondamentaliste ») deviennent beaucoup plus risqués. Or ils jouent un rôle stabilisateur. C'est sur leur mise en œuvre rapide et d'une ampleur suffisante que repose la capacité des marchés financiers à s'autoréguler. À partir des informations dont on dispose, il me paraît possible d'affirmer que LTCM a voulu se comporter en spéculateur fondamentaliste. Le fait que cette attitude, normalement individuellement rentable et stabilisatrice, non seulement l'a conduit à la faillite mais a créé un risque de système, ne peut que mettre sérieusement en doute la stabilité des marchés dans la finance globale contemporaine. La raison en est l'incertitude grandissante sur les fondamentaux, phénomène lié, on l'a dit, à l'interconnexion de tous les marchés. On objectera que LTCM n'a finalement pas fait faillite et que le risque de système a été maîtrisé. Certes, mais il a fallu l'intervention de la FED, et celle-ci, nous allons y venir, ne fut pas sans conséquences. Examinons d'abord le rôle joué par les banques dans cette affaire.

Faut-il réglementer les fonds d'investissement ?

L'épisode souligne en effet le rôle crucial des banques et des effets de levier s'appuyant sur le crédit bancaire dans le risque de système. Si LTCM et les autres fonds de ce type n'avaient investi que leur propre capital et n'avaient emprunté des titres qu'à des institutions non bancaires, la FED n'aurait sans doute pas jugé bon d'intervenir, ne serait-ce que parce que les positions prises par ces fonds sur les marchés obligataires auraient été certainement bien moins importantes. Mais remarquons que, dans ce cas, les *spreads* anormaux sur ces marchés auraient été encore plus élevés. Il est même probable que les marchés des titres perçus comme les plus risqués seraient devenus purement et simplement illiquides, avec certainement des conséquences sur la liquidité ou la solvabilité des acteurs qui les détenaient. On voit bien la nature du dilemme. Pour tenir un marché, les spéculateurs fondamentalistes ont besoin d'importantes liquidités qui ne peuvent, en situation de forte tension, leur être fournies que par le crédit bancaire, par création monétaire donc. Mais s'ils échouent, ce sont alors les banques elles-mêmes qui sont prises dans la tourmente. Il faut donc naviguer entre le trop et le trop peu. Pour beaucoup d'observateurs, les effets de levier (dus aux crédits bancaires) des fonds d'arbitrage étaient cependant excessifs. La crise de LTCM a donc soulevé la question de la nécessité de réglementer ces fonds. Mais faut-il les réglementer directement, en particulier limiter l'effet de levier qu'ils utilisent, ou faut-il améliorer la réglementation des banques de manière à ce qu'elles contrôlent elles-mêmes mieux les risques qu'elles prennent en faisant crédit aux fonds ? La question resta en suspens, et en 2009 on débattait à nouveau de l'intérêt de mieux contrôler les risques pris par les *hedge funds*[7].

Une intervention légitime de la FED, mais à quel prix ?

Face à un risque de système sérieux, la FED a eu raison d'intervenir. Les arguments contre ne sont pas sans valeur. On sait qu'ils s'appuient sur le risque moral. Mais affirmer qu'il est non seulement juste, mais efficace, que des spéculateurs soient périodiquement sévèrement punis, c'est

7. Nous y reviendrons au chapitre XIV.

faire bon marché des conséquences d'une crise de système sur des millions de gens qui n'y sont pour rien. Cependant, l'intervention de la FED ne s'est pas réduite à ce qu'on en a présenté : un simple coup de pouce donné à des acteurs temporairement désorientés qui s'apprêtaient à faire une grosse erreur en ne refinançant pas LTCM. Autrement dit, une simple incitation à ce que les marchés fonctionnent comme ils devraient le faire et s'autorégulent. Pour faciliter le sauvetage de LTCM et des autres institutions financières menacées, la FED a en effet abaissé, en trois fois, de 0,75 % son taux d'intervention.

Une telle décision a des effets de répartition immédiats, au profit des emprunteurs et au détriment des prêteurs. Mais, de plus, en facilitant ainsi la création monétaire, la FED a favorisé l'inflation. Certes pas celle des prix des biens courants, mais certainement celle des titres de propriété. La très forte hausse de Wall Street fin 1998 est certainement pour une part due à cette baisse des taux courts. On a donc là une illustration de la fuite en avant à laquelle les simples menaces de crise financière contraignent la politique monétaire. Pour éteindre l'incendie ici, on crée des droits supplémentaires en excès sur la production future. On augmente ainsi la taille du mistigri (c'est-à-dire des droits financiers en excès sur la production future) qui circule dans l'économie mondiale.

CHAPITRE X

De la dictature des marchés financiers sur les États : les crises du SME

En 1992, les pays de l'Union européenne étaient liés par un accord de change : le Système monétaire européen (SME), qui organisait des taux de change fixes mais ajustables entre les monnaies participantes. Cet accord était indispensable à la poursuite de l'intégration économique européenne. Un groupe de pays engagés dans la construction d'un « marché unique » pour les marchandises et les capitaux ne pouvait laisser à chaque gouvernement une liberté totale de politique monétaire qui aurait permis, par exemple, des dépréciations compétitives de certaines monnaies, destinées à attirer des emplois sur un territoire au détriment des autres. Mais les évolutions économiques internes à chaque pays (croissance, emploi, inflation) restaient évidemment différentes. En tant qu'étape préparatoire à une monnaie unique, et donc à une politique monétaire unique, le SME ménageait donc la possibilité de modifier les parités entre monnaies européennes pour corriger des évolutions divergentes entre pays et laissait une certaine marge de manœuvre aux politiques monétaires nationales. Ces marges, conformément au traité de Maastricht, devaient ensuite être progressivement réduites, et les politiques orientées vers la « convergence » des économies qui allait être sanctionnée par le passage à l'euro le 1er janvier 1999.

Les engagements de change fixe entre monnaies pleinement convertibles, dans un monde de libre circulation des capitaux, constituent un terrain particulièrement favorable à la spéculation. Certaines monnaies du SME ont subi des attaques spéculatives massives à deux reprises : en août 1992 et en juillet 1993. Nous relaterons d'abord brièvement les faits. Ces événements ont fait évoluer la représentation théorique des crises des changes. Nous examinerons en quoi, ce qui permettra de revenir sur la question des fondamentaux des taux de change, simplement esquissée au chapitre VI. Nous aborderons ensuite les effets qu'ont eus ces attaques spéculatives sur la politique économique des gouvernements européens, avant d'élargir la discussion à la question de la « dictature » qu'exerceraient désormais les marchés financiers sur les États.

Deux attaques spéculatives contre le SME

En août 1992, ce sont principalement la livre britannique, la lire italienne et la peseta espagnole qui sont attaquées. Certains *hedge funds* sont à l'avant-garde. George Soros, en particulier, doit sa célébrité mondiale à la publicité qu'il a volontairement donnée à l'action de son fonds Quantum Fund contre la livre. Avant le mois d'août, Quantum s'assure de lignes de crédit de 15 milliards de dollars en livres sterling auprès de diverses banques. Il vend ces livres à terme contre des dollars. Soros se répand alors dans la presse financière pour affirmer sa conviction que les « fondamentaux » de l'économie britannique rendent inévitable la sortie de la livre du SME et sa dévaluation. Cette campagne a un double objectif : entraîner d'autres spéculateurs dans le même mouvement pour rendre la dévaluation inévitable, et rendre Soros célèbre. Car, de son propre aveu, il veut se servir de cette célébrité pour promouvoir ses œuvres philanthropiques, qui sont nombreuses, et surtout donner du poids à ses propositions de réforme de l'économie mondiale. En quelques semaines, la banque centrale anglaise dépense 50 milliards de dollars de ses réserves en devises. Mi-septembre, elle relève les taux d'intérêt. Trois jours après, elle jette l'éponge. Le gouvernement décide de sortir du SME et de laisser flotter la livre. Elle se stabilisera à – 15 % de sa valeur antérieure dans le SME. Quantum déclare avoir gagné 1 milliard de dollars. Bien évidemment, Quantum seul n'aurait rien obtenu, comme le montre clairement le montant de son attaque (15 milliards) comparé aux réserves qu'a vendues la Banque d'Angleterre (50 milliards). Non seulement d'autres *hedge funds* ont joué dans la même direction, mais aussi, selon un rapport du FMI[1], un très grand nombre d'institutions financières, y compris de grandes banques internationales. En juillet 1993, nouvelles attaques. Cette fois, le franc est la cible principale. La spéculation vise à le faire décrocher du mark. L'arrimage du franc au mark fut une constante de la politique de tous les gouvernements français depuis 1983, qu'ils soient de gauche ou de droite. Cependant, les spéculateurs pensèrent que, compte tenu du marasme et du chômage croissant ainsi que des nombreuses voix qui s'élevaient en France en faveur de « l'autre politique », le gouvernement de l'époque allait changer d'avis. Il n'en fut rien. La spéculation fut certes capable d'obtenir ce qu'elle souhaitait à court terme, mais pas de faire évoluer la politique du gouvernement français. Que s'est-il passé en effet pendant et après cette attaque contre le franc ? Après une action conjointe de la Banque de France et de la Bundesbank pour soutenir la parité du franc, inévitablement inefficace compte tenu de l'ampleur de la spéculation, c'est le SME dans son ensemble qui est virtuellement abandonné le 2 août 1993. Les pays membres décident en effet d'élargir à 15 % les bandes de fluctuation des monnaies. Autant dire que les monnaies du SME, qui continue en théorie d'exister, deviennent flottantes. Le franc flotte par rapport au mark et commence évidemment par baisser. Mais, immédiatement, la politique reprend ses droits. La Banque de France n'en profite pas pour relâcher les taux d'intérêt. Au contraire, elle conserve un différentiel positif avec les taux allemands, et ne baisse que très progressivement ses taux, à mesure que baissent ceux de la Bundesbank. Le franc remonte dans sa plage de fluctuation initiale par rapport au mark. Le gouvernement a décidé et a réussi à maintenir sa politique de change, alors même que les nouvelles règles du SME ne l'y contraignaient plus. Il avait de bonnes raisons pour le faire. Avant de les examiner, voyons comment ces événements ont fait évoluer la réflexion théorique sur les taux et les crises de change.

1. *International Capital Markets*, avril 1993.

De quelques enseignements théoriques qu'on tira de ces événements

Jusqu'au début des années 1990, les modèles théoriques dominants restaient fondés sur l'existence de fondamentaux des taux de change. Les taux de change effectifs pouvaient certes s'en éloigner, mais ils y étaient ramenés par des mécanismes économiques, que ce soit en régime de change flottant ou de change fixe. En change flottant, ces forces de rappel, agissant selon des temporalités différentes selon qu'elles sont d'ordre financier ou commercial, engendraient ce qu'on a appelé une « surréaction » des marchés des changes. Le taux de change ne se stabilise donc jamais vraiment à sa valeur fondamentale, mais fluctue autour. En système de change fixe, le mécanisme de rappel prend la forme d'une crise. Lorsque le taux de change est perçu par suffisamment d'acteurs comme s'étant éloigné du taux fondamental, des spéculateurs parient sur une modification inévitable du taux et, ce faisant, la provoquent. Ils jouent donc le rôle de détecteurs avancés de déséquilibres et précipitent le moment de la correction.

On a tenté d'interpréter ainsi les attaques contre certaines monnaies du SME en 1992 et 1993. L'hypothèse est qu'en 1992 la peseta, la lire et la livre étaient « objectivement » (c'est-à-dire par rapport à leurs fondamentaux) surévaluées. En auraient témoigné les balances courantes[2] déficitaires de ces pays, en particulier à l'égard des autres pays européens, alors que rien n'y justifiait un afflux régulier de capitaux. Les spéculateurs auraient identifié cette divergence entre les taux de marché et les fondamentaux et auraient en conséquence déclenché l'attaque. Mais cette explication ne vaut pas pour le franc. En 1992 et 1993, la France a connu des excédents de balance courante. En comparant les prix ou les coûts salariaux au taux de change pivot dans le SME,

2. On appelle « balance courante » la balance des échanges de biens et de services. Pour notre propos, on peut sans inconvénient l'assimiler à la balance commerciale, qui ne comptabilise que les biens matériels.

le franc ne paraissait pas surévalué par rapport au mark. Le gouvernement pratiquait une politique monétaire restrictive, se traduisant par des taux à court terme plus élevés qu'en Allemagne. Alors pourquoi l'attaque spéculative, puisque aucun des fondamentaux classiques ne semblait la justifier ? Si les spéculateurs raisonnaient en termes d'écarts avec les fondamentaux, de quels fondamentaux s'agissait-il ?

Pour répondre à cette embarrassante question, on a avancé l'idée qu'il fallait élargir la notion de fondamentaux et y inclure la croissance et le chômage. Selon cette analyse, le taux de change par rapport au mark qu'avaient décidé de tenir les gouvernements français successifs ne permettait pas à l'économie française de croître aussi vite qu'elle le pouvait et était ainsi une des causes majeures du chômage massif. Les spéculateurs ont donc parié que le gouvernement n'avait pas intérêt à maintenir ce cap et qu'en vérité il serait plutôt soulagé s'il parvenait à rendre responsable la spéculation internationale de son changement de cap.

Certains auteurs ont donc proposé la notion de « taux de change d'équilibre fondamental » (TCEF). C'est le taux de change qui équilibre la balance de base d'un territoire en moyenne période (balance courante + balance des capitaux « longs ») mais qui, en même temps, garantit les grands équilibres économiques internes, en particulier le plein-emploi de tous les facteurs de production, et autorise la croissance maximale dont sont capables ces facteurs productifs. Cette définition pose cependant deux problèmes. Le premier est que ce TCEF est particulièrement difficile à évaluer. Certains s'y essaient. Ainsi la firme Goldman Sachs publie des TCEF pour les principales devises convertibles. Il faut saluer cet effort de clarification, mais ces résultats restent très imparfaits et contestables. Pour calculer un TCEF, il faut en effet disposer d'un modèle économétrique non seulement de l'économie concernée, mais de celles de ses principaux partenaires commerciaux. Le résultat du calcul dépend alors largement des hypothèses sur lesquelles sont construits les modèles. C'est ainsi qu'en 1999 une annexe technique au rapport du Conseil d'analyse économique, *Architecture financière internationale*, passa en revue les différents travaux théoriques et empiriques sur les TCEF. Elle conclut que, selon les modèles, le TCEF entre le dollar et l'euro variait de l'ordre de 30 %. Il est douteux qu'un taux de change fondamental défini avec une telle incertitude serve en pratique d'indicateur aux spéculateurs pour estimer qu'une monnaie est « objectivement » sur- ou sous-évaluée.

Le second problème est de nature plus théorique. Comme son nom l'indique, le TCEF est le taux de change d'« équilibre » qui assure le plein-emploi et la croissance maximale. Or, si l'on considère les choses en dynamique, il n'est plus évident que ces deux objectifs ne puissent pas être atteints par des stratégies différentes de change. Un taux de change faible permet une meilleure compétitivité-prix immédiate et de vendre à l'étranger plus de produits contenant du travail peu qualifié. Un taux de change élevé exige des entreprises exportatrices des innovations-produits permanentes, afin de pouvoir vendre à l'étranger malgré des prix élevés. Il stimule l'innovation, donc la croissance à long terme, mais il se peut que ce soit au prix d'un chômage immédiat, le travail peu qualifié, trop cher, ne parvenant pas à se vendre à l'étranger. Ces stratégies peuvent être combinées dans le temps. En cas de chômage initial, il peut être efficace de commencer par la première et de passer progressivement à la seconde quand le chômage a disparu. On conçoit donc qu'il puisse exister plusieurs stratégies de change et qu'il soit difficile d'affirmer qu'il n'en est qu'une qui maximise la croissance à long terme. En conséquence, si l'on prend en compte non seulement les « équilibres » économiques, mais aussi les dynamiques, c'est un TC« D »F (taux de change « dynamique » fondamental) qu'il faudrait évaluer. Compte tenu du fait que les dynamiques de croissance sur une longue période peuvent faire l'objet de choix stratégiques différents, il n'y aurait pas de TCDF unique optimal, mais plusieurs, dépendant des stratégies choisies.

On voit mal comment les spéculateurs, même les plus fondamentalistes et les plus instruits des avancées de la théorie économique, pourraient se fier à des concepts aussi difficiles à définir et encore plus à évaluer pour juger si une monnaie a de bonnes chances de se déprécier ou de s'apprécier dans un avenir proche. Bref, les spéculateurs qui déclenchent des crises de change ne sont pas « fondamentalistes », parce que personne ne peut l'être en ce domaine. Personne ne peut l'être parce que les taux de change « fondamentaux », en admettant même qu'ils soient définissables en théorie, sont éventuellement multiples et de toute façon non évaluables de manière assez précise pour constituer des guides pour l'action.

La difficulté certaine à définir un taux de change fondamental et, en conséquence, la fragilité de l'hypothèse que les spéculateurs sont des fondamentalistes qui se contentent d'agir pour corriger les déviations par rapport aux fondamentaux, ont suscité un nouvel intérêt, dans les années 1990, pour les modèles de crises de change engendrées par des anticipations autoréalisatrices. Une attaque spéculative contre une monnaie « fixée » à une ou plusieurs autres ne peut en effet manquer de réussir si elle est d'une ampleur suffisante, illustrant ainsi de manière spectaculaire le mécanisme des anticipations autoréalisatrices. En cas d'attaque, les réserves de la banque centrale, première ligne de défense, sont rapidement épuisées si le flux de vente de la monnaie est important. La seconde ligne de défense est le relèvement des taux d'intérêt, pour susciter un courant d'achat de titres, donc de la monnaie attaquée. Mais cette mesure a un coût : elle déprime l'activité intérieure. Si un nombre suffisant d'acteurs pensent qu'un gouvernement ne voudra pas payer un prix trop élevé pour tenir sa monnaie, leur comportement contraint effectivement le gouvernement à la laisser flotter. Le caractère autoréalisateur des anticipations tient au cercle de causalité suivant. Plus la spéculation est massive, plus le coût de défense de sa monnaie est élevé pour le gouvernement, plus forte est donc la probabilité qu'il ne le fasse pas, plus probable est ainsi le succès de la spéculation et, par conséquent, plus forte est alors la spéculation, ce qui boucle le cercle. Dans ces modèles, on formalise donc des situations où la spéculation est capable de faire « sauter » le taux de change d'un niveau d'équilibre à un autre : il n'y a pas, à court terme, de taux de change d'équilibre unique, mais des équilibres multiples, et les gouvernements peuvent par conséquent être contraints, même s'ils ne le souhaitent pas, à changer de politique de change[3].

---

3. Voir par exemple, Maurice Obstfeld, « The Logic of Currency Crises », Banque de France, *Cahiers économiques et monétaires*, vol. 43, 1994.

Ces modèles ont un intérêt théorique certain, mais les crises du SME de 1992 et 1993 n'illustrent cependant pas la radicale indétermination et l'impuissance complète des gouvernements face à la spéculation qu'ils formalisent. Pour le montrer, faisons maintenant le bilan de ces attaques et de leurs effets sur l'économie et les politiques gouvernementales des pays concernés.

Bilan des attaques contre le SME

Nous avons vu qu'un gouvernement peut trouver des raisons économiques à sacrifier de la croissance à court terme, par le choix d'une monnaie forte, pour améliorer sa spécialisation industrielle et s'ouvrir ainsi des potentialités de croissance supérieure à plus long terme. Il est certain que ce type de stratégie a justifié en partie la politique de franc fort conduite depuis 1983. Les gouvernements successifs ont estimé qu'une politique de franc faible était sans issue : le franc ne serait jamais assez faible pour permettre de continuer à vendre à l'exportation des produits standardisés, compte tenu de la montée en puissance des pays émergents dans ces industries. La seule voie était donc à leurs yeux la voie plus austère et plus difficile d'une spécialisation dans les produits et les services « haut de gamme », utilisant essentiellement du travail qualifié.

En 1993, on l'a dit, les spéculateurs, loin de surveiller le niveau du franc par rapport à ses insaisissables fondamentaux, ont très prosaïquement estimé que le gouvernement français ne défendrait plus avec détermination la parité franc-mark en cas d'attaque spéculative, en raison de l'évolution de la situation politique interne. Les spéculateurs ne pensaient pas que les partisans de « l'autre politique », celle qui se proposait de décrocher du mark, d'abaisser les taux d'intérêt et d'accroître le déficit budgétaire pour relancer la croissance, fût-ce au prix d'un peu d'inflation, « avaient raison » et défendaient la vraie valeur fondamentale du franc. En revanche, ils croyaient que les partisans du décrochage étaient devenus majoritaires dans l'opinion, et que le gouvernement saisirait l'occasion de l'attaque spéculative pour s'y rallier.

Cette analyse n'était pas sans fondement, car il existait un précédent : c'est exactement ce qu'avait fait le gouvernement britannique un an plus tôt. Après avoir affirmé qu'il défendrait « quel qu'en soit le prix » le maintien de la livre dans le SME, il avait cédé. Et, de plus, le chancelier de l'Échiquier (le ministre des Finances, Norman Lamont) déclara qu'il avait « chanté dans son bain » lorsqu'il fut enfin débarrassé, grâce à la spéculation, d'avoir à défendre une parité qui lui paraissait contraire aux intérêts supérieurs de la Grande-Bretagne. Et, de fait, après avoir laissé sa parité glisser de 15 %, le gouvernement britannique a pu baisser les taux d'intérêt, ce qui, avec la compétitivité accrue à l'exportation, a contribué à une relance économique et une baisse du chômage dans ce pays. Mais le gouvernement français n'a rien fait de tel.

Car, et c'est ce que les spéculateurs ont sous-estimé, la politique économique, donc aussi la politique de taux de change, n'est jamais purement gouvernée par des objectifs économiques. Nous en avons une illustration à mon avis éclatante avec l'acharnement des gouvernements français à poursuivre une politique de franc fort, même en la payant de plusieurs points de chômage. On peut certes trouver des justifications économiques à cette politique, et ce sont elles qui ont été publiquement avancées. Mais les raisons véritables, à mon avis, n'étaient pas là. Allons à l'essentiel : la construction de l'Europe était un projet franco-allemand qui reposait sur un équilibre entre ces deux pays. La puissance économique supérieure de l'Allemagne était compensée par la puissance atomique de la France. Après la réunification allemande, l'équilibre est rompu. L'Allemagne compte 80 millions d'habitants. Le mark est la seule monnaie européenne qui soit une monnaie internationale et celle sur laquelle les autres doivent s'aligner dans le cadre du SME. L'Allemagne a de vastes ambitions à l'Est et les moyens de ses ambitions. La menace soviétique a disparu, et avec elle l'avantage de la force nucléaire française. La France a dû accepter la réunification mais elle a demandé une garantie : l'ancrage de l'Allemagne à l'Ouest, dans l'Union européenne, par l'acceptation de la monnaie unique, qui détrônera le mark au profit de l'euro, une monnaie gérée collectivement par les principaux États de l'Union. Unification contre abandon du mark : tel fut le contrat. Le gouvernement allemand l'a accepté, à une condition cependant : l'euro devra ressembler comme un frère au mark. Pour cela, la doctrine monétaire et de change allemande devra être celle de l'euro. Pour cela, les critères de convergence vers l'euro devront être très stricts, et la France en particulier ne devra manifester aucune faiblesse. Sortir du SME en 1993, ou simplement profiter des marges de fluctuation élargies, c'était pour la France enterrer l'euro et laisser le mark triomphant organiser autour de lui une simple zone mark. Inacceptable. Ainsi le taux de change « fondamental » du franc était « fondamentalement politique » et il a été défendu contre toute spéculation.

En conclusion, on peut donc tirer des attaques spéculatives contre le SME le bilan suivant. En 1992 et 1993, la spéculation contre le système des changes fixes du SME n'a contraint à un changement de politique (sortie du SME ou dépréciation) que les gouvernements qui ont en fin de compte jugé qu'ils avaient intérêt à le faire. On peut donc soutenir que la spéculation leur a rendu un fier service. Ces gouvernements étaient pris entre des engagements européens et des exigences intérieures contradictoires. Les attaques spéculatives, en effet irrésistibles à court terme, leur ont donné l'occasion de renier les premiers pour répondre en priorité aux secondes. On peut même aller plus loin : ces crises ont permis d'accélérer et d'élargir à un nombre élevé de pays le processus de passage à l'euro, en le rendant plus soutenable pour certains (telles l'Italie et l'Espagne). Si l'on considère que l'euro est un moyen pour l'Union européenne de regagner des marges de manœuvre, en matière de politique monétaire, équivalentes à celles dont bénéficient les États-Unis (et dont ne disposaient pas, dans le SME, les gouvernements des pays membres, sauf à la rigueur celui de la RFA), on peut soutenir que la spéculation a rendu un fier service à l'Europe entière.

Des gouvernements sous la dictature des marchés financiers ?

Quelles conclusions plus générales est-il possible de tirer de ces événements quant à la question de la perte de pouvoir des gouvernements et de la dictature qu'exerceraient désormais sur eux les « marchés financiers » ?

La qualité d'une monnaie est un bien public essentiel. Dans les systèmes modernes de pure monnaie de crédit, cette qualité ne dépend que de la politique monétaire de l'État. Celle-ci doit naviguer entre deux écueils : la création monétaire excessive engendrant hyperinflation et fuite devant la monnaie d'une part, les processus d'illiquidité cumulatifs engendrant l'interruption des systèmes de paiement et des destructions massives et injustifiées des droits de propriété d'autre part[4]. Dans une économie fermée où les acteurs économiques n'ont qu'une seule monnaie à leur disposition, la fuite devant cette monnaie est extrêmement coûteuse. Les gouvernements disposent donc, entre les deux écueils, d'une marge de manœuvre large. L'inflation, tant qu'elle ne dégénère pas en hyperinflation, est un instrument de politique économique à leur disposition. Les acteurs économiques, face à une inflation modérée, ne fuient pas devant leur monnaie, mais cherchent à se protéger de l'inflation en indexant les contrats (de salaire, de prêt, etc.) sur des indicateurs d'évolution des prix, et en prenant en compte, dans leurs décisions, l'inflation qu'ils anticipent. Les possibilités d'indexation des contrats sont variables selon les acteurs. Ils n'anticipent pas nécessairement correctement l'inflation, d'autant que la politique monétaire est discrétionnaire. Ces différences engendrent des modifications des prix relatifs et des taux d'intérêt réels. Elles provoquent donc des transferts de revenus qui peuvent être manipulés par l'État. Ainsi, l'inflation est, par exemple, un moyen puissant d'obtenir l'« euthanasie des rentiers » chère à Keynes, si une bonne partie de l'épargne est placée à taux fixe. Mais elle permet aussi de provoquer une baisse des salaires réels si ceux-ci

4. Cf. chapitre V.

sont mal indexés ou indexés avec retard sur le niveau des prix à la consommation.

Qu'est-ce qui change avec la globalisation financière ? En ouvrant les frontières aux mouvements de capitaux et en rendant leurs monnaies librement convertibles, les gouvernements ont, premièrement, élargi à des non-résidents le cercle des acteurs économiques directement concernés par la qualité de leur monnaie ; deuxièmement, considérablement abaissé le coût de fuite devant la monnaie nationale. Si la qualité de celle-ci est perçue comme se dégradant ou allant se dégrader, il est facile et peu coûteux de la changer contre une autre, aussi bien pour les non-résidents que pour les résidents. La seule conséquence, mais elle est d'importance, est que les gouvernements ne peuvent plus manipuler, *via* l'inflation, les taux d'intérêt ou le rendement réels des titres libellés dans leur monnaie. Concrètement, en quoi cela modifie-t-il les marges de manœuvre de la politique économique ?

La modification principale porte sur la politique monétaire. Elle ne peut plus être inflationniste, ou alors très modérément et de manière prévisible. Une politique monétaire « laxiste » faisant craindre aux investisseurs des poussées inflationnistes significatives et surtout difficiles à anticiper conduit inévitablement à une fuite devant la monnaie concernée. Cette fuite ne peut être stoppée que par des taux nominaux rapidement très élevés, car comprenant des primes de risque importantes, donc de fait par une politique monétaire restrictive. D'autre part, si un gouvernement se fixe un objectif de change, la politique monétaire est entièrement asservie à la poursuite de cet objectif, comme ce fut le cas de la France après 1983 et tout particulièrement entre 1993 et l'avènement de l'euro. Pour se permettre une certaine autonomie de politique monétaire par rapport aux pays dont les monnaies sont concurrentes de la vôtre, il faut être indifférent à son propre taux de change. En d'autres termes, avoir les moyens de pratiquer à son égard le *benign neglect* qui fut longtemps l'attitude des États-Unis. Il faut pour cela, au minimum, premièrement être un territoire relativement fermé aux échanges commerciaux extérieurs, deuxièmement avoir un pouvoir d'attraction des capitaux longs, en particulier des investissements directs, qui soit relativement indépendant du taux de change. C'est le cas si le potentiel de croissance du territoire et donc de rentabilité des investissements directs est important. Dans ce cas se trouvent les États-Unis et devrait se trouver l'Union européenne. Ces deux territoires sont les plus riches de l'économie mondiale et relativement fermés (ce que n'étaient pas les États de l'Union européenne pris individuellement). Ce n'est pas le cas de nombre de pays émergents.

La politique budgétaire, quant à elle, est-elle contrainte par la globalisation financière ? Tout dépend de comment elle est financée. Si un déficit budgétaire est financé par création monétaire, on revient au cas précédent. S'il est financé par augmentation de la dette publique, la globalisation financière ne le contraint *a priori* pas. Elle le fait cependant quand même, mais uniquement dans le cas où la dette publique d'un pays augmente continûment et finit par être jugée « excessive » par les investisseurs. La dette publique ne peut être remboursée que par l'impôt. Une augmentation de la dette publique exigera dans le futur des soldes budgétaires primaires[5] très excédentaires, donc soit une forte augmentation des impôts, soit une forte baisse des dépenses publiques. Face à une telle évolution, les « marchés » peuvent craindre, à juste titre, que les gouvernements suivants renoncent à prendre des mesures aussi impopulaires et se laissent aller aux facilités de l'inflation. Cette anticipation suffit à dégrader la qualité des nouveaux emprunts publics, qui doivent alors payer des primes de risque par rapport aux pays budgétairement plus sages.

Remarquons cependant que cela n'entrave pas la possibilité d'utiliser le déficit budgétaire comme instrument de réglage de la conjoncture, c'est-à-dire dans son usage keynésien traditionnel. Un déficit budgétaire financé par emprunt pour soutenir la demande en période de basse conjoncture sera jugé « orthodoxe » par les investisseurs si, quand la croissance est de retour, le gouvernement en profite pour dégager des excédents budgétaires primaires et se désendetter.

Notons enfin que le niveau absolu des prélèvements obligatoires, et donc le poids de l'État dans l'économie d'un

5. Solde budgétaire hors service de la dette, soit : recettes publiques – dépenses publiques hors intérêt de la dette.

pays, n'est en aucune façon économiquement déterminé. Il n'existe pas de niveau optimal des dépenses et transferts publics qu'imposeraient les « marchés financiers ». Le seul phénomène qu'ils sanctionnent est la croissance continue de ce niveau, ce qui à l'évidence n'est pas soutenable à long terme. Le niveau, lui, dépend du choix politique entre biens publics et biens privés et entre sphère publique et sphère privée pour fournir des services tels que les assurances vieillesse et maladie, les services d'éducation, etc. Ces choix peuvent parfaitement différer d'un pays à l'autre, comme en témoigne la grande diversité des taux de prélèvement obligatoire au sein des pays riches.

Finalement, la globalisation financière contraint bien l'autonomie de la politique monétaire des États, selon le « triangle d'impossibilité » établi par Mundell qui pose que ne sont possibles à la fois que deux des trois faits suivants : autonomie des politiques monétaires, changes fixes, libre circulation internationale des capitaux. Dans les économies fermées, avec des mouvements de capitaux très contrôlés, chaque gouvernement disposait d'une liberté de politique monétaire qu'il utilisait largement et qui n'était éventuellement sanctionnée, *a posteriori*, que par ses électeurs, qui étaient les seuls à en bénéficier ou à en subir les conséquences, sans pouvoir y échapper. Avec la globalisation financière, les politiques monétaires des États ont des conséquences sur nombre de non-résidents, et les résidents eux-mêmes peuvent en partie échapper à des conséquences qu'ils jugeraient néfastes, par exemple en investissant leur épargne à l'étranger. Le contrôle « démocratique » *a posteriori* – la sanction des élections – est désormais doublé d'une contrainte *a priori* engendrée par la libre circulation des capitaux. En pratique, cette contrainte s'exprime par la quasi-impossibilité, pour les gouvernements des pays à devises pleinement convertibles, de conduire des politiques engendrant une inflation durablement et significativement différente de celle des autres pays.

Le jugement que l'on peut porter sur cette contrainte est donc en réalité un jugement sur les vices et les vertus de l'inflation. Un tel jugement n'est pas de nature purement économique. Autrement dit, les économistes, en tant qu'économistes, n'ont aucune légitimité quand ils portent des jugements normatifs sur l'inflation, sauf quand il s'agit d'hyperinflation. L'hyperinflation, détruisant la monnaie, peut en effet clairement être désignée comme économiquement défavorable à tous, donc être condamnable d'un point de vue économique. Il n'en est pas de même d'une inflation modérée : elle défavorise certains acteurs et bénéficie à d'autres. Tout jugement implique donc qu'on s'est placé, pour juger, du point de vue de certains acteurs et non de celui d'un intérêt « général ». Les condamnations « théoriques » sans appel de l'inflation ne font que refléter le point de vue des épargnants, généralement perdants dans l'inflation. Aussi bien ceux qui, aujourd'hui, estiment que la globalisation financière ne fait qu'imposer aux États des « disciplines » salutaires au profit de tous défendent-ils en réalité les intérêts des épargnants. Réciproquement, ceux qui clament que les marchés financiers imposent une dictature insupportable aux États-nations sont en réalité des défenseurs de l'inflation comme instrument de politique économique généralement favorable aux salariés stables et bien intégrés. Il est regrettable cependant qu'ils n'osent pas, la plupart du temps, poser franchement le débat dans ces termes. Mais on en voit bien la raison : dans les pays riches, les classes moyennes, qu'il faut rallier à ses idées pour qu'elles deviennent hégémoniques, sont à la fois des salariés stables et des épargnants.

Quant à la question de savoir si la contrainte exercée par les marchés financiers va bien au-delà et si ceux-ci peuvent imposer des politiques économiques néfastes à la quasi-totalité de la population d'un pays, la réponse, en ce qui concerne les pays riches et l'Union européenne en particulier, est claire : non. En est-il de même pour les pays émergents ? C'est ce que nous examinerons en analysant les événements qui ont constitué la « crise asiatique » à partir de l'été 1997. Mais auparavant, penchons-nous sur l'étrange marasme dans lequel s'est enfoncé le Japon durant la décennie 1990.

CHAPITRE XI

Une histoire de mistigri : le marasme japonais

« La roche Tarpéienne est proche du Capitole. » Dans l'histoire économique contemporaine, c'est certainement le Japon qui illustre le mieux la célèbre maxime romaine. Après trois décennies de croissance exceptionnelle, le Japon des années 1980 sembla en mesure, au moins dans le domaine industriel, de dépasser les États-Unis, qui s'en alarmèrent. Mais, à partir de 1985, les prix s'envolèrent sur les marchés immobiliers et des actions. Un krach très sévère éclata au début des années 1990. L'économie japonaise stagna jusqu'en 2003. Au cœur de ce marasme, tous les observateurs en convinrent, un système bancaire sinistré, que le gouvernement sembla longtemps incapable de restructurer. L'une des économies « réelles » les plus dynamiques de l'après-guerre a-t-elle été victime de la finance ? Le Japon offre sans conteste l'un des cas d'école les plus fertiles pour l'analyse de cette question. Rappelons d'abord à grands traits ce qui s'est passé, avant d'exposer le débat que ces événements ont suscité.

Histoire d'un krach

L'origine se trouve dans les amples fluctuations des taux de change entre les trois grandes monnaies (dollar, mark, yen) au début des années 1980. En mars 1985, le dollar a atteint des sommets historiques par rapport au yen et au mark. L'analyse commune des pays membres du G7 est que ces amples fluctuations sont dues à des déséquilibres excessifs des balances courantes (déficit aux États-Unis, excédents au Japon et en Allemagne), eux-mêmes engendrés par une trop grande indépendance des politiques économiques des pays membres du groupe, en fait de ceux du G3 : États-Unis, Allemagne, Japon. Il est donc nécessaire de mieux coordonner les politiques économiques, c'est l'objectif de l'accord dit « du Louvre ».

En fait de coordination, les États-Unis décident que, pour leur part, ils n'ont rien à faire, mais que l'Allemagne et le Japon doivent mener des politiques budgétaires expansionnistes, de manière à ce que leur marché intérieur absorbe une plus grande part de leur production, et que soient ainsi réduites leurs exportations excédentaires. Au Japon, il est de plus demandé de déréglementer et d'ouvrir un système financier encore très fermé aux capitaux étrangers. On en attend un afflux qui fera monter le yen, réduisant ainsi à terme l'excédent commercial japonais considérable avec les États-Unis.

L'Allemagne et le Japon s'exécutent. En Allemagne, la relance conduit vite à un regain d'inflation. On sait que le gouvernement allemand a horreur de l'inflation : il fait vite marche arrière et la Bundesbank relève ses taux, manifestant ainsi ouvertement un désaccord avec le gouvernement américain. Pour certains analystes, ce désaccord est une des causes immédiates du krach boursier d'octobre 1987 à Wall Street. Il aurait en effet fait craindre que la FED ne rétorque en relevant significativement ses taux, ce qui, normalement, toutes choses égales par ailleurs, aurait fait baisser le cours des actions, car la hausse des taux réduit leur rendement par rapport aux obligations.

Au Japon, inflation également. Mais ce ne sont pas les prix des biens qui augmentent. Entre autres facteurs, ils sont tirés vers le bas par la forte hausse du yen dont la valeur par rapport au dollar double presque (de 1 $ = 260 Y à 1 $ =135 Y) pendant l'année 1985. Ce sont les prix des droits de propriété, actions et immobilier, qui s'envolent. La hausse des prix de ces actifs est alimentée en grande partie par le crédit bancaire. En effet, les banques, soumises à un début de déréglementation qui accroît la pression concurrentielle et abaisse leurs marges, cherchent à étendre leurs activités et à accroître leur volume de crédit. Elles prennent donc plus de risques, financent largement les investissements en immobilier et en actions, et investissent elles-mêmes sur ces marchés. Naturellement, comme toujours, on trouve au début d'excellentes raisons « fondamentales » à la hausse du prix des actifs. Les PER[6] étaient déjà supérieurs à Tokyo à ce qu'ils étaient à Londres ou à New York. Mais, disait-on, c'est que les cours reflètent les profits futurs d'entreprises parties à l'assaut des marchés mondiaux avec un *impetus* et un succès qui paraissent alors irrésistibles. Quant aux terrains en ville, sur cette île surpeuplée dont la partie habitable est déjà presque une vaste conurbation, et qui cependant veut absolument conserver des terres à usage agricole pour maintenir son autosuffisance en riz, il est bien normal que leurs prix augmentent rapidement dans la prospérité générale. Contrairement à ce qui se passe en Allemagne, le gouvernement n'est donc nullement incité à abandonner sa politique monétaire et budgétaire expansionniste. D'autant que la hausse du yen finit par éroder la compétitivité des exportations et qu'il est donc légitime de soutenir la demande intérieure pour qu'elle tire la croissance à leur place. La hausse des prix des droits de propriété s'auto-entretient, alimentée par une politique de crédit facile. S'agissant de l'immobilier, le mouvement est, par ailleurs, favorisé par des dispositions fiscales très favorables aux spéculateurs puisqu'elles exonèrent, dans certaines conditions, les plus-values foncières de toute taxation. Naturellement, comme toujours, la hausse a d'abord des effets réels très favorables. L'optimisme des acteurs économiques et l'effet de richesse engendrent une consommation des ménages, des investissements des entreprises et donc une croissance très vigoureuse, tandis que l'inflation du prix des biens et services reste modérée, en raison de la forte compétition tant interne qu'externe à cause du yen élevé.

Naturellement, comme toujours, quand les premières Cassandre commencent à affirmer qu'il s'agit d'une bulle spéculative et que cela ne durera pas, on avance des explications du type : « Nous sommes entrés dans un nouvel âge

---

6. *Price earning ratio* : ratio du prix d'une action au dernier bénéfice connu. Cf. chapitre IV sur les déterminants du PER.

et les critères anciens n'ont plus cours. » Le nouvel âge, dans ce cas, c'est celui du *Japan number one*. Au moins sur le plan économique, le Japon l'emporte sur les États-Unis. Ce n'est pas de la poursuite de l'insolente prospérité japonaise dont il faut douter, c'est de la capacité des États-Unis à se relever de leur marasme industriel, engendré par leur sauvage finance de marché, qui conduit leurs entreprises à adopter des stratégies de court terme et à sacrifier l'innovation technique, ainsi que par des relations sociales conflictuelles à peine dignes du XIXe siècle. La vision d'un avenir économique particulièrement brillant pour le Japon justifie, pour une majorité d'acteurs, les niveaux atteints par les prix des actions et de l'immobilier. Au sommet de la hausse, en 1989, les officiels japonais se plaisent à ressasser à leurs hôtes étrangers une remarque qui fait alors le tour du monde : « Au prix atteint par le mètre carré à Tokyo, la surface occupée par le seul palais impérial vaut plus que toutes les terres de Californie. » Loin d'y voir une aberration, il est plus que probable que beaucoup de ces officiels expriment ainsi l'immense fierté d'une revanche économique éclatante sur l'humiliante défaite militaire de 1945. Dans cette comparaison, le choix du palais de l'empereur, symbole que le protectorat américain n'avait pas voulu détruire malgré son implication avérée dans le militarisme japonais, est à cet égard sans équivoque.

Quoi qu'il en soit, le gouvernement finit par se convaincre que les choses sont sans doute allées trop loin. En 1989, il réagit assez brutalement en relevant rapidement les taux d'intérêt. Il s'attend peut-être à un « atterrissage en douceur », pour employer un terme du jargon économique, c'est-à-dire à un repli progressif des prix. Or, en raison des anticipations autoréalisatrices, cela se passe très rarement ainsi. Les décisions gouvernementales sont en effet le signe d'une modification des anticipations officielles quant à l'avenir économique du Japon. Elles signifient qu'aux yeux du gouvernement, aucun scénario vraisemblable ne permet plus de justifier le niveau atteint par les prix de l'immobilier et des actions. Elles provoquent alors, avec d'autres facteurs, un basculement de la vision majoritaire de l'avenir. Dans le cadre de la nouvelle vision, les niveaux atteints par les prix sont jugés manifestement excessifs. Les ventes deviennent massives. Les prix des immeubles, des terrains et des actions s'effondrent. C'est le krach.

On estime aujourd'hui que la réduction des valeurs foncières fut de 800 000 milliards de yens et celle des actions de 400 000 milliards de yens dans les années qui suivirent. Le total de 1 200 000 milliards de yens équivalait à deux fois le PIB japonais. Les droits sur la richesse future qui se sont ainsi volatilisés dans le krach représentaient donc deux années entières de production de richesse au Japon. Autre élément de comparaison : deux fois le PIB annuel, c'est à peu près, en temps normal, l'épargne financière totale des ménages japonais. Grossièrement, on peut donc dire qu'au sommet de la hausse, ces ménages, détenteurs ultimes des droits de propriété (directement ou *via* les banques et les entreprises), se croyaient presque deux fois plus riches que ce qu'ils étaient avant et après.

Et de la crise qui s'ensuivit

Il n'est pas très difficile d'imaginer l'effet sur les banques de ce double krach immobilier et boursier. D'abord, les banques avaient elles-mêmes activement participé à la spéculation immobilière et détenaient donc de nombreux actifs fonciers. Ensuite, elles avaient un grand nombre d'actions en portefeuille. Enfin et surtout, la hausse des prix ayant été nourrie par le crédit, le volume des créances bancaires douteuses, parce que garanties par des actifs fonciers ou des actions dévaluées, a véritablement explosé. Ce cataclysme s'abat sur un système bancaire à la fois très éclaté (nombreuses institutions bancaires et non bancaires spécialisées sur certains segments de marché), globalement peu rentable, et relativement peu capitalisé. La faiblesse des capitaux propres rend impossible de faire supporter aux seuls actionnaires les pertes dues aux créances irrécouvrables, la faible rentabilité de les absorber rapidement par les profits futurs. À l'évidence, le secteur bancaire est sinistré. Une profonde restructuration, impliquant nécessairement des injections massives d'argent public, devient inévitable.

En attendant, les effets de richesse (se voyant appauvris, les ménages consommèrent moins), les faillites directement dues aux krachs et la restriction du crédit par les banques, pour qui la priorité était de constituer des provisions pour créances douteuses, plongent l'économie dans la stagnation. La banque centrale tente de stabiliser la demande par une baisse des taux. En vain, car, dans la situation où se trouvent les banques, c'est sans effet sur le crédit et donc sur la demande. Ne reste alors que l'arme budgétaire. Entre 1993 et 1996, les gouvernements lancent des programmes de dépenses publiques (principalement de travaux publics) pour un montant équivalent à 12 % du PIB annuel. Elles sont financées par création monétaire et par augmentation de la dette publique. Un programme de relance keynésien on ne peut plus classique. Si le keynésianisme était mort, comme on le déclarait à l'époque, ce n'était décidément que dans les manuels d'économie. La croissance repart : 2,5 % en 1995, 3,2 % en 1996, la plus forte croissance des pays de l'OCDE cette année-là ! En même temps, les plus grandes banques, de façon très prématurée, annoncent que, la reprise leur permettant d'accélérer la constitution de provisions pour créances irrécouvrables, elles seront capables de venir à bout des conséquences du krach en un an ou deux. Elles espèrent par là éviter que le gouvernement, comme l'y presse la « communauté financière internationale », ne décide de lancer un plan drastique de restructuration bancaire.

En 1997, le ministre des Finances, gardien des finances publiques, tire argument de ces bonnes nouvelles pour convaincre le Premier ministre de stopper l'augmentation de la dette publique. Les programmes de relance budgétaire et la stagnation des années 1990-1992 l'ont en effet portée de 60 à 90 % du PIB, un des taux les plus élevés des pays de l'OCDE. Le Premier ministre relève les impôts et réduit les programmes de travaux publics. En même temps, il prend des initiatives visant à accélérer la restructuration bancaire. Les banques réagissent en redevenant d'une prudence extrême en matière de crédit, ce qui frappe directement les PME et de nombreuses grandes entreprises.

Ce resserrement budgétaire et monétaire replonge immédiatement l'économie dans le marasme. Les faillites se multiplient, y compris, à partir de la fin de 1997, les faillites d'institutions bancaires et financières. Plus profondément, le comportement de consommation des ménages commence à se modifier. La part de leur revenu qu'ils consomment commence à décroître. Inquiets de l'avenir, ils épargnent plus, bien que cette abondance d'épargne conduise les taux d'intérêt longs à des niveaux historiquement bas : 1 % sur les obligations d'État à dix ans ! Consommation fléchissante, investissement réduit, cette fois le Japon connaît sa première véritable récession depuis 1945. Le PIB recule, et s'amorce même une déflation (baisse du niveau général des prix) qui encourage la non-dépense, puisque conserver de la monnaie est, dans ces conditions, accroître son pouvoir d'achat. Loin d'apercevoir le bout du tunnel, les banques voient de nouveau augmenter le volume des créances irrécouvrables.

Que faire des créances irrécouvrables ? Le dilemme du gouvernement japonais

Ce bref récit des atermoiements des gouvernements japonais successifs entre le krach et la fin des années 1990 met en évidence l'existence d'un réel dilemme. Selon certains calculs, en septembre 1998, les dix-sept plus grandes banques japonaises étaient insolvables. Pour beaucoup, cela ne faisait que dévoiler un montant beaucoup plus élevé qu'initialement annoncé de créances irrécouvrables. Un assainissement rapide du système bancaire, par mise en faillite des banques insolvables, aurait eu un effet fortement récessif sur l'économie et aurait provoqué un nouvel effondrement de prix des actifs détenus par ces banques et liquidés en cas de faillite. Cela aurait rendu à leur tour insolvables des banques qui, autrement, auraient pu survivre et restructurer progressivement leur bilan, aggravant ainsi la récession. Il était donc clair qu'il fallait à la fois assainir les banques et relancer l'économie. Cependant, relancer en permanence la demande par la dépense publique facilite en théorie l'assainissement bancaire et évite le cercle vicieux des faillites en chaîne, mais en réalité permet aussi aux banques de différer cet assainissement. Or la dette publique ne peut croître indéfiniment.

Il était par conséquent sans grand intérêt d'affirmer, comme le firent à l'époque un grand nombre d'observateurs occidentaux : « tout le monde sait ce qu'il faudrait faire, y compris les Japonais ». « Un plan de sauvetage pénible et crédible du secteur bancaire japonais doit être lancé et une combinaison de baisse d'impôts et d'expansion monétaire agressive est nécessaire pour stimuler la demande domestique, restaurer la confiance des consommateurs et gagner du temps pendant que la réforme bancaire est mise en œuvre[7]. » Ou : « La mise en place d'un plan d'assainissement cohérent qui allie le resserrement du cadre prudentiel et la consolidation bancaire, dans un même programme financé par l'emprunt public et associé à une réelle expansion de la demande publique[8]. » Et d'enchaîner en émettant les plus grands doutes sur la capacité du gouvernement japonais à faire ce que « tout le monde sait qu'il faudrait faire », en raison du système politique corrompu et inefficace qui aurait constitué la faiblesse fondamentale de ce colosse économique aux pieds d'argile, comme l'affirma *The Economist* qui titra, de façon quelque peu condescendante : « L'étonnante capacité du Japon à décevoir. »

En matière de politique économique, contrairement à ce que pourrait laisser penser la vigueur des polémiques entre économistes, tout le monde sait, la plupart du temps, ce qu'il faut faire, à condition toutefois qu'on en reste à une formulation très générale des solutions. C'était vrai des moyens pour le Japon de sortir du marasme économique. Les véritables débats portaient premièrement sur les priorités, surtout lorsque ce qu'il faudrait faire (et que tout le monde sait) comporte plusieurs volets : assainir les banques « et » soutenir la demande, deuxièmement sur l'ampleur des mesures, troisièmement sur les modalités concrètes de mise en œuvre. En effet, c'est de ce genre de « détails » que dépend la réponse à une question parfaitement triviale et cependant cruciale : qui va y perdre et qui va y gagner ?

En ce qui concerne le Japon, à la fin des années 1990, le débat opposait les tenants de la thèse d'une crise de nature principalement « structurelle » à ceux qui la considéraient

---

7. *The Economist*, 26 septembre 1998.
8. *Lettre du CEPII*, n° 175, janvier 1999.

comme avant tout « conjoncturelle ». Il s'agissait bien d'un débat sur les priorités, l'ampleur des mesures, et qui doit payer. Les partisans de la thèse d'une crise avant tout conjoncturelle faisaient l'analyse suivante. Entre 1993 et 1996, le gouvernement avait engagé le pays dans la bonne direction. La croissance retrouvée donnait le temps aux banques de se restructurer et elles étaient en voie de le faire d'elles-mêmes. L'erreur a été le resserrement budgétaire et monétaire de 1997. Il a détruit la confiance dans la possibilité d'un redressement. Le pays fut alors pris dans ce que Keynes appelait une « trappe de liquidité » : les injections de monnaie centrale n'eurent plus aucun effet sur la demande privée, et la demande publique ne pouvait se substituer éternellement à la demande privée défaillante. Pour en sortir, il fallait donc forcer les ménages à consommer. Pour cela, il fallait provoquer délibérément, par une création monétaire massive, une inflation qui pénaliserait la petite épargne par des taux réels négatifs, et *a fortiori* pénaliserait la détention de liquidité. Comme les banques sinistrées ne relayaient plus la création monétaire de la banque centrale, celle-ci devait directement injecter de la monnaie dans l'économie, en achetant massivement des titres publics. Les partisans de cette thèse, au rang desquels on comptait Paul Krugman [9] aux États-Unis et Jean-Paul Fitoussi [10] en France, ne niaient pas la nécessité d'un assainissement bancaire d'une importance exceptionnelle. Mais ils affirmaient que ce problème ne pouvait être traité correctement que dans le cadre d'une croissance retrouvée et qu'il n'était pas tel qu'il puisse entraver la reprise de la croissance. Au contraire, le traiter en priorité et brutalement ne pouvait conduire qu'à une dépression qui le rendrait encore plus difficile à résoudre, comme le démontrait à leurs yeux ce qui s'était passé en 1997 et 1998.

C'est ce que niaient les tenants de la crise structurelle. Pour les plus radicaux de ces derniers, la crise bancaire japonaise n'était qu'un aspect d'une crise beaucoup plus

9. Paul Krugman, *The Return of Depression Economics*, Norton and Company, 1999.

10. Jean-Paul Fitoussi, « Brésil, Japon : flagrant délit d'abus doctrinal », *Le Monde*, 11 mars 1999.

profonde du capitalisme japonais. Celui-ci était peut-être adapté à la période de rattrapage et de croissance principalement autocentrée qu'avait connue le Japon jusqu'à la fin des années 1970. Il ne l'était plus du tout à un pays devenu riche et plongé dans une économie globalisée. Le Japon avait pu faire illusion dans les années 1980, grâce aux succès à l'exportation de quelques firmes excellant dans la production de masse différenciée (automobile, électronique grand public). Cependant, l'écrasante revanche des États-Unis dans les années 1990 montrait bien à leurs yeux que, lorsqu'il s'agit de jouer dans la cour des grands, il n'est pas de modèle plus efficace que le capitalisme anglo-saxon. Tout ce qui pour les autres faisait la force du capitalisme japonais était désormais désigné par eux comme sa faiblesse fondamentale. Un capitalisme sans capital (des actionnaires minoritaires et passifs) ; les relations étroites et de long terme entre firmes industrielles et banques au sein des *keiretsu*[11] ; l'emploi à vie, le salaire à l'ancienneté et la mobilité interne du personnel, qui permettaient une forte adhésion aux objectifs de la firme, la mobilisation maximale des compétences de chacun, un partage équitable des gains de productivité ; l'action discrète mais ferme du MITI[12] et du ministère des Finances pour organiser rapidement le repli des secteurs en déclin et la mobilisation des ressources collectives vers les secteurs d'avenir ; tout cela, qui força dans les années 1980 l'admiration à l'égard de « Japan Inc. », se disait désormais : gaspillage et mauvaise allocation du capital ; absence de contrôle et de sanction des dirigeants incompétents ; inexistence de marchés du travail permettant la valorisation et la circulation des compétences et des innovations ; incapacité à faire naître des firmes nouvelles, porteuses d'innovations radicales et de destruction créatrice schumpetérienne ; collusion et absence de compétition entre firmes ; refus de la compétition extérieure ; corruption des fonctionnaires et des hommes politiques pour protéger des rentes ; omniprésence de la mafia. Bref : opacité, collusion, corruption, inefficacité.

11. Groupes industriels et bancaires de sociétés liées entre elles par des participations croisées.

12. Ministère de l'Industrie et du Commerce extérieur.

Pour les partisans de cette thèse, le mal était donc profond. Le krach n'en était pas la cause, mais le résultat. À leurs yeux en effet, jamais la spéculation n'aurait pu atteindre une telle ampleur si le Japon s'était doté d'une solide finance de marché, au lieu de maintenir un système bancaire opaque, mal contrôlé, intimement lié à des intérêts particuliers. C'est ce système qui était d'abord frappé par l'éclatement d'une « bulle spéculative » qu'il avait laissé gonfler à des niveaux déments, c'est par lui qu'il fallait commencer le grand nettoyage des écuries d'Augias. Mais ce n'était qu'un début, il faudrait ensuite s'attaquer aux structures industrielles, libérer les marchés du travail, remettre l'État à sa place. Ce n'était qu'à ce prix que le Japon régénéré pourrait entrer dans la modernité de l'économie globale. Dans ces conditions, relancer la demande par la dépense publique, en faisant porter le poids du remboursement d'une dette publique colossale à des générations futures dont on savait qu'elles seraient moins nombreuses, car le Japon vieillissait à grande vitesse, c'était premièrement un cautère sur une jambe de bois, deuxièmement une politique irresponsable à l'égard de ces générations futures.

Sur quoi porte, en vérité, le différend entre ces deux écoles ? Pas sur l'analyse économique. « Comme tout le monde » en effet, les économistes des deux camps conviendraient volontiers que la crise a bien une double dimension conjoncturelle et structurelle, que ces deux dimensions sont intimement liées, et qu'il faut les traiter ensemble avec vigueur. Le différend est d'opinion. Les deux écoles n'ont en fin de compte pas la même opinion sur la capacité, non seulement du gouvernement, mais aussi des hauts fonctionnaires et des dirigeants actuels des banques et des entreprises, à traiter la dimension structurelle. Les uns pensent qu'ils en sont capables, pourvu qu'ils bénéficient d'un peu de croissance. Les autres n'y croient pas. Pour ces derniers, seule une crise grave, entraînant un traumatisme dans la population et un changement du personnel dirigeant, est capable de faire évoluer les choses dans la bonne direction. Pour départager non plus des analyses, mais des opinions, on tombe alors souvent dans une sociologie politique d'une qualité scientifique douteuse, quand ce n'est pas dans une anthropologie de bistrot, dont Robert Solow remarqua qu'elle est fréquemment le refuge ultime des problèmes économiques non résolus. Or il n'est pas nécessaire d'en arriver là pour progresser un peu vers la racine du problème tout en restant dans le champ de l'économie. Car, avant de conclure à l'impuissance politique des élites japonaises, il faut d'abord tenter d'identifier clairement la nature profonde du problème économique qui leur était posé.

C'était un problème de répartition d'une ampleur exceptionnelle. La hausse des prix de l'immobilier et des actions avait créé une énorme quantité de droits sur la richesse future du Japon. Additionné aux droits existant avant elle, l'ensemble excédait sans doute largement tout ce que les scénarios les plus optimistes sur la croissance future de la richesse du Japon pouvaient laisser espérer. Une bonne partie de ces droits « en excès » s'était évaporée dans le krach lui-même et le marasme qui a suivi. Le solde s'était alors concentré, et s'était révélé comme tel dans le bilan des banques sous forme de créances irrécouvrables, comme il est normal dans une hausse financée ultimement par le crédit bancaire. Selon certaines analyses, le montant des créances irrécouvrables des banques s'élevait encore, en 1999, à 30 % du PIB. Ce chiffre, on l'a vu, dépendait en partie de la conjoncture. En tout état de cause, il était encore considérable. Le problème était donc d'achever la « purge » des droits en excès. Si l'on voulait que les banques, prises dans leur ensemble, continuent à fonctionner, il fallait donc organiser le transfert de 30 % du PIB vers les banques. Toute la question était : comment s'y prendre et, surtout, qui va payer, c'est-à-dire se priver d'une part de sa richesse actuelle ou de ses droits sur la richesse future pour effectuer ce transfert aux banques ? Il était clair, et cela milite en faveur des arguments des « conjoncturistes », que si la croissance pouvait être plus vigoureuse, un transfert de 30 % du PIB serait moins douloureux que si le PIB stagnait. Mais cela n'ôte rien au fait que le transfert devait avoir lieu, ce que passaient trop souvent sous silence ceux qui voyaient dans la croissance le remède absolu.

A priori, les moyens d'organiser ce transfert et les groupes à qui en faire supporter le coût étaient extrêmement variés. Il n'est pas question d'en faire ici une liste exhaustive. Illustrons simplement cette diversité de quelques exemples. Si le transfert était moins important, en bonne logique capitaliste, le groupe qui devrait le supporter serait celui des actionnaires des banques. Ils ne le pouvaient seuls. Mais la question de jusqu'où les mettre à contribution restait ouverte. Elle est complexe, car les actionnaires sont, pour de nombreuses banques, les entreprises industrielles du même *keiretsu.* Trop solliciter ces entreprises pour recapitaliser « leurs » banques pouvait conduire certaines à la faillite, faisant ainsi peser une part du fardeau sur leurs employés. Clairement, dans le cas japonais, l'apport d'argent public était donc nécessaire. Mais de quelle ampleur devait-il être et en échange de quoi devait-il être apporté ? Il pouvait s'agir de subventions ou de prêts à taux réduits, qui auraient laissé aux mains des actionnaires historiques les profits retrouvés après l'assainissement. On pouvait cependant juger cela illégitime et nationaliser les banques en faillite, les recapitaliser avec des fonds publics et les revendre quand elles auraient été à nouveau profitables. L'assainissement du secteur bancaire devait s'accompagner de fusions et de restructurations destinées à améliorer la rentabilité future des banques, les profits futurs contribuant à achever le provisionnement des créances irrécouvrables. Restructurer drastiquement les banques, c'était certainement minimiser le volume d'argent public nécessaire, mais alors les employés « excédentaires », licenciés en masse dans ce cas de figure, auraient payé un lourd tribut. Stimuler une croissance délibérément inflationniste était une option. Dans ce cas, c'est l'ensemble des déposants et des emprunteurs à taux fixe qui aurait assumé l'essentiel du transfert. Ajoutons pour finir qu'il existait aussi de nombreuses possibilités de tenter de « passer » une partie du fardeau, du mistigri, à des acteurs étrangers. Par exemple en choisissant l'inflation. Il y avait en effet de bonnes raisons de penser qu'une politique inflationniste aurait fait baisser le cours du yen par rapport au dollar et à l'euro (en termes réels, c'est-à-dire différentiel d'inflation déduit). La Chine avait solennellement prévenu qu'en cas de baisse forte du yen, elle dévaluerait le yuan. Les monnaies des autres pays du Sud-Est asiatique auraient suivi. Qui aurait perdu : tous les étrangers détenteurs d'actifs financiers au Japon qui ne se seraient pas dégagés à temps, et surtout les employés des entreprises non asiatiques, soumis à une compétitivité accrue des exportations asiatiques, qui aurait pesé sur l'évolution de leurs salaires.

On conçoit la difficulté du problème. Elle est de nature politique. Personne, et surtout pas la grande majorité des salariés et des contribuables japonais, qui n'y était pour rien, n'était prêt à accepter de gaieté de cœur le mistigri. Les sommes concernées étaient telles que le gouvernement ne pouvait s'en tirer par un tour de passe-passe qui aurait effectué les transferts en douce et sans douleur. Choisir entre les diverses solutions « techniques » proposées par les économistes implique nécessairement un débat dont les questions de justice et d'éthique ne peuvent être écartées, c'est-à-dire un véritable débat politique. Les atermoiements des gouvernements japonais successifs depuis le début des années 1990 et leur incapacité à trancher dans le vif s'expliquent bien moins par je ne sais quelle faiblesse intrinsèque du système politique japonais que par l'absence d'un consensus, au sein de la population japonaise, sur ce qu'il convenait de faire.

Sur les raisons de l'absence de consensus, dans les pays riches, à propos des questions économiques « conflictuelles », j'ai proposé ailleurs[13] une explication. Elle convient bien, à mon avis, au Japon des années 1990. En 1973 aussi, le gouvernement japonais dut organiser un transfert considérable de richesse. Dans ce cas, il n'était pas interne au Japon, mais entre le Japon et les pays producteurs de pétrole. Le quadruplement des prix du pétrole obligea le Japon à exporter et donc à produire quatre fois plus de marchandises pour pouvoir en importer la même quantité. Autant qui était soustrait au flux annuel de richesse nationale. Le problème était le même : sur qui allait peser le fardeau ? À l'époque, le gouvernement japonais, contrairement aux gouvernements européens, a réagi avec une détermination et une rapidité exceptionnelles : il a encouragé une forte inflation pendant deux ans. Les salaires n'ayant pas suivi, ce furent donc les salariés et les épargnants qui supportèrent le transfert, laissant intacts les profits des entreprises qui purent continuer à investir et à marcher victorieusement à l'assaut des marchés mondiaux. À l'époque, nul doute à mon avis que

13. *Économie, le grand satan ?*, Textuel, 1998.

ces mesures ont été acceptées en raison d'un fort sentiment national, ancré dans la volonté de rattrapage économique, voire de revanche sur les États-Unis. Un intérêt économique supérieur l'emporta sur les intérêts particuliers. Pourtant, les salariés et les petits épargnants n'étaient pas plus responsables du choc pétrolier qu'ils ne le furent du krach. Dans un Japon devenu riche et vieillissant, un consensus fondé sur le nationalisme économique ne pouvait plus exister, d'autant que la crise des années 1990 avait une origine interne. Les conflits d'intérêts économiques étaient à nu.

Qui gardera le mistigri ?

Revenons, pour conclure, à notre question initiale. Que nous apprend le Japon des années 1990 sur le rapport entre crise financière et évolution de l'économie réelle ? La réponse de ceux qui pensent que le marasme japonais était pour l'essentiel un problème conjoncturel est claire. Si, après un krach financier, l'économie ralentit et n'emploie pas au mieux ses capacités productives réelles qui, elles, sont toujours là, inchangées par ce qui s'est passé dans la sphère financière, il faut et il suffit, comme le dit par exemple Krugman, d'appliquer vigoureusement ce qu'il appelle le *keynesian compact* (c'est-à-dire des mesures de relance monétaire et budgétaire) de manière à replacer l'économie sur une trajectoire de plein-emploi de ses capacités productives physiques et humaines. C'est ce qu'il préconisa au Japon.

Ce qu'oublie Krugman, c'est le mistigri. Toute crise financière de quelque importance déclenche une lutte acharnée entre acteurs économiques dont l'enjeu est de se débarrasser du mistigri : les droits sur la richesse qui ont été créés en excès, et dont il apparaît qu'ils ne valent plus rien. Elle implique donc des transferts de richesse auxquels tous les acteurs résistent, car ils paraissent injustes à la majorité d'entre eux, à bon droit le plus souvent. Ce sont ces conflits qui, tant qu'ils ne sont pas résolus, peuvent bloquer le retour de l'économie réelle sur une trajectoire de plein-emploi. Le *keynesian compact* n'est jamais qu'un moyen, parmi d'autres, de résoudre ces conflits. Ce n'est en rien le remède miracle qui les effacerait en supprimant la nécessité d'un transfert réel. Il peut donc aussi être bloqué, comme les autres. Si on le préfère à d'autres solutions, il serait plus sain et plus efficace, pour le débat politique, de ne pas dissimuler les transferts qu'il implique et de dire clairement pourquoi, au nom de quelles préférences politiques, on le préconise. Nous verrons au chapitre XIII qu'avec la crise de 2008 et l'explosion des déficits publics sous l'effet des plans de relance, ces questions furent de nouveau partout d'une brûlante actualité. Quant au Japon, la croissance du PIB ne s'y redressa qu'à partir de 2003, à la suite d'une restructuration bancaire qui fut, en fin de compte, financée pour l'essentiel par augmentation de la dette publique.

CHAPITRE XII

Mieux vaut être du côté du manche : la crise asiatique de 1997

Même si, dès avant juillet 1997, tout le monde ne partageait pas l'enthousiasme presque général suscité par les remarquables succès économiques des pays d'Asie du Sud-Est et de la Chine depuis deux décennies, il est incontestable que la crise qui a éclaté avec la dévaluation du baht thaïlandais le 2 juillet 1997 a surpris – le mot est faible – par sa brutalité et son ampleur. C'est d'elle que datent la généralisation du débat sur le système monétaire et financier international et les premières interrogations, hors du cercle restreint des tiers-mondistes obstinés, sur son efficacité et son équité. Ce système est-il responsable de la pire des récessions économiques qu'aient subie ces pays depuis la guerre ? Ou n'a-t-il fait que sanctionner, certes de manière un peu brutale, de graves erreurs de leurs gouvernements ? Ou encore, de manière plus profonde, n'a-t-il fait que révéler l'épuisement d'un capitalisme asiatique, longtemps admiré, mais qui s'est révélé inefficace et gangrené par la corruption ? C'est également cette crise qui a déchaîné les critiques du FMI[1]. En février 1999, au forum de Davos qui réunissait l'« élite » politico-économique du monde riche, il n'était question que des « erreurs » du FMI.

Après une description de la crise asiatique, précédée d'un rappel du précédent que fut la crise mexicaine de 1995, ce

1. Le procès instruit par Joseph E. Stiglitz contre le FMI, *La Grande Désillusion* (Fayard, 2002), qui eut un succès mondial, est principalement nourri de la critique de sa politique lors de la crise asiatique.

chapitre se propose d'instruire un procès. Qui est responsable de cette crise ? La globalisation financière ? Le FMI ? Le capitalisme asiatique ? Les gouvernements de ces pays ? Nous progresserons ainsi dans la compréhension des caractéristiques de la finance globale, en particulier de ses effets sur les pays dits « émergents ».

Le précédent mexicain de 1995

Ce qui s'est passé en Asie à partir de juillet 1997 n'était pas sans précédents. Par bien des aspects, la crise mexicaine de 1995 avait fait figure de répétition générale. Le Mexique avait un gouvernement « économiquement correct » aux yeux de Washington. Il venait de signer un accord de libre-échange avec son puissant voisin. Les usines et les capitaux étrangers affluaient. Puis, quoi ? Presque rien. Le 1er janvier 1994 : révolte des Indiens du Chiapas et surgissement sur la scène médiatique du mystérieux « sous-commandant Marcos ». En mars : assassinat du successeur désigné par le parti au pouvoir (le PRI) pour le poste de président, Donaldo Coloso, un réformiste dans la ligne du président en titre, Salinas, mais bénéficiant de plus d'une forte popularité. Presque rien, mais assez cependant pour semer le doute dans l'esprit des investisseurs, mexicains et étrangers, sur la capacité politique du président qui allait succéder à Salinas, dans quelques mois, à poursuivre la politique antérieure. Enfin, un problème économique, signalé depuis au moins deux ans par des observateurs attentifs. Selon eux, la croissance mexicaine était faible parce que le peso était surévalué, par rapport au dollar, de l'ordre de 20 à 30 %. Les produits mexicains étaient donc insuffisamment compétitifs sur le grand marché nord-américain qui s'était largement ouvert à eux. Conséquence de cette médiocre croissance : de faibles rentrées fiscales et un déficit budgétaire important. Un problème banal qui pouvait se traiter à froid par une dévaluation.

Or, en décembre 1994, une séquence infernale s'enclenche. Les capitaux commencent à fuir le pays de manière inquiétante, demandant la transformation de pesos en dollars. On sait maintenant qu'il s'agissait, au début surtout, de capitaux mexicains. Les réserves de changes, initialement confortables, baissent dangereusement. Il faut agir. Le gouvernement, après avoir juré qu'il ne le ferait pas, choisit de dévaluer le peso de 15 %. Pas assez, selon la plupart des observateurs. Cette demi-mesure ne fait que déclencher une avalanche de sorties de capitaux. Le gouvernement est obligé de laisser le peso flotter à la baisse. Il perd rapidement la moitié de sa valeur, malgré une hausse des taux d'intérêt courts jusqu'à 75 % pour tenter de retenir les capitaux mobiles. Avec de tels taux, les intérêts de la dette publique explosent et certaines entreprises font faillite. Le chômage s'accroît, les rentrées fiscales plongent. Le PIB, en 1995, chute de 7 %, la production industrielle de 15 %. Le gouvernement apparaît rapidement incapable de rembourser les échéances de sa dette, particulièrement les *tesobonos*. Il s'agissait de titres de dette publique indexés sur le dollar, que le gouvernement avait émis pour rassurer les investisseurs sur sa volonté de stabiliser le change en menant une politique monétaire appropriée. Désormais, il doit collecter, avec un peso dévalué de 50 %, deux fois plus de pesos pour rembourser en dollars.

Alors il se tourne vers Washington, c'est-à-dire vers le FMI et le département du Trésor américain. Ces deux institutions, de l'avis général, réagissent avec une célérité exceptionnelle. En un week-end, elles mobilisent 50 milliards de dollars de crédits au profit des autorités mexicaines afin de leur permettre de faire face à leurs engagements extérieurs et de reconstituer leurs réserves. À partir du milieu de l'année 1995, les banques et les investisseurs étrangers commencent à revenir au Mexique. La chute de l'activité économique est enrayée, le peso stabilisé.

Quelles leçons a-t-on majoritairement tirées de cet épisode ? Première leçon : « C'est le Mexique ! » Dans les années 1960 et 1970, en effet, le Mexique et les autres pays d'Amérique latine sont considérés (avec quelques pays africains dont le cas était de toute façon jugé désespéré – à tort évidemment) comme les pires élèves de la classe des pays du « tiers-monde » à économie capitaliste de marché. Qu'ils soient élus ou issus de coups d'État militaires, les gouvernements sont tous jugés populistes, clientélistes, protecteurs d'entreprises publiques inefficaces et d'un secteur privé qui l'est tout autant, et n'ayant aucune rigueur budgétaire et monétaire. D'où des épisodes d'hyperinflation qui nourrissent, avec l'hyperinflation allemande des années 1920, les annales de ce phénomène.

Le grand tournant, c'est la crise de la dette publique qui éclate (déjà au Mexique) en 1982. Tous les pays d'Amérique latine passent alors sous contrôle du FMI et du Trésor américain qui entreprennent, plans d'ajustement structurel à l'appui, d'en faire de bons élèves. Le Chili de Pinochet sera le premier, et les autres suivront. Au Mexique, le tournant est pris en 1988 avec l'élection (truquée) de Salinas. Les États-Unis font alors un effort : le « plan Brady » allège considérablement la dette des pays latino-américains en 1989. On peut repartir sur de bonnes bases. Salinas est entouré de brillants économistes, formés au MIT et à Stanford. Le Mexique devient un très bon élève. Mais sept ans, c'est un peu court pour se débarrasser de décennies de mauvaises habitudes. Alors, la crise de 1995 ? Un simple accident de parcours sur la voie du redressement. Les gouvernements Salinas puis Zedillo ont fait globalement ce qu'il fallait faire, à une erreur près : avoir laissé le peso trop s'évaluer et n'avoir pas réduit assez vite la dette publique. Certes, la correction a été sévère, mais finalement de courte durée. Que voulez-vous, c'est ainsi : l'économie globalisée apporte des avantages considérables en stimulant la compétition, et en allouant efficacement les facteurs de production, sources de productivité, donc de croissance. Mais c'est un monde difficile où les erreurs se paient comptant : *« there is no free lunch »* (« il n'y a pas de repas gratuit »).

Seconde leçon : « On peut dormir tranquille. » Non que ce soit désormais « eux » qui ne dorment pas. Tout le monde peut dormir tranquille, car le FMI et le Trésor américain veillent. Ils ont démontré qu'ils étaient capables de fournir les liquidités nécessaires en cas de besoin, c'est-à-dire quand les marchés, exceptionnellement, ne parviennent pas à s'autoréguler. Grâce à eux, le risque de système est maîtrisé, le spectre de la crise financière généralisée est écarté.

Les tigres étaient-ils de papier ?

Mais la crise asiatique, c'est tout autre chose. D'abord, les pays dévastés étaient, eux, les meilleurs élèves. En deux vagues successives, d'abord les « dragons » au début des années 1960 (Hong Kong, Singapour, Taiwan, Corée du Sud), puis les « tigres » dans les années 1970 (Thaïlande, Malaisie, Indonésie, Philippines [2]), les pays d'Asie du Sud-Est ont entamé un rattrapage des pays riches d'une exceptionnelle rapidité, fondé sur l'industrialisation. Les taux de croissance du rattrapage japonais des années 1950 à 1970 ont été dépassés. La Chine à partir de 1978, l'Inde un peu plus tard, connaissent également une croissance très rapide. L'ensemble fait de l'Asie, à partir des années 1980, le pôle le plus dynamique de l'économie mondiale. Les dragons et les tigres sont des pays très différents : à un extrême, de simples villes à population chinoise comme Hong Kong et Singapour, à l'autre l'Indonésie, un archipel peuplé de 260 millions d'habitants et exportateur de pétrole. La Chine est encore autre chose. Cependant, leur croissance économique présente quelques traits généraux communs.

Les traits communs de la croissance asiatique

Au départ, des réformes agraires réussies. Elles donnent la terre aux paysans et engendrent une forte augmentation de la productivité agricole qui dégage de la main-d'œuvre pour l'industrie des villes. Un niveau d'alphabétisation et d'éducation élevé par rapport à d'autres pays de l'ex-tiers-monde de richesse initiale comparable. Un très fort taux d'épargne (supérieur à 30 %) permettant une accumulation soutenue de capital sans apports extérieurs. Des gouvernements « autoritaires » jouant un rôle économique actif : protection du marché intérieur, système bancaire aux ordres qui oriente l'épargne vers les secteurs prioritaires, existence de « plans » de développement. La croissance économique est

---

2. Un ensemble beaucoup plus peuplé, 356 millions d'habitants contre 77 millions pour le premier groupe.

ainsi dirigée par une élite, composée d'hommes politiques et de dirigeants de banques et d'entreprises industrielles, et unie par des relations de services réciproques assez différentes de celles qui régissent les rapports entre les États et le monde des affaires en Occident. Une gestion macroéconomique sage : budgets publics maîtrisés et inflation raisonnable, contrairement aux pays d'Amérique latine. Enfin, une industrialisation tirée par l'exportation, selon un processus devenu classique de remontée des filières et d'intensification progressive du contenu technique des biens exportés. On commence par le textile habillement et de simples usines de montage (électronique), activités très intensives en travail peu qualifié. Puis, à mesure que les salaires augmentent et que les technologies étrangères sont habilement captées et intégrées, grâce à des investissements directs maîtrisés de firmes occidentales et japonaises, on se diversifie vers des biens à plus fort contenu technologique. Ces caractéristiques ne sont pas sans rapport avec celles de la croissance japonaise, sauf la dernière : la croissance tirée par les exportations. La croissance japonaise fut en effet très largement autocentrée. À la fin des années 1990, le taux d'ouverture du Japon restait inférieur à 15 %, chiffre comparable à celui des États-Unis et de l'Union européenne, alors que celui des dragons et des tigres était très supérieur (de 30 à 40 %, voire plus pour les villes-États). D'autre part, le Japon était déjà une grande puissance industrielle avant-guerre. Quoi qu'il en soit, dans les années 1980, on commence à parler de « capitalisme asiatique » et non simplement japonais. Les succès de l'Asie nourrissent un débat sur les mérites respectifs des modèles anglo-saxons et asiatiques. Débat dont ne furent pas absentes des considérations relevant de l'anthropologie de bistrot. Mais il faut reconnaître que ces discours ne furent pas l'apanage de quelques commentateurs occidentaux. Ils furent alimentés par les déclarations de certains dirigeants asiatiques, tels les présidents de Singapour et de Malaisie, vantant la spécificité et la supériorité de « l'esprit des peuples » de leur zone.

Au début des années 1990, certains chercheurs[3] affirment cependant que l'exceptionnelle croissance asiatique

3. Laurence Lau et Alwyn Young, par exemple. Leurs travaux ont été largement popularisés par Paul Krugman, qui les a résumés dans un article de *Foreign Affairs* de 1994.

s'explique surtout par l'accumulation des facteurs de production, en particulier une énorme accumulation de capital permise par des taux d'épargne non seulement élevés mais croissants. En revanche, selon eux, l'évolution de la productivité des facteurs de production n'a rien de remarquable et signale plutôt une utilisation relativement peu efficace du stock de capital accumulé, semblable en cela à ce qu'on a cru pouvoir observer dans la croissance des pays socialistes européens et de l'URSS. Ils en concluent que, le taux d'épargne ne pouvant indéfiniment augmenter, la croissance « extensive » de ces pays est vouée à ralentir, sauf s'ils se reforment en profondeur pour enclencher une croissance fondée sur des gains de productivité. Ces articles provoquent un débat assez technique, car la mesure de la productivité pose de redoutables problèmes, dans le détail duquel il n'est pas nécessaire d'entrer ici. Il est cependant utile de l'évoquer, car il conduit à deux remarques à mes yeux importantes.

Les pays d'Asie du Sud-Est sont engagés dans un processus de rattrapage économique. Or il s'agit toujours d'un processus très singulier par rapport à la croissance des pays les plus avancés. Son moteur profond est l'intensification du travail de la population et l'acquisition des connaissances et des savoir-faire des pays les plus avancés, d'où l'importance d'un bon niveau initial d'éducation générale. Lorsque les conditions initiales sont réunies et que le processus est politiquement bien dirigé, il peut être très rapide. En effet, il est beaucoup plus facile d'apprendre ce que les autres savent déjà et de les imiter que d'inventer. Le rythme de rattrapage est donc d'autant plus rapide que l'écart est grand : un pays qui se rapproche des pays rattrapés, comme la Corée en 1997, voit nécessairement son taux de croissance ralentir. Or une croissance très rapide engendre inévitablement de multiples déséquilibres, sources d'une efficacité de l'utilisation du capital fixe qui peut en effet être qualifiée de « mauvaise », si on la compare à celle des pays avancés. Surcapacités dans certains secteurs, goulets d'étranglement dans d'autres, formation insuffisante des ouvriers aux machines qu'ils utilisent sont non seulement inévitables, mais créent des tensions dont la résolution à marche forcée nourrit le processus même de croissance. La Chine, par exemple, peut acquérir « sur étagères » à peu près exactement les mêmes usines et les mêmes technologies que nous. Si elle les utilisait immédiatement aussi efficacement, elle serait tout simplement aussi riche que nous. Ce n'est pas le cas, mais les avoir acquises l'oblige et lui permet tout à la fois de former sa main-d'œuvre de manière accélérée. Déséquilibres, surinvestissement, voire gaspillages, non seulement sont inhérents aux rattrapages rapides, mais ils en sont des moteurs. Il n'y a aucun sens à comparer selon les mêmes critères des croissances stabilisées autour de 3 % dans les pays les plus riches et des croissances de rattrapage de 10 %.

La seconde remarque est que ce débat n'aurait pas eu le retentissement qui fut le sien, et qui a dépassé les intentions et la rigueur scientifique des auteurs initiaux, si la crise asiatique n'avait pas eu lieu. Ces analyses ont en effet été largement utilisées pour affirmer : « On vous l'avait bien dit, ce qui doit arriver arrive, cette croissance n'était pas saine. » Traduisez : « Elle ne respectait pas les canons d'efficacité du capitalisme anglo-saxon. » Pourtant, quelques mois avant l'éclatement de la crise en Thaïlande, les grands prêtres de cette orthodoxie, le FMI et les agences de notations, continuaient à gratifier les pays asiatiques des meilleures notes possibles. Le ver était dans le fruit, mais ce sont ces institutions qui avaient fortement contribué à l'introduire.

L'ouverture aux capitaux mobiles

Jusqu'au début des années 1990 en effet, la croissance des pays asiatiques fut essentiellement fondée sur leur épargne intérieure. Comme ils avaient des balances commerciales déficitaires en moyenne, situation normale pour un pays en rattrapage, ils importaient cependant des capitaux, mais essentiellement sous forme d'investissements industriels directs et de prêts souverains, c'est-à-dire de prêts aux États, lesquels, compte tenu d'une gestion budgétaire équilibrée et d'une dette publique gardée sous contrôle, bénéficiaient d'excellentes notes de solvabilité.

Les choses changèrent au début des années 1990. Fortement incités par le FMI, dont la doctrine était que les pays émergents devaient progressivement libéraliser les mouvements de capitaux pour pouvoir bénéficier d'apports extérieurs plus diversifiés et plus abondants, ces pays ouvrirent leur marché intérieur des capitaux aux étrangers et rendirent leur monnaie convertible. Ils choisirent pour la plupart un système de change fixe *(peg)*, par rapport à un panier de monnaies où le dollar occupait une place prépondérante (autour de 80 %), supérieure à la part de la zone dollar dans leurs exportations[4].

Des perspectives de croissance, donc de profits, brillantes, une politique de change qui minimise les risques, une gestion macroéconomique encensée par le FMI : tout est alors en place pour que les capitaux étrangers privés affluent. Mais, bien sûr, sous forme d'achat de titres négociables (actions et obligations) vendables à la première alerte, et de crédits courts essentiellement interbancaires. Les titres et créances de ces pays présentent tout de même des risques supérieurs, aux yeux des banques internationales et des investisseurs, à ceux émis par les États et la plupart des entreprises du « centre ». Et, de fait, les capitaux affluent. Sur place, banques et institutions financières transforment leurs emprunts en dollars en prêts en monnaie locale, mais reprêtent également en dollars. De nombreuses entreprises préfèrent en effet emprunter en dollars, car les taux sont plus faibles qu'en monnaie locale. De même que les banques, elles négligent de se couvrir contre les risques de change (ce qui annulerait l'avantage de taux), confiantes qu'elles sont dans la poursuite de la politique gouvernementale de change quasi fixe par rapport au dollar.

Deux forces complémentaires ont donc joué pour provoquer, au moins dans certains pays, dont la Thaïlande, un excès d'entrée de capitaux. D'une part, un manque de prudence des banques, sociétés immobilières et entreprises locales, qui ont emprunté au-delà de ce qu'elles pouvaient réinvestir avec des rendements sûrs. D'autre part, une volonté des banques internationales et des investisseurs institutionnels des pays riches de diversifier leurs portefeuilles en investissant dans les actifs plus risqués, mais plus rentables, des pays « émergents » d'Asie. « Excès » signifie

4. Si bien que, si le dollar monte par rapport aux autres devises clefs, la compétitivité moyenne à l'exportation du pays se dégrade.

que l'afflux des capitaux mobiles s'est traduit par la création de droits, détenus par des nationaux et des étrangers, sur la production future de ces pays, qui étaient excessifs même dans l'hypothèse où la croissance de la richesse aurait continué au rythme antérieur. En Thaïlande par exemple, mais aussi dans certains autres pays, cela s'est manifesté par des envolées des prix de l'immobilier et des actions, alimentées par les afflux de capitaux. Cela prit aussi la forme, dans les grandes entreprises industrielles, d'investissements en capacités productives sans doute excessifs par rapport aux perspectives d'évolution de la demande tant intérieure qu'extérieure. Investissements qui furent financés par une augmentation de leur endettement, en partie en dollars.

Cette tendance au surinvestissement et à un endettement excessif des entreprises, par rapport aux critères en vigueur dans les pays riches, ne date pas de la libéralisation financière du début des années 1990. Elle caractérisait le mode de croissance de ces pays et était facilitée par la relation « intime » existant, sous l'égide du gouvernement, entre banques et grandes entreprises. Cependant, dans la phase antérieure, ces excès étaient résorbés, soit par un peu d'inflation, soit simplement parce que la croissance était encore plus forte que prévue, les justifiant *a posteriori*. Auquel cas on peut considérer que ces excès étaient l'un des moteurs de la croissance rapide : une offre en apparence excessive créait en fait sa propre demande et se trouvait ainsi justifiée.

L'afflux de capitaux extérieurs a incontestablement aggravé le phénomène, tant quantitativement que qualitativement. Qualitativement car ces capitaux mobiles ont financé des investissements longs et qu'une partie de l'endettement était en devises et non couverte contre le risque de change. Banques, institutions financières et entreprises se mirent donc dans une situation de grande fragilité financière. Un ralentissement significatif de la croissance et une forte baisse du change ne pouvaient que provoquer l'insolvabilité d'un grand nombre d'entre elles. Malgré cela, rien ne permet d'affirmer que la crise était inévitable. Il aurait certes fallu, pour l'éviter, que le mouvement ne s'amplifie pas et que les gouvernements prennent des mesures pour ralentir la frénésie d'investissements, en particulier spéculatifs, et résorber progressivement les droits en excès. Difficile, certes, mais pas impossible.

En Thaïlande, le reflux des prix des titres de propriété avait effectivement commencé dès 1996, provoquant quelques faillites d'institutions financières, mais pas de crise financière généralisée. Un « atterrissage en douceur » aurait-il pu se poursuivre ? Nul ne peut l'affirmer avec certitude, mais rien, et certainement pas l'analyse des « fondamentaux », ne permet de l'exclure. Quoi qu'il en soit, cela ne s'est pas passé ainsi. Une crise de change sur le baht thaïlandais va déclencher une avalanche de retraits de capitaux qui plongera l'ensemble des pays de la zone dans une très profonde récession. Le déroulement des faits a été très largement commenté, les mécanismes à l'œuvre nous sont désormais familiers. Allons donc à l'essentiel.

Le déroulement de la crise

En 1996 et 1997, le déficit de la balance commerciale thaïlandaise avait commencé à se creuser, pour partie en raison de la hausse du dollar et donc du baht par rapport au yen, pour partie en raison d'un fort ralentissement du marché mondial des semi-conducteurs. Un début de repli des prix sur le marché des actions et, les premières faillites immobilières ont rendu les investisseurs étrangers plus prudents. L'afflux des capitaux ne compense plus le déficit des opérations commerciales. Pour soutenir le baht, la banque centrale vend donc ses réserves en devises. L'inquiétude des investisseurs étrangers s'accroît, d'autant que la banque centrale est vite soupçonnée de mentir sur le niveau réel de ses réserves. La spéculation contre le baht se déclenche alors, irrésistible. Le gouvernement doit le laisser flotter le 2 juillet 1997. Tous ceux, Thaïlandais comme étrangers, qui peuvent se dégager tentent de le faire. La très forte hausse des taux d'intérêt à court terme que décide le gouvernement pour tenter de les retenir ne les dissuade évidemment pas, car, dans le mécanisme de crise de change et financière qui s'est enclenché, l'incertitude sur l'évolution future de la valeur des actifs qu'ils détiennent est radicale. Personne ne sait à quel niveau il devient raisonnable de recommencer à acheter, il n'y a que des ventes à sens unique. Le baht plonge, la Bourse plonge, le crédit intérieur disparaît. Même des entreprises *a priori* favorisées par la dépréciation du baht, comme les entreprises exportatrices, n'arrivent plus à se financer. L'économie entre en récession, la fragilité financière des banques et des entreprises se transforme en insolvabilité, des montagnes de créances irrécouvrables s'accumulent dans les banques.

La contagion aux autres pays de la zone est purement financière. Qu'on l'explique par la psychologie ou par les méthodes « objectives » de corrélation des risques grâce auxquelles banques et investisseurs redéploient en permanence leurs portefeuilles, le fait est que, le risque thaïlandais s'étant matérialisé, les capitaux fuient aussitôt les autres pays de la région, considérés comme présentant le même type de risques. La Malaisie, les Philippines, l'Indonésie sont contraintes de laisser flotter leurs monnaies respectivement le 4 juillet, le 11 juillet et le 14 août. Le 25 août, le won sud-coréen et le dollar de Singapour sont attaqués, en octobre le dollar de Taiwan et celui de Hong Kong. Seul ce dernier, qui est lié au dollar américain par un *currency board*, résistera – de justesse – aux attaques spéculatives. Dans tous ces pays, sous l'effet des mêmes mécanismes qu'en Thaïlande, l'économie entre en dépression ou stagne. Tout cela à des degrés divers, l'Indonésie connaissant la crise la plus profonde.

La Thaïlande, les Philippines, l'Indonésie et la Corée demandent l'aide du FMI. Le très nationaliste président de Malaisie, Mahathir, s'en passe. Les prêts organisés par le FMI pour l'Indonésie et la Corée sont les plus importants jamais accordés. Ils dépassent largement les montants octroyés au Mexique en 1995. Fin 1998, la situation économique de ces pays commence à se redresser. L'amélioration se poursuit en 1999 et 2000, sauf en Indonésie, qui se redressera plus tardivement.

Quelques leçons qui furent tirées de la crise asiatique

Au début des années 2000, le plus gros de la crise passé, quelle leçon tire-t-on de ces événements et quels débats suscitent-ils ? Tout d'abord, la thèse de crises de change provoquées par des anticipations autoréalisatrices conduisant à des équilibres multiples l'emporte définitivement sur la vision « fondamentaliste[5] » et ouvre un débat sur les responsabilités dans cette affaire. Ensuite, le cercle des critiques du FMI s'élargit et une discussion sur la réforme du système monétaire et financier international s'engage.

Un cas d'école d'anticipations autoréalisatrices

L'examen attentif du déroulement de la crise asiatique conduit un nombre croissant d'économistes à la conclusion suivante : une poursuite de la croissance des pays asiatiques, peut-être avec un léger ralentissement conjoncturel, accompagnée d'un glissement modéré de leurs monnaies en raison d'une inflation interne qui aurait purgé progressivement les droits financiers en excès, était un sentier d'« équilibre » tout aussi possible, plausible, en conformité avec les « fondamentaux », que le sentier qui a été effectivement suivi. À savoir : très forte dépréciation des monnaies, qui ne se stabilisent qu'après avoir subi des corrections bien supérieures à tout ce que ceux qui les considéraient surévaluées estimaient nécessaire avant la crise, recul spectaculaire de la croissance par rapport aux tendances passées, énorme dévaluation des actifs financiers, stock considérable de créances bancaires irrécouvrables et donc nécessité de transferts de droits de propriété de grande ampleur pour « assainir » les bilans des entreprises et des institutions financières.

C'est la perception, de la part de certains acteurs, d'une possible dégradation du rendement et / ou du risque futur des titres et des créances sur ces pays, perception engendrée par un ensemble de petits événements et de décisions gouvernementales considérées comme « maladroites », qui a provoqué le saut d'un sentier d'équilibre à l'autre. Les anticipations sur l'avenir économique des pays asiatiques se sont brusquement modifiées et ces anticipations furent autoréalisatrices. Que les craintes qui ont suscité le retournement initial des anticipations aient été fondées ou pas, peu

5. On a vu au chapitre X que la conception fondamentaliste des crises de change avait déjà été sérieusement ébranlée par les crises du SME de 1992 et 1993.

importe : le retournement a suffi à initier un processus qui a rendu ces craintes parfaitement justifiées, en raison d'un cercle vicieux irrésistible :

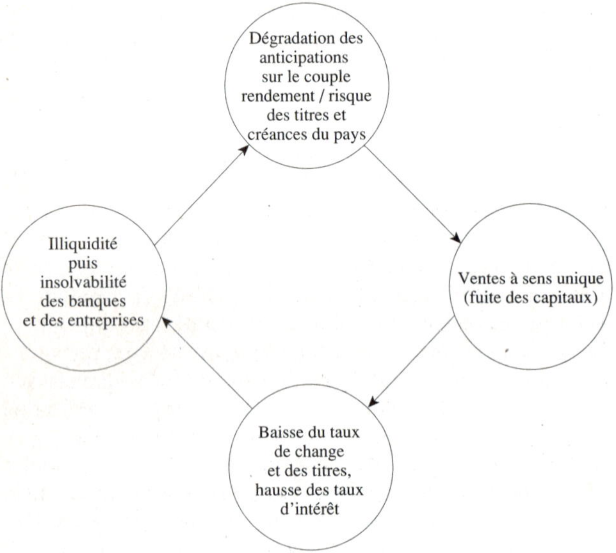

À la recherche des coupables

Selon cette analyse, la responsabilité première dans la crise asiatique est l'ouverture quasi totale de ces économies aux flux et reflux de capitaux mobiles. Cette responsabilité est partagée. Le FMI, et derrière lui les gouvernements des pays riches qui fixent ses orientations, ont vivement « recommandé » l'ouverture. Les banques internationales et les gestionnaires d'épargne des pays riches en ont largement profité. Les gouvernements des pays asiatiques y ont consenti, car les institutions financières et les grandes entreprises de ces pays, très liées au pouvoir politique, y trouvaient avantage dans un premier temps.

Dans un contexte de libre circulation des capitaux, l'existence d'anticipations autoréalisatrices et le fait qu'il faille leur attribuer tant la violence de la crise que son extension foudroyante à toute la région sont désormais peu contestés. Cependant, beaucoup sont convaincus que cette crise financière n'a fait que révéler des problèmes beaucoup plus profonds. Pour eux, la finance globalisée n'aurait pas pu, à elle seule, écarter brutalement ces pays d'un sentier de croissance vigoureuse et équilibrée. Si elle l'a fait, c'est que cette croissance n'était en vérité pas soutenable. La crise fut sévère sans aucun doute, excessivement sévère peut-être, on en conviendra, mais dans le fond elle fut juste et même bénéfique, car elle a provoqué l'épreuve de vérité qui ne pouvait manquer de survenir. Les analyses sur l'inefficacité de l'accumulation de capital dont nous avons parlé avaient préparé le terrain à cette vision des choses. La crise amplifie l'entreprise de démystification du « capitalisme asiatique », qui avait commencé à propos du Japon. On parle désormais de *crony capitalism*, capitalisme de copains, pour désigner l'intime collusion entre les États et le monde des (grandes) affaires, source de corruption, d'inefficacité et objet de méfiance légitime de la part des investisseurs étrangers. Selon cette thèse, l'heure est désormais, pour ces pays comme pour le Japon, à des réformes structurelles profondes. Banques et entreprises occidentales sont naturellement toutes prêtes à les y aider, en rachetant pour 1 baht, 1 won ou 1 roupie symboliques les pans entiers de l'industrie et des services financiers que la crise a jetés à terre, afin d'y insuffler les règles de bonne gestion capitaliste.

À l'appui de cette thèse, on convoque les cas singuliers de Hong Kong et de l'Australie. Ces deux pays asiatiques auraient dû être saisis dans la tourmente. De fait, ils l'ont été, mais s'en sont remarquablement tirés. Hong Kong s'était construit en plusieurs décennies une réputation très solide de rigueur monétaire et budgétaire, de continuité absolue de la politique de change[6]. Or, Hong Kong, comme les autres pays de la région, a été l'objet au dernier trimestre de 1997 d'une attaque spéculative particulièrement massive et sophistiquée. Un groupe de *hedge funds* parmi les plus puissants a construit des positions courtes sur les actions cotées

---

6. Rappelons que le HK dollar est lié rigidement au dollar américain par un *currency board*.

à Hong Kong (en les empruntant à leurs détenteurs avec promesse de leur rendre à terme, avec un intérêt) et longues[7] sur le dollar américain (en vendant les actions empruntées puis en achetant des dollars américains avec les HK dollars résultant de la vente). Le calcul des spéculateurs était le suivant. Les ventes de HK dollars contre US dollars obligeaient les autorités monétaires de Hong Kong à défendre leur monnaie en l'achetant. De deux choses l'une : soit elles parvenaient à tenir le taux de change fixe, mais pour cela, ne pouvant compter sur leurs seules réserves face à une attaque massive, il leur faudrait relever les taux d'intérêt. Dans ce cas, la Bourse baisserait et les spéculateurs gagneraient non sur la baisse du HK dollar, mais sur celle de la Bourse (en rachetant les actions moins cher qu'ils ne les avaient vendues pour les rendre à ceux à qui ils les avaient empruntées). Soit les autorités monétaires décidaient de laisser flotter la monnaie. Des ventes d'actions auraient alors également fait plonger la Bourse, et les spéculateurs gagnaient sur les deux tableaux : la monnaie et les actions.

Un plan imparable en apparence. Mais il a échoué. Les autorités monétaires de Hong Kong ont trouvé les ressources financières pour à la fois défendre le HK dollar et, ce qui fut très vivement critiqué, acheter elles-mêmes des actions pour soutenir les cours, tout en modifiant les règles du jeu pour rendre plus difficile de construire des positions courtes sur actions. Si ce fut un échec pour les spéculateurs, c'est qu'ils furent seuls à jouer contre Hong Kong. La majorité des investisseurs étrangers, quoique sachant très bien ce qui se passait (les *hedge funds* donnaient la plus grande publicité à leurs opérations, justement pour inciter à les suivre), a fait « confiance » aux autorités monétaires de Hong Kong. Le grand mot est lâché : confiance. Mais la confiance, cela se construit et se justifie en se conformant aux normes du capitalisme anglo-saxon. Pour les défenseurs de la thèse d'une crise sous-jacente profonde du capitalisme asiatique, le *crony capitalism* thaïlandais, lui,

7. Une position est dite longue quand on détient un actif sans l'avoir encore vendu. Elle est gagnante en cas de hausse de prix. Une position est dite courte quand on a promis de livrer ultérieurement un actif qu'on ne détient pas encore. Elle est gagnante en cas de baisse de prix.

n'inspirait pas une telle « confiance », et c'est pourquoi la crise s'est abattue sur lui !

L'Australie est un pays de la zone Asie-Pacifique. La dépression économique régionale, la compétitivité accrue de ses voisins en raison de leur monnaie dévaluée, tout cela menaçait gravement la croissance en Australie, la rentabilité de ses entreprises, la valeur de ses actifs. Que s'est-il passé ? Sous l'effet de la dégradation de la balance commerciale et des fuites de capitaux, le dollar australien, monnaie flottante par rapport au dollar américain, s'est déprécié de 20 % sans que le gouvernement ne cherche même à le défendre. Puis les choses en sont restées là. Suffisamment d'investisseurs se sont dit que, dévalués de 20 %, les actifs libellés en dollar australien devenaient bon marché, qu'il était donc intéressant d'en acheter. Ils l'ont fait : l'hémorragie des capitaux s'est arrêtée, le taux de change s'est stabilisé. Pourquoi n'en a-t-il pas été ainsi dans les autres pays d'Asie du Sud-Est ? Confiance là encore. L'Australie, pays anglo-saxon converti au libéralisme économique, a un système bancaire « transparent » (selon les normes occidentales), des entreprises qui présentent des comptes fiables (selon les normes occidentales), la politique économique y respecte les normes (occidentales) des rapports entre gouvernement et monde des affaires, la banque centrale est indépendante. Bref, les analystes financiers sont en terrain connu, ils savent – en fait ils croient savoir, cela suffit – évaluer la valeur des actifs à leurs fondamentaux. Des investisseurs (internes et externes) interviennent donc dès que les actifs leur paraissent sous-évalués, les marchés s'équilibrent d'eux-mêmes. Les pays frappés par la crise ne présentaient pas les caractéristiques de l'Australie, ni celles de Hong Kong, ni celles de la Chine, protégée de la tourmente parce qu'elle n'a pas libéralisé les flux de capitaux et que sa monnaie n'est pas pleinement convertible. Voilà pourquoi, selon cette thèse, la crise les a frappés. Que faut-il en penser ?

Il est vrai que les grandes entreprises des pays frappés par la crise étaient très endettées. Il est vrai que leurs banques n'appliquaient pas les mêmes normes prudentielles de gestion que les banques occidentales. Il est vrai que le pouvoir politique intervenait directement dans cette gestion, que cela pouvait être qualifié d'« opaque », que la corruption était répandue. Mais, après tout, en 1996, rien de tout cela ne paraissait si grave aux yeux du FMI et des agences de notation. Et pour cause, le système avait fait ses preuves. Il n'était certes pas parfait ni dépourvu de tensions et de déséquilibres. Mais lequel l'est ? Cette façon de blâmer la victime est évidemment le signe d'un moralisme puritain, très présent chez certains économistes anglo-saxons, mais fort éloigné de l'analyse économique.

La seule conclusion solide à mes yeux est la suivante. Les pays du Sud-Est asiatique n'étaient pas prêts à libéraliser totalement les mouvements de capitaux. En le faisant, leurs gouvernements se sont placés à la périphérie du système de la finance globale, là où les turbulences sont maximales. On peut en effet représenter par des cercles concentriques les titres qui s'offrent à l'épargne financière mondiale, en fonction de la perception du risque qu'en ont les gestionnaires de cette épargne, ainsi que les banques.

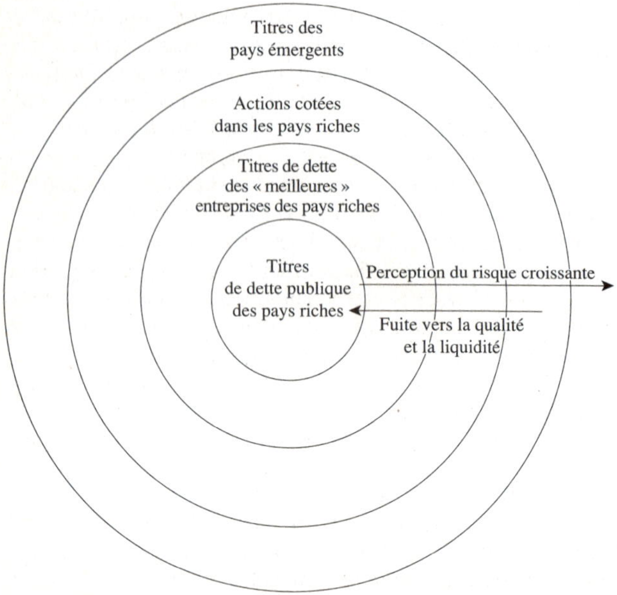

Au centre, le noyau « sûr » des titres de dette publique des pays riches, puis les obligations des sociétés les mieux notées, puis les actions, intrinsèquement plus risquées, enfin la mince couche (car leur volume est encore faible) des titres et droits de propriété sur les pays émergents. En cas d'inquiétude, qu'elle trouve son origine dans les titres des pays émergents eux-mêmes ou n'importe où ailleurs dans le système, la fuite vers la qualité et la liquidité affecte évidemment d'abord, avec l'amplification que donne à l'extrémité du fouet le moindre mouvement du manche, les titres des pays émergents. Mieux vaut être du côté du manche qu'à l'extrémité du fouet. Ce genre de mouvement, sur des systèmes bancaires et des entreprises financièrement fragiles, fait évidemment des ravages.

Pourquoi les gouvernements des pays asiatiques se sont-ils mis dans cette dangereuse situation, d'autant que, hormis certains intérêts particuliers en leur sein, leurs pays n'en avaient pas besoin ? Ce dont, en tant que pays, ils ont besoin, c'est de pouvoir acquérir la technologie (y compris la technologie financière) occidentale. Les vecteurs de cette acquisition sont les investissements directs et les partenariats. Ce sont eux et eux seuls qu'il convient de favoriser. Les gouvernements asiatiques portent donc incontestablement une part de responsabilité, en vérité ils sont ultimement responsables de ce qui leur est arrivé. En affirmant cela, je ne me range aucunement du côté de ceux qui voient dans la crise la sanction inévitable du « modèle asiatique ». J'ai critiqué la thèse de l'existence d'un seul modèle de développement, tout écart finissant par être sanctionné. Je maintiens que la crise était évitable et ne « blâme pas les victimes » pour disculper le système financier. En revanche, je critique un tiers-mondisme, beaucoup plus répandu qu'on ne le pense, qui consiste à considérer les « pays » du tiers-monde ou émergents comme un bloc homogène où les gouvernements et l'ensemble de la population subissent les contraintes extérieures, l'implacabilité du système et les diktats du FMI.

Les gouvernements des pays frappés par la crise ont fait des choix, ou ont refusé d'en faire, ce qui revient au même. Sans ces décisions, les choses se seraient passées autrement. Étant souverains, ils sont responsables de leurs choix. Ainsi par exemple : avoir accepté une libéralisation trop rapide des mouvements de capitaux, ne pas avoir contrôlé les risques pris par le système bancaire et de nombreuses grandes entreprises, étroitement liées à l'État. Mais il y a plus. Une croissance soutenue dans les pays émergents exige tôt ou tard que les fruits de la croissance soient répartis de manière à engendrer une consommation de masse, comme ils l'ont été dans les pays européens et au Japon durant la phase de rattrapage de l'après-guerre. Les exportations ne peuvent en effet tirer seules une croissance durable. Il faut que le marché intérieur se développe en parallèle et donc que les revenus de la majorité de la population croissent au même rythme que la richesse produite. Or, sur ce plan, il est certain qu'en Thaïlande ou en Indonésie, comme au Mexique, au Brésil ou en Argentine, les gouvernements ont laissé se développer une inégalité croissante. Ainsi les riches, de plus en plus riches, à qui l'on avait de plus donné accès à un crédit international illimité, ont-ils choisi des placements spéculatifs plutôt que des investissements productifs que ne justifiait pas l'insuffisant développement du marché intérieur. Il n'y eut rien là de caractéristique d'un capitalisme asiatique ou latino-américain. Ce furent des choix de politique économique, faits au profit de certains groupes et au détriment d'autres. Ces choix ne furent en rien dictés par l'extérieur. Ils ont contribué à l'émergence d'une sphère financière locale de plus en plus ivre de spéculation et n'hésitant pas, évidemment, à fuir la monnaie et l'économie nationales. De la même façon, une fois la crise survenue, les politiques de redressement qui, on l'a souligné, impliquent d'importants transferts internes de richesse, sont faites de choix du même type, dont vont dépendre la rapidité de la reprise et le partage du « manque à croître » que la crise a provoqué. De tous ces choix, je pense en effet que les gouvernements sont responsables, et que les invectives contre la spéculation, le FMI et le « système », quand bien même elles ne sont pas sans fondements, servent aussi à le dénier.

On dira que c'est exiger beaucoup plus de vertu des gouvernements des pays pauvres que de ceux des pays riches. C'est vrai, mais cette exigence est justifiée, car, dans un pays pauvre, on peut aisément définir, dans le domaine économique, un « intérêt national » : le rattrapage rapide, qui suppose une répartition équitable. Il est donc légitime de juger un gouvernement selon ce critère économique. Dans un pays riche, l'intérêt national dans le domaine économique est beaucoup plus difficile, à mon sens impossible, à définir. Il en résulte que les politiques économiques ne peuvent en général pas être jugées à l'aune d'un critère économique incontestable. Les critères de jugement sont politiques. En témoignent les débats en Europe sur les modèles, non pas économiques, mais « sociaux » : faut-il adopter le modèle social américain, ou préserver quelque chose du modèle social-démocrate européen ?

Le FMI en question

Si le cercle des critiques du FMI s'est élargi à l'occasion de la crise asiatique, c'est qu'il est sorti de son cadre d'intervention traditionnel. Rappelons donc d'abord celui-ci, sans remonter aux origines, en nous limitant à ses interventions dans les pays du tiers-monde. Le FMI intervient, à leur demande, pour aider des gouvernements à faire face à une dégradation de la balance des paiements qui menace d'épuiser leurs réserves. Il prête aux gouvernements. Ces prêts sont conditionnels. Ils ne sont octroyés que sur la base d'un programme, négocié avec le gouvernement, de modification de la politique macroéconomique : politique budgétaire (dépenses publiques et fiscalité), politique monétaire et de change. Ce programme est conçu pour résorber à terme, en deux ou trois ans, le problème de balance de paiements. Ce type de conditionnalité est justifié si la dégradation de la balance des paiements trouve bien son origine dans la politique macroéconomique. Par exemple un déficit budgétaire croissant, financé par création monétaire, entraînant une inflation élevée et une dégradation continue de la compétitivité à l'exportation, donc de la balance commerciale. Dans ce cas, des conditionnalités macroéconomiques sont justifiées. Dans les années 1990, le FMI a certes pratiqué, dans certains pays, une vision extensive de celles-ci, demandant par exemple la privatisation d'entreprises publiques. Si ces entreprises étaient gravement déficitaires et cause de dépenses publiques croissantes, cela peut à la rigueur encore être considéré comme des recommandations de saine politique budgétaire. On peut discuter, très légitimement, des programmes d'ajustement macroéconomique du FMI et des conceptions qui les justifient. Mais l'important est de comprendre que, dans son rôle traditionnel, le FMI n'avait comme interlocuteur que les gouvernements et ne prétendait agir que sur un aspect seulement de leurs politiques : la politique macroéconomique, destinée à maintenir ce qu'on appelle « les grands équilibres ».

Or, dans la crise asiatique, on a vu que le cœur du problème n'était pas la politique macroéconomique *stricto sensu*, mais la fragilité financière des banques et des grandes entreprises, présente dès avant les années 1990, et aggravée par la libéralisation financière et les afflux de capitaux mobiles étrangers. Le FMI en était évidemment conscient. Il avait souligné les risques de cette fragilité dans certains de ses rapports sur ces pays, et affirme aujourd'hui en avoir alerté les gouvernements dès l'année 1996, tout en continuant cependant à porter publiquement les appréciations d'ensemble très positives que l'on a mentionnées. Quand il intervint dans la crise asiatique, le FMI ajouta donc à ses conditions traditionnelles une exigence de réforme structurelle profonde des systèmes bancaires. Dans le cas indonésien, il est allé jusqu'à désigner les banques qui devaient impérativement être fermées. Partout, il a fortement incité à des échanges de dettes contre capital, c'est-à-dire à des prises de participation, éventuellement majoritaires, des banques internationales dans le capital des banques locales (en échange des prêts faits par les premières et que les dernières étaient incapables de rembourser).

L'intervention du FMI dans la crise asiatique a suscité trois types de critiques : les politiques macroéconomiques préconisées ne furent pas adaptées aux cas particuliers de cette crise et de ces pays ; le FMI n'a pas à se mêler de la restructuration du secteur privé ; enfin, une critique récurrente, non spécifique à la crise asiatique, mais qui a pris de l'ampleur à cette occasion : l'intervention systématique du FMI crée un risque moral et socialise des pertes qui devraient rester privées. Examinons-les, ainsi que ce que fut la défense du FMI.

Les politiques macroéconomiques exigées de la Thaïlande, de l'Indonésie et de la Corée ont été classiques : priorité à la défense du taux de change, après le glissement initial. Donc : taux d'intérêt à court terme très élevés, pour retenir les capitaux en fuite, politique budgétaire restrictive (hausse des impôts et baisse des dépenses) de façon à dégager un excédent budgétaire déprimant la demande interne, donc les importations, et redressant ainsi la balance commerciale déficitaire. Ces politiques fortement dépressives ont été vertement critiquées. On a fait remarquer que, dans un pays riche faisant face à une crise bancaire en elle-même dépressive (par les faillites et le *credit crunch* qu'elle engendre), n'importe quel gouvernement sensé aurait fait exactement le contraire : baisser les taux et créer un déficit budgétaire, de manière à relancer l'économie et à limiter les faillites en chaîne. Alors, « selon que vous soyez puissant ou misérable… » ? En réponse, le FMI est convenu que les politiques budgétaires initiales ont été trop restrictives. C'est, dit-il, qu'il avait sous-estimé la propagation de la crise à toute la région et n'avait pas prévu que le Japon aussi entrerait en récession. « Si nous avions su, au moment de la signature de l'accord avec la Thaïlande [août 1997], que l'Asie, y compris le Japon, entrerait en récession, nous aurions recommandé des contractions [du budget] moins fortes », affirme dès 1998 Stanley Fischer, le directeur général adjoint du FMI. Dès qu'il a compris que les économies concernées n'avaient pas besoin de cela pour que la demande y soit déprimée, le FMI estime avoir vite réagi et autorisé des déficits budgétaires pour soutenir l'activité. En revanche, il tient bon sur la pertinence de la politique monétaire de taux très élevés. L'argument est l'endettement en devises des banques et des entreprises. Le fort relèvement initial des taux a certes eu des effets dépressifs et provoqué des faillites, mais il aurait permis de limiter le glissement des monnaies. « Les opposants à ce relèvement temporaire ne voient pas que toute nouvelle dépréciation [du change] causée par le recul des taux aurait alourdi la dette libellée en dollars. Et si le fardeau imposé par la hausse des taux d'intérêt est temporaire, la charge créée par des dévaluations plus fortes aurait été permanente », ajoute Stanley Fischer. On peut rétorquer qu'en laissant plonger la monnaie sans relever les taux, elle se serait peut-être dépréciée encore plus dans un premier temps (encore n'est-ce même pas certain, car on peut douter que, dans une situation de panique mimétique, le relèvement des taux ait un quelconque pouvoir de retenir des capitaux), mais elle se serait certainement redressée ensuite, des investisseurs avisés se comportant comme en Australie. La question est très difficile, en effet. Une chose est certaine : le FMI accorde une haute priorité à ce que les taux de change des pays émergents ne baissent pas de manière à ses yeux « déraisonnable ». Pourquoi ? Nous y reviendrons.

Deuxième critique. Le FMI est premièrement mal placé, deuxièmement non légitime politiquement quand il se mêle directement de restructuration bancaire et industrielle. Mal placé car il ne connaît pas les secteurs à restructurer, d'autant moins qu'ils sont justement peu « transparents ». Il peut donc commettre de grossières erreurs. Mais surtout, ce type de restructuration, comme nous l'avons vu à propos du Japon, implique d'importants transferts de richesse, au sein des pays concernés et entre ceux-ci et des acteurs extérieurs. On a vu qu'au Japon c'est la difficulté à traiter la question de ces transferts qui a entravé l'assainissement bancaire. De quelle légitimité peut se réclamer le FMI pour intervenir ainsi dans des questions politiques internes aussi conflictuelles ? Le FMI rétorque que ce problème étant au cœur de la crise, ne pas faire pression pour qu'il soit traité reviendrait à abandonner le principe même de conditionnalité, donc à prêter sans se donner aucune garantie que ces prêts contribueront à résoudre le problème qui les a rendus nécessaires, donc à renforcer encore le risque moral qu'on l'accuse par ailleurs de créer. Mais il est clair qu'à lire entre les lignes et à interpréter les silences des déclarations officielles, on sent le FMI effectivement mal à l'aise dans ce nouveau rôle. Il affirme que mieux vaudrait que ce type de problème ne se pose plus, par l'organisation au plan mondial d'un contrôle prudentiel accru des systèmes bancaires, et il voit plutôt la BRI et les banques centrales dans ce rôle. Nous y reviendrons au chapitre XIV.

Quant au risque moral, c'est une question récurrente. Compte tenu de l'implication massive de capitaux extérieurs privés dans la crise asiatique, elle s'est à nouveau posée de façon aiguë. On sait de quoi il s'agit. En prêtant aux gouvernements, le FMI permet que ceux-ci, directement ou indirectement en utilisant les prêts à renflouer les institutions financières locales, remboursent des créances privées, ou empêchent une chute trop forte des marchés où ont investi des acteurs privés étrangers. Ainsi, les prêts au gouvernement mexicain, en 1995, lui ont permis de rembourser les *tesobonos*. Les acteurs privés prennent des risques en investissant dans les pays émergents. Or, tandis qu'ils encaissent les rendements élevés associés à ces risques, ils sont protégés du risque majeur qu'est la défaillance par les interventions du FMI. Ils sont donc conduits à prendre des risques excessifs et leur sauvetage implique des transferts qui peuvent être jugés parfaitement injustes. C'est ainsi que, pour beaucoup, le sauvetage du Mexique (c'est-à-dire des investisseurs étrangers au Mexique) en 1995 expliquerait pourquoi les capitaux ont afflué si abondamment en Asie ou en Russie. C'est un problème très général qui concerne concrètement le FMI à l'égard des pays émergents, et, plus généralement, la fonction de prêteur en dernier ressort. Pour sa défense, le FMI fait remarquer que des acteurs étrangers ont perdu des sommes considérables en Asie et en Russie. Pour le reste, il renvoie au dilemme de fond. Certes, le risque moral existe, mais faut-il pour autant refuser d'aider des pays en détresse ? « Ne pensez pas qu'aux spéculateurs et aux retraités américains, pensez aussi aux pauvres des bidonvilles de Djakarta… »

Que conclure de ces débats ? Un fait est certain. Le FMI a mal évalué les effets dépressifs régionaux qu'allait engendrer la crise thaïlandaise. Les politiques budgétaires qu'il a initialement exigées étaient trop restrictives. Il le reconnaît et il a effectivement en partie rectifié cette erreur initiale, souvent relayé par la Banque mondiale. Mais, pour le reste, ceux qui critiquent le FMI sont souvent bien embarrassés lorsqu'il s'agit de dire ce qu'il aurait fallu faire à sa place ou qui aurait dû faire quoi. Le FMI est actuellement le seul instrument d'intervention dans ce type de crise, or il n'a certainement pas été conçu pour cela. Nous reviendrons au chapitre XIV sur les dilemmes que pose la réforme non du seul FMI, mais du système monétaire et financier international dans son ensemble.

Reste qu'on peut faire une évaluation moins normative du comportement du FMI dans la crise asiatique et, plus généralement, dans les crises des pays émergents. Moins normative au sens où elle ne se pose pas la question de ce qu'il aurait dû faire pour servir un « intérêt général » impossible à définir, mais la question : « Ce qu'il a fait servit, en fin de compte, les intérêts de qui ? » Il me semble que la réponse est claire. Les deux lignes directrices de son action en Asie me paraissent avoir été : premièrement, éviter une trop forte dépréciation des monnaies de ces pays ; deuxièmement, les contraindre à entreprendre des réformes structurelles, en commençant par leur système bancaire, allant dans le sens des normes occidentales, et à ouvrir leur système bancaire et leur industrie à des investissements directs étrangers seuls capables de leur apporter les « bonnes pratiques ». Cela, à tout prix, c'est-à-dire au prix, si nécessaire, d'une récession profonde. Par conséquent, premièrement le FMI a défendu les salariés des pays riches, qui auraient été affectés par des dévaluations importantes des monnaies asiatiques. Deuxièmement, le FMI a défendu les entreprises et les banques des pays riches, en les poussant à être les grands restructurateurs du capitalisme asiatique. Il a donc défendu les actionnaires et les salariés de ces entreprises. De quoi, dans les pays riches, se plaignait-on ? Et pouvait-on, comme beaucoup le faisaient, critiquer à la fois le *crony capitalism* asiatique et le FMI ?

CHAPITRE XIII

La crise de 2008

Les conditions politiques

Aux États-Unis

Au début des années 2000, le versant économique du pacte politique proposé aux pauvres par l'administration américaine républicaine pouvait se résumer ainsi : « Nous assurerons le plein-emploi et nous ferons tout pour que vous puissiez devenir propriétaires de votre logement. » La croissance soutenue des années 1990 avait pour l'essentiel bénéficié aux plus riches. Les écarts de revenus s'étaient continûment aggravés. Le pacte était implicitement fondé sur un critère de justice à la John Rawls : « L'aggravation des inégalités économiques est supportable si le sort des plus pauvres ne se détériore pas. » Le meilleur moyen de garantir cet objectif, dans un pays où les filets de protection sociale sont très limités, était de maintenir le plein-emploi. L'accession au logement avait une dimension plus politique, comme le déclare Alan Greenspan dans ses mémoires. Il y explique que l'administration républicaine voulait faire des États-Unis une « démocratie de propriétaires ». Selon cette administration, seuls des propriétaires sont en effet susceptibles de défendre avec constance les principes de l'économie de marché. Avec la démocratie représentative, l'économie de marché était l'un des deux piliers du modèle de société qui avait triomphé du socialisme et dont les États-Unis se targuaient d'être le meilleur exemple.

Le caractère dissymétrique de la politique monétaire[1] fut donc politiquement assumé. Il n'était pas question de « calmer les marchés financiers » quand ils s'emballaient et stimulaient, grâce à l'effet de richesse, la croissance économique. En revanche, la politique monétaire devait être très accommodante en cas de ralentissement dû à un choc externe ou aux évolutions endogènes de la finance. Accommodante, elle le fut donc à l'occasion des deux événements qui ont menacé la croissance et par conséquent l'emploi aux États-Unis au début de ce siècle : le retournement, amorcé en mars 2000, des valeurs technologiques sur le Nasdaq et l'attentat du 11 septembre 2001. Comme nous l'avons vu, ce type de politique monétaire est favorable au gonflement du mistigri : un crédit bon marché et anticipé comme devant le rester rend extrêmement tentant, car rentable et apparemment peu risqué, de faire jouer un effet de levier en finançant par endettement l'acquisition d'actifs dont le prix monte, ce qui alimente leur hausse.

Quant à favoriser l'acquisition des logements, ce fut une politique constante aux États-Unis. Elle reposait en particulier sur un système d'assurance des crédits hypothécaires dont les piliers étaient les deux agences qui allaient devenir des vedettes de la crise à partir de 2007 : Freddie Mac et Fannie Mae. Il s'agissait de deux organismes privés, mais bénéficiant d'une garantie au moins implicite du gouvernement. Ils rachetaient et titrisaient ou garantissaient les crédits hypothécaires consentis par les banques de détails et les institutions spécialisées dans le financement du logement, pourvu que ces crédits présentent des risques normalisés : ce sont les crédits de qualité *prime*. Comme on va le voir, à cette politique traditionnelle s'est ajoutée dans le début des années 2000 la distribution massive de crédits plus risqués, consentis à des ménages qui ne présentaient pas les garanties nécessaires pour accéder aux crédits *prime*, les désormais célèbres crédits hypothécaires *subprime*.

En un mot, au début des années 2000, la politique monétaire du gouvernement américain se caractérisait par un « biais favorable à la croissance », au prix d'un accroissement de l'endettement, pour l'essentiel celui des ménages.

1. Cf. chapitre V : « Finance et monnaie ».

En effet, les entreprises américaines, bénéficiaires de cette forte croissance, avaient des marges d'autofinancement telles qu'elles n'avaient pas besoin de s'endetter.

En Chine

Pendant ce temps-là, la politique du gouvernement chinois était également marquée par un puissant biais « favorable à la croissance ». Comme aux États-Unis, à l'objectif de se donner les moyens de rendre plus supportable aux pauvres l'accroissement spectaculaire des inégalités provoqué par la mondialisation s'ajoutait un objectif proprement nationaliste de maximisation de la vitesse de rattrapage de l'Occident. Or maintenir un taux de change bas et donc des salaires bas malgré l'augmentation rapide de la productivité du travail, attirer ainsi les délocalisations d'entreprises occidentales et japonaises, voire coréennes, faire de la Chine « l'atelier industriel du monde », ne pas hésiter à copier par tous les moyens possibles les produits et les technologies ainsi transférés par les acteurs occidentaux, voilà ce qui constituait sans aucun doute le moyen le plus efficace d'activer le véritable moteur du rattrapage : l'accumulation de capital humain et social. Le gouvernement chinois n'avait et n'a toujours qu'une idée en tête : acquérir et diffuser en Chine le plus rapidement possible les techniques et les savoir-faire occidentaux pour constituer une puissance scientifique et technologique égale à celle des États-Unis en seulement quelques décennies. Là réside en effet, avec le nombre, le moyen de replacer la Chine dans la position qui était la sienne encore au XVIIe siècle : l'empire du Milieu.

Grâce à une croissance tirée par les investissements directs étrangers et les exportations, la Chine peut croître et donc apprendre beaucoup plus vite que ne le lui permettrait le seul développement de son marché intérieur. Certes, en produisant ainsi beaucoup plus qu'elle n'est capable de consommer (consommation finale et consommation productive, c'est-à-dire investissements), la Chine accumule une épargne qu'elle ne peut qu'investir en actifs réels ou financiers dans les pays qui, eux, consomment plus qu'ils ne produisent, tout particulièrement aux États-Unis. Jusqu'à la crise de 2008, cette épargne fut essentiellement investie en actifs financiers relativement sûrs, tels les dépôts bancaires rémunérés et les bons du Trésor américain. Cela a contribué, c'est incontestable, à maintenir des taux d'intérêt réels faibles sur ces instruments, allant ainsi dans le même sens que la politique monétaire américaine.

D'autres facteurs ont contribué, dans la première partie de la décennie 2000, à amplifier les mouvements internationaux d'épargne. D'abord, la leçon que les autres pays asiatiques ont tirée de la crise de 1997-1998. Ils ont compris qu'il valait mieux exporter de l'épargne, donc avoir une balance des opérations courantes positive, que d'en importer et d'être ainsi à la merci de mouvements erratiques de retraits de capitaux. Puisque, pour des raisons à la fois sociologiques et de politique économique, le taux d'épargne des ménages dans les pays asiatiques est très élevé, cela ne leur a pas été très difficile. Ensuite, à partir de 2004 quand les prix du pétrole ont augmenté, les pays exportateurs sont redevenus massivement exportateurs nets d'épargne.

Dès le début de la libéralisation, à partir des années 1980, les mouvements de capitaux avaient régulièrement augmenté. Mais ce fut surtout sous l'effet d'une diversification des portefeuilles dans lesquels les épargnes nationales étaient placées. Les épargnants résidant dans les pays occidentaux, *via* les investisseurs institutionnels qui gèrent leur épargne, se mirent à acquérir des actifs financiers dans les pays émergents, mais une partie de l'épargne de ces pays suivit le chemin inverse. Si bien que les transferts internationaux nets d'épargne furent relativement limités. Ce n'est qu'au début des années 2000, pour les raisons qui viennent d'être dites, que l'Asie et les exportateurs de pétrole dégagèrent une épargne nette excédentaire croissante, dont l'un des effets fut de modérer les taux d'intérêt sur les instruments de dette américains.

Des esprits mal préparés

Durant les premières années du XXIe siècle, une fois passés le krach des valeurs Internet et les conséquences du 11 septembre 2001, deux puissants moteurs de croissance ont donc fonctionné à plein régime : la diffusion des gains de productivité engendrés par les innovations des années 1980 et 1990 dans les domaines des technologies de l'information et de la communication, qui a dopé une croissance américaine par ailleurs fortement stimulée par l'endettement croissant des ménages, d'une part, et d'autre part le rattrapage des milliards d'hommes des pays émergents. Il est clair que la globalisation financière et les politiques économiques conduites tant aux États-Unis que dans les principaux pays émergents ont favorisé l'action de ces moteurs et permis d'obtenir ainsi une séquence de croissance mondiale très soutenue entre 2003 et 2007.

Le moins que l'on puisse dire, c'est qu'il s'est alors trouvé très peu d'économistes pour critiquer cet état de choses. Ils seraient passés pour de sinistres grincheux, tant le biais en faveur de la croissance était répandu dans cette profession. Alan Greenspan, qu'il fut de bon ton, à partir de 2008, de vilipender pour son « laxisme » monétaire, avait clairement posé le problème en lançant le débat sur « l'exubérance irrationnelle des marchés ». Puis il avait donné son avis : « Ce n'est pas à la banque centrale de la calmer. » Et la plupart de ceux qui, à partir de 2008, n'eurent plus que le mot de « réglementation » à la bouche et affirmèrent la nécessité pour la banque centrale d'agir sur l'évolution des prix des actifs, furent à l'époque du même avis. Certains économistes, très minoritaires[2], avaient cependant souligné une caractéristique essentielle de la finance de marché globale : son instabilité intrinsèque et le caractère inévitable de sa régulation par des krachs. Pour ces derniers, l'argent facile ne pouvait que conduire à un gonflement du prix des actifs. L'immobilier et les actions, après la sévère chute de 2000-2001, étaient les candidats que tout désignait pour s'engager dans un cycle de boom et de krach. Avec un peu plus de clairvoyance, on pouvait aussi prévoir que la vigoureuse croissance asiatique allait provoquer des tensions sur les marchés de matières premières, et donc des envolées de prix compte tenu du retard que prend toujours l'offre à s'adapter aux évolutions brusques de la demande sur ces marchés.

---

2. L'auteur de ce livre, à l'occasion de sa première édition en 2001, en fit partie.

Mais personne, au début des années 2000, ne pouvait soutenir de manière scientifique que le krach, inévitable mais dont le déclenchement était cependant impossible à prévoir avec précision, provoquerait une crise systémique et une profonde récession mondiale. La faillite de LTCM, succédant aux crises asiatique et russe pourtant très violentes, pouvait au contraire être vue comme un « test de stress » ayant prouvé la capacité des gouvernements, non pas à éviter les krachs de la finance de marché, c'est hors d'atteinte, mais du moins à éviter qu'ils ne dégénèrent en grave récession *via* une crise bancaire généralisée. C'est qu'on n'avait pas encore bien pris la mesure de l'extraordinaire capacité d'innovation dont ont été capables les acteurs de la finance de marché globale.

Un indice cependant aurait pu alerter. À partir de la fin des années 1990, l'industrie financière s'est mise à recruter massivement les étudiants les plus brillants et tout particulièrement des mathématiciens. C'est ainsi qu'en France, elle a recruté certaines années près de la moitié des polytechniciens et nombre de normaliens. De plus, ces jeunes gens et jeunes filles, qui eurent 20 ans avec le siècle, avaient été éduqués dans l'idéologie de la fin de la politique et de l'argent roi. La finance est le cœur des capitalismes, le moteur du capitalisme est l'appât du gain, le seul moyen de gagner rapidement beaucoup d'argent est de bénéficier d'informations dont ne disposent pas les autres acteurs ou qu'ils ne sont pas capables de traiter. Ne pouvait-on anticiper que quelque chose d'exceptionnel pouvait se produire sous l'effet d'un tel afflux dans l'industrie financière des meilleurs cerveaux outillés des méthodes de traitement d'information les plus avancées ? De fait, si l'on parvient à faire abstraction des immenses dégâts dans la vie des gens ordinaires que tout ce qui allait advenir a fini par provoquer, si l'on analyse froidement les mécanismes qui se sont déployés dans l'industrie financière à partir du début du siècle, on ne peut qu'admirer les véritables prodiges auxquels on a assisté dans l'art de conserver les rendements en transférant les risques à d'autres, dans celui des montages sophistiqués où « pile je gagne, face tu perds », bref dans l'art du pillage d'épargnants naïfs car sous-informés. Les innovations financières ont provoqué un énorme développement de la titrisation et des dérivés de crédit et ont ainsi fait passer des pans entiers des circuits de financement des ménages et des entreprises de la finance bancaire d'intermédiation à la finance de marché. Ces innovations ont constitué la caractéristique majeure de la crise des années 2008. Elles ont engendré un processus de gonflement endogène du mistigri et une interconnexion accrue des marchés et des acteurs qui a permis une crise systémique de grande ampleur. Voyons de quelle manière.

Les innovations financières

La titrisation

Le principe de la titrisation est simple et a été rapidement décrit dans le chapitre VII. Il consiste à rassembler un grand « paquet » de créances bancaires et à les revendre « en tranches » sous forme d'obligations. Les intérêts des prêts paient les coupons des obligations, qui sont remboursées au fur et à mesure que les prêts le sont. Le mécanisme de base de la titrisation des créances bancaires présente des avantages théoriques incontestables. Le premier est la mutualisation des risques, qui est l'essence même de l'assurance des risques diffus. Le risque d'une obligation issue de la titrisation de créances bancaires n'est en effet plus celui d'un emprunteur individuel, mais le risque moyen de défaut sur la catégorie de créances concernées. Ce genre de risque, de la même façon que les risques d'accidents automobiles, peut être évalué par des calculs statistiques sur l'occurrence des défauts dans le passé et l'analyse des facteurs déterminant le taux de défaillance. La mutualisation des risques par la titrisation permet donc une meilleure prévisibilité de ceux-ci, et par conséquent leur notation par les agences. L'avantage pour l'acheteur d'obligations est que, au lieu de devoir se contenter des obligations émises par les Trésors publics et les très grandes entreprises, il a ainsi accès à la dette des ménages et des petites entreprises et peut diversifier ses portefeuilles.

L'avantage de la titrisation pour les banques commerciales, qui consentent initialement les crédits aux ménages et aux entreprises, est de revendre le risque de crédit tout en encaissant une marge, issue de la différence entre les taux des prêts et les taux des obligations issues de leurs titrisation, différence permise par la réduction des risques qu'opère leur mutualisation. Puisque les réglementations de Bâle obligent les banques à conserver un ratio prudentiel entre le volume de leurs créances (et autres engagements) et le volume de leurs fonds propres, avec les mêmes fonds propres, elles peuvent donc recommencer à acheter des créances, à les titriser, à conserver des marges, etc. Elles font ainsi « tourner » l'actif de leur bilan avec profit. Tant que les acheteurs d'obligations issues de la titrisation sont capables d'en évaluer le risque, il n'y a rien à objecter à ce dispositif. Il est exact, comme ses défenseurs l'affirment, qu'il peut contribuer à une « meilleure allocation des risques » au sein de l'ensemble des investisseurs et des institutions financières.

On nomme « X »BS des obligations adossées à un ensemble homogène de créances de même type : « X » désignant la nature des créances d'origine et BS signifiant *Backed Securities*, obligations adossées à X. Ainsi les MBS, M pour *Mortgage*, sont des obligations adossées à des créances hypothécaires. Il existe également des obligations adossées à des paniers de créances de nature différente. On les appelle ABS, *Asset Based Securities*. On cherche ainsi, en mélangeant des risques qui ne sont pas ou faiblement corrélés entre eux, à abaisser le risque moyen, donc à augmenter le prix de l'obligation par rapport au prix moyen des créances. Mais cela se paie d'une difficulté supplémentaire à évaluer le risque, car mesurer le degré de corrélation entre les risques subis par des créances de nature différente est beaucoup plus compliqué. Par exemple, une baisse des prix immobiliers entraînant un accroissement du risque sur des créances hypothécaires est-il susceptible d'accroître également les risques des créances consenties à une certaine catégorie de PME ? Probablement, à travers les effets macroéconomiques des difficultés du secteur de l'habitat. Mais de combien ? C'est cela qui est particulièrement difficile à évaluer.

La structuration

Ce serait un outrage à l'imagination de l'ingénierie financière de penser que les opérateurs de la titrisation pouvaient en rester là. Au lieu de vendre des obligations identiques, qui portent ainsi chacune le risque statistique moyen du paquet de créances qu'elles titrisent, on peut en effet hiérarchiser les obligations, par exemple en trois catégories : une tranche « senior », une tranche « mezzanine », une tranche « equity ». Ces obligations se distinguent par la priorité qu'on leur donne dans l'affectation des flux de revenus qui proviennent des créances. Les obligations seniors sont servies d'abord, les mezzanines ensuite et la tranche equity en dernier. Il s'ensuit que, si l'on proportionne correctement ces trois tranches, la tranche senior ne court en théorie pratiquement aucun risque, le risque du paquet de créances étant reporté sur les deux autres et particulièrement sur la dernière. De cette manière, un acteur de la titrisation va pouvoir obtenir des agences de notation (qui d'ailleurs l'ont conseillé contre rémunération sur le découpage en tranches du paquet de créances) des notes « A » pour la tranche senior et « B » pour la tranche mezzanine, la tranche equity, la plus risquée, n'étant pas notée. En pratique, les obligations de la tranche equity sont donc des instruments dérivés, de purs preneurs de risques. La plupart du temps, elles sont conservées par l'opérateur de la titrisation, ou revendues à des acteurs de la finance qui recherchent précisément des risques élevés.

L'importance de l'opération de tranchage, que l'on appelle aussi « structuration », tient à ce qu'un grand nombre d'investisseurs institutionnels n'ont pas le droit ou s'interdisent d'investir dans des obligations qui n'ont pas les meilleures notes, équivalentes à celles des titres publics ou des meilleures grandes entreprises. Même avec des agences de notation peu exigeantes, il aurait été par exemple impossible de faire noter AAA des obligations issues de manière homogène de la titrisation simple de crédits *subprimes*, les plus risqués des crédits immobiliers. Tout le monde savait que ceux-ci présentaient un risque moyen (de l'ordre de 10 % de défauts dans la phase ascendante du cycle immobilier) qui leur barrait l'accès à ce type de note. Mais, grâce à la « structuration » de la titrisation, on peut obtenir la note AAA pour les obligations de la tranche senior d'un paquet de crédits *subprimes*. Surtout si de plus, et c'est très généralement le cas, on a recours à une institution financière qui « assure » ces obligations.

Les dérivés de crédit

L'assurance des obligations et plus généralement des titres de dette n'est pas un phénomène nouveau. Il existait, dès avant les années 2000, des institutions financières qui assuraient des obligations considérées généralement comme sûres, telles que des obligations émises par les municipalités. L'instrument de base qui permet cette assurance est un « dérivé de crédit », *credit default swap* (CDS) en anglais. C'est en effet un *swap* qui se présente de la manière suivante. L'assureur reçoit du détenteur de l'obligation une prime fixe, payée régulièrement jusqu'à l'échéance de l'obligation. En échange, l'assureur s'engage auprès du détenteur de l'obligation à la lui rembourser si l'émetteur fait défaut ou n'honore pas le service de sa dette. C'est donc bien un *swap* : paiement fixe convenu à l'avance dans un sens et dans l'autre sens, paiement variable, éventuellement nul et dépendant d'un aléa. Les CDS avaient commencé à se développer bien avant les années 2000. Ils permettent aux détenteurs d'un titre de dette de revendre le risque de crédit sur ce titre, c'est-à-dire le risque que l'émetteur du titre fasse défaut, et de ne conserver ainsi qu'un instrument au rendement certes réduit, mais qui présente le risque minimum, sauf si la contrepartie qui lui a vendu le CDS fait elle-même défaut… Le marché des CDS est rapidement devenu un des marchés dérivés les plus importants. Pour l'essentiel, c'est un marché de gré à gré (dit OTC en anglais), non doté d'une chambre de compensation qui, sur les marchés « organisés », joue le rôle de contrepartie et s'assure de la solvabilité des acteurs du marché. Sur un marché de gré à gré comme celui des CDS, les acteurs prennent donc directement le risque de contrepartie.

Une tranche senior issue de la titrisation de créances risquées, lorsqu'elle est assurée par une institution elle-même notée AAA, ne peut être notée sans contradiction que AAA. Les tranches seniors des opérations de titrisation ainsi notées ont été très faciles à placer auprès d'une très large gamme d'investisseurs institutionnels, allant des fonds de pension aux OPCVM monétaires. En effet, elles offraient des rendements supérieurs à ceux des obligations d'État, alors qu'elles bénéficiaient de la même note. Il y avait là, à l'évidence, une anomalie qui manifestait une imperfection de marché. Deux titres de même risque, risque ici évalué par la note des agences, auraient dû avoir le même rendement. Pourquoi n'en a-t-il pas été ainsi ? Nous y reviendrons.

Toujours est-il que le processus de la titrisation et le développement des dérivés de crédit se renforcent mutuellement. Les investisseurs achètent d'autant plus volontiers des obligations très sophistiquées qu'ils peuvent les assurer grâce à des dérivés de crédit. Plus il y a d'obligations différentes émises, plus le marché des dérivés de crédit s'élargit.

Les « conduits »

La dernière grande innovation du processus de titrisation des années 2000 porte sur les opérateurs de la titrisation. Les banques commerciales, qui étaient les initiatrices de la plupart des crédits faisant l'objet d'une titrisation, auraient pu réaliser l'opération elles-mêmes, en conservant les crédits à leur bilan tant qu'ils n'avaient pas été revendus sous forme d'obligations. Mais les autorités de contrôle des banques commerciales leur ont permis de traiter ces opérations hors bilan, au sein de SIV *(Special Investment Vehicules)*, autrement appelés « conduits », et la plupart du temps localisés dans des « paradis fiscaux ». Un conduit est une entité indépendante qui reçoit les créances à titriser de la banque contre une dette à son égard. Le conduit s'acquitte ensuite de cette dette à la banque, d'une part en émettant du papier commercial adossé aux créances à titriser (ABCP : *Asset Based Commercial Paper*), c'est-à-dire en empruntant à très court terme sur le marché interbancaire, d'autre part en structurant le paquet de créances et en vendant les obligations des tranches supérieures. La banque d'origine n'apporte généralement aucun fonds propre au conduit et se contente de lui ouvrir une ligne de crédit, pour lui permettre de faire face aux éventuelles difficultés à se financer en émettant du papier commercial. Ce montage a pour effet de sortir instantanément du bilan des banques toutes les créances à titriser, et de permettre à celles-ci de consentir aussitôt d'autres crédits sans avoir à augmenter leurs fonds propres. En réalité, comme on le verra dans le déroulement de la crise, les banques conservaient en partie les risques externalisés dans la structure hors bilan tant qu'ils n'avaient pas encore été revendus à d'autres investisseurs, et cela principalement par le biais des lignes de crédit qu'elles octroyaient à leurs conduits.

Banques d'investissement et hedge funds

L'opération de titrisation proprement dite, c'est-à-dire la structuration et le placement des obligations auprès des investisseurs, était en général confiée aux banques d'investissement. En pratique, les quatre ou cinq plus grandes banques d'investissement de Wall Street se partagèrent l'essentiel de cette très profitable activité. Elles travaillaient en étroite collaboration avec les trois grandes agences de notation qui à la fois notaient les titres et les conseillaient sur les modalités de la structuration, de manière à pouvoir noter les tranches supérieures comme il convenait à ceux qui pouvaient les acheter. Les banques d'investissement ont fait preuve dans les opérations de titrisation d'une imagination exceptionnelle. En effet, pourquoi s'en tenir à des MBS et à des ABS structurés en tranches de risques différents ? Puisque le mélange de risques hétérogènes est censé diminuer le risque moyen, pourquoi ne pas titriser également des paquets composés non seulement de crédits de nature variée, mais aussi d'obligations de différentes tranches issues de titrisation antérieure, de papier commercial, d'instruments dérivés de crédit, etc. Ce sont les CDO *(Collateralised Debt Obligations)*, eux-mêmes naturellement structurés. Mais il n'y a aucune raison de s'arrêter là. On peut concevoir et vendre des CDO de CDO, des CDO au cube, et ainsi de suite. Il va sans dire que très rapidement personne, si ce n'est les opérateurs de la titrisation, ne sait vraiment ce que contiennent exactement les paquets ainsi titrisés, et surtout personne, pas même les opérateurs et les agences de notation qui les conseillent, ne peut sérieusement prétendre évaluer le risque d'instruments aussi complexes. Il était certain que les tranches seniors étaient moins risquées que les tranches equity, puisqu'elles étaient construites pour cela, mais c'est à peu près tout ce qu'on pouvait dire. Cependant, cela n'empêchait pas les agences de les noter et les assureurs de les assurer.

Les innovations de la finance de marché ont donc permis de créer une gamme extraordinairement étendue de titres de dette et d'instruments dérivés sur ces titres, qui variaient énormément par leur couple rendement-risque. La multiplication des instruments, d'une part, leur composition de plus en plus complexe qui rend l'évaluation de leurs risques extrêmement difficile, d'autre part, eurent pour première conséquence une aggravation de l'imperfection de ces marchés. L'information y est devenue extrêmement imparfaite et asymétrique. Cela a multiplié les occasions d'arbitrages très lucratifs. On sait que l'arbitrage constitue le cœur de l'activité des *hedge funds*, littéralement « fonds d'arbitrage » en anglais, plus communément appelés fonds spéculatifs en français. Et, de fait, les *hedge funds* ont été très actifs dans l'arbitrage et le *trading* des instruments complexes issus de la titrisation.

Enflure endogène du mistigri et aggravation du risque de système

Les innovations financières que nous venons de décrire n'eussent-elles pas existé, la politique monétaire accommodante de la FED jusqu'en 2004-2005, renforcée par le recyclage des dollars accumulés par les pays en excédent de balance des opérations courantes, aurait sans aucun doute, de manière classique, alimenté un gonflement du mistigri porté par les titres de propriété immobilière et des actions. Cela se serait inévitablement terminé par des krachs ou du moins de fortes baisses sur ces marchés, comme en 2000-2001 sur le marché des actions technologiques. Mais le mistigri n'aurait pas enflé aussi rapidement et la récession liée à sa purge n'aurait pas été aussi profonde que ce que le monde a connu avec les innovations financières du début de ce siècle.

Elles ont en effet profondément transformé la donne en faisant « entrer dans la danse des marchés » le plus important, et de loin, des compartiments de la finance, celui des créances bancaires. À partir des années 2000, une véritable explosion de la titrisation des créances bancaires ainsi que des dérivés de crédit a touché toutes les formes de crédit bancaire, bien au-delà des seuls crédits hypothécaires *subprimes*. On a ainsi pu parler de création d'un véritable système de crédit parallèle aux circuits bancaires traditionnels. Certains estiment que, aux États-Unis en 2007, ce nouveau système de crédit avait placé auprès des investisseurs finaux à peu près le même montant de titres de dette qu'en portaient alors les banques commerciales[3].

Ce basculement de pans entiers de la finance bancaire d'intermédiation dans la finance de marché a eu trois conséquences principales :

– Une forte aggravation des difficultés de valorisation des titres et des instruments dérivés en circulation.

– En conséquence, une forte amplification des asymétries d'information qui ont ouvert la voie à des pratiques de prise de risque fondées sur des effets de levier considérables. Le levier peut être défini comme le ratio entre la valeur des actifs détenus et celle des fonds propres. Un levier moyen pour une banque commerciale est de 10 (la valeur maximale imposée par la réglementation « Bâle 1 » était de 12,5), il est vrai sans tenir compte des engagements hors bilan. La plupart des *hedge funds* et des banques d'investissement, mais aussi des assureurs, opéraient avec des leviers de 30 ou supérieurs !

– Une forte exposition des banques commerciales elles-mêmes aux risques des nouveaux instruments (obligations titrisées et dérivés de crédits), soit directement, soit à travers leurs filiales (conduits, fonds divers, en particulier monétaires, et *hedge funds*).

La tendance des acteurs, en période de hausse du prix des actifs financiers, à adopter des modèles d'interprétation

3. Voir par exemple, Anton Brender et Florence Pisani, *La Crise de la finance globalisée*, La Découverte, 2009.

« optimistes », et donc à sous-évaluer les risques et à surévaluer les prix, a été amplifiée par les difficultés de valorisation des nouveaux instruments. Dans mon schéma analytique, je dirais que les modèles d'interprétation furent incapables de traiter la complexité des nouveaux instruments et reposèrent en conséquence de manière croissante sur le mimétisme, favorable à l'enflure du mistigri. C'est particulièrement vrai des tranches seniors de CDO complexes. Incapables de les évaluer, les acteurs s'en remettaient au seul jugement des agences de notation, qui elles-mêmes appliquaient mécaniquement des modèles issus de l'évaluation des titres classiques, modèles inadaptés à ces instruments complexes. On ne peut imaginer plus pur comportement mimétique : je renonce à juger par moi-même, j'adopte le jugement des autres qui est celui des agences, puisqu'il n'en existe pas d'autres. La croissance du mistigri, classiquement engendrée par la politique monétaire accommodante et le recyclage des liquidités accumulées par les pays en excédent, a donc subi une amplification endogène à la finance de marché, due aux innovations financières.

Enfin, l'incapacité accrue des acteurs non seulement à évaluer une partie des risques qu'ils portaient mais aussi et surtout à évaluer le risque porté par les autres, l'importance des effets de levier et l'implication des banques commerciales dans tout le processus ont augmenté l'interdépendance entre les acteurs de la finance et aggravé le risque systémique. Tout était en place pour qu'une étincelle mette le feu à toute la plaine. Comment en est-on arrivé là ? Il faut d'abord, pour le comprendre, analyser la rationalité des acteurs concernés.

La rationalité des acteurs

Pourquoi un tel développement ? Simplement parce que l'ensemble des acteurs impliqués y avait intérêt. Ce qui s'est passé fut parfaitement rationnel. Illustrons-le en analysant la rationalité des acteurs au long de la chaîne qui va de l'octroi d'un crédit *subprime* à un ménage américain pauvre à l'achat d'un CDO contenant, entre autres, ce crédit par un investisseur final, un fonds de pension par exemple.

Alimentée par le crédit facile des années 2000 à 2004, la hausse des prix de l'immobilier aux États-Unis s'accéléra en 2002. Elle favorisa le développement rapide de la catégorie de prêts dits *subprimes*. Ces prêts étaient consentis à des ménages pauvres, qui présentaient des garanties, en particulier des revenus, nettement moins solides que ceux à qui étaient consentis les prêts immobiliers hypothécaires traditionnels dits *prime*. En réalité, leur seule garantie était l'hypothèque, laquelle ne constitue une garantie que si les prix de l'immobilier augmentent au moins au rythme des taux d'intérêt des prêts consentis.

Des acteurs cohérents

Ces prêts étaient placés par des courtiers payés à la commission qui avaient donc intérêt à en placer le maximum. Aux ménages qui se seraient inquiétés de leur capacité à rembourser, les courtiers répondaient que, puisque les analystes compétents affirmaient que les prix de l'immobilier ne pouvaient que continuer à croître, on pourrait toujours, en cas de revenus insuffisants pour payer les intérêts, revendre la maison pour un prix supérieur à celui du prêt, redevenant ainsi locataires, mais en ayant fait un gain en capital au passage. Cependant, même des ménages peu informés savent que « les arbres ne montent jamais jusqu'au ciel ». Ils pouvaient néanmoins se bercer de l'espoir que la hausse de l'immobilier durerait au moins aussi longtemps que l'échéance de leurs prêts. De toute façon, en cas d'impossibilité de payer les intérêts, la loi américaine dit que le prêteur peut saisir la maison, mais que c'est alors pour solde de tout compte. Après la saisie, l'emprunteur est quitte, c'est le prêteur qui subira la perte si la vente de la maison ne couvre pas le prêt et les intérêts en retard. Alors pourquoi ne pas tenter sa chance ? C'est comme si les intérêts avaient représenté un loyer, avec en plus une chance d'être propriétaire à la fin. Grande tentation en effet, d'autant que la plupart des crédits *subprimes* étaient, pour accrocher le client, consentis à des taux d'intérêt très bas au départ, puis progressifs, jusqu'à atteindre des valeurs élevées.

Les banques qui consentaient ces prêts, placés par des courtiers peu scrupuleux car incités à l'être par le système des commissions, étaient certainement tout à fait conscientes du risque qu'elles prenaient. Comment se fait-il qu'elles aient pris de tels risques ? La réponse est désormais bien connue : parce qu'elles pensaient pouvoir en revendre une large part à d'autres grâce à la titrisation de ces créances hypothécaires.

À l'autre bout de la chaîne, pourquoi ces obligations risquées ont-elles trouvé aussi facilement preneur auprès des investisseurs finaux, généralement des investisseurs institutionnels ? Pourquoi leurs gérants, des professionnels avertis, ont-ils acquis en abondance des titres synthétiques dont ils étaient parfaitement incapables d'évaluer par eux-mêmes le risque ? Cela paraît *a priori* plus difficile à expliquer. Mais, après tout, ces titres étaient très bien notés par les agences et de plus assurés par des institutions à la réputation jusque-là impeccable. Puisqu'ils offraient des rendements généralement supérieurs aux autres titres de dette de première qualité, ce genre de garantie leur est apparue suffisante pour ne pas prendre le risque, celui-ci bien réel et immédiat, de « sous-performer » par rapport à leurs concurrents en négligeant l'apparente aubaine de ces nouveaux instruments.

Quant aux intermédiaires : les banques commerciales, les banques d'investissement opératrices de la titrisation, les agences de notation, les gérants de *hedge funds*, ils ont agi de manière parfaitement cohérente si l'on examine attentivement le système de contraintes et d'incitations auquel ils étaient soumis. Les banques commerciales tout d'abord. On a vu, compte tenu des réglementations prudentielles auxquelles elles étaient soumises, tout l'intérêt de la titrisation : conserver une part significative du revenu des créances qu'elles avaient initiées, tout en cédant le risque à d'autres. Certes, on a vu également qu'elles étaient contraintes de conserver une partie de ce risque, même si c'était hors bilan. Il ne fait pas de doute que leurs directions en étaient conscientes. Mais les profits étaient immédiats, alors qu'on pouvait toujours espérer se débarrasser des risques avant qu'ils ne se matérialisent. Les banques ont donc abandonné des principes prudentiels auparavant bien établis. Pour comprendre pourquoi, il faut examiner leur fonctionnement et le système d'incitations mis en place par leurs dirigeants. L'asymétrie d'information entre les actionnaires et les dirigeants, ainsi que celle au sein même des institutions financières entre les dirigeants et les opérateurs de marché a tellement augmenté dans cette période d'innovation débridée que les actionnaires et les dirigeants ont accepté des systèmes de rémunération dont ils croyaient qu'ils alignaient les intérêts de leurs « agents exécutants » sur les leurs. Une caractéristique commune de ces mécanismes d'incitation (primes et bonus, *stock-options*, contrats de gérance) est qu'ils récompensaient grassement les gains sans faire subir les pertes. Cela permettait aux bénéficiaires de s'enrichir très rapidement, comme jamais des salariés n'en avaient eu la possibilité dans les formes de capitalismes antérieurs, au point de devenir rapidement eux-mêmes d'opulents rentiers. Or un *trader* ou un dirigeant de banque qui, grâce aux paris risqués qu'il réussit, parvient en quelques années à accumuler des dizaines voire des centaines de millions de dollars devient très vite parfaitement indifférent à l'hypothèse que « sa » banque ou « son » fonds pourrait faire faillite s'il continue à prendre les risques qu'il prend. À moins que l'on puisse prouver qu'il ait commis des actes que la loi réprime, il peut envisager cette faillite avec la plus grande sérénité. D'autant qu'il n'est pas exclu, et il le sait très bien, que sa banque soit trop grosse ou trop « interconnectée » pour que le gouvernement la laisse faire faillite. Lehman Brothers, une des premières banques d'investissement de Wall Street, a fait faillite en septembre 2008. Mais les dirigeants et les *traders* de Lehman Brothers ont-ils, eux personnellement, fait faillite ? Certainement pas !

Le même type d'asymétrie d'information s'est aggravé entre les gérants de fonds, y compris de *hedge funds*, et les investisseurs qui leur ont apporté des fonds propres. Le contrat standard d'un gérant de fonds stipulait quelque chose comme : des revenus assurés de 2 % des fonds sous gestion, assortis d'une prime de 20 % sur les gains en capital, mais sans aucune pénalité en cas de perte en capital. Comment s'étonner dans ces conditions que ces gérants aient eu intérêt à prendre des risques importants en utilisant des effets de levier très élevés ? Mais quel autre genre de contrat pouvaient donc leur proposer des investisseurs parfaitement incapables de comprendre ce qu'ils faisaient, sinon des contrats les incitant à faire le maximum de gains en leur laissant une part importante de ces gains ? Ce type d'incitation favorise bien évidemment la prise de risques importants avec l'intention de s'en débarrasser au plus vite sur des acteurs moins bien informés. Il favorise donc, toutes choses égales par ailleurs, l'enflure du mistigri.

Les agences de notation

Quant aux agences de notation, au pic de la titrisation en 2006, la moitié de leurs revenus provenait de la notation de ce genre de titres et des conseils qu'elles donnaient pour les structurer. Il est clair qu'il a pu y avoir conflit d'intérêts entre la fonction de notation et celle de conseil, ce que l'on a critiqué à juste titre. Le fond du problème cependant est que les agences n'avaient pas les moyens d'évaluer correctement ces instruments complexes issus de la titrisation car, en réalité, personne ne les avait. Dans ces conditions, il leur était facile de se retrancher derrière la position suivante : « Nous ne sommes que des entreprises privées qui donnent, à la demande de leurs émetteurs, une appréciation sur la qualité des titres de dette. Libre à chacun d'utiliser cette notation ou pas, ce n'est qu'un avis parmis d'autres que nul n'est obligé de suivre. Si vous pensez que votre appréciation est meilleure que la nôtre, je vous en prie, utilisez-la. »

Haro sur les mathématiques

Bien que les agences de notation n'aient en réalité aucun moyen supérieur à ceux dont disposent tous les acteurs de marché professionnels pour évaluer le risque de ces actifs complexes, elles prétendaient cependant pouvoir le faire, en particulier grâce à des modèles mathématiques sophistiqués. Devant leur échec manifeste à prévoir la crise, on a accusé les modèles mathématiques et plus généralement le rôle des mathématiques dans la finance. Il faut distinguer soigneusement deux niveaux dans ce débat. Le premier est un débat entre modélisateurs et concerne le choix du meilleur modèle mathématique pour représenter le risque d'un actif financier. On utilise pour l'essentiel des représentations « gaussiennes » du risque, alors que pour certains il vaudrait mieux en utiliser d'autres, tels les « processus de Lévy ». C'est un débat de mathématiciens. Un modèle ne représente jamais exactement la réalité. Il est certain que le risque « gaussien », facile à manier mathématiquement, est un peu grossier, mais il est commode. D'autres modèles ne verraient-ils pas leur meilleure adéquation à la réalité perdre rapidement son avantage en raison de difficultés plus grandes de traitement ? Telle est l'essence de ce premier débat. Le second niveau de discussion est totalement différent et plus fondamental. C'est la question de savoir s'il est possible de mathématiser l'avenir et par conséquent de rendre les décisions financières « calculables » à partir d'informations recueillies sur le passé. Nous avons montré plus haut et illustré à plusieurs reprises que c'était impossible. Il est donc absurde de demander aux mathématiques ce qu'elles ne peuvent pas faire. Mais il reste vrai que bon nombre des créateurs et utilisateurs des mathématiques financières, quoique généralement parfaitement informés des limites des modèles, les ont dans la plupart des cas dissimulées ou minimisées aux yeux de leurs clients. Après tout, les mathématiques financières sont une marchandise comme une autre, simplement élaborée avec des compétences très spécialisées. Un vendeur a toujours tendance à vanter les qualités de son produit et à en dissimuler les défauts.

Que faisaient donc les réglementeurs ?

Reste à comprendre le comportement des autorités de surveillance et des gouvernements qui décident des réglementations de l'industrie financière. Ils avaient fini par se laisser persuader que tout cela était beaucoup trop compliqué pour être réglementé. Les règles générales définies par Bâle 2 ne concernaient que les banques commerciales, seules susceptibles, pensait-on, d'engendrer un risque systémique. Ces règles consistaient à maintenir une couverture « raisonnable » des engagements, pondérés par leur degré de risque, par les fonds propres (en pratique un niveau de levier limité à 12,5 : ratio fonds propres / engagements de 8 %). S'agissant des autres acteurs de la finance de marché, en particulier les banques d'investissement et les *hedge funds*, les gouvernements pensaient que mieux valait faire confiance aux banques commerciales qui leur prêtaient, aux investisseurs qui leur confiaient des fonds à gérer et à leurs propres actionnaires pour contrôler les risques qu'ils prenaient. L'avare veille mieux sur sa cassette que le meilleur des policiers. Il ne s'agissait pas tant, de la part des gouvernements, d'une croyance, comme on l'a dit très souvent quand la crise a éclaté, en la « capacité des marchés financiers à s'autoréguler ». On a vu au chapitre IV que ce concept d'autorégulation des marchés n'a pas grand sens. Il s'agissait bien plutôt de la croyance en une doctrine qui affirmait la capacité d'une part des actionnaires à aligner le comportement des dirigeants sur leurs intérêts, d'autre part des dirigeants à aligner le comportement de leurs opérateurs de marché sur les intérêts des actionnaires. Les réglementeurs et les autorités de surveillance affirmaient donc que l'intérêt bien compris d'épargnants et d'actionnaires bien informés suffisait à discipliner l'ensemble des institutions financières, qui dans ces conditions ne prennent que les risques que ces derniers veulent bien prendre en toute conscience[4].

Garder les rendements et céder les risques

Dans la finance de marché telle qu'elle s'est développée au cours des années 2000, les asymétries d'information et l'incapacité des incitations à aligner les intérets ont atteint un tel degré qu'il n'en a rien été. Chacun a joué à un jeu consistant à garder pour soi le rendement en cédant les risques aux autres, dans mes termes à acheter du mistigri et à le maquiller en actifs à l'allure solide pour le revendre plus cher à un autre. Naturellement, c'est un jeu dangereux,

4. Tel était, par exemple, très clairement explicité dans ses Mémoires, le credo d'Alan Greenspan : *The Age of Turbulence*, Penguin, 2007. Traduction française : *Le Temps des turbulences*, Hachette, 2008.

car, pour y jouer, il faut temporairement porter une part du mistigri et gare à soi si on n'arrive pas à s'en débarrasser à temps ! Mais comment savoir ce que « à temps » veut dire et comment quitter un jeu tellement grisant et lucratif ! Comme l'a dit en substance l'une des vedettes de Wall Street peu avant sa chute : « Quand l'orchestre joue et que tout le monde danse, il faut en être. ».

Au cœur de ce processus se trouve donc la question de la valorisation des actifs de marché. On a vu[5] la difficulté intrinsèque de cette question. Il est incontestable que la titrisation, la possibilité de détacher d'un titre de dette les risques qu'il porte et de faire circuler indépendamment le titre et des instruments qui portent ses risques, tout cela a considérablement aggravé le problème de la valorisation, donc les asymétries d'information et par conséquent aussi la possibilité pour des acteurs mieux informés, y compris en l'espèce mieux informés de l'impossibilité de valoriser, de tirer parti de cette information au détriment des autres.

La crise ou la purge du mistigri

Aux États-Unis, les prix de l'immobilier stagnent à partir de 2005, puis commencent à décroître à partir de la fin 2006[6]. En conséquence, le taux de défaut sur les crédits *subprimes* augmente fortement, passant de 10 % en 2005 à 20 % en été 2007. Les dévalorisations d'actifs financiers qui en résultent auraient pu être cantonnées aux créances restées au bilan des banques ainsi qu'aux tranches equity, à la rigueur à quelques tranches mezzanine issues de la titrisation. Même dans des hypothèses pessimistes d'augmentation

5. Cf. chapitre IV, « Le prix d'une promesse ».

6. De plus, ils baissent partout, dans tous les États, dans les grandes comme les petites villes. Cette caractéristique est importante, car l'hypothèse faite par les agences dans l'évaluation des risques des obligations adossées au crédit immobilier était que la baisse des prix n'avait aucune raison de se produire partout en même temps. Apparaît donc ici un problème de corrélation des risques qu'elles n'avaient pas anticipé.

du taux de défaut sur les crédits *subprimes*, la totalité des pertes fut initialement estimée entre 200 et 300 milliards de dollars. Une somme qui peut paraître considérable, mais qui n'est pas telle qu'elle ne puisse être absorbée par une réduction de la valeur des fonds propres des banques. En d'autres termes, cela pouvait créer pour certains établissements de graves problèmes de liquidités, éventuellement pour d'autres des problèmes de solvabilité. Mais les actionnaires des opérateurs financiers pris dans leur ensemble étaient en théorie parfaitement capables d'absorber ce genre de pertes. On aurait alors eu un sérieux « coup de tabac » sur un compartiment particulier de la finance, sans propagation aux autres. Il n'en a pas été ainsi, pour l'essentiel en raison des profondes transformations dans la finance de marché que nous venons d'analyser.

Il est significatif que l'événement qui peut paraître *a posteriori* comme le coup d'envoi de la crise fut l'aveu d'un problème de valorisation : le 7 août 2007, BNP Paribas annonce la suspension de la valorisation de certains de ses fonds. Elle renonce donc à racheter les parts des investisseurs qui voudraient sortir. Ces parts devenant ainsi parfaitement illiquides. Les fonds concernés ont en effet acquis quantité de produits partiellement adossés à des crédits *subprimes* que la banque s'estime dans l'impossibilité de valoriser. Ils sont devenus invendables à d'autres opérateurs financiers et n'ont donc pas de valeur de marché, et la banque estime que leur valorisation par des modèles mathématiques n'est plus praticable. S'installe alors une défiance généralisée entre opérateurs financiers qui se traduit par une crise de liquidités : ils ne veulent plus se prêter les uns aux autres *via* le marché interbancaire, car personne ne sait dans quelle mesure l'autre est « plombé » par ces actifs que l'on commence à appeler « toxiques ». Les banques centrales agissent promptement et vigoureusement face à ce problème de liquidités. Elles jouent là leur rôle classique de prêteur en dernier ressort. Le 14 septembre 2007, la banque britannique Northern Rock est cependant la première victime de la crise de liquidités. Elle a très peu de dépôts et se finance essentiellement sur le marché interbancaire. Elle ne parvient plus à le faire. Le gouvernement est obligé de la sauver d'une menace de faillite qui avait provoqué le premier *bank run*[7] depuis la crise des années 1930. Fin 2007-début 2008, de très nombreuses banques et parmi elles les plus importantes annoncent des pertes exceptionnelles. Les Bourses ont commencé à chuter, entraînées par les valeurs financières et la crainte que la crise bancaire qui a commencé n'entraîne une récession économique.

En mars 2008, la banque d'investissement Bear Stearns en faillite est rachetée par JP Morgan sous l'égide de la FED, qui prête 30 milliards de dollars au repreneur et assume en pratique les risques des actifs les plus douteux qu'avait acquis Bear Stearns. Ce sauvetage marque un tournant d'un double point de vue. D'une part, banques et gouvernements sont désormais convaincus que le problème ne se limite pas aux crédits *subprimes*, que les ménages américains dans leur ensemble étant très endettés, on peut s'attendre, particulièrement en cas de ralentissement économique engendré par la crise immobilière, à une augmentation des défauts sur d'autres types de crédits : crédits immobiliers « normaux », cartes de crédit, prêts aux étudiants, voire crédits aux entreprises. Le doute s'est emparé de l'ensemble des opérateurs quant à la qualité d'un vaste ensemble d'instruments issus de la titrisation. C'est d'ailleurs le moment que choisissent les agences de notation pour dégrader brutalement et fortement les notations de ce type d'actifs, une manifestation supplémentaire du mimétisme qui, en raison de l'effondrement des modèles d'interprétation antérieurs, s'empare de tous. Il apparaît également très clairement que certains opérateurs – les conduits des banques commerciales, les grandes banques d'investissement de Wall Street, les *hedge funds* mais aussi les assureurs spécialisés, dits *monoline* – fonctionnaient avec de tels effets de levier qu'une dévalorisation même modérée de leurs actifs les rendait insolvables (avec un levier de 30, une dévalorisation de 3 à 4 % de l'ensemble des actifs suffit à provoquer l'insolvabilité). En conséquence, les agences de notation, qui se contentent de hurler avec les loups, dégradent les notes de ces acteurs à fort effet de levier.

---

7. Ayant perdu confiance dans la monnaie bancaire (les dépôts), les gens se ruent au guichet des banques pour en demander la transformation en billets de la banque centrale.

D'autre part, à cette occasion la FED inaugura à grande échelle un changement de la nature des interventions des banques centrales et des gouvernements. Avec et à partir de la faillite de Bear Stearns, la FED devient progressivement un bras armé du gouvernement pour sauver, restructurer et recapitaliser le système bancaire. C'est en effet de cela dont il s'agit désormais. Ce qui s'effondre ainsi est un modèle d'interprétation selon lequel les risques issus de l'ensemble des créances titrisées étaient premièrement cantonnés dans des catégories d'actifs et d'instruments bien identifiées, deuxièmement que ces instruments étaient portés par des acteurs qui avaient les moyens d'en assumer les risques, c'est-à-dire qui resteraient solvables si le risque se manifestait.

La suite se déroule alors implacablement. Le gouvernement américain commence à intervenir pour « sauver » les banques dont il estime que la faillite provoquerait des dégâts en chaîne incontrôlables, les banques *too big to fail* ou *too interconnected to fail*[8]. Autrement dit, il tente d'enrayer la crise systémique. C'est ainsi que, après avoir longtemps hésité, il décide début septembre de nationaliser de fait les deux grandes institutions assurant les prêts hypothécaires, Freddie Mac et Fannie Mae, ainsi qu'un des plus grands assureurs de crédit, AIG. En revanche, il renonce le 15 septembre à sauver de la faillite Lehman Brothers, l'une des grandes banques d'investissement de Wall Street, entre autres raisons afin de prouver à son opinion publique et aux opérateurs financiers eux-mêmes que la puissance publique, c'est-à-dire « les contribuables », n'épongera pas de manière systématique les pertes de Wall Street. Cette faillite cependant engendre une sorte de panique dans l'industrie financière et une paralysie quasi totale du marché interbancaire. Les banques ne se prêtent plus du tout entre elles. Les opérateurs qui sont financés principalement sur ce marché sont potentiellement tous en faillite. Les interventions des banques centrales – la FED, la BCE, la Banque d'Angleterre et la banque centrale du Japon – sont alors extrêmement vigoureuses et bien coordonnées. Elles se substituent au marché

8. Trop grosses ou trop interconnectées (aux autres) pour qu'on les laisse faire faillite.

interbancaire en assurant directement le financement des opérateurs illiquides. La paralysie totale du système bancaire a été évitée.

Mais, naturellement, dès l'été 2008 et selon certains indicateurs dès janvier 2008, les banques, même les plus solides, savaient déjà qu'elles allaient devoir absorber des pertes considérables, et qu'il leur fallait augmenter leurs fonds propres et diminuer leurs engagements. Elles réduisent donc fortement l'octroi des crédits aux ménages et aux entreprises. C'est le *credit crunch*, par lequel la crise bancaire se transforme en ralentissement, puis en récession économique. Le *credit crunch* avait commencé avant la faillite de Lehman Brothers, il s'accentue après. Alors s'enclenche un cercle vicieux du plus grand classicisme : la crise bancaire engendre la récession, qui aggrave la crise bancaire. Le difficile et conflictuel processus de purge du mistigri est enclenché. On a vu qu'au Japon il avait duré plus de dix ans.

Les États aux commandes

Dès qu'ils furent convaincus, avec sans doute un peu trop de retard, de la gravité de la crise bancaire, les gouvernements ont agi rapidement selon les leçons tirées de la grande crise des années 1930 et de la crise japonaise des années 1990. Les deux principales leçons de la crise de 1929 avaient été tirées dès les années 1930 par Keynes et furent consolidées dans l'après-guerre. Première leçon : reconnaître l'instabilité de la finance et en conséquence la nécessité, d'une part, de réglementer les marchés financiers et, d'autre part, de traiter rapidement et avec une grande énergie les menaces de crises de liquidité bancaires. Seconde leçon : reconnaître la possibilité de cercles vicieux entre crise économique et crise financière qui s'approfondissent réciproquement, et donc la nécessité d'interventions publiques massives sur la sphère réelle, financées par un accroissement de la dette publique. De la crise japonaise des années 1990, deux autres leçons à caractère plus technique furent tirées, en particulier par le président de la FED à partir de 2006, Ben Bernanke, qui l'avait étudiée de près. La première est la pratique de la « détente quantitative » : l'augmentation rapide de l'actif du bilan de la banque centrale, qui admet en contrepartie de sa création monétaire des créances beaucoup moins sûres et en volume beaucoup plus important. La seconde leçon est qu'il ne sert à rien et qu'il est même néfaste de différer la nécessaire purge du mistigri, c'est-à-dire des créances et des titres très surévalués que détiennent les banques. Il faut au contraire purger au plus vite le système financier de son mistigri, en profiter pour le restructurer profondément, afin qu'il puisse reprendre rapidement son rôle de financement de l'économie. C'est dans ce domaine que le gouvernement japonais a été particulièrement hésitant, répugnant à prendre des mesures dont la brutalité capitaliste anglo-saxonne rudoyait sa culture. On attribue à cette hésitation la longueur du marasme japonais qui a duré jusqu'en 2003, à juste titre à mon avis comme je l'ai soutenu plus haut. Dans l'ensemble, les actions préconisées par la doctrine issue du bilan des crises passées ont été engagées avec détermination, surtout la première, les deux autres étant en cours au printemps 2009.

La politique intérieure

Dans le domaine du traitement de la crise d'illiquidité, on notera tout au plus une hésitation de la BCE à baisser ses taux dès l'éclatement de la crise des *subprimes* en août 2007, puisqu'elle les a au contraire augmentés une dernière fois en juillet 2008. En revanche, lors de la paralysie totale du marché interbancaire qui a suivi la faillite de Lehman Brothers, les banques centrales ont agi de concert de façon remarquablement rapide et efficace, selon la méthode de la banque centrale japonaise qui avait réussi à sortir le pays de l'ornière : la « détente quantitative ». Fin 2008, leurs bilans avaient triplé ou quadruplé par achat ou prise en pension de titres portant des risques, parfois très élevés, sur l'ensemble de l'économie. Jusqu'où peuvent-elles aller dans ce sens ? Combien de temps doivent-elles porter ces risques ? On imagine mal qu'il soit considéré comme « démocratique » de les laisser décider souverainement par elles-mêmes de questions d'une telle importance macroéconomique et aux tels enjeux de répartition. Certains y voient la fin probable de l'indépendance des banques centrales. Sur ce plan au moins, une période est peut-être close.

Plus fondamental pour la sortie de crise est le processus de purge du mistigri et de restructuration du système financier. Dans ce domaine, il faut reconnaître une hésitation du gouvernement américain. Entre le sauvetage de Bear Stearns en mars 2008 et la faillite de Lehman Brothers en septembre de la même année, il a incontestablement hésité à mettre en œuvre un plan drastique de restructuration du système bancaire. En vérité, au moment où ce chapitre est écrit (mai 2009), ce plan commence à peine à être mis en œuvre et la manière dont il sera réellement déployé reste encore mal connue. C'est qu'il s'agit d'une question politique essentielle dans toute crise financière : qui va ultimement détenir le mistigri ? En d'autres termes, qui va supporter des pertes de revenus ? Les actionnaires des institutions financières ? Ceux qui détiennent les titres de dette des institutions insolvables ? Les contribuables ? Ce sont ces questions, proprement politiques, qui dominent le débat sur les moyens de débarrasser le système financier de ces titres et créances douteux. Rachat de ces créances et titres par l'État qui les rassemble au sein de structures de défaisance parfois nommées *Bad Banks* ? Mais quels titres et à quel prix les racheter ? Ou nationalisation des banques, conçue comme une mesure transitoire destinée à les restructurer et à les revendre, comme l'a fait le gouvernement suédois lors d'une crise bancaire dans les années 1990 ? On comprend que les débats fassent rage sur cette question, et que, malgré la conviction aujourd'hui consensuelle parmi les experts qu'il faut aller vite, les gouvernements hésitent, car, quoi qu'ils en disent, ils sont tous désormais confrontés à la question politique sensible d'avoir à décider qui va subir une baisse de revenus. L'issue de la crise dépend de la rapidité de ces processus.

Quant aux volumes des mesures de relance budgétaire, ils ont, en particulier aux États-Unis et en Chine, été de grande ampleur, la fragmentation politique de l'Europe l'empêchant de faire un effort aussi considérable. Notons cependant que, initialement au moins, ce comportement de « passager clandestin » adopté par l'Europe (l'Europe bénéficie en effet de la relance des autres plus que les autres ne bénéficient de la sienne), qui fut aussi celui de certains États européens vis-à-vis des autres, n'a pas engendré de tensions internationales et heureusement pas de mesures de rétorsion.

En réalité, chacun des trois grands domaines des politiques intérieures face à la crise – le traitement de la crise de liquidité bancaire, la restructuration du système financier, la relance macroéconomique – pose à sa manière la question du partage des pertes de revenus, de qui va garder le mistigri et de la manière dont il va être purgé. Le traitement d'urgence de la crise de liquidité était très certainement indispensable, la crise bancaire qui menaçait aurait pu provoquer une véritable fuite devant la monnaie bancaire. L'effet dépressif aurait alors été considérable. Il fallait donc agir, à peu près quel que soit le critère de jugement adopté. On sait cependant[9] que le traitement massif d'une crise de liquidité maintient artificiellement en vie des institutions financières qui sont en réalité insolvables, ce qui opère nécessairement des transferts. Par exemple, ces institutions sous perfusion continuent à payer d'importants bonus à leurs cadres dirigeants, au détriment des actionnaires, voire au détriment du public, si c'est de l'argent public qui vient ultérieurement « secourir » cette banque.

L'enjeu de la répartition des pertes est évidemment central dans le processus de restructuration bancaire, on l'a dit. Mais il l'est également s'agissant de l'ampleur et des orientations des plans de relance macroéconomique. Il est certain qu'une intervention de grande ampleur bien conçue atténue les pertes de revenus des salariés, en freinant l'augmentation du chômage. Mais elle réduit aussi les dépréciations d'actifs financiers qui se seraient produites en son absence. Elle a enfin pour effet de transférer une part du mistigri à ceux qui achètent la dette publique supplémentaire. De la dette publique s'est ainsi substituée à de la dette privée irrécouvrable. C'est la socialisation de ce qui aurait, sans intervention publique, constitué des pertes privées. L'augmentation de la dette publique n'a elle-même que deux issues. Soit les épargnants qui l'ont achetée seront payés avec les

9. Cf. chapitre V, « Finance et monnaie ».

rendements qu'ils escomptaient et ce seront les générations suivantes qui devront travailler plus pour rembourser cette dette, soit ces épargnants seront spoliés par l'inflation. Les deux pouvant bien sûr se combiner. À court terme, avec l'augmentation du chômage dû à la crise et la très forte compétition entre les salariés du monde entier impliquée par la globalisation, la reprise de l'inflation paraît peu vraisemblable. Mais cela pourrait changer en quelques années, en particulier si des obstacles à la liberté des échanges de biens et services, voire des capitaux, sont à nouveau dressés entre territoires. En 2009, toutes ces questions restaient largement ouvertes, de même que celles relatives à la coordination internationale que nous allons maintenant évoquer. De leur traitement dépendront très largement la profondeur de la crise, ainsi que l'ampleur et la direction de ses effets de répartition.

La coordination internationale

Dans le domaine de la coordination internationale, en dehors de la remarquable action conjointe des politiques monétaires dans la phase aiguë de la crise interbancaire, le premier acte issu de la volonté de ne pas répéter les erreurs passées a été la création du G20 et ses réunions ; en particulier, la réunion au niveau des chefs d'État d'avril 2009 à Londres, où fut célébrée l'entrée en politique internationale de Barack Obama.

Les défauts de coordination internationale eurent un rôle décisif dans l'extension hors des États-Unis et dans l'approfondissement de la crise des années 1930. Ils ont été étudiés très en détail. Ils concernent les domaines financier et commercial. Dans le secteur financier, le Gold Exchange Standard contraignait chaque pays à maintenir un taux de change fixe, alors que les mouvements de capitaux étaient libres et importants. Dans de telles conditions, on sait que les politiques économiques doivent être coordonnées, faute de quoi le « chacun pour soi » enfonce l'ensemble dans la dépression. C'est ce qui s'est passé à partir de 1933, et cela a été renforcé par le même type de comportement en matière commerciale. Le protectionnisme et la crise elle-même ont fait chuter de près de deux tiers le commerce mondial. Lors de la réunion du G20 d'avril 2009 à Londres, on a donc d'abord voulu à tout prix éviter le fiasco de la Conférence monétaire de Londres en 1933, qui fut un échec désespérant pour les opinions publiques.

C'est ainsi que, après qu'on eut transformé le G9 en G20 à la satisfaction générale, la réunion d'avril 2009 a premièrement, affiché une cohésion sans faille, deuxièmement, assuré qu'on ne tomberait pas dans les erreurs du passé, troisièmement, énuméré un certain nombre de bonnes intentions de réformes du système financier global. L'examen attentif du programme proposé est rapidement apparu pour ce qu'il était : un simple catalogue de bonnes intentions, sans aucune mesure susceptible de « changer de capitalisme » ou même plus modestement de négocier « un nouveau Bretton-Woods », ce qui était pourtant l'objectif proclamé par bon nombre de chefs de gouvernement. Mais une leçon au moins a été bien comprise : dans ce genre de crise, rétablir la confiance peut à soi seul suffire à en sortir. Les effets d'annonce sont très importants. Les déclarations des membres du G20 concernant leur volonté de s'opposer à tout prix au protectionnisme ne doivent cependant pas tromper. L'enjeu véritable n'est plus tant le protectionnisme commercial. L'exercice des nationalismes et le manque de coordination risquent beaucoup plus de prendre la forme de désordres de change et de perturbations des marchés financiers. Il ne suffit pas en ce domaine d'affirmer qu'on ne sera pas protectionniste, il s'agit de définir les objectifs et d'inventer les formes d'une coopération économique internationale profondément renouvelée [10].

L'évolution de la crise économique, au-delà de l'été 2009, dépendra de trois facteurs étroitement liés entre eux : l'importance du mistigri restant à purger dans le système financier et la rapidité avec laquelle il le sera ; la qualité des politiques publiques, en particulier dans le domaine de la coopération internationale ; le retour de visions du monde plus optimistes, puisque les anticipations comptent évidemment tout autant dans la reprise que dans la crise.

---

10. Nous analyserons les projets de réforme et leurs enjeux au chapitre suivant.

Un fait incline à l'optimisme : les deux puissants moteurs de la croissance soutenue des dernières années ont certes ralenti dans la crise mais restent actifs et susceptibles d'accélérer de nouveau. Ces moteurs, on l'a dit au début de ce chapitre, sont les gains de productivité liés à la diffusion des technologies de l'information et de la communication et surtout le rattrapage opéré par des pays émergents peuplés de milliards d'hommes. Une des raisons de la profondeur et de la durée de la crise des années 1930 fut certainement, au-delà de la crise financière puis bancaire et des politiques extérieures agressives, l'épuisement des gains de productivité engendrés par la première vague du « fordisme ». Ce n'est qu'avec la militarisation et la planification quasi socialiste de l'ensemble de la production industrielle pour soutenir l'effort de guerre, en particulier aux États-Unis, que les méthodes fordistes s'étendirent à l'essentiel de l'industrie manufacturière. Leur diffusion après-guerre en Europe occidentale et au Japon – des pays en rattrapage à l'époque – explique largement l'âge d'or des « Trente Glorieuses »[11]. Il a donc fallu la guerre pour sortir véritablement de la crise des années 1930. Nous n'avons pas aujourd'hui besoin d'une guerre mondiale pour que revienne la croissance, le désir de rattrapage des grands pays émergents y suffira.

Il leur faudra cependant recentrer quelque peu leur développement sur leur marché intérieur, afin de réduire les tensions au sein du système monétaire international, et de maîtriser la croissance des inégalités internes que la globalisation a jusqu'ici engendrée. Cela suppose, on l'a dit, une meilleure coordination des politiques économiques. À ces conditions, la crise de 2008 pourrait n'avoir été qu'un choc violent, comme le fut la crise asiatique. Cependant, rien non plus ne permet d'exclure que la révélation progressive d'un mistigri plus important encore, l'exacerbation de conflits de répartition autour de sa résorption, la transposition de ces conflits au plan international et le déchaînement de politiques non coopératives, enfin la persistance voire l'aggravation, conséquence de ce qui précède, d'anticipations très pessimistes, ne provoquent une crise sévère et de longue durée, comme ce fut le cas au Japon jusqu'en 2003.

---

11. Cf. *L'Inégalité du monde*, *op. cit.*, chapitre IV.

CHAPITRE XIV

Les projets de réforme

Depuis plus de vingt ans, chaque crise d'importance déclenche de vifs débats sur l'opportunité de réformes du système financier et monétaire international. Il en fut ainsi entre juillet 1997, début de la crise asiatique, et l'automne 1998, faillite de LTCM. On discuta alors beaucoup du rôle joué par le FMI, de l'opportunité d'une taxe Tobin, de la nécessité d'un PDR (prêteur en dernier ressort) international et du meilleur système de change pour les petits pays émergents. Bref, on tenta surtout de tirer les leçons de la crise asiatique. Car pour ce qui est du risque systémique, bien que la faillite de LTCM ait failli dégénérer en crise bancaire, on en est resté à l'époque aux généralités. Après la crise de 2008 cette question devient en revanche centrale, dans les projets de réforme débattus au sein du G20. Quant aux déséquilibres de balance des paiements, aux fluctuations des changes entre grandes monnaies et à la coordination des politiques économiques, la question est à l'agenda des consultations entre grandes puissances depuis les accords du Plazza et du Louvre de 1985-1987. Ce qui ne signifie pas qu'elle ait beaucoup progressé depuis. Nous examinerons successivement ces trois questions.

Les crises de change dans les pays pauvres et émergents

Les crises de change et leur cortège de conséquences économiques (effondrement du change, et des autres marchés d'actifs, voire de l'immobilier, profonde récession et plan de redressement imposé par le FMI si le pays lui emprunte) ont été nombreux à partir des années 1990. Dans bien des cas, et très probablement en Asie du Sud-Est en 1997, ces crises ont eu une dimension autoréalisatrice prépondérante. En d'autres termes, elles auraient pu ne pas se produire, et les pays concernés, au prix d'ajustements internes parfaitement praticables, auraient pu poursuivre sur leur trajectoire de croissance antérieure. Une crise financière sans fondement macroéconomique réel leur a donc fait perdre deux ou trois ans de croissance de rattrapage.

Après la crise asiatique, le FMI a lui-même reconnu avoir fait des erreurs. Il a concédé avoir recommandé à certains pays une ouverture trop rapide du compte de capital, ce qui les a exposés aux flux et reflux de capitaux très mobiles, y compris d'ailleurs des capitaux appartenant aux résidents de ces pays, alors que leur système bancaire était encore fragile. La crise de change s'est donc immédiatement transformée en crise bancaire très profonde aux effets récessifs considérables. Il aurait bien mieux valu réformer d'abord les systèmes bancaires et ouvrir ensuite très progressivement les frontières aux mouvements de capitaux. Cela n'aurait pas nécessairement entravé les flux d'investissements directs étrangers, qui sont de très loin, avec les envois de fonds des travailleurs immigrés, les flux les plus efficaces pour accélérer le rattrapage du pays. Le rôle des flux de capitaux placés en actifs très liquides, ce qui les rend très volatils, est beaucoup plus discutable. Il existe désormais une sorte de consensus sur cette question : ouverture plus prudente, contrôles prudentiels du système bancaire préalables, découragement de l'endettement à court terme en devises des banques du pays. Plus complexes sont les questions du régime de change préférable, de l'opportunité d'une taxe Tobin destinée à ralentir les mouvements de capitaux spéculatifs, de la nécessité d'un

PDR international, et de l'intérêt de mettre en place une sorte de code de faillite des États, de manière à éviter le risque moral que peut provoquer l'intervention du FMI.

Les taux de change dans les pays émergents

On a vu l'importance du régime de change, incluant la question de la liberté des mouvements de capitaux, dans les crises d'Asie et d'Amérique latine. En situation de liberté de circulation des capitaux, les deux régimes extrêmes, changes fixes par rapport à une monnaie de référence (le dollar en général) ou changes totalement flexibles, présentent tous deux des inconvénients que même leurs partisans reconnaissent.

Dans un pays émergent, la seule forme crédible et stable de change fixe est le *currency board*. Dans un tel système, la création monétaire interne est strictement déterminée par le niveau des réserves en devises de la banque centrale. Le gouvernement abandonne donc toute liberté de politique monétaire. Sa monnaie n'est qu'une forme particulière d'une autre, par exemple le dollar, et il n'a aucun pouvoir sur son émission. Pour comprendre les contraintes qu'implique ce système, prenons le cas de l'Argentine, qui l'avait adopté, avant d'être contrainte de l'abandonner après une longue crise, de 1999 à 2002. En 1999, en effet, le real brésilien se déprécia fortement par rapport au dollar, alors que l'Argentine participait à une zone de libre-échange en cours de constitution avec le Brésil et d'autres pays du cône sud de l'Amérique latine. Comment les entreprises argentines pouvaient-elles faire face à cette compétitivité brusquement accrue des exportateurs brésiliens ? Puisque l'Argentine s'interdisait la dévaluation, il n'y avait qu'un moyen, la déflation : ce n'était que par une baisse des prix et donc des salaires qu'elle pouvait retrouver sa compétitivité. Ce processus est toujours récessif, ou plutôt il ne peut être engendré que par une forte récession. Plus généralement, en se « dollarisant [1] », l'économie de l'Argentine devenait une pièce de

1. Techniquement, la « dollarisation » est l'utilisation du dollar lui-même comme monnaie principale dans un pays autre que les États-Unis. Un *currency board* strict est en fait une quasi-dollarisation.

l'économie nord-américaine, un peu comme celle de l'État du Kansas. À cette immense différence près, cependant, qu'il n'existait pas entre l'Argentine et les États-Unis la circulation parfaitement libre des marchandises, des investissements directs et surtout des hommes qu'on constate entre le Kansas et les autres États de l'Union. Or cette circulation est le facteur fondamental qui arrime la croissance du Kansas à celle du reste du territoire américain. Un *currency board* rend donc une économie extrêmement dépendante des décisions prises par ses partenaires commerciaux principaux (autres que celui dont elle a adopté la monnaie) et du jugement des investisseurs étrangers quant à l'attractivité de son territoire. Il la rend aussi totalement dépendante, en matière monétaire, des décisions de l'autorité monétaire du pays auquel sa monnaie est rattachée. Il ne se justifie à mon avis (et de l'avis d'une grande majorité d'économistes) que dans des situations bien particulières et de manière transitoire. Il est en effet un moyen, très brutal mais efficace, d'imposer à l'intérieur d'un pays une discipline monétaire et budgétaire dont l'absence était source de forte inflation chronique, voire d'hyperinflation. Mais l'abandon total de la souveraineté monétaire n'a, en dehors de ces cas particuliers, de sens que dans la perspective d'une intégration économique et donc, à terme, politique complète, comme c'est le cas en Europe.

Quant aux changes parfaitement flexibles, c'est-à-dire le refus d'un gouvernement de s'engager à défendre une quelconque parité, il est aussi difficilement praticable par un pays émergent. C'est dans ce cas le taux de change de la monnaie nationale qui devient extrêmement sensible à des décisions prises ailleurs, en fonction du jugement que portent « les marchés » sur les initiatives de politique économique du gouvernement. Il en est ainsi parce que les pays émergents sont économiquement petits et à la périphérie du système financier mondial. Étant petits, des déplacements de capitaux qui sont infimes au regard de l'épargne mondiale accumulée sont très importants pour eux. « Périphériques » signifie que les titres et actifs qu'ils vendent sont jugés risqués et donc que les capitaux y sont beaucoup plus mobiles. C'est l'effet de « coup de fouet » analysé plus haut au chapitre XII. S'il est flexible, leur taux de change a par conséquent toutes les chances de fluctuer très amplement, affectant gravement, dans les deux sens, la compétitivité du territoire et la valeur en devises de ses actifs. De telles fluctuations sont une entrave aux investissements directs et rendent extrêmement risqué tout emprunt en devises par un résident, État compris. Or un pays émergent qui veut accélérer son processus de rattrapage a besoin d'importer des capitaux. C'est d'ailleurs l'argument décisif en faveur de la stabilité des changes dans ces pays.

Restent donc les régimes intermédiaires de changes fixes mais ajustables. Ils sont malheureusement bâtards et cumulent les inconvénients des deux régimes extrêmes. Leur défense peut priver le gouvernement de toute liberté de politique monétaire, laquelle devient alors exclusivement une politique de change. Le fait que le gouvernement ne se soit cependant pas irrévocablement engagé à défendre une parité fixe (comme dans un *currency board*) laisse subsister pour les investisseurs étrangers un risque de change. On a vu, dans les cas mexicain et asiatiques, ce que cela entraîne lorsque leurs anticipations quant à ce risque se modifient : des crises de change largement autoréalisatrices, aux effets récessifs profonds.

Quelques leçons furent cependant tirées des crises de ces dernières années. Tout d'abord, les systèmes de *currency board* sont sans doute adaptés à des thérapies de choc mais ne sont pas souhaitables en régime permanent. Le régime de flexibilité totale du change est impraticable et d'ailleurs n'est pas pratiqué. Malgré son caractère bâtard, c'est donc l'« accrochage » ajustable aux grandes monnaies qui est désormais préconisé. Il est cependant souhaitable qu'il ne se fasse pas à une seule monnaie, mais à un panier dollar-euro-yen, pondéré par les relations commerciales et les flux d'investissement entre le pays et ces trois zones.

Au-delà de ces principes simples, on entra à mon avis dans le domaine des vœux pieux. C'est ainsi qu'on préconisa que les dévaluations se fassent « à froid », quand il apparaît qu'elles vont devenir inévitables. Vœu pieux. Si une dévaluation est jugée inévitable par une majorité d'acteurs, elle survient immédiatement, comme on l'a vu. Elle ne peut donc être pratiquée « à froid ». Si elle n'est pas jugée inévitable par une grande majorité d'acteurs, pourquoi le serait-elle ? Des évolutions internes (baisse des prix, croissance des exportations) ou externes (afflux d'investissements directs) peuvent parfaitement éviter une dévaluation que certains experts jugent inévitable. Mais, plus profondément, une dévaluation est toujours une intervention opérant de brutaux transferts de richesse, internes et externes. Elle est nécessairement conflictuelle. Pourquoi un gouvernement, à moins d'y être contraint, choisirait-il « à froid » d'affronter l'hostilité de ceux qu'elle spolie, alors qu'il n'est jamais sûr de la reconnaissance de ceux à qui elle bénéficie ? C'est tellement vrai que même lorsqu'ils la souhaitent, ayant ainsi fait leur choix entre des intérêts en conflit, les gouvernements sont toujours ravis de pouvoir prétendre qu'elle leur a été imposée par la spéculation, comme le gouvernement britannique lui-même l'a démontré en 1992. Vœu pieux également que de croire qu'une amélioration de l'information sur les « fondamentaux » des pays émergents pourrait éviter les crises de change. Entendons-nous bien, une meilleure information économique et financière est certainement une excellente chose. C'est penser qu'elle éviterait les crises qui est naïf. Nous avons suffisamment évoqué l'instabilité intrinsèque du système financier actuel, et la puissance des anticipations autoréalisatrices, pour qu'il ne soit pas nécessaire d'y revenir ici.

En résumé, dans la globalisation actuelle, c'est rester libre d'avoir une politique économique et monétaire, tout en étant ouvert, qui exige des pays émergents de très difficiles compromis. Il leur faut à mon avis : conserver une certaine liberté monétaire par des changes non rigides ; ne libéraliser que très progressivement les mouvements de capitaux, en particulier interbancaires, et assurer un contrôle prudentiel strict de leur système bancaire ; limiter l'endettement en devises des résidents, en particulier des entreprises, dont on a vu la fragilité financière qu'il entraîne en cas de forte dépréciation de la monnaie ; ne pas s'interdire des mesures d'urgence de contrôle des capitaux en cas de crise. Dans ces conditions, même dans un système dont on a assez dit à quel point il était dangereux pour les pays émergents, une croissance soutenue et durable est possible. Qu'elle soit possible signifie que, de son absence, les gouvernements de ces pays sont les premiers responsables.

Voilà quelles furent les leçons des crises latino-américaines et asiatiques dans le domaine de la gestion des taux de change dans les pays émergents. La doctrine élaborée en la matière à la fin des années 1990 reste aujourd'hui dominante.

La taxe Tobin

La taxe Tobin fut à la fin des années 1990 une proposition phare, en pratique la fondatrice de l'organisation altermondialiste d'origine française ATTAC[2]. Les propositions d'ATTAC se sont diversifiées depuis, mais la taxe en fait toujours partie. Dans la proposition originale, il s'agissait de taxer de 0,25 % toutes les transactions de change. L'objectif affiché par ses promoteurs était double : entraver les mouvements de capitaux spéculatifs en les rendant plus coûteux et utiliser les recettes ainsi collectées à financer l'aide au développement des pays pauvres. Mes critiques de la taxe Tobin, dans sa version ATTAC, furent à l'époque et restent aujourd'hui de deux ordres. Premièrement, cette taxe, du moins au niveau qu'on envisageait, aurait certainement entravé des mouvements de capitaux d'arbitrage, qui se déplacent pour quelques dixièmes ou centièmes de pour-cent de différence de prix. Mais elle n'aurait eu aucun effet sur les mouvements auxquels on a assisté dans toutes les crises de changes analysées ci-dessus, où les capitaux se déplaçaient en raison d'anticipations de variations de prix de plusieurs pour-cent, voire de plusieurs dizaines de pour-cent. Or ce sont eux qu'une telle taxe vise sous le nom de capitaux « spéculatifs ». Il me semble donc qu'il y a inadéquation entre l'instrument et l'objectif. En second lieu, si les gouvernements des pays les plus riches avaient été d'accord pour une telle taxe, c'est qu'on aurait atteint un niveau de consensus entre eux qui aurait pu être utilisé à prendre des mesures plus utiles, en particulier à uniformiser et à relever

2. ATTAC (Association pour une taxation des transactions financières pour l'aide aux citoyens) créée en juin 1998 à l'initiative du mensuel *Le Monde diplomatique*. L'idée initiale d'une taxation des mouvements de capitaux est attribuée à James Tobin, économiste américain, prix Nobel.

la taxation des revenus (et non des mouvements) des capitaux, corrigeant ainsi la dimension fiscale de l'inégalité entre capital et travail engendré par la globalisation. Si les gouvernements des pays riches le jugaient nécessaire, une partie de ces recettes fiscales pourrait être affectée à l'aide au développement. Mais il sagit là d'une autre question dont on voit mal pourquoi il faudrait la lier à la taxation du seul capital, encore moins des seuls mouvements de capitaux.

Le prêteur en dernier ressort (PDR) international

La doctrine du PDR dans le cadre d'une économie fermée s'articule autour de trois points. Rappelons-les. Le premier est que le PDR est destiné à agir sur des situations d'illiquidité (et non d'insolvabilité), qui sont la courroie de transmission des crises. La fonction du PDR est de susciter l'action des teneurs habituels de marché momentanément paralysés par l'épuisement de leurs liquidités, en leur fournissant toute la monnaie dont ils ont besoin. Le deuxième point, c'est que le volume de la création monétaire par le PDR ne doit pas être *a priori* limité. Sinon risque de se produire le même phénomène que lorsqu'un gouvernement doit faire face à une crise de change avec des réserves en devises connues de tous et nécessairement limitées : au fur et à mesure que celles-ci diminuent, la spéculation à la baisse s'amplifie et les assèche rapidement. Le troisième point enfin est que l'action du PDR doit être discrétionnaire et imprévisible. Le risque moral qu'engendreraient des interventions systématiques selon des règles connues de tous serait en effet considérable. Il faut que les acteurs sachent que le PDR peut ne pas intervenir, laisser les mécanismes de marché fonctionner seuls et la crise se déployer pour « punir » les preneurs de risques excessifs.

Dans la finance globale actuelle, si une crise menaçante intervient sur un marché « central », dont les titres sont libellés dans l'une des trois devises clefs, comme en 1987 à New York, et naturellement comme en octobre 2008 quand le marché interbancaire s'est totalement figé, le PDR est la banque centrale de la devise concernée, en coordination informelle avec les deux autres si nécessaire. Le problème reste entier si l'épicentre se trouve à la périphérie. Les banques centrales des pays émergents ne peuvent jouer ce rôle, car elles n'ont pas le pouvoir de créer les monnaies nécessaires à juguler la crise, qui sont les devises clefs et tout particulièrement le dollar. Le débat tourne autour de la question suivante : le FMI peut-il et doit-il alors jouer ce rôle ?

Tout le monde admet qu'il n'a pas été créé pour cela. D'abord, il n'a pas de pouvoir de création monétaire. Il ne prête que ce qu'il a emprunté aux pays membres, ou sur les marchés avec leur accord. Ses ressources sont par nature limitées, même si elles peuvent être augmentées. Elles l'ont d'ailleurs été fortement en 2009. Ensuite, le FMI n'intervient qu'à la demande d'un gouvernement et ses prêts sont des prêts longs (trois ans en général). De plus, on l'a vu, ils sont conditionnels, ce qui suppose une négociation qui prend toujours un certain temps. Ni la condition de rapidité ni celle de décision discrétionnaire ne sont remplies.

Certains observent qu'il a cependant joué ce rôle, en particulier lors de la crise mexicaine de 1995. Il est vrai que son intervention fut alors très rapide et ciblée sur un marché particulier, celui des *tesobonos*. Mais il n'y suffit pas. Il a été secondé par le Trésor américain, qui disposait par chance d'une ligne de crédit de plusieurs dizaines de milliards de dollars. Cette ligne était destinée à tout autre chose, mais il ne lui était pas formellement interdit de l'utiliser au profit du Mexique, ce qu'il fit. Bref, il s'est agi d'une intervention *ad hoc*, montée à la hâte dans le dos du Congrès, qui ne l'aurait probablement pas autorisée s'il avait fallu lui demander son avis. Rien de tel cependant lors de la crise asiatique, *a fortiori* russe. Le Trésor américain n'est pas intervenu. Les crédits du FMI ont été on ne peut plus classiques et nous avons vu que, pour beaucoup de ses critiques, les conditionnalités ont aggravé plutôt que traité la dimension d'illiquidité de la crise.

Il n'existe donc pas aujourd'hui de véritable PDR international. À partir de ce constat partagé, on peut distinguer trois positions. La première affirme qu'il n'est pas nécessaire. Son argument principal est le risque moral et peut être résumé ainsi : « Que ceux qui prennent des risques dans les pays émergents les assument pleinement. » Une conviction implicite est qu'une véritable crise systémique ne peut trouver son origine dans ces pays, étant donné leur poids encore négligeable dans la finance mondiale. La seconde position soutient qu'une augmentation des moyens du FMI et une diversification de ses types d'intervention, pour y inclure la possibilité de prêts courts de type PDR, pourraient suffire. La troisième enfin [3] affirme qu'un PDR international est nécessaire et que seul un pool des banques centrales des pays à devises clefs peut jouer ce rôle. Le FMI n'en ayant ni la compétence technique ni les moyens, sauf si un pouvoir de création monétaire transformant entièrement sa nature lui était conféré, il devrait se limiter à son rôle traditionnel, également indispensable : les prêts structurels.

Les prises de positions dans ce débat s'organisent en fonction de jugements sur deux questions. La première est le degré de fragilité de la finance globale actuelle, autrement dit, sa capacité d'autorégulation. La seconde est l'équilibre entre bien public et intérêts privés, avec en son cœur le problème du risque moral. Ceux qui estiment grande la fragilité et secondaire le risque moral par rapport au bien public qu'est la sauvegarde de la stabilité du système sont favorables à un véritable PDR international. Ceux qui croient à la capacité des marchés financiers à s'autoréguler, capacité d'autant plus puissante à leurs yeux que le risque moral n'est pas encouragé, n'en voient pas la nécessité.

Mais il est une question qui traverse le débat et qui est cependant bien trop rarement explicitée. Nous avons, en effet, vu que toute intervention dans une crise financière ne peut se contenter de traiter de manière pure le problème d'illiquidité. Elle est aussi nécessairement une intervention sur les formes de résolution des situations d'insolvabilité. Elle engendre donc des transferts de richesse. Quand les transferts en cause sont internes à un pays, le gouvernement est légitime pour en décider. Mais qui l'est quand les transferts sont internationaux ? Proposer un PDR international, c'est proposer une institution dotée d'un pouvoir supranational, non purement technique et uniquement orienté vers la poursuite d'un bien

3. Elle a été représentée en France par Michel Aglietta et Christian de Boissieu. Cf., par exemple, leur contribution au rapport du CAE, *Instabilité du système financier international*, La Documentation française, 1998.

collectif, mais capable de modifier la répartition internationale des richesses. On l'a vu, c'est ce que fait le FMI, mais sans le dire. Le FMI prétend agir au nom d'une orthodoxie économique ne visant qu'à l'« efficacité ». Il prétend donc servir l'intérêt général. Il dissimule ainsi les choix de répartition que ses décisions impliquent. Un PDR international aurait des moyens décuplés par rapport au FMI. Son pouvoir s'exercerait de manière discrétionnaire car cela est nécessaire aux fonctions de PDR. Il serait donc indispensable aux gouvernements des pays riches (dont les banques centrales, réunies en club, constitueraient le PDR) de fixer, au minimum, les règles générales d'intervention dans le cadre desquelles s'exercerait ce pouvoir. Or ces règles ne pourraient pas être neutres et décidées en fonction d'un indéfinissable intérêt collectif. Elles ne pourraient résulter que de compromis, implicites ou explicites, entre intérêts divergents, du moins à court terme. Telle est à mon sens la véritable difficulté de la création du PDR international.

Un code de faillite des États

Un problème reste en suspens : l'adoption d'un « code de faillite pour les États ». Il s'agirait, quand un État ne peut pas assurer le service de sa dette souveraine, de réunir tous ses créanciers et de répartir entre eux, soit les pertes, soit le refinancement de l'État. Ainsi serait supprimé le « risque moral » que constitue l'intervention quasi systématique du FMI pour prêter aux États défaillants de manière à ce qu'ils puissent rembourser leurs créanciers privés. Ces derniers empochent donc les primes de risque, mais ils n'assument pas les risques quand ils surviennent, un phénomène assez répandu dans la finance de marché globale. Jusque-là les négociations pour adopter un tel code n'ont pas abouti. Ce n'est pas faute de propositions, il en existe et de fort raisonnables. Mais un code de faillite contraignant pour les créanciers obligerait tous les États à accepter que des banques résidant sur leur territoire soient contraintes par une autorité supranationale, le gestionnaire de la faillite. Un abandon de souveraineté que n'ont jamais accepté les États les plus puissants jusqu'à présent.

Le risque systémique

Les principales questions de fond concernant l'existence d'un risque systémique croissant dans la finance de marché globale et les moyens de les contrôler avaient été posées à l'occasion de la faillite de LTCM : faut-il réglementer l'ensemble des acteurs de la finance et non les seules banques commerciales ? Faut-il renforcer les réglementations ? Comment accroître la « transparence » des marchés et réduire l'asymétrie d'information ? Faut-il encadrer le développement des marchés dérivés ? Comment limiter les effets de levier ? Hélas, une fois la crise passée, ces questions ont été mises de côté. Elles ont naturellement resurgi avec force lors de la crise de 2008. Examinons avec quelques détails l'état du débat sur ces questions au printemps 2009.

Plusieurs chefs de gouvernement, avant le G20 d'avril 2009 à Londres, avaient affiché des ambitions élevées. On avait parlé de la nécessité d'un « nouveau Bretton-Woods », d'une profonde réorganisation des systèmes financiers et monétaires internationaux.

Les réformes proposées par le G20 consistent pour l'essentiel à approfondir et à étendre le champ de la réglementation : réviser la réglementation bancaire en la durcissant, en la précisant et en l'étendant au hors bilan ; élargir la réglementation à d'autres acteurs susceptibles d'engendrer un risque systémique, comme certains *hedge funds* et assureurs, ou les agences de notation ; réglementer certains marchés OTC de produits dérivés pour qu'ils deviennent des marchés « organisés » ; enfin contrôler les flux de capitaux avec lesdits « paradis fiscaux ». Il s'agit là de réglementations qualifiées de « microprudentielles », celles qui portent directement sur le comportement des acteurs financiers. Mais on réfléchit également, au moins dans les cercles les plus spécialisés, à la nécessité d'une réglementation « macroprudentielle » qui viserait à contrôler l'effet de levier moyen dans le système financier.

En termes économiques, on peut énoncer ainsi les réformes envisagées : limiter l'asymétrie d'information entre acteurs de la finance ; aligner les incitations des *traders* et des dirigeants sur l'intérêt des actionnaires, voire sur « l'intérêt général » ; réviser les normes comptables et en particulier l'usage systématique du *mark to market* ; enfin, limiter l'effet de levier. Toutes ces propositions, fondées sur l'analyse des mécanismes qui ont conduit à la crise de 2008, semblent frappées au coin au bon sens. Elles n'en présentent pas moins des difficultés considérables. Voyons en quoi.

Limiter l'asymétrie d'information entre acteurs de la finance

On sait que l'asymétrie d'information entre acteurs de la finance a joué un rôle fondamental en permettant à certains de conserver les rendements tout en « se débarrassant » des risques sur les autres. Mais, outre qu'il ne sera jamais possible de réduire cette asymétrie à zéro, au nom de quoi et qui peut empêcher des entreprises privées de créer des actifs financiers sophistiqués difficiles à évaluer, s'il s'en trouve d'autres pour les acheter ? On parle d'organiser et de réglementer les marchés d'instruments dérivés, en particulier des dérivés de crédit, qui étaient pour l'essentiel, jusqu'à la crise de 2008, des marchés OTC. Cela s'accompagnerait d'une standardisation des produits qui les rendrait, dit-on, plus faciles à évaluer. Mais on n'empêchera pas la création immédiate de nouveaux instruments traités sur des marchés OTC, tant qu'il y aura une offre et une demande pour cela, et il y en aura. On rétorquera qu'on obligera tous les créateurs de nouveaux instruments financiers à bien en préciser les caractéristiques et les risques. Mais qui vérifiera la qualité des informations produites par les émetteurs de titres ?

Les agences de notation ? Elles sont en l'espèce sévèrement critiquées, ce qui semble parfaitement justifié compte tenu de leur rôle durant la crise. Que propose-t-on à leur endroit ? D'éviter les conflits d'intérêts en leur interdisant de donner des conseils de conception des instruments qu'elles sont ensuite appelées à noter. Tout au plus pourra-t-on interdire qu'elles soient explicitement payées pour cela. En effet, pour noter un instrument synthétique il faut bien analyser en détail la façon dont il est structuré, donc donner son avis sur sa conception.

De toute façon, il est clair que le fond de la question réside dans les méthodes d'évaluation des actifs en général et des actifs structurés complexes en particulier. J'ajouterai pour ma part qu'il réside aussi dans les modèles d'interprétation qui, de manière implicite la plupart du temps, orientent le choix de ces méthodes. La vraie difficulté de l'évaluation d'actifs structurés complexes vient de ce que les risques des instruments plus simples qui le composent ne sont généralement pas indépendants. Pour calculer le risque de l'actif structuré, il faudrait donc construire l'ensemble des scénarios possibles de propagation de la baisse du prix de chaque actif qu'il contient sur le prix de tous les autres. Un tel calcul est, pour des raisons théoriques qui ont été données, hors d'atteinte. Nationaliser les agences de notation, comme le préconisent certains, ne changerait rien à ce problème. De plus, à moins de payer les fonctionnaires des agences selon les normes de la finance de marché, ce qui certainement introduirait quelques difficultés dans la gestion de la fonction publique, ce type de mesure risquerait même d'aggraver la situation, puisqu'on se priverait sans doute ainsi des meilleurs spécialistes, pourtant bien nécessaires en ce domaine.

Modifier les incitations

Les mesures envisagées visent en particulier la question des systèmes de rémunération des dirigeants et des *traders* et celle de la nature des contrats de gestion. Cette question est naturellement liée à la précédente. C'est parce qu'il existe d'importantes asymétries d'information dans la finance, en particulier entre actionnaires et dirigeants et entre dirigeants et opérateurs, que ce qu'on qualifie aujourd'hui volontiers de « dérive » dans les systèmes d'incitations a pu se déployer. C'est probablement un domaine où il sera possible de prendre quelques mesures de bon sens. S'agissant des politiques de rémunération, du calcul des bonus, de l'attribution des *stock-options*, des contrats de gestion, on verra certainement apparaître, proposés par l'industrie financière elle-même, des « codes de bonne conduite ». On voit mal, cependant, comment ils pourraient être véritablement contraignants. De plus, il est bien peu probable que l'on puisse empêcher des entreprises privées de trouver sans cesse de nouveaux moyens de laisser la bride sur le cou à des individus qui, au moins pour un temps, ont été « performants » dans leur domaine et font ainsi espérer aux actionnaires et aux investisseurs des gains hors normes. Dans ces conditions, on conçoit mal comment éviter qu'ils ne prennent des risques excessifs pour leurs mandants mais très rémunérateurs pour eux. Les « affaires Madoff » sont inscrites dans le système d'incitation de la finance de marché.

Le mark to market

La généralisation des normes comptables qui conduisent à valoriser les actifs à leur valeur de marché instantanée *(mark to market)* a eu des effets pervers bien identifiés dans la crise. Avec ces normes comptables, la baisse du prix de certains actifs oblige immédiatement les institutions financières à provisionner des pertes et à restructurer leur bilan en réduisant leur endettement. Elle provoque ainsi des ventes bradées d'actifs de qualité, ce qui fait baisser leur prix. D'autre part, elle aggrave le *credit crunch*, donc la crise économique, donc la baisse du prix des actifs. Deux cercles vicieux corrélés. Certes, mais par quoi veut-on remplacer ces normes comptables ? Les raisons qui avaient conduit à les adopter, en remplacement des méthodes précédentes d'évaluation des actifs à leur valeur d'acquisition, n'ont pas disparu. Lorsque le bilan d'une institution financière comporte en grande quantité des actifs dont les prix fluctuent sur les marchés, éventuellement de façon très ample, quand son portefeuille de produits dérivés et ses engagements hors bilan sont susceptibles de variations encore plus fortes, vouloir en rester aux valeurs d'acquisition, c'est tout simplement s'interdire toute évaluation plausible des fonds propres de l'institution elle-même. C'est en particulier rendre totalement opaque la question de savoir si, en cas de difficultés, elle est simplement illiquide ou si elle est insolvable.

La solution en la matière est évidente. Il faut calculer, faire certifier et publier les actifs et passifs d'une entreprise de toutes les façons pertinentes : *mark to market*, valeur dans les livres, valeur finale actualisée, évaluation par des modèles, etc. Aux analystes de se débrouiller pour évaluer les risques et la « vraie » valeur de l'entreprise à partir de toutes ces informations et de prendre la responsabilité de leur propre modèle d'évaluation. On rétorquera que cela rendra la lecture des comptes inaccessible au commun des investisseurs. Certes, mais on remarquera que c'est déjà le cas. Pour l'essentiel, le commun des investisseurs se fie aux avis des analystes. Des avis heureusement fort diversifiés, comme le sont nécessairement les conclusions que l'on peut tirer de l'analyse d'un bilan, qui ne fait que refléter le passé, alors que ce dont il s'agit pour évaluer une entreprise est de prévoir son avenir[4].

Innovation financière et réglementation microprudentielle

Les principes des réformes réglementaires microprudentielles envisagées sont simples à exprimer : « des épargnants mieux informés contraignant les institutions financières à plus de responsabilité dans la prise et la gestion des risques ». Certes, c'est exactement ce qu'il faudrait faire. Mais on voit mal comment le renforcement des réglementations, auquel tout le monde ou presque a appelé *ad nauseam* en 2008 – quand on ne s'est pas donné de surcroît le ridicule de prôner « plus de transparence » –, pourrait remédier sérieusement aux conséquences inévitables de cette donnée fondamentale : l'existence d'une dose irréductible d'incomplétude et d'asymétrie de l'information, que certains acteurs de la finance ont en outre le plus grand intérêt à augmenter. La réglementation est ainsi condamnée à une course-poursuite derrière l'imagination financière, qui toujours cherchera à dissimuler des risques pour pouvoir les faire porter par d'autres tout en conservant les rendements. C'est la raison fondamentale pour laquelle le grand scandale aux yeux de beaucoup qu'est la privatisation des gains et la socialisation des pertes risque fort de perdurer après les réformes, si réformes il y a.

Le contrôle « macroprudentiel » :
comment limiter les effets de levier ?

Il faut reconnaître cependant que les débats comportent aussi une interrogation plus fondamentale sur les moyens d'une réglementation « macroprudentielle », qui aurait pour

---

4. Il suffit de se rendre sur un site de Bourse en ligne pour constater, pour une action quelconque cotée en Bourse, la diversité des avis des analystes.

objectif essentiel de contrôler l'amplitude des effets de levier utilisés par l'ensemble des acteurs de la finance. Il s'agirait donc de contrôler, et surtout de moduler selon la conjoncture, la manière dont la sphère du crédit influence le prix des actifs financiers. La question est d'importance, en effet, mais il faut malheureusement reconnaître que les moyens de cette macroréglementation restent difficiles à définir. On convient en général que la seule politique monétaire ne peut y suffire. Quand on peut emprunter à 3,5 % pour acheter un actif dont on attend un rendement de 15 %, ce n'est pas l'augmentation du taux de l'emprunt à 5 % qui est dissuasif. Il faut un autre instrument. Mais lequel ? L'idée la plus simple consiste à imposer aux institutions financières de constituer des provisions variables avec la conjoncture. Certes, mais à quel niveau et variant comment ? Qui sera en mesure d'évaluer (et comment ?) si les institutions financières prises dans leur ensemble prennent « trop » de risques ? On sait qu'il ne s'agit là de rien d'autre que de la bonne vieille question d'Alan Greenspan : « Qui peut dire (et comment ?) que les marchés sont trop "exubérants" ? Et dans ce cas comment les calmer sans provoquer un effondrement ? » En 2009 la question était on ne peut plus pertinente, mais il ne semblait pas qu'on ait beaucoup avancé dans la réponse depuis le débat lancé par Greenspan à la fin des années 1990. Ce qui laissait penser que rien de fondamental ne changerait sur ce front.

Faut-il cloisonner à nouveau le système financier ?

Pour bien comprendre le niveau auquel devrait se situer une politique réellement destinée à atténuer ou du moins à cantonner l'instabilité intrinsèque de la finance de marché, il est utile de rappeler d'où nous venons, c'est-à-dire le chemin parcouru en trente ans de réforme de la finance, à partir des années 1980. Fondamentalement, ces réformes ont consisté en d'une part la libéralisation de la circulation des capitaux, d'autre part le décloisonnement de l'ensemble des métiers de la finance. Ce double mouvement a, *ipso facto*, engendré l'interconnexion de tous les marchés. Il est par conséquent clair qu'une réforme autre que cosmétique doit reposer la question de ce qu'il conviendrait de faire sur ces deux axes : la liberté de circulation des capitaux et le cloisonnement de la finance. Je pense avec beaucoup que ce serait une erreur d'entraver de nouveau les mouvements de capitaux. Les investissements directs étrangers, ce qui suppose la possibilité de flux de capitaux inverses et donc finalement une assez grande liberté de circulation des capitaux, sont en effet le vecteur fondamental du rattrapage des pays émergents, et après eux des pays pauvres, rattrapage qu'il convient évidemment de favoriser. En conséquence, c'est dans le domaine du cloisonnement de la finance qu'il faudrait rechercher des solutions originales, si l'on veut atténuer son instabilité ou la cantonner et en protéger le reste de l'économie. C'est ce qu'avait fait le gouvernement américain dans les années 1930 avec le *Glass Steagall Act,* qui a élevé des pare-feu au sein du système en isolant les banques de dépôts, qualifiées de « banques commerciales », des « banques d'investissement » intervenant sur les marchés et se refinançant uniquement sur le marché monétaire. Il serait évidemment absurde d'affirmer, sans autre forme d'analyse, qu'il conviendrait de rétablir un *Glass Steagall Act* ou l'un de ses clones, mais il est évident que cette question devrait être soulevée et que des solutions devraient être discutées.

Les propositions radicales de Maurice Allais[5]

Maurice Allais est intervenu sur ces questions bien avant la crise de 2008. L'intérêt de ses propositions, venant d'un économiste passant pourtant pour libéral, est une radicalité bien absente du débat actuel. À la fin des années 1990, constatant la tournure qu'avait prise la libéralisation financière, Allais se scandalisait de ce que l'on permette aux banques de « jouer à la Bourse avec leurs fonds propres et, encore pire, avec de la monnaie qu'elles créent pour cela ». Il préconisait une séparation absolue entre la sphère de la

5. Elles sont exposées par exemple dans Maurice Allais, *La Crise mondiale d'aujourd'hui. Pour de profondes réformes des institutions financières et monétaires*, Clément Juglar, 1999. Ce livre reprend en fait, et développe, trois articles parus dans *Le Figaro* en 1998. Il s'agissait là d'une exposition de ses thèses pour le grand public. Les thèses monétaires d'Allais sont en fait bien plus anciennes.

monnaie et du crédit et la sphère de la finance de marché, ainsi qu'une création monétaire strictement réservée à la banque centrale. Formulées en pleine période d'euphorie, alors que le système venait de surmonter avec brio la faillite de LTCM, ces propositions n'ont naturellement pas été entendues. On les a balayées d'un revers de la main, affirmant que de telles mesures bloqueraient totalement tout le système financier et le rendraient gravement inefficace. Analysons cependant plus en détail les propositions d'Allais, car elles ont le mérite de bien poser les questions de fond.

Pour Allais, dans le système actuel, des crises financières de plus en plus violentes sont inévitables. Une spéculation débridée sur les marchés financiers, à laquelle les banques elles-mêmes participent massivement, est en effet à ses yeux indissociable des modalités actuelles de création monétaire. Ce sont ces modalités qu'il suggère de réformer de manière radicale. Il propose de découper les actuelles banques « universelles » qui, à la fois, créent de la monnaie et interviennent directement et indirectement sur les marchés financiers, en trois types d'institutions différentes aux rôles bien déterminés et contrôlés. La première, ce sont de simples banques de dépôts, qui gèrent les comptes courants de leurs clients. Il leur est interdit de faire crédit : aucun découvert sur les dépôts n'est donc autorisé. Leur fonction est uniquement celle de règlement, fonction qu'elles facturent aux déposants : l'émission de chèques, les virements, les paiements par carte bancaire sont donc facturés à leur coût réel. La deuxième, ce sont des banques de prêts. Elles sont contraintes à ne prêter que de la monnaie qu'elles ont préalablement empruntée, en particulier à la banque centrale, comme on va le voir. De plus, ces banques sont soumises à l'exigence de prêter plus « court » qu'elles n'empruntent et de se soustraire ainsi au risque de liquidité. Les banques de prêts n'ont donc aucun pouvoir de création monétaire. La troisième, ce sont des banques d'affaires, qui empruntent au public et aux banques de prêts pour acheter des titres. Ces dernières sont donc l'équivalent des actuels investisseurs institutionnels. Dans le schéma d'Allais, la création monétaire est exclusivement réservée à la banque centrale qui crée de la monnaie en prêtant aux banques de prêts. C'est d'elle et d'elle seule que dépend le rythme d'expansion des crédits aux acteurs économiques, donc de la masse monétaire en circulation. Ce rythme est décidé par le gouvernement. Le gouvernement fixe donc à la banque centrale des objectifs quantitatifs d'expansion de la masse monétaire. Il calcule ces objectifs de manière à ce que la masse monétaire augmente à un rythme légèrement supérieur (de 2 %) à la croissance attendue de l'activité économique, ce qui fait que l'inflation tolérée est de 2 %[6].

Selon Allais, ce système résoudrait les problèmes suivants. Le système de règlement ne serait plus affecté par les crises financières, puisque les banques de dépôts, qui assurent les règlements, ne font pas de crédit et n'investissent pas sur les marchés financiers. Ni les banques de dépôts ni les banques de prêts ne pourraient connaître de crises de liquidité, puisque leur actif est au moins aussi liquide que leur passif[7]. Les banques de prêts, si elles sont mal gérées et évaluent mal leurs risques de crédit, peuvent évidemment faire faillite. Mais elles seront reprises par des banques saines, et cela ne se traduira que par des transferts entre actionnaires et créanciers des banques, sans affecter la monnaie gérée par les banques de dépôts. Certes, rien dans ce schéma n'empêche un acteur d'emprunter à une banque de prêts pour spéculer sur les marchés financiers. Mais Allais souligne tout d'abord que les banques elles-mêmes devront emprunter pour spéculer, au lieu de pouvoir le faire avec de la monnaie qu'elles créent *ex nihilo* et sans coût dans le système actuel. Ensuite, si, toutes choses égales par ailleurs, des acteurs (banques comprises) veulent emprunter pour spéculer, cela fera augmenter les taux d'intérêt. Plus la spéculation se développera, plus les ressources pour

6. Cette politique est fondée sur la théorie quantitative de la monnaie, qui pose qu'il existe une relation stable entre masse monétaire en circulation et activité économique en valeur nominale. Soit Y l'activité économique en volume, p l'indice général des prix, M la masse monétaire, on a donc $M = (pY) / v$, avec v (vitesse de circulation de la monnaie) stable. Si l'on s'attend à une croissance économique en volume de 4 %, et qu'on tolère une dérive de l'indice des prix p de 2 %, il faut donc augmenter la masse monétaire M de $4 + 2 = 6$ %. S'il apparaît qu'en réalité v a varié, il faut rectifier.

7. Pour les banques de prêts, cela vient de ce qu'elles empruntent à plus long terme qu'elles ne prêtent, les créances à court terme sont généralement plus liquides que les créances à long terme.

spéculer coûteront cher. Allais voit là un puissant mécanisme de régulation de la spéculation, alors que, dans le système actuel, le crédit bancaire peut l'alimenter sans frein. Dans son système, on ne pourrait prendre des risques sur les marchés financiers qu'avec une épargne préalablement constituée, soit la sienne propre, soit de l'épargne empruntée à d'autres. Allais y voit la garantie d'une bien plus grande stabilité de ces marchés et donc de l'économie dans son ensemble. Cela rendrait de plus impossibles des enrichissements colossaux et rapides (d'individus ou d'institutions) grâce à des spéculations heureuses entreprises avec de l'argent créé expressément pour cela, ce qu'Allais juge moralement condamnable.

Tel est le cœur des réformes proposées par Allais. Elles prévoient d'autres mesures[8], mais l'essentiel est la séparation et le cloisonnement des activités bancaires ainsi que le fait de réserver à l'État la création monétaire. L'intérêt de ces propositions est qu'elles désignent très clairement la racine de l'instabilité du système monétaire et financier contemporain : la possibilité pour la finance de créer des droits en excès grâce à une création monétaire par le crédit bancaire qui échappe largement au contrôle de l'État. C'est cette possibilité que les réformes d'Allais visent à supprimer. Mais à quel prix ? Au prix de la suppression du pouvoir de création monétaire des banques, pouvoir désormais réservé à l'État.

Or, contrairement à ce qu'affirme Allais, dans tous les systèmes monétaires modernes (depuis la Renaissance en Europe), que ce soit les banques commerciales qui créent de la monnaie n'est pas le fruit d'une contingence historique. Si ce système s'est imposé, c'est qu'il présente des avantages, par rapport à celui que propose Allais. Que l'initiative de la création monétaire soit laissée aux banques commerciales (la banque centrale se contentant de contrôler *a posteriori* que cette création n'est ni excessive ni insuffisante et d'exercer des incitations correctrices) est certainement

8. En particulier, le retour à un régime de change fixe mais ajustable entre grandes monnaies, une réforme du fonctionnement des Bourses qui ne coteraient chaque valeur qu'une fois par jour, au lieu de l'actuelle cotation en continu, et une réglementation drastique des marchés dérivés.

le plus sûr moyen de s'assurer qu'une création monétaire insuffisante n'entrave pas la croissance. Car tel est bien le danger d'une création monétaire décidée et planifiée par la seule banque centrale. La thèse d'Allais, selon laquelle il faut et il suffit que la banque centrale crée 6 % de monnaie supplémentaire d'une année sur l'autre pour obtenir une croissance économique de 4 % et une inflation de 2 %, est fondée sur une croyance en la théorie quantitative de la monnaie dans sa version la plus pure. Selon cette version, il y a stricte proportionnalité entre la monnaie en circulation et la richesse produite.

Allais prend ainsi clairement parti dans une controverse vieille comme l'économie politique, celle qui oppose les partisans de la Banking School à ceux de la Currency School. Pour les premiers, le pilotage de la création monétaire doit prendre comme objectif les taux d'intérêt. La banque centrale détermine un taux d'intérêt d'« équilibre », maximisant la croissance, et laisse les banques faire tout le crédit qu'elles souhaitent à ce taux. Le réglage conjoncturel de la banque centrale consiste à faire varier le taux à court terme autour de son niveau d'équilibre. Pour les seconds, le pilotage de la création monétaire consiste à fixer un objectif quantitatif de création monétaire et à contrôler la quantité de monnaie créée en faisant varier le taux à court terme, si nécessaire dans d'importantes proportions. Leur thèse suppose, d'une part, qu'on puisse mesurer avec précision la quantité de monnaie en circulation et, d'autre part, qu'il existe un rapport stable entre monnaie et richesse produite. Allais se range clairement parmi les partisans les plus stricts de la Currency School. Or cette école est aujourd'hui très minoritaire. Les rapports entre création monétaire et croissance se sont en effet avérés moins rigides que ce qu'elle prétend. La majorité des économistes pense donc que, au lieu de planifier centralement le volume de la création monétaire, mieux vaut laisser les acteurs économiques eux-mêmes, les banques et leurs clients, décider du niveau adéquat de création monétaire, la banque centrale rectifiant si nécessaire *a posteriori*. Bien sûr, nous avons vu qu'ainsi la finance de marché pouvait « aspirer » la création monétaire et la faire échapper à tout contrôle. C'est en effet le danger. Il est amplifié par la libéralisation et la globalisation financières. Est-il plus grave que celui présenté par une création monétaire centralisée et quantitativement définie *a priori*, dont le risque est que, étant nécessairement inadéquate, elle soit défavorable à la croissance ? En d'autres termes, vaut-il mieux que le système, pour parvenir à faire tous les « bons » crédits, en fasse inévitablement trop, au risque d'une inflation des biens ou des titres, ou vaut-il mieux contraindre *a priori* la création monétaire, au risque d'entraver la croissance ?

C'est le cœur du débat. Il a été constamment tranché en faveur de la croissance par les gouvernements des pays riches depuis la Seconde Guerre mondiale. Avec la crise de 2008, la question se pose de savoir si l'on n'est pas allé trop loin dans ce sens. En réalité, deux questions se posent, de nature très différente. La première est celle de l'arbitrage entre stabilité et croissance. La seconde est celle, une fois que l'objectif a été choisi, des moyens de l'atteindre.

Les deux questions de fond

En schématisant à l'extrême, il existe un arbitrage entre l'importance des risques que prend le système financier et la vigueur de la croissance économique. Trop peu de risques bride certainement la croissance, puisque l'ensemble des projets d'investissements potentiellement rentables (c'est-à-dire capables de tenir leurs « promesses ») ne peut pas être financé. Trop de risques, comme l'a illustré la crise de 2008, rend la croissance à tel point chaotique qu'il n'est plus du tout certain que les périodes de forte croissance ne soient pas annulées par les récessions que provoquent les crises financières. Il devrait donc exister, en théorie, un (voire plusieurs) optimum de risques, dépendant évidemment du critère normatif adopté : croissance maximale, ou croissance plus modérée mais plus égalitaire et respectueuse de l'environnement, ou tout autre critère. Mais comment déterminer un optimum, sinon par l'expression politique d'une préférence sociale, nécessairement mal informée puisque les économistes sont incapables de quantifier précisément les avantages et les coûts de tel ou tel système ? Ici ou là, à telle époque succédant à telle autre, une préférence peut parfaitement s'exprimer pour plus de stabilité, éventuellement au prix de moins de croissance. Il s'agit d'un choix politique, les économistes n'ont rien à dire sur cette question[9].

En supposant que l'on se soit mis d'accord sur un objectif, reste à traiter la question des meilleurs moyens de l'atteindre. Dans ce domaine, les thèses radicales d'Allais ont au moins le mérite de mettre en perspective les propositions discutées en 2009 dans le cadre du G20. Elles dessinent une seconde voie de réformes qui consisterait, dans l'esprit du *Glass Steagall Act*, à segmenter la sphère financière en trouvant les moyens d'isoler quelque peu, par des barrières réglementaires portant directement sur les échanges entre elles, la sphère de la monnaie et du crédit de la sphère de la collecte de l'épargne et de son investissement en actifs financiers. On obtiendrait ainsi une limitation de l'effet de levier, ce que vise également la régulation macroprudentielle, mais par des moyens plus brutaux, par un contrôle quasi quantitatif de la manière dont le crédit alimente ou pas l'évolution des prix des actifs financiers.

Si l'objectif est de limiter et de moduler dans le temps les risques pris par les acteurs de l'industrie financière, quelle serait la meilleure méthode ? Étendre à tous et moduler dans le temps des ratios prudentiels, comme le propose l'approche « macroprudentielle », ou trouver des moyens de recloisonner l'industrie financière ? Répondre revient à porter un jugement sur l'importance relative des imperfections de marché et des imperfections de la réglementation. Comme on l'a assez démontré et illustré dans ce livre pour s'en tenir ici à l'essentiel, la finance de marché présente deux caractéristiques fondamentales qui engendrent

9. Allais sans doute n'en conviendrait pas. Pour lui, son système surclasserait le système actuel sur tous les plans, y compris celui de la croissance. Ses adversaires n'en conviendraient pas non plus. Selon eux, la croissance finit par résoudre tous les problèmes, y compris, à terme, les problèmes d'inégalité. C'est que la plupart des économistes ne parviennent pas à se départir d'une attitude normative, en réalité presque toujours injustifiée. Alors qu'ils devraient, à mon avis, se contenter d'identifier qui perd et qui gagne dans les évolutions économiques en cours, d'expliciter l'espace des possibles en matière de politique économique et d'analyser, sans porter de jugement, quels seraient les effets des décisions étatiques possibles sur la richesse et sa répartition. En effet, sauf rare exception, tout jugement en ce domaine relève de la politique.

une inévitable instabilité : l'impossibilité d'une évaluation « objective » du prix des actifs et l'asymétrie des informations. En termes économiques, on peut qualifier cela d'imperfections de marché. Elles sont irréductibles. On peut cependant tenter de contrôler leur importance par des réglementations, mais au risque de multiplier les imperfections des interventions publiques, qui vont de la simple inefficacité malgré un coût élevé, à toutes sortes d'effets pervers. La voie de la régulation micro- et macroprudentielle fait davantage confiance aux mécanismes de marché, mais elle court le risque d'être rapidement débordée par des innovations financières déstabilisatrices. La voie d'un recloisonnement de la finance, par sa simplicité et sa brutalité, est sans doute plus facilement contrôlable, mais pourrait se payer, du moins en régime de croisière, de pertes d'efficacité. On voit ainsi que le choix des instruments renvoie en fait lui aussi à l'arbitrage précédent qui, on l'a dit, est de nature fondamentalement politique.

Si l'on souhaite vraiment réformer la finance de marché globale, il faut trouver une réponse contemporaine à trois questions. Quelle réponse donne-t-on au dilemme de Greenspan ? S'il faut mettre en place une réglementation macroprudentielle, quels en seraient les objectifs et les moyens ? Quels seraient les coûts, les avantages et les moyens d'un recloisonnement du système financier ? Dans les débats publiés des groupes de travail du G20 au printemps 2009, on ne se pose pas vraiment ces questions, ou alors de manière dilatoire. La raison profonde de la grande timidité des propositions, eu égard aux enjeux, tient à mon sens à une volonté très limitée de coopération intergouvernementale en ce domaine, sous l'effet d'intenses actions de lobbying de l'industrie financière, qui en 2009 ploie l'échine et bat sa coulpe dans la tourmente, mais souhaite avant tout qu'on la laisse fixer elle-même les règles du jeu.

En témoigne par exemple la question des paradis fiscaux. Pour prendre la mesure du problème, fin 2007, selon certaines estimations, près de 50 % des dépôts des banques provenaient des paradis fiscaux et plus de 40 % des crédits qu'elles accordaient étaient consentis à des résidents de ces paradis [10]. Ils ont ainsi arbitré l'essentiel des opérations qui

10. « La crise », *Alternatives économiques*, avril 2009, p. 17, source BRI et calculs *Alternatives économiques*.

ont conduit à la crise. Un traitement réel de cette question, qui est techniquement tout à fait possible, aurait engagé tous les États dans une discipline collective qui seule permettrait une véritable réglementation de l'industrie financière globale. Or deux jours après l'annonce, début avril 2009, que les membres du G20 s'opposeraient désormais aux paradis fiscaux, rien de cela ne subsistait plus ! La « liste noire » de l'OCDE, celle des pays susceptibles de faire l'objet de sanctions, était vide. Certains des paradis fiscaux européens avérés n'étaient même plus inscrits sur la « liste grise », la liste de ceux qui ont encore des efforts à faire ! Autrement dit, le traitement de ce sujet, véritable plan d'épreuve de la volonté des gouvernements de coopérer entre eux pour changer quelque chose à la finance globale, s'est transformé en mascarade.

Les déséquilibres des balances des paiements et l'instabilité des changes entre les grandes monnaies

La finance globale a connu des booms et des krachs sur les marchés d'actions, immobiliers, des commodités et de l'art. Elle a connu des crises bancaires d'extension et de profondeur variables. Elle a connu des crises de change violentes qui ont affecté certaines petites monnaies, mais pas (encore ?) de crise de change affectant une grande monnaie ; le dollar en particulier, dont de nombreux experts prédisent cependant depuis une vingtaine d'années l'effondrement si « on ne prend pas le taureau par les cornes » selon leurs recommandations.

Le système monétaire et financier international actuel engendre en effet la dynamique suivante. Une politique américaine d'abondance monétaire favorise la croissance de l'endettement des résidents américains et particulièrement des ménages, qui empruntent pour consommer et acquérir des biens durables, dont leur maison. Compte tenu des investissements des entreprises qui sont également soutenus en raison du dynamisme technologique du territoire américain, les résidents américains dans leur ensemble consomment nettement plus qu'ils ne produisent. Ce processus est donc initialement financé par la politique monétaire américaine. Consommant plus qu'ils ne produisent, ils importent beaucoup plus qu'ils n'exportent. Leur balance de base est négative de plusieurs centaines de milliards de dollars chaque année. Il existe donc nécessairement des excédents de balance de base équivalents quelque part dans le monde, en l'occurrence en Asie, tout particulièrement en Chine. Car la Chine, on l'a vu, renforce délibérément la boulimie américaine en maintenant un taux de change bas pour le yuan. La Chine produit beaucoup plus qu'elle ne consomme et exporte massivement aux États-Unis. Ce sont donc les résidents chinois, puis la banque centrale chinoise (puisque les résidents chinois n'ont pas le droit en général de placer eux-mêmes leur épargne à l'étranger), qui concentrent entre leurs mains une bonne partie de la monnaie émise par le système bancaire américain pour financer l'excès de consommation des résidents américains. Cette monnaie, la banque centrale et les fonds souverains chinois la placent naturellement à l'étranger en actifs financiers.

Supposons pour l'instant qu'ils la placent entièrement en actifs américains libellés en dollars. Le seul problème que cela pourrait ultimement engendrer serait que les résidents américains n'aient bientôt plus rien à vendre, ni immeubles à Manhattan, ni actions d'entreprises américaines, ni titres de dette. On en est évidemment encore très loin. Mais un second problème est plus immédiat. Les détenteurs officiels chinois de dollars peuvent aussi vouloir diversifier leurs portefeuilles et investir dans des titres en euros, ce qui les conduit à vendre des dollars contre des euros et par conséquent à faire monter l'euro contre le dollar.

La question a par conséquent deux dimensions. Une dimension de long terme : les résidents chinois permettent aujourd'hui aux résidents américains de consommer à crédit. Seront-ils remboursés un jour ? Nous avons rapidement évoqué cette question au chapitre III : c'est peu probable, mais cela n'annule pas l'intérêt de cette politique avant tout destinée à maximiser la vitesse de rattrapage de la Chine. La dimension plus immédiate du problème, c'est que l'Europe est aujourd'hui l'otage des choix de politique économique des Américains et des Chinois. Il en résulte de fortes fluctuations de l'euro. Si l'on veut stabiliser les conditions de la compétition dans la mondialisation, il fautrégler ce problème. C'est un enjeu beaucoup plus important que les questions de protections tarifaires. À la fin des années 2000, alors que tout le monde hurle au désastre inévitable à la moindre menace de retour au protectionnisme commercial sous l'effet de la crise, on assiste sans broncher à la pratique d'un mercantilisme à très grande échelle mais monétaire, qui s'exerce par le biais de l'autonomie des politiques économiques dans un système de changes flexibles.

La guerre des monnaies nous menace bien plus que la guerre commerciale. Si elle se déclenchait, des cercles vicieux du type de ceux qui ont affecté le commerce international dans les années 1930 aggraveraient incontestablement la crise économique. Il est cependant extrêmement difficile de prévoir quelles conséquences cela aurait sur la profondeur de la crise et les transformations qu'elle provoquerait [11]. Pour conjurer la guerre monétaire, certains, en particulier le gouvernement chinois, parlent à nouveau de l'intérêt d'une monnaie internationale. On est cependant et on restera longtemps très loin de parvenir à un consensus sur cette question, qui impliquerait une autorité monétaire supranationale imposant des contraintes de politique économique même aux États les plus puissants. Ce débat signale en réalité le début d'un grand marchandage, principalement entre les États-Unis et la Chine, visant à réduire et à co-contrôler le seigneuriage dont bénéficie aujourd'hui le dollar américain.

La coordination des politiques économiques

Qu'il s'agisse des rapports entre grandes monnaies ou de la prévention et du traitement du risque de système, seule

11. Les conséquences d'une grave crise n'étant pas toujours aussi catastrophiques que certains le disent. J'ai soutenu dans *L'Inégalité du monde*, *op. cit.*, la thèse que l'une des conséquences majeures de la crise des années 1930 fut l'invention des politiques favorables à des « croissances sociales-démocrates autocentrées », et que ces dernières ont engendré une réduction importante des inégalités dans les pays riches.

une coordination renforcée des politiques économiques entre États-Unis, Europe, Japon et les grands pays émergents permettra d'éviter le retour d'une crise du type de celle de 2008. La globalisation financière rendant les politiques étatiques interdépendantes mais de manière très inégale et dissymétrique, d'importants enjeux de répartition sont présents dans toute réforme des régulations interétatiques. Les tentations de camper sur ses positions et de faire cavalier seul y sont donc très puissantes.

Des cercles vicieux et des processus où tout le monde ou presque est en fin de compte perdant menacent cependant. Il est à craindre qu'il faille attendre ce genre de circonstances pour que des réformes autres que cosmétiques soient décidées.

De telles réformes impliquant toutes des abandons raisonnés de souveraineté, il est en effet peu probable que les gouvernements les décident à froid, ou même à l'occasion de crises sévères mais que bientôt l'on estime somme toute supportables. À moins que de puissantes forces politiques, agissant au niveau mondial, ne les y contraignent avant.

Conclusion

Indispensable finance

La finance est constitutive de tout capitalisme. Dès qu'il y a propriété privée et monnaie apparaissent des formes, même rudimentaires, d'activité financière. Dans les capitalismes, la finance assure la socialisation des projets et des risques. Au même titre que la division sociale du travail, elle est indispensable à la croissance de la richesse. Si chacun, pour mettre en œuvre ses projets d'augmentation de richesse ou se protéger contre des risques tels que la maladie ou la vieillesse, ne devait compter que sur ses propres ressources ou celles de sa seule famille, la croissance de la richesse d'ensemble comme celle de chacun seraient considérablement entravées et les risques encore plus inégalement répartis.

Les deux illusions de la finance

La finance repose largement sur une illusion qu'elle entretient : qu'il soit possible de transférer de manière sûre de la richesse dans le temps. Il n'en est rien. En se séparant d'une certaine quantité de monnaie qui donne droit à la jouissance immédiate de biens et services, on achète des droits toujours incertains sur la richesse future. En effet, l'avenir n'est pas entièrement calculable, c'est-à-dire probabilisable. Il est irréductiblement contingent. Lorsque cette incertitude est perçue, on ne croit pouvoir y échapper qu'en tombant dans une seconde illusion : la liquidité des titres financiers. En effet, saisi d'un doute sur la valeur future d'un titre, on se rassure en pensant qu'on peut le réaliser à tout instant (le vendre et donc le transformer en monnaie). Pourtant, si tous les détenteurs de ce titre agissent de la sorte en même temps, il ne vaut instantanément plus rien. Il en est ainsi parce que la monnaie dont on se sépare en achetant un titre est immédiatement mobilisée et immobilisée dans un projet socialisé et risqué d'augmentation de la richesse. On ne peut récupérer cette monnaie avant l'échéance que si un autre accepte de prendre votre place dans cette aventure et, ultimement, on ne la récupère que si le processus social d'augmentation de la richesse se déploie sans trop d'accidents. L'incertitude radicale de tout investissement financier fait donc de celui qui s'y livre un spéculateur. Il spécule sur un avenir incertain. Du détenteur de livret A de Caisse d'épargne, qui spécule sur la bénévolence de son gouvernement en espérant qu'il voudra bien en ajuster le taux d'intérêt à celui de l'inflation, à George Soros, qui spécula sur les intentions du gouvernement britannique quant au maintien de la livre dans le SME, il n'y a pas de différence de nature.

Le mistigri

Que la finance crée nécessairement des droits en excès sur la richesse future était une des intuitions initiales à l'origine de ce livre. L'avons-nous vérifiée ? En théorie, la réponse est non. Comme le montrent les propositions radicales d'un Maurice Allais, on peut concevoir un système financier et monétaire ne présentant pas cette caractéristique. En réalité, la réponse est oui, en raison de politiques économiques favorables à la croissance. Car tout système financier associé à un système monétaire moderne, donc de monnaie de crédit bancaire, fait nécessairement de mauvais paris si l'on veut qu'il maximise la croissance. Un système qui minimiserait les risques laisserait nécessairement échapper des investissements rentables. Il ne permettrait donc pas d'atteindre la croissance potentielle maximale. Un système financier doit accepter de se tromper pour ne pas laisser échapper trop d'occasions, puisqu'il ne peut jamais entièrement séparer le bon grain de l'ivraie. Or tous les gouvernements depuis le milieu du siècle dernier ont voulu maximiser la croissance économique.

Les droits en excès sur la richesse future, je les ai appelés le « mistigri ». On peut donc affirmer que la finance moderne, adossée à la monnaie de crédit, engendre toujours un mistigri lorsque les gouvernements recherchent la croissance. Mais dans quels titres le mistigri est-il précisément incarné, et quel est son volume global ? Nul ne le sait. La seule chose certaine est que le mistigri existe et qu'il change en permanence de main, grâce à la liquidité. C'est ce qui rend individuellement supportable son existence. À cela près que, périodiquement, la vérité sur la liquidité se dévoile : la croire permanente est une chimère. Périodiquement, le mistigri se matérialise en se fixant sur certains titres dont les prix s'effondrent lors d'une crise financière. La crise n'est cependant pas la seule forme de matérialisation possible. Une autre, plus diffuse, est l'accélération de l'inflation. La forme que prennent ces matérialisations périodiques dépend en effet du système financier. La forme « crise financière » caractérise la finance de marché, la forme « accélération de l'inflation » s'attache à la finance d'intermédiation par les banques.

Comment surviennent les crises financières

Qu'est-ce qui déclenche une crise financière ? La réponse traditionnelle est : la conviction majoritaire qu'il existe un mistigri et qu'il s'est logé dans telle catégorie d'actifs. Autrement dit, la conviction majoritaire que telle catégorie d'actifs (actions, immobilier, devises, voire obligations) a atteint un prix excessif « par rapport à ses fondamentaux » et que cela ne peut plus durer.

Nous avons vu ce qu'il fallait en penser. Les fondamentaux des actifs financiers, qui sont censés permettre de calculer leur « juste prix », ne sont pas directement observables. Pour anticiper l'évolution du prix des titres et prendre leurs décisions d'investissement, les acteurs de la finance doivent donc traiter les flux d'informations disponibles à l'aide de ce que j'ai appelé un « modèle d'interprétation ». Puisqu'il est impossible de déduire mécaniquement, même sous forme probabiliste, l'évolution du prix d'un actif du seul flux d'informations le concernant, un modèle d'interprétation est nécessairement structuré par des « visions » de l'avenir, que l'acteur en soit conscient ou pas. Ces visions traduisent ce que pensent de l'avenir les fantasques « esprit animaux » des entrepreneurs et des investisseurs, à qui Keynes attribuait les fluctuations de la conjoncture. Les visions des acteurs, le modèle d'interprétation de chaque acteur intégrant, à des degrés divers, ce qu'il pense que les autres pensent, ne sont pas indépendantes. Ce mimétisme les polarise autour d'une vision majoritaire, que le prix de marché de l'actif financier ne fait que traduire. Les acteurs eux-mêmes croient cependant volontiers que leurs anticipations reposent sur une analyse de type « fondamentaliste », une analyse objective des facteurs observables. On a vu pourquoi : il est profondément angoissant d'avoir à reconnaître que le prix des actifs financiers ne dépend que d'une vision majoritaire, largement mimétique et donc instable, d'un avenir radicalement incertain. Le concept de « fondamentaux » est l'anxiolytique que la science économique fournit aimablement aux acteurs de la finance. Il crée la chimère de l'ancrage solide d'une prévision de l'avenir dans l'analyse du présent.

Les crises financières résultent alors d'une brusque modification des visions majoritaires de l'avenir, en général sous l'effet d'une série d'événements qui paraissent les contredire. La complexité du rapport entre des événements contingents et les visions des acteurs rend imprévisibles les basculements de ces dernières, donc les crises financières. Imprévisible également est le niveau des prix qui traduira, après la crise, une nouvelle vision majoritaire. La crise n'est donc pas, contrairement à ce que laisse entendre le langage courant, une « correction » après un excès, au sens où elle ramènerait le prix à son niveau « correct », c'est-à-dire au

« prix fondamental ». La crise n'est une correction qu'au sens d'une punition. Elle matérialise l'existence d'un mistigri en le détruisant : la chute des prix annule des droits sur la richesse future. Mais rien ne permet de dire que le mistigri ainsi détruit était le bon, ni qu'il n'est que partiellement détruit, ni qu'il est devenu négatif car la « correction a été excessive ». En effet, la vraie valeur du mistigri est inconnue, avant comme après la crise.

La proposition traditionnelle selon laquelle la crise est déclenchée par la conviction majoritaire de l'existence d'un mistigri reste donc formellement exacte. Cependant, cette conviction surgit non de l'observation d'une divergence entre les prix de marchés des actifs financiers et leurs fondamentaux, mais d'une modification de la vision majoritaire de l'avenir. Dans la finance, c'est bien la pensée de l'avenir qui est aux commandes, une pensée qui n'est pas le simple reflet de la « réalité ».

Qu'est-ce qui a changé avec la finance de marché globale ?

Ce qui précède concerne la finance en général. Venons-en à la globalisation financière des trente dernières années. Elle a été voulue par les gouvernements des pays riches, qui ont ainsi respecté la volonté des classes moyennes issues du *baby-boom* de l'après-guerre, parvenues au pouvoir dans les années 1970 et 1980. Ces classes moyennes ont voulu tout à la fois le développement de l'État-providence et que leur épargne soit enfin bien rémunérée. Pour financer, face au ralentissement de la croissance des années 1970, l'accroissement des dépenses publiques, les États ont ouvert et déréglementé leurs marchés financiers nationaux, afin de pouvoir emprunter à l'étranger, et ils se sont débarrassés du système monétaire de Bretton-Woods, trop contraignant en situation de circulation internationale des capitaux. Les emprunteurs privés se sont engouffrés dans la brèche. L'épargne des classes moyennes s'est ainsi libérée des contraintes qui la cantonnaient au territoire national, ce qui permettait aux

États de la laminer par l'inflation, et aux oligopoles bancaires nationaux de prélever des marges d'intermédiation plus que confortables.

Les systèmes financiers se sont profondément transformés. La part de la finance de marché s'est nettement accrue au détriment de celle de la finance d'intermédiation. Les banques et les divers marchés sont désormais en concurrence mondiale pour collecter et affecter l'épargne. Cette dernière circule de plus en plus librement entre des instruments financiers dont la gamme s'est extraordinairement diversifiée. Utilisant pleinement la liquidité des instruments créés et échangés par la finance de marché, les épargnants recherchent en permanence les couples rendement-risque qu'ils jugent optimaux. Chaque épargnant dispose désormais d'un ensemble d'instruments d'une diversité inconnue jusque-là dans l'histoire pour spéculer, c'est-à-dire traduire en actes sa vision de l'avenir et la confronter à celle de tous les autres acteurs sur les marchés. Une telle complexité exige, pour être maîtrisée, une expertise et une capacité de traitement de l'information considérables. Elle a engendré un rôle croissant des institutionnels, les gestionnaires d'épargne pour compte de tiers, qui prétendent détenir cette expertise et sont devenus des acteurs majeurs de la finance de marché globalisée.

La circulation rapide de l'épargne entre différents instruments a rendu les risques plus interdépendants et donc plus difficiles à évaluer. Cela a très puissamment stimulé le développement des marchés dérivés, qui permettent d'échanger les risques. Les instruments dérivés, à leur tour, ont élargi le spectre des couples rendement-risque vers le haut – très hauts rendements-très hauts risques – en raison des effets de levier considérables qu'ils autorisent. D'une manière plus générale, les innovations financières, particulièrement abondantes dans les années 2000 avec l'explosion de la titrisation et des dérivés de crédits, ont augmenté l'asymétrie d'information entre les acteurs de la finance, incitant certains à prendre des risques très élevés dans l'espoir de pouvoir s'en défausser à temps sur d'autres. Les facteurs d'instabilité ont été ainsi renforcés.

Deux mots résument donc ces évolutions : décloisonnement, désétatisation. Décloisonnement : les barrières, qui étaient aussi des coupe-feu, entre systèmes financiers nationaux, entre banques et marchés, entre marchés, ont disparu ou se sont considérablement abaissées. Désétatisation, car les barrières résultaient de réglementations étatiques. Elles permettaient de segmenter l'épargne, de la canaliser vers certains types d'usages, d'en différencier ainsi les rendements. Les États y ont renoncé. Les acteurs de la finance sont désormais presque totalement libres et seuls face à tous les autres. Les États (des pays riches et de bon nombre de pays émergents) ont supprimé les coupe-feu : le risque de système a ainsi augmenté.

Dans la finance globale actuelle, la forme privilégiée que prend la purge périodique des droits en excès est la crise financière : l'effondrement des prix de certains actifs, monnaies comprises. En utilisant le terme « purge périodique », je ne reviens pas subrepticement à une conception « fondamentaliste » où la purge ramènerait les prix de marché à leur valeur fondamentale. Je maintiens la thèse que la création de droits en excès est une condition nécessaire mais non suffisante des crises financières. Pour qu'elles apparaissent, il faut un basculement des visions dominantes. On peut donc à la fois affirmer que surviendront de nouvelles crises financières, qu'elles sont inévitables, et cependant qu'il n'est pas possible de prévoir avec précision quand, où et comment. On peut aussi affirmer qu'elles seront violentes et susceptibles d'engendrer un risque de système, en raison de la très forte implication des banques dans la finance de marché [12].

Est-ce si grave ?

Cela étant établi, la question intéressante est celle des conséquences de ces crises d'origine financière sur l'ensemble de l'économie et sur les inégalités. Nous avons examiné les cas du Japon, des pays d'Asie du Sud-Est et de la crise plus générale de 2008. De ces exemples et de l'analyse

---

12. Ces conclusions, rédigées en 2000, n'ont pas à être modifiées en 2009. Elles resteront à mes yeux pertinentes après la récession qui a débuté en 2008, sauf si l'on a véritablement changé de système financier, ce dont on ne semble pas prendre le chemin en octobre 2009.

de la logique de fonctionnement du système financier et monétaire actuel, on peut tirer les trois leçons suivantes.

Première leçon. Les gouvernements n'ont pas commis les erreurs qui ont transformé la crise financière de 1929 à Wall Street en profonde récession mondiale. Ces erreurs avaient été, tout d'abord, de ne pas avoir sauvé l'essentiel du système bancaire américain des conséquences directes du krach en y injectant massivement de la monnaie ; ensuite, les réactions protectionnistes qui ont conduit à un jeu à somme fortement négative consistant à tenter d'exporter la crise chez le voisin, l'approfondissant ainsi pour tous. Dans toutes les crises à partir des années 1980, les autorités monétaires ont en revanche joué sans état d'âme leur rôle de prêteur en dernier ressort. Qu'il faille le faire, massivement si nécessaire, sans craindre les conséquences inflationnistes est maintenant une conviction solidement ancrée dans l'esprit des banquiers centraux et des gouvernements. En outre, les gouvernements n'ont pas recherché de solutions « nationales » destinées à isoler un territoire de la crise et à en reporter les effets sur les autres. Pour éviter une grave dépression en cas de crise financière majeure, il s'agit de sauver un système bancaire qui est désormais global et non les banques « américaines » ou « européennes ». Les banques centrales et les gouvernements agissent de concert dans ce sens. On peut donc être optimiste au moins sur un point : même violentes, les crises de la finance de marché globale ne devraient pas provoquer de dépressions économiques aussi générales, prolongées et cumulatives que celles des années 1930.

Deuxième leçon. Les crises financières, même lorsque les effets catastrophiques résultant de la matérialisation d'un risque de système sont maîtrisés, n'en ont pas moins des effets réels très puissants sur la croissance économique et sur la répartition. Toute crise financière engendre une récession selon des mécanismes bien analysés : l'effet de richesse qui déprime la consommation des ménages ; la réduction de l'investissement des entreprises qui donnent la priorité au désendettement ; enfin, la détérioration des bilans des banques qui engendre un *credit crunch* renforçant les deux effets précédents. Mais plus profondément, toute crise financière provoque inévitablement d'importants transferts de richesse. La propagation de la crise, du marché financier où elle éclate initialement à tous les autres, perturbe les prix d'un grand nombre d'actifs. Apparaissent chez beaucoup d'acteurs (banques, entreprises) des situations d'illiquidité qui, faute de possibilité de refinancement immédiat, se transforment en situations d'insolvabilité. Ces acteurs font alors faillite, ou du moins sont obligés de brader des actifs à des prix sacrifiés. Il est certain aux yeux de tous que les prix de ces actifs remonteront après la crise, mais les acteurs en détresse financière sont contraints de s'en séparer. Ceux qui peuvent alors les acheter s'enrichiront rapidement : il y a transfert de richesse réelle. Les transferts ne se limitent cependant pas aux détenteurs d'actifs financiers. Les effets dépressifs de la crise créent du chômage et affectent les salaires. En fonction des rapports de force et du fonctionnement du marché du travail, la masse des salaires peut décroître plus vite que la production, modifiant ainsi le partage de la valeur ajoutée entre salaires et profits, au détriment des premiers : il y a donc bien transfert de richesse. De plus, après la crise, rien ne garantit que le partage antérieur se rétablisse : le transfert peut être durable.

Troisième leçon. La résistance à ces transferts, qui bien souvent est parfaitement légitime, la plupart des victimes de la crise n'en étant en rien responsables, peut prolonger la récession engendrée par la crise financière. Le mistigri que la crise révèle n'est en effet jamais totalement détruit par la baisse des prix des actifs sur le marché où elle éclate. La partie restante du mistigri circule ensuite – c'est ce qui provoque les transferts de richesse – et finit en général par se concentrer aux mains des banques sous forme de créances irrécouvrables et d'actifs illiquides. L'assainissement des bilans des banques, indispensable pour qu'elles retrouvent une activité normale de crédit et que la croissance reprenne, exige de nouveaux transferts de richesse. S'ils sont bloqués parce que personne ne veut payer, le marasme se prolonge.

En résumé, la globalisation financière rend des crises financières périodiques hautement probables mais non prévisibles. Lorsqu'elles se produisent, elles ont des effets dépressifs brutaux et provoquent d'importants transferts de richesse réelle. Cependant ces effets récessifs peuvent être de courte durée, surtout si la question cruciale « Qui va payer la crise ? » se résout rapidement.

Jusqu'en 2007, des crises financières à effet dépressif important n'eurent lieu qu'à la périphérie du système : en Amérique latine, en Russie, en Asie du Sud-Est, au Japon qui, quoique troisième puissance économique mondiale, peut être considéré comme ayant été à la périphérie du système à la fin des années 1980, en raison de sa « globalisation » retardée. Au centre (États-Unis et Europe), soit les crises bancaires et immobilières des années 1980 et 1990 furent suivies d'une purge rapide d'un mistrigi limité et n'eurent pas d'effet dépressif significatif (mais des effets de répartition évidents, comme dans le cas de la faillite des caisses d'épargne américaines ou du Crédit lyonnais, par exemple), soit les menaces de crise furent étouffées très vite par le prêteur en dernier ressort (krach d'octobre 1987, faillite de LTCM). La crise de 2008 a éclaté, quant à elle, au centre de la finance globale. Une crise de système n'a été conjurée que de justesse. En 2009, le monde riche dans son ensemble a connu sa plus grave récession depuis les années 1930. Fort heureusement, nouveau moteur de la croissance mondiale, l'Asie émergente n'a subi qu'un simple ralentissement.

Qu'en sera-t-il à l'avenir ? Soit le système financier n'est pas significativement modifié : il restera régulé par des krachs inévitables et imprévisibles, aux effets dépressifs d'amplitude difficile à anticiper. Soit il est profondément réformé et les gouvernements adoptent des politiques monétaires coordonnées. Ce qui changera alors, naturellement en fonction des caractéristiques du nouveau système, c'est l'ampleur des fluctuations et les formes de purge du mistigri. Le mistigri lui-même ne disparaitra pas et les politiques publiques continueront à l'amplifier car elles resteront favorables à la croissance tant que subsisteront les immenses inégalités économiques actuelles, entre pays et au sein de chaque pays. Le souci de l'environnement n'y changera rien, il ne se traduira en actes que dans la mesure où il parviendra lui aussi à promouvoir une croissance réductrice d'inégalités.

Finance et conflits de répartition

Nous pouvons maintenant en venir à la seconde intuition à l'origine de ce livre : la finance, indispensable à la croissance, serait cependant porteuse de conflits de répartition parfois violents. Cette intuition est à mon avis vérifiée. Cependant, la forme, l'intensité et l'envergure géographique de ces conflits dépendent crucialement du type de système financier.

En la matière, la globalisation financière a introduit des changements considérables. Dans les systèmes nationaux cloisonnés et à dominante bancaire, les conflits de répartition issus de la finance et les transferts qui les résolvaient étaient internes à un même territoire. Leur forme principale de résolution était l'inflation. Elle était contrôlable par les États nationaux. Elle était progressive : l'inflation pouvait créer des transferts extrêmement importants, mais ils étaient lents. Ils s'étendaient sur plusieurs années. Enfin, dans de nombreux pays riches où les salaires étaient bien indexés sur l'inflation, les salariés en étaient protégés. Dans la finance de marché globale, les conflits se résolvent dans des crises financières et les récessions qu'elles engendrent. Les transferts sont imprévisibles, brutaux, internationaux et n'épargnent aucune forme de revenus. De plus, ils échappent largement (mais pas totalement) au contrôle des États nationaux, donc à la possibilité de choix politique sur « qui va payer ? ».

Le monde dans lequel nous sommes entrés est tel qu'une modification de la vision de l'avenir de quelques gestionnaires de l'épargne des retraités américains, modification provoquée (quand ce n'est pas une reconstruction *a posteriori*) par la faillite de promoteurs immobiliers thaïlandais, dont l'origine est, disons, l'absence de vigilance du gouvernement thaïlandais quant au contrôle prudentiel des banques de ce pays (là encore : cause ou reconstruction *a posteriori* ?), finit par engendrer une importante réduction des revenus salariaux d'un ouvrier coréen ou par rejeter dans la misère un ménage d'Indonésiens qui venait à peine d'en sortir. C'est un monde où un simple retournement, largement prévisible et somme toute très ordinaire, du marché immobilier américain finit par provoquer en Europe la plus brutale augmentation du chômage depuis la guerre. Violence accrue, internationalisation, affaiblissement des moyens de contrôle et de médiation étatiques des conflits de répartition, voilà à quoi se résument les effets de la globalisation financière dans ce domaine.

Qui a voulu cela ? Les classes moyennes épargnantes des pays riches. Elles y ont gagné en liberté : leur épargne échappe aux pièges des États nationaux. Elles y ont statistiquement gagné en revenus : cette épargne est en moyenne mieux rémunérée. Comme on le sait, toute liberté se paie d'angoisse. Elles y ont gagné en angoisse : mieux rémunérée, leur épargne est cependant placée dans des instruments en moyenne beaucoup plus volatils. En bref, elles ont décidé de s'affranchir des États : chacun de leurs membres se retrouve désormais, par l'intermédiaire d'institutions privées qu'il choisit et paie pour cela (les « investisseurs institutionnels »), dans un face-à-face avec tous les autres, organisé par les marchés. La finance de marché globale socialise les projets différemment de la finance administrée nationale. Les classes moyennes du *baby-boom* ont fait un choix : la libéralisation de la finance. Il est probable que si c'était à refaire, elles trancheraient de nouveau en sa faveur.

Le seul problème, c'est que, ce faisant, elles ont entraîné dans le processus des centaines de millions de gens qui ne vivent que des revenus de leur travail. Eux aussi sont désormais pris dans des conflits de répartition sur lesquels ils ne peuvent plus rien – c'est le sort commun – mais dans lesquels ils ont toutes les chances d'être systématiquement perdants. À ceux-là, dont le travail est un élément fixé à un territoire, contrairement à l'épargne devenue mobile, la globalisation financière ne donne aucune liberté supplémentaire. Au contraire, elle en supprime. Revenons à notre ouvrier coréen. Au début des années 1990, à l'issue de très durs conflits, les ouvriers et les salariés coréens avaient obtenu et la fin de la dictature et d'importantes augmentations de salaire, d'ailleurs indispensables à la poursuite de la croissance économique du pays, qui avait besoin de se recentrer sur son territoire. Quand les conflits sont internes à un territoire et médiés par les États, tous les acteurs peuvent en théorie, et aussi en pratique même si c'est difficile, finir par se faire entendre. Les mêmes ont assisté, totalement impuissants, à l'évaporation d'une bonne partie de ces gains dans la crise de 1997, dont le moins que l'on puisse dire est qu'ils n'y étaient pour rien. Comme n'y sont pour rien les millions de chômeurs supplémentaires en Europe en 2009.

Finance, globalisation et inégalités

Le rôle de la globalisation financière sur les inégalités est donc en premier lieu le suivant. En raison d'un mode de régulation par les crises plutôt que maîtrisée par les États, la finance globale de marché a rendu le monde plus dangereux pour ce qui est de la prévisibilité et la stabilité des revenus de chacun. Les crises provoquent des transferts de richesse, dont le bilan d'ensemble est incertain, même s'il existe d'excellentes raisons de penser que les simples salariés et les petits épargnants en sont dans chaque cas particulier les principales victimes.

Cependant, ce qu'il en est des tendances massives et longues d'évolution des inégalités, entre territoires et à l'intérieur de ceux-ci, est une question plus vaste qui ne se réduit pas aux effets de la finance. Pour évaluer le rôle propre de la globalisation financière dans les évolutions de l'« inégalité du monde », il est indispensable de la considérer comme un aspect du mouvement d'ensemble de la globalisation. Et pour comprendre ce mouvement, il faut placer au centre de l'analyse, non pas la finance, mais les firmes globales. Or c'est la globalisation commerciale, l'ouverture des frontières aux flux de biens et de services, qui permet aux firmes de devenir globales, de mettre en compétition à l'échelle mondiale les ressources fixes des territoires : les hommes, les richesses naturelles, l'ensemble des constituants de la « qualité productive » de chaque territoire. C'est la compétition commerciale généralisée qui constitue le moteur fondamental de l'évolution des inégalités en longue période. Depuis une trentaine d'années, le sens de ces évolutions est le suivant : réduction des inégalités de richesse moyenne entre territoires, avec la croissance accélérée des pays

« émergents » qui comptent désormais, avec la Chine et l'Inde, des milliards d'hommes ; augmentation des inégalités internes dans tous les territoires.

Il convient de rappeler pourquoi[13]. Au sein de chaque territoire, il faut désormais considérer deux groupes d'individus. Les « compétitifs » sont ceux qui travaillent dans la production des biens et services qui circulent à travers les frontières. Les compétitifs sont donc, entre eux, en compétition acharnée à échelle mondiale. Les « protégés », quant à eux, contribuent à la production de biens et services échangés au sein d'un même territoire. Globalement, le nombre des compétitifs augmente, parce que la circulation des marchandises et des services numérisables s'accélère, parce que des secteurs autrefois protégés sont ouverts à la compétition mondiale et enfin parce que les pays s'ouvrent les uns après les autres. Mais la compétition globale exige de tous les compétitifs des gains de productivité effrénés : il s'agit en permanence, si l'on veut rester compétitif, de s'aligner sur les meilleurs. C'est ainsi que la globalisation, incontestablement, stimule la croissance d'ensemble en stimulant la productivité. Les compétitifs pris dans leur ensemble, étant à la source de ces gains de productivité, sont généralement les premiers bénéficiaires du surcroît de richesse ainsi produite, ce qui est déjà en soi une source d'accroissement des inégalités internes, entre eux et les protégés.

Mais il nous faut à ce stade entrer un peu plus dans le détail des mécanismes inégalitaires, en distinguant pays riches et pays émergents et en considérant le fonctionnement des marchés du travail. Bien qu'il augmente à l'échelle mondiale, dans la plupart des pays déjà riches le nombre des compétitifs n'augmente pas. Les marchés qu'ils servent, même en croissance vigoureuse, croissent cependant moins vite que les gains de productivité du travail exigés par la compétition globale, compétition entre eux et avec ceux que j'ai appelés les « pays à bas salaires et à capacité technologique ». Ces compétitifs captent l'essentiel de

---

13. Ces thèses, initialement présentées dans *L'Inégalité du monde*, *op. cit.*, sont reprises et formalisées, y compris sous forme d'un modèle mathématique (très simple), et appliquées aux années 2000 dans *La Mondialisation. Émergences et fragmentations*, *op. cit.*

la croissance de la richesse. Les inégalités entre eux et les protégés au sein de leurs territoires augmentent donc. Dans certains pays riches, le nombre des compétitifs diminue. Dans ce cas, les compétitifs qui ont perdu leur emploi doivent en retrouver un dans le secteur protégé, au moment même où la diminution du nombre de compétitifs réduit la demande adressée aux protégés : les revenus des protégés baissent et les inégalités s'aggravent encore. On objectera que, parmi ces compétitifs, les salariés non qualifiés n'ont aucune raison de voir leurs revenus augmenter, car ils sont en compétition avec les compétitifs non qualifiés des pays émergents, beaucoup moins chers, et surtout avec les non-qualifiés employés dans leur propre territoire par le secteur protégé. Le marché interne du travail doit égaliser leurs revenus. Je rétorquerai que, dans les pays riches, il n'y a plus beaucoup de non-qualifiés parmi les compétitifs. Les pays riches ne parviennent plus à vendre à l'étranger du travail non qualifié. Leurs compétitifs sont pour l'essentiel constitués de salariés qualifiés qui, de plus, sont associés de manière croissante aux revenus du capital. C'est donc bien entre compétitifs (ceux qui parviennent à le rester) et la moyenne des protégés que les inégalités s'accroissent dans les pays riches.

Dans les pays émergents, de nombreux compétitifs sont des ouvriers ou ouvrières non qualifiés. Même si leurs salaires sont en général très supérieurs à ceux des ouvriers du secteur local protégé ou aux revenus des petits paysans, pour ne rien dire des revenus de survie du secteur informel, la compétition avec ces derniers les tire cependant vers le bas. Dans les pays émergents, les bénéficiaires principaux de la globalisation ne sont donc constitués que d'une partie seulement des compétitifs : les plus qualifiés, qui sont encore relativement rares dans l'ensemble de la population, et surtout les entrepreneurs et leurs actionnaires. Les inégalités s'accroissent donc généralement encore plus vivement que dans les pays riches, comme c'est manifeste en Chine depuis les années 1990, et depuis plus récemment en Inde. Il s'agit bien sûr des écarts de revenus relatifs, car, ne l'oublions jamais, la globalisation est à l'évidence un facteur qui favorise le rattrapage rapide de la richesse moyenne dans les pays émergents.

Cela étant rappelé, quel est le rôle propre de la globalisation financière dans ces mécanismes ? Son rôle est celui d'un accélérateur des évolutions qui viennent d'être décrites. Les investisseurs institutionnels, en exigeant de toutes les entreprises cotées en Bourse la rentabilité du capital que parviennent à obtenir les « meilleures » à leurs yeux, accélèrent le processus schumpetérien de destruction créatrice déjà à l'œuvre en raison de la compétition commerciale globale.

Il n'est même pas certain que les rendements moyens élevés qu'a obtenus l'épargne mondiale des années 1990 à 2008 puissent être attribués principalement à la globalisation financière. Entendons-nous bien, comparée aux systèmes financiers cloisonnés et inflationnistes, la globalisation financière a significativement relevé le rendement moyen de l'épargne. C'était sa raison d'être. Et il est vrai que les rendements exceptionnels de ces dernières années ont engendré des inégalités cumulatives entre détenteurs de patrimoines financiers et ceux qui ne disposent que du revenu de leur travail. Mais peut-on attribuer à la libéralisation et à la globalisation financières des rendements durablement supérieurs à l'équilibre de longue période, c'est-à-dire en théorie le taux de croissance économique mondial ? Nous avons vu que non. Très probablement, les rendements très élevés constatés jusqu'en 2008 ont été engendrés par deux phénomènes. Premièrement, un affaiblissement du pouvoir de négociation des salariés en raison de leur mise en compétition à l'échelle mondiale par les firmes globales ; deuxièmement, une augmentation de la productivité du capital productif, elle-même due à la rapide diffusion des technologies de l'information et de la communication, puissamment stimulée par la globalisation commerciale et l'émergence de l'Asie.

Vers une convergence des capitalismes ?

Ce que la globalisation financière transforme profondément et, il est vrai, tend à uniformiser, ce sont les rapports entre actionnaires et dirigeants d'entreprise. La transformation est de taille, puisqu'on peut parler de changement de propriété des entreprises. Elle passe des mains de leurs dirigeants à ceux des actionnaires institutionnels. Tant le capitalisme « rhénan » que l'« anglo-saxon » en ont été bouleversés. Est-ce un mal et selon quel critère ? Il est certain que c'en est fini du dirigeant d'entreprise monarque absolu et n'ayant de compte à rendre qu'aux pairs qui l'ont coopté (dans le capitalisme rhénan), ou à une bande de *raiders* sans scrupules à l'affût de ses fautes graves (dans le capitalisme anglo-saxon). Beaucoup de voix s'élèvent pour le déplorer, surtout parmi les nostalgiques du capitalisme rhénan et de sa version étatique française. En raison, pour l'essentiel, du fait que les actionnaires institutionnels seraient volages (source d'instabilité), « court-termistes » (source de manque à croître) et, dans le cas de la France, « étrangers » (menace de perte d'indépendance nationale). Aucun de ces arguments ne résiste à une analyse microéconomique et surtout macroéconomique sérieuse. En particulier l'argument d'un manque à croître provoqué par le court-termisme qui caractériserait la « dictature de la logique purement financière » sur la bonne vieille logique industrielle des autocrates d'antan. On peut même soutenir exactement l'inverse avec de très bonnes raisons. Comme indiqué plus haut, la finance globale de marché est un puissant stimulant de l'innovation schumpetérienne, donc de l'innovation et de la diffusion du progrès technique, donc de la croissance. Seule la critique d'instabilité accrue et potentiellement porteuse de risques systémiques se révèle pertinente. Mais elle est assignable à la finance de marché en général, pas aux investisseurs institutionnels en particulier.

Si l'on ne caractérise les différences entre capitalismes que par cette dimension, le rapport actionnaires-dirigeants, alors il est incontestable qu'ils ont convergé. Ce n'est pas que le modèle anglo-saxon l'ait emporté sur le modèle rhénan, comme le craignait Michel Albert en 1991. Les deux formes principales des capitalismes des « Trente Glorieuses » dans les pays riches ont convergé vers autre chose, déjà baptisé par certains « capitalisme patrimonial ». Toutefois, j'estime que s'en tenir à ce seul critère pour distinguer les capitalismes est insuffisant. J'ai proposé une caractérisation beaucoup plus large des capitalismes, fondée sur le degré d'ouverture des territoires et la nature des interventions structurelles stables des États sur les dynamiques économiques dans leur territoire. Sur ce dernier point, de considérables différences peuvent subsister malgré la globalisation. Ainsi, par exemple, les États des pays riches prélèvent et recyclent de 35 à 55 % de la richesse produite. Le fait de se situer à 35 ou à 55 % et surtout l'usage de ces prélèvements obligatoires autorisent *a priori* des « modèles » différents, qui n'ont aucune raison de converger.

Que peuvent encore les États ?

Techniquement, les États peuvent donc encore beaucoup. Ils conservent d'importantes marges de manœuvre. Ils sont toujours capables de prendre des décisions pour orienter les dynamiques économiques sur leur territoire et pour modifier la répartition des richesses qui résulteraient spontanément du fonctionnement des marchés. Nous en avons vu des exemples. La prétendue « dictature des marchés » n'a rien pu imposer au gouvernement français en 1993. Elle a simplement rappelé le prix à payer pour poursuivre un objectif de politique intérieure (et européenne en l'occurrence). Le gouvernement français affirmait vouloir conserver un franc arrimé au mark. C'était son choix. Cependant, comme les épargnants étrangers ne furent pas tout à fait convaincus que le gouvernement s'y tiendrait, ils demandèrent une prime de risque supplémentaire, sous forme d'un différentiel positif de taux d'intérêt avec l'Allemagne. Cela déprima-t-il la croissance en France ? Peut-être, mais ce fut l'affaire des Français et de leur gouvernement. S'ils voulaient privilégier la croissance à court terme, ils pouvaient faire d'autres choix. Ce à quoi se réduit la dictature des marchés, financiers et commerciaux, est donc de fixer un prix. Elle n'entrave pas la liberté de décider de payer le prix au nom d'un objectif supérieur, ni celle de décider qui va payer ce prix à l'intérieur du pays. Autre exemple : le Japon. Sortir l'économie japonaise du marasme n'a relevé à l'évidence que de décisions du seul gouvernement japonais, qui fut également largement responsable d'y avoir plongé le pays. Y compris les gouvernements des pays dits émergents du Sud-Est asiatique et d'Amérique latine ont bénéficié eux aussi d'une liberté certaine, il est vrai plus réduite que celle des gouvernements des pays riches. Certaines décisions qu'ils ont prises ou se sont abstenus de prendre dans les années 1990 sont en partie responsables des crises qui les ont frappés. Même si l'on pense que, avec la meilleure volonté, ils auraient eu le plus grand mal à éviter ces crises, il est incontestable qu'ils ont conservé d'importantes marges de manœuvre dans le choix des formes de résolution et de leurs conséquences sociales. En bref, tous les gouvernements conservent le pouvoir de prendre des décisions ayant des effets réels sur l'économie dans leurs territoires. C'est un des rôles de la politique que de prescrire à l'État les décisions à prendre. L'impuissance des États face à la globalisation n'est qu'une fable cynique. Pourquoi, alors, est-elle si souvent propagée par les États eux-mêmes ?

C'est que, surtout dans les pays riches et « démocratiques », les décisions économiques deviennent de plus en plus difficiles à prendre. Il est rarissime qu'une décision de politique économique satisfasse tout le monde. Si c'était le cas, elle ferait l'unanimité. On conviendra que ce n'est pas fréquent. Une décision économique favorise toujours certains au détriment d'autres. Dans ces conditions, les décisions économiques sont d'autant plus faciles à prendre que deux conditions sont réunies. La première est de parvenir à convaincre les perdants que leurs pertes ne sont que provisoires et qu'eux aussi bénéficieront à terme de la décision. Autrement dit, de parvenir à présenter la décision comme étant favorable à l'« intérêt général » bien compris, au nom duquel on demande que soient oubliés d'étroits intérêts plus immédiats. La seconde condition est que ceux que la décision affecte n'aient pas d'autre choix que de s'y soumettre (ou que leurs autres choix, quitter le pays par exemple, soient encore beaucoup plus coûteux).

Ces deux conditions furent particulièrement bien réunies en Europe et au Japon durant les premières décennies d'après-guerre, quand ces pays rattrapaient les États-Unis dans le cadre d'économies très fermées. Ils connurent alors un âge d'or de la politique économique. Pas plus qu'ailleurs ni qu'en d'autres temps, les dirigeants d'entreprise n'y furent spontanément favorables à de fortes augmentations de salaire. Mais il ne fut pas très difficile de les convaincre de ce que Ford avait bien compris dès le début du siècle. Pourvu que les augmentations touchent de la même manière tous leurs concurrents directs, alors essentiellement situés dans le même pays, elles n'engendraient pas d'affaiblissement compétitif et finissaient par être bénéfiques à tous en stimulant la demande. Quoi qu'il en soit, la délocalisation de leurs activités vers des pays à plus bas salaires n'était pas, à l'époque, une option rentable. Ces conditions économiques objectives favorables à la prise de décisions étatiques furent renforcées par l'existence d'un nationalisme économique, fondé sur la volonté de rattrapage. Il explique, par exemple, que les dirigeants d'entreprises japonaises ou les hauts fonctionnaires français qui dirigeaient le vaste secteur public de ce pays ne trouvaient aucunement choquant de gagner infiniment moins d'argent que leurs homologues américains. À cette époque, en Europe et au Japon, les conditions d'une solidarité économique tant objective que subjective étaient donc réunies. Elles permirent une politique économique active, impliquant d'importants transferts de richesse, au service d'un processus de rattrapage rapide et relativement égalitaire.

Cette époque est révolue. La fin du rattrapage affaiblit la solidarité subjective. La globalisation détruit les solidarités objectives. Désormais, les compétitifs des pays riches n'ont plus aucun intérêt économique à accepter des transferts vers les protégés qui pourraient atténuer les effets inégalitaires de la globalisation. Dans bien des cas au contraire, ces transferts affaiblissent leur compétitivité. En Europe, certains s'acharnent cependant à tenter de démontrer l'intérêt « économique » qu'aurait, pour tous, le maintien d'un « modèle social européen » plus égalitaire que le modèle américain, *a fortiori* que ceux des pays émergents. Il s'agit clairement d'un avatar de l'argument de « l'intérêt à long terme bien compris ». Avec la globalisation, je crains que fasse défaut la « preuve par l'économie » de l'intérêt collectif de « modèles sociaux » moins inégalitaires.

Il resterait cependant possible de les mettre en œuvre si une large majorité des gagnants de la globalisation s'y ralliait pour des raisons strictement politiques. S'ils acceptaient donc, au nom de la justice, ou simplement pour s'éviter le désagrément moral d'avoir à vivre dans des bunkers protégés de banlieues dangereuses, de se priver en partie des gains qu'ils obtiendraient en se désolidarisant du reste de la société. Je suis pour ma part sceptique sur le caractère largement partagé, au sein de ceux dont l'intérêt économique est clairement de faire sécession, d'une passion prédominante pour la « Cité harmonieuse ». La seule solution serait donc de les contraindre « démocratiquement » à accepter ces modèles, plutôt que de chercher à les convaincre qu'ils sont dans l'intérêt général. Or c'est devenu difficile, car nombreux sont désormais les moyens dont les gagnants disposent pour échapper à cette contrainte. Les gagnants de la globalisation sont en effet devenus des nomades mettant en compétition les sédentaires qui restent fixés à leur territoire. Leur discours aux gouvernements et aux peuples est désormais : « Offrez-moi (à mon entreprise, à mon épargne, en matière fiscale, etc.) des conditions aussi favorables que celles de vos concurrents, sinon je ne viens pas, ou je m'en vais. » Les gouvernements, paralysés, non sans quelques raisons, par ce chantage, ne prennent plus de décisions et se contentent de suivre le fil de l'eau, en théorisant leur impuissance, voire leur inutilité.

Même s'il reste vrai que les gouvernements conservent d'importantes marges de manœuvre, il est donc tout aussi clair que la politique, si elle veut reconquérir sa capacité à prescrire aux gouvernements l'usage de leurs pouvoirs, doit sortir en partie de son cadre traditionnel, l'État-nation. Maîtriser la globalisation exige en effet de prescrire aux gouvernements une coordination accrue de leurs interventions étatiques sur l'économie, pour échapper au chantage et à la mise en concurrence systématique par les éléments nomades. Cela exige donc une certaine globalisation de la politique. Or les partis parlementaires actuels sont à mon avis incapables de la promouvoir. Car, dans les États-nations modernes, ces partis ne sont en vérité que des éléments constitutifs de l'État lui-même, et non des institutions indépendantes représentatives de certaines fractions de la société, qui, en tant que telles, seraient *a priori* capables d'alliances et d'actions internationales, pour contraindre les gouvernements à des mesures coordonnées. Le vide est actuellement rempli par les organisations non gouvernementales (ONG), au rang desquelles il faut compter les plus anciennes, les Églises. Pour ma part, je doute cependant qu'un rassemblement hétéroclite d'ONG de toute nature, aux objectifs souvent divergents et défendant pour certaines des intérêts très particuliers, soit la forme enfin trouvée de la politique globale qui nous manque. Elles en expriment incontestablement le besoin. Mais les organisations, les contenus et les formes d'action de cette politique restent encore largement à inventer. Rien d'étonnant à cela. La politique est fréquemment en retard sur l'économie, ce qui ne signifie nullement qu'elle n'en soit que le reflet.

Durant le XXe siècle, des capitalismes trop violemment inégalitaires ont été balayés par la politique. D'autres capitalismes ont été sauvés par elle. À peine ces derniers l'ont-ils emporté sur des socialismes dont la séquence historique est close, qu'aussitôt les inégalités croissent à nouveau. L'histoire ne se répétera pas, mais deux choses sont certaines. La première est que la course est à nouveau engagée entre des critiques radicales des capitalismes et des politiques réformistes destinées à les « sauver ». La seconde est que, en ces temps de (re)commencement de la politique, on distingue encore très mal quelles formes prendront et comment s'organiseront les critiques radicales et les politiques réformistes, mais il est clair qu'elles devront avoir une dimension internationale affirmée, alors que les politiques au XXe siècle, tant révolutionnaires que réformistes, furent avant tout nationales.

Index et lexique

Cet index peut être utilisé comme un lexique. En effet, la page où est donnée la définition d'un concept est en général explicitement indiquée. Quand ce n'est pas le cas, c'est presque toujours le premier des renvois qui correspond à la définition.

C

D

E

F

G

H

I

J

K

L

M

N

O

P

R

S

T

V

Table

SECONDE PARTIE

Crises de la finance de marché globale

RÉALISATION : CURSIVES À PARIS
IMPRESSION : NORMANDIE ROTO S.A.S. À LONRAI
DÉPÔT LÉGAL : OCTOBRE 2009. N° 100513-4 (124503)
IMPRIMÉ EN FRANCE

Éditions Points

Collection Points Économie

E4. Keynes, *par Michael Stewart*
E7. Les Grands Économistes, *par Robert L. Heilbroner*
E15. Tout savoir – ou presque – sur l'économie
par John Kenneth Galbraith et Nicole Salinger
E17. Comprendre les théories économiques
par Jean-Marie Albertini et Ahmed Silem
E18. Histoire du capitalisme, *par Michel Beaud*
E19. Abrégé de la croissance française, *par Jean-Jacques Carré, Paul Dubois et Edmond Malinvaud*
E20. Les Riches et les Pauvres, *par Éliane Mossé*
E21. Théories de la crise et Politiques économiques
par André Grjebine
E22. Les Grandes Économies
par Yves Barou et Bernard Keizer
E24. L'Entreprise du 3e type
par Georges Archier et Hervé Sérieyx
E25. L'Agriculture moderne, *par Claude Servolin*
E26. La Crise… et après
Comprendre la politique économique, t. 2
par Éliane Mossé
E27. Les Finances du monde, *par Jean-Yves Carfantan*
E28. L'Ère des certitudes
Comprendre la politique économique, t. 1
par Éliane Mossé
E31. Introduction à l'économie
par Jacques Généreux
E32. Comptabilité nationale, *par Daniel Labaronne*
E34. L'Union monétaire de l'Europe
par Pascal Riché et Charles Wyplosz
E35. Introduction à la politique économique
par Jacques Généreux
E36. Chiffres clés de l'économie française, *par Jacques Généreux*
E37. Chiffres clés de l'économie mondiale, *par Jacques Généreux*

Collection Points Essais

DERNIERS TITRES PARUS

460. Événements III, *par Daniel Sibony*
461. Langage et Pouvoir symbolique, *par Pierre Bourdieu*
462. Le Théâtre romantique, *par Florence Naugrette*
463. Introduction à l'anthropologie structurale, *par Robert Deliège*
464. L'Intermédiaire, *par Philippe Sollers*
465. L'Espace vide, *par Peter Brook*
466. Étude sur Descartes, *par Jean-Marie Beyssade*
467. Poétique de l'ironie, *par Pierre Schoentjes*
468. Histoire et Vérité, *par Paul Ricœur*
469. La Charte des droits fondamentaux de l'Union européenne *Introduite et commentée par Guy Braibant*
470. La Métaphore baroque, d'Aristote à Tesauro, *par Yves Hersant*
471. Kant, *par Ralph Walker*
472. Sade mon prochain, *par Pierre Klossowski*
473. Seuils, *par Gérard Genette*
474. Freud, *par Octave Mannoni*
475. Système sceptique et autres systèmes, *par David Hume*
476. L'Existence du mal, *par Alain Cugno*
477. Le Bal des célibataires, *par Pierre Bourdieu*
478. L'Héritage refusé, *par Patrick Champagne*
479. L'Enfant porté, *par Aldo Naouri*
480. L'Ange et le Cachalot, *par Simon Leys*
481. L'Aventure des manuscrits de la mer Morte *par Hershel Shanks (dir.)*
482. Cultures et Mondialisation *par Philippe d'Iribarne (dir.)*
483. La Domination masculine, *par Pierre Bourdieu*
484. Les Catégories, *par Aristote*
485. Pierre Bourdieu et la théorie du monde social, *par Louis Pinto*
486. Poésie et Renaissance, *par François Rigolot*
487. L'Existence de Dieu, *par Emanuela Scribano*
488. Histoire de la pensée chinoise, *par Anne Cheng*
489. Contre les professeurs, *par Sextus Empiricus*
490. La Construction sociale du corps, *par Christine Detrez*
491. Aristote, le philosophe et les savoirs *par Michel Crubellier et Pierre Pellegrin*
492. Écrits sur le théâtre, *par Roland Barthes*
493. La Propension des choses, *par François Jullien*
494. La Mémoire, l'Histoire, l'Oubli, *par Paul Ricœur*
495. Un anthropologue sur Mars, *par Oliver Sacks*
496. Avec Shakespeare, *par Daniel Sibony*
497. Pouvoirs politiques en France, *par Olivier Duhamel*
498. Les Purifications, *par Empédocle*

499. Panorama des thérapies familiales
collectif sous la direction de Mony Elkaïm
500. Juger, *par Hannah Arendt*
501. La Vie commune, *par Tzvetan Todorov*
502. La Peur du vide, *par Olivier Mongin*
503. La Mobilisation infinie, *par Peter Sloterdijk*
504. La Faiblesse de croire, *par Michel de Certeau*
505. Le Rêve, la Transe et la Folie, *par Roger Bastide*
506. Penser la Bible, *par Paul Ricoeur et André LaCocque*
507. Méditations pascaliennes, *par Pierre Bourdieu*
508. La Méthode
5. L' humanité de l' humanité, *par Edgar Morin*
509. Élégie érotique romaine, *par Paul Veyne*
510. Sur l'interaction, *par Paul Watzlawick*
511. Fiction et Diction, *par Gérard Genette*
512. La Fabrique de la langue, *par Lise Gauvin*
513. Il était une fois l'ethnographie, *par Germaine Tillion*
514. Éloge de l'individu, *par Tzvetan Todorov*
515. Violences politiques, *par Philippe Braud*
516. Le Culte du néant, *par Roger-Pol Droit*
517. Pour un catastrophisme éclairé, *par Jean-Pierre Dupuy*
518. Pour entrer dans le XXIe siècle, *par Edgar Morin*
519. Points de suspension, *par Peter Brook*
520. Les Écrivains voyageurs au XXe siècle, *par Gérard Cogez*
521. L'Islam mondialisé, *par Olivier Roy*
522. La Mort opportune, *par Jacques Pohier*
523. Une tragédie française, *par Tzvetan Todorov*
524. La Part du père, *par Geneviève Delaisi de Parseval*
525. L'Ennemi américain, *par Philippe Roger*
526. Les Pousse-au-jouir du Maréchal Pétain, *par Gérard Miller*
527. L'Oubli de l'Inde, *par Roger-Pol Droit*
528. La Maladie de l'islam, *par Abdelwahab Meddeb*
529. Le Nu impossible, *par François Jullien*
530. Schumann. La Tombée du jour, *par Michel Schneider*
531. Le Corps et sa danse, *par Daniel Sibony*
532. Mange ta soupe et… tais-toi !, *par Michel Ghazal*
533. Jésus après Jésus, *par Gérard Mordillat et Jérôme Prieur*
534. Introduction à la pensée complexe, *par Edgar Morin*
535. Peter Brook. Vers un théâtre premier, *par Georges Banu*
536. L'Empire des signes, *par Roland Barthes*
537. L'Étranger ou L'Union dans la différence
par Michel de Certeau
538. L'Idéologie et l'Utopie, *par Paul Ricœur*
539. En guise de contribution à la grammaire
et à l'étymologie du mot « être », *par Martin Heidegger*
540. Devoirs et Délices, *par Tzvetan Todorov*
541. Lectures 3, *par Paul Ricœur*

542. La Damnation d'Edgar P. Jacobs
par Benoît Mouchart et François Rivière
543. Nom de Dieu, *par Daniel Sibony*
544. Les Poètes de la modernité
par Jean-Pierre Bertrand et Pascal Durand
545. Souffle-Esprit, *par François Cheng*
546. La Terreur et l'Empire, *par Pierre Hassner*
547. Amours plurielles, *par Ruedi Imbach et Inigo Atucha*
548. Fous comme des sages
par Roger-Pol Droit et Jean-Philippe de Tonnac
549. Souffrance en France, *par Christophe Dejours*
550. Petit Traité des grandes vertus, *par André Comte-Sponville*
551. Du mal/Du négatif, *par François Jullien*
552. La Force de conviction, *par Jean-Claude Guillebaud*
553. La Pensée de Karl Marx, *par Jean-Yves Calvez*
554. Géopolitique d'Israël, *par Frédérique Encel, François Thual*
555. La Méthode
6. Éthique, *par Edgar Morin*
556. Hypnose mode d'emploi, *par Gérard Miller*
557. L'Humanité perdue, *par Alain Finkielkraut*
558. Une saison chez Lacan, *par Pierre Rey*
559. Les Seigneurs du crime, *par Jean Ziegler*
560. Les Nouveaux Maîtres du monde, *par Jean Ziegler*
561. L'Univers, les Dieux, les Hommes, *par Jean-Pierre Vernant*
562. Métaphysique des sexes, *par Sylviane Agacinski*
563. L'Utérus artificiel, *par Henri Atlan*
564. Un enfant chez le psychanalyste, *par Patrick Avrane*
565. La Montée de l'insignifiance, Les Carrefours du labyrinthe IV
par Cornelius Castoriadis
566. L'Atlantide, *par Pierre Vidal-Naquet*
567. Une vie en plus, *par Joël de Rosnay,*
Jean-Louis Servan-Schreiber, François de Closets,
Dominique Simonnet
568. Le Goût de l'avenir, *par Jean-Claude Guillebaud*
569. La Misère du monde, *par Pierre Bourdieu*
570. Éthique à l'usage de mon fils, *par Fernando Savater*
571. Lorsque l'enfant paraît t. 1, *par Françoise Dolto*
572. Lorsque l'enfant paraît t. 2, *par Françoise Dolto*
573. Lorsque l'enfant paraît t. 3, *par Françoise Dolto*
574. Le Pays de la littérature, *par Pierre Lepape*
575. Nous ne sommes pas seuls au monde
par Tobie Nathan
576. Ricœur, *textes choisis et présentés par Michael Fœssel*
et Fabien Lamouche
577. Cantatrix Sopranica L. et autres écrits scientifiques
par Georges Perec
578. Philosopher à Bagdad au xe siècle, *par Al-Fārābī*

579. Mémoires. 1. La brisure et l'attente (1930-1955) *par Pierre Vidal-Naquet*
580. Mémoires. 2. Le trouble et la lumière (1955-1998) *par Pierre Vidal-Naquet*
581. Discours du récit, *par Gérard Genette*
582. Le Peuple « psy », *par Daniel Sibony*
583. Ricœur 1, *par L'Herne*
584. Ricœur 2, *par L'Herne*
585. La Condition urbaine, *par Olivier Mongin*
586. Le Savoir-déporté, *par Anne-Lise Stern*
587. Quand les parents se séparent, *par Françoise Dolto*
588. La Tyrannie du plaisir, *par Jean-Claude Guillebaud*
589. La Refondation du monde, *par Jean-Claude Guillebaud*
590. La Bible, *textes choisis et présentés par Philippe Sellier*
591. Quand la ville se défait, *par Jacques Donzelot*
592. La Dissociété, *par Jacques Généreux*
593. Philosophie du jugement politique, *par Vincent Descombes*
594. Vers une écologie de l'esprit 2, *par Gregory Bateson*
595. L'Anti-livre noir de la psychanalyse *par Jacques-Alain Miller*
596. Chemins de sable, *par Chantal Thomas*
597. Anciens, Modernes, Sauvages, *par François Hartog*
598. La Contre-Démocratie, *par Pierre Rosanvallon*
599. Stupidity, *par Avital Ronell*
600. Fait et à faire, Les Carrefours du labyrinthe V *par Cornelius Castoriadis*
601. Au dos de nos images, *par Luc Dardenne*
602. Une place pour le père, *par Aldo Naouri*
603. Pour une naissance sans violence, *par Frédérick Leboyer*
604. L'Adieu au siècle, *par Michel del Castillo*
605. La Nouvelle Question scolaire, *par Éric Maurin*
606. L'Étrangeté française, *par Philippe d'Iribarne*
607. La République mondiale des lettres, *par Pascale Casanova*
608. Le Rose et le Noir, *par Frédéric Martel*
609. Amour et justice, *par Paul Ricœur*
610. Jésus contre Jésus, *par Gérard Mordillat et Jérôme Prieur*
611. Comment les riches détruisent la planète, *par Hervé Kempf*
612. Pascal, *textes choisis et présentés par Philippe Sellier*
613. Le Christ philosophe, *par Frédéric Lenoir*
614. Penser sa vie, *par Fernando Savater*
615. Politique des sexes, *par Sylviane Agacinski*
616. La Naissance d'une famille, *par T. Berry Brazelton*
617. Aborder la linguistique, *par Dominique Maingueneau*
618. Les Termes clés de l'analyse du discours *par Dominique Maingueneau*
619. La grande image n'a pas de forme, *par François Jullien*
620. « Race » sans histoire, *par Maurice Olender*

621. Figures du pensable, Les Carrefours du labyrinthe VI
par Cornelius Castoriadis
622. Philosophie de la volonté 1, *par Paul Ricœur*
623. Philosophie de la volonté 2, *par Paul Ricœur*
624. La Gourmandise, *par Patrick Avrane*
625. Comment je suis redevenu chrétien, *par Jean-Claude Guillebaud*
626. Homo juridicus, *par Alain Supiot*
627. Comparer l'incomparable, *par Marcel Detienne*
629. Totem et Tabou, *par Sigmund Freud*
630. Malaise dans la civilisation, *par Sigmund Freud*
631. Roland Barthes, *par Roland Barthes*
632. Mes démons, *par Edgar Morin*
633. Réussir sa mort, *par Fabrice Hadjadj*
634. Sociologie du changement
par Philippe Bernoux
635. Mon père. Inventaire, *par Jean-Claude Grumberg*
636. Le Traité du sablier, *par Ernst Jüng*
637. Contre la barbarie, *par Klaus Mann*
638. Kant, *textes choisis et présentés*
par Michaël Fœssel et Fabien Lamouche
639. Spinoza, *textes choisis et présentés par Frédéric Manzini*
640. Le Détour et l'Accès, *par François Jullien*
641. La Légitimité démocratique, *par Pierre Rosanvallon*
642. Tibet, *par Frédéric Lenoir*
643. Terre-Patrie, *par Edgar Morin*
644. Contre-prêches, *par Abdelwahab Meddeb*
645. L'Éros et la Loi, *par Stéphane Mosès*
646. Le Commencement d'un monde, *par Jean-Claude Guillebaud*
647. Les Stratégies absurdes, *par Maya Beauvallet*
648. Jésus sans Jésus, *par Gérard Mordillat et Jérôme Prieur*
649. Barthes, *textes choisis et présentés par Claude Coste*
650. Une société à la dérive, *par Cornelius Castoriadis*
651. Philosophes dans la tourmente, *par Élisabeth Roudinesco*
652. Où est passé l'avenir ?, *par Marc Augé*
653. L'Autre Société, *par Jacques Généreux*
654. Petit Traité d'histoire des religions, *par Frédéric Lenoir*
655. La Profondeur des sexes, *par Fabrice Hadjadj*
656. Les Sources de la honte, *par Vincent de Gaulejac*
657. L'Avenir d'une illusion, *par Sigmund Freud,*
658. Un souvenir d'enfance de Léonard de Vinci
par Sigmund Freud
659. Comprendre la géopolitique, *par Frédéric Encel*
660. Philosophie arabe
textes choisis et présentés par Pauline Koetschet
661. Nouvelles Mythologies, *sous la direction de Jérôme Garcin*
662. L'Écran global, *par Gilles Lipovetsky et Jean Serroy*
663. De l'universel, *par François Jullien*

664. L'Âme insurgée, *par Armel Guerne*
665. La Raison dans l'histoire, *par Friedrich Hegel*
666. Hegel, *textes choisis et présentés par Olivier Tinland*
667. La Grande Conversion numérique, *par Milad Doueihi*
668. La Grande Régression, *par Jacques Généreux*
669. Faut-il pendre les architectes ?, *par Philippe Trétiack*
670. Pour sauver la planète, sortez du capitalisme, *par Hervé Kempf*
671. Mon chemin, *par Edgar Morin*
672. Bardadrac, *par Gérard Genette*
673. Sur le rêve, *par Sigmund Freud*
674. Claude Lévi-Strauss et l'anthropologie structurale *par Marcel Hénaff*
675. L'Expérience totalitaire. La signature humaine 1 *par Tzvetan Todorov*
676. Manuel de survie des dîners en ville *par Sven Ortoli et Michel Eltchaninoff*
677. Casanova, l'homme qui aimait vraiment les femmes *par Lydia Flem*
678. Journal de deuil, *par Roland Barthes*
679. La Sainte Ignorance, *par Olivier Roy*
680. La Construction de soi *par Alexandre Jollien*
681. Tableaux de famille, *par Bernard Lahire*
682. Tibet, une autre modernité *par Jean-Pierre Barou et Sylvie Crossman*
683. D'après Foucault *par Philippe Artières et Mathieu Potte-Bonneville*
684. Vivre seuls ensemble. La signature humaine 2 *par Tzvetan Todorov*
685. L'Homme Moïse et la Religion monothéiste *par Sigmund Freud*
686. Trois Essais sur la théorie de la sexualité *par Sigmund Freud*
687. Pourquoi le christianisme fait scandale, *par Jean-Pierre Denis*
688. Dictionnaire des mots français d'origine arabe *par Salah Guemriche*
689. Oublier le temps, *par Peter Brook*
690. Art et figures de la réussite, *par Baltasar Gracián*
691. Des genres et des œuvres, *par Gérard Genette*
692. Figures de l'immanence, *par François Jullien*
693. Risquer la liberté, *par Fabrice Midal*
694. Le Pouvoir des commencements *par Myrian Revault d'Allonnes*
695. Le Monde moderne et la Condition juive, *par Edgar Morin*
696. Purifier et détruire, *par Jacques Semelin*
697. De l'éducation, *par Jean Jaurès*
698. Musicophilia, *par Oliver Sacks*